WELTENBAUM VERLAG

WELTENBAUM VERLAG
Vollständige Taschenbuchausgabe
10/2024 1. Auflage

Ethan

© by Kai C. Moore
© by Weltenbaum Verlag
Egerten Straße 42
79400 Kandern
Umschlaggestaltung: © 2023 by Magicalcover
Bildquelle: Depositphoto
Druck: CreativWorkDesign
Lektorat: Hanna Seiler
Korrektorat: Giuseppa Lo Coco
Buchsatz: Giusy Amé
Autorenfoto: Privat

ISBN 978-3-949640-84-1

www.weltenbaumverlag.com

KAI C. MOORE

ETHAN

Gay Romance-Drama

Für die Loraines und Pixels dieser Welt

Liebe Lesende,

dieser Roman thematisiert Inhalte, die für manche potenziell triggernd oder verstörend sein können. Eine komplette Liste findet ihr am Ende des Buches. Bitte achtet auf euch.

Solltet ihr selbst mit eurer mentalen Gesundheit kämpfen: Ihr seid nicht allein! Es ist keine Schande, um Hilfe zu bitten. Ihr seid es wert.

TelefonSeelsorge Deutschland: 0800 111000111

PART 1

1 – 1988

BRIXTON, LONDON

Aus dem Radio drang Johnny Cashs ›*A Boy Named Sue*‹.

Er ertrug das Lied als leise Hintergrundbeschallung, wenn seine eigentliche Aufgabe den Großteil seiner Konzentration forderte, oder er angetrunken war, oder wenn er es selbst spielte, auf seiner Gitarre, auf seine eigene Weise, dann, wenn der Druck zwischen seinen Rippen unerträglich wurde.

Doch heute war keiner dieser Tage.

Ethan rieb seine Augen mit dem Handballen – sie brannten vom Staub –, und blinzelte.

Das Radio hatte Nathaniel mit ins Schlafzimmer genommen. Er konnte also keinen neuen Sender suchen oder die Lautstärke herunterdrehen, er musste es ertragen. Drei Minuten.

Auf dem Küchentisch stapelten sich Berge von Geschirr. Ethan seufzte und begann, Teller in Zeitungspapier einzuschlagen. Mit dem Daumen fuhr er die Schlagzeilen entlang, überflog sie, größere und kleinere. *Die Aufräumarbeiten nach dem Brand in King's Cross. Ein weiterer Hinweis auf das Rauchverbot in den U-Bahn-Stationen. Der achte Mars London-Marathon, ein voller Erfolg. Ein Leserbrief über den Zustand der Parks.* Danach presste er das Papier in die Kuhle eines Suppentellers. Der Wetterbericht. Milder Frühling dieses Jahr, warm anziehen, und Regen, wie immer Regen. Schlug man die Löffel auch in Papier ein?

Endlich verklang Johnny Cash und machte Jimmy Ruffin Platz.

Nathaniel fluchte im Schlafzimmer, trat gegen irgendetwas – dem metallenen Scheppern nach zu urteilen, das Kopfteil des Bettes – und fluchte noch lauter. Zwei Schritte trennten Ethan vom Türrahmen, dann zögerte er. »Alles in Ordnung?«

Ein Schniefen ertönte. »Ja, natürlich.«

Die Tür stand offen. Aus der Dachschräge ergoss sich dämmriges Licht über den Teppichboden und entblößte den Staub, den Nathaniel aufgewirbelt hatte. Kartons stapelten sich in der Ecke, in der vor einigen Tagen noch ein Kleiderschrank gestanden hatte.

»Darf ich zu dir kommen?«, fragte Ethan.

»Klar«, sagte er, tonloser dieses Mal.

Ethan betrat das Schlafzimmer, das ausgeräumt so viel größer wirkte. So viel lebloser, so viel kälter.

Nathaniel kniete vor den Resten des Bettes. Sein Haar hatte er in einem chaotischen Knoten auf seinem Hinterkopf gesammelt. Auf seinem Rücken zeichnete sich ein Schweißfleck ab, der bis an den Hosenbund reichte. Er trug eines dieser amerikanisch geschnittenen Shirts und eine Jogginghose.

Ethan kniete sich langsam neben ihn und hielt den Bettrahmen fest. Sie tauschten einen kurzen Blick, dann presste Nathaniel seine Lippen zusammen und beugte sich weiter vor.

»Hast du dich verletzt?«, fragte Ethan.

»Halb so wild.«

»Wo?«

Nathaniel legte den Schraubenzieher zur Seite und präsentierte ihm seinen geröteten Daumen. »Halb so wild«, sagte er wieder. Eine seiner kleinen Lügen, die eigentlich meinte: *»Es tut ziemlich weh, aber ich bin selbst schuld, also hab ich's verdient.«*

Was er selbstverständlich nicht hatte. Nicht einmal, als er ihn vor anderthalb Stunden noch angeschrien und die Zeitung nach ihm geworfen hatte. Ethan harrte aus, bis Nathaniel die letzte Schraube löste, und lehnte das halbe Gestell gegen die Wand. Nathaniel bot ihm seine Hand an. Er ließ sich auf die Beine ziehen und behielt Nathaniels Hand, um sie vorsichtig zu drehen. Eine leicht bläuliche Färbung kroch über den Daumen. Wenn er sie berührte, zischte er.

Ethan führte ihn an den Küchentisch, schlug Eiswürfel in ein Tuch und band es ihm um die Hand. Wasser tropfte auf das Zeitungspapier und ließ die Buchstaben aufquellen. Nathaniel verwischte die Druckerschwärze mit der Fingerspitze, bis aus ›Palace‹ ein einziger, grauschwarzer Block wurde und das Papier riss. Seufzend wischte er seine Hand an der Hose ab. »Sorry.«

»Schon gut.« Ethan zog die Zeitung zur Seite und öffnete einen Küchenschrank. Wasserkocher einschalten, Tassen einpacken. Das zerstörte Titelblatt stopfte er in eine Lücke zwischen den Tellern und schlang ein anderes Stück Papier um die erste Tasse. Anschließend goss er heißes Wasser ein und stellte Tee vor Nathaniel ab. Weiterpacken. Die schlichten, weißen Teetassen aus dem Sainsbury's an der Tulse Hills, die sie zusammen dort gekauft hatten, die grauen mit den geschwungenen Henkeln, und die mit den Weihnachtsmustern, aus denen sie immer nur Kakao getrunken hatten. »Besser?«

»Lass es gut sein, Ethan.«

Schweigend verräumte er die Untertassen und die Kuchenteller, bevor er sich um das Schlafzimmer kümmerte. Seine Augen tränten, nicht nur vom Staub, und er hustete. Mit dem Arm fuhr er sich über die Nase und machte sich daran, die Bettwäsche abzuziehen und die Decke, die sie sich die letzten beiden Jahre geteilt hatten.

»Meint ihr, ihr bekommt das wieder hin?«, hatte Loraine gefragt.

Wieder drückte er die Handballen gegen seine Augenhöhlen, bis sie aufhörten, zu brennen, und rang sich ein Lächeln ab, als Nathaniel den Raum betrat. Er lehnte am Türrahmen und betrachtete ihn über den Rand seiner Tasse hinweg.

In Ethans Mund lagen Worte. *»Es tut mir leid«,* und: *»Bitte. Bitte geh nicht«, »Verzeih mir«* und *»Ich liebe dich«,* von all diesen Sätzen der schwerste. Der, der auf seine Brust drückte und ihm den Atem raubte, den er bräuchte, um überhaupt ein Wort zu sagen. Also blieb er auf seiner Zunge liegen, bis er ihn hinunterschluckte.

»Bist du in der Küche fertig?«, fragte Nathaniel.

Ethan schüttelte den Kopf. Seine Finger spielten an

seinem Shirtkragen. So eng lag er gar nicht an – er hatte dennoch das Gefühl, als drückte er ihm direkt auf die Luftröhre. Nach einem tiefen Atemzug ging er. Schließlich hatte er ja gehört, was Nathaniel gesagt hatte. Oder vielmehr, was nicht.

Für die letzte Nacht in dieser Brixtoner Wohnung lagen sie unter Wolldecken auf einer blanken Matratze; ihr Sofa hatte Mr. Dixon bereits vorgestern abgeholt.

Auf dem Boden türmten sich Nathaniels Klamotten, das weite Shirt, seine Socken, sogar die Silberkette lag obenauf. Ihre Glieder wanden sich um das Hosenbein wie ein Seil. Der Anhänger, eine schlichte, silberne Platte mit abgesägten Ecken, spiegelte verschwommen das Mondlicht, das durch das Dachfenster fiel. Seit einem Jahr hatte er diese Kette durchgehend getragen, selbst zum Schlafen, versteckt unter seinem Shirt. Oft genug hatte Ethan sie zur Seite geschoben, um die Haut darunter zu küssen. Er biss sich auf die Lippen. Es musste ein gutes Zeichen sein, wenn er sie abnahm.

Ethan drehte sich um. Nathaniels nackter Rücken hob und senkte sich unter dessen Atemzügen. Die Nacht zeichnete ihm lange Schattenflügel. Durfte er ihn berühren? Sollte er? Seit Tagen hatten sie nur das Nötigste gesprochen und sich dabei meistens gestritten. Eine Umarmung gehörte nicht zu einem Streit, ein Kuss nicht zu einem Lebewohl.

Zaghaft streckte er die Hand nach ihm aus.

Vielleicht würde er wieder wütend werden.

Er zuckte, als Nathaniel unter seiner Berührung zusammenschrak.

»Kannst du nicht schlafen?«, fragte Nathaniel.

»Nein.«

Ein Seufzen hob Nathaniels Schultern. »Okay. Ich auch nicht.«

Ethan ließ seine Finger durch die blonden Locken gleiten. Sie fühlten sich rau an, wie Nathaniels aufgesprungene Lippen im Winter. Um nicht wieder Worte schlucken zu müssen, versuchte er, sie zu zählen, doch sie entglitten ihm. *»Bleib«,* drängte sich ihm auf. *»Bleib. Bleib. BLEIB.«* Als hätte er es sein Leben lang falsch betont, als bedeutete es eigentlich etwas gänzlich anderes. Bleib, hieß es. B-l-e-i-b. Blei lag darin, schwer und unmissverständlich, giftig in zu hohen Dosen, manchmal tödlich.

»Ich vermisse dich«, sagte er schließlich.

»Oh, Ethan.«

»Ist es nicht richtig?«

Nathaniel drehte sich um. »Was weiß ich schon davon.«

Ihre Blicke verweilten aufeinander. Vielleicht lagen sie das letzte Mal zusammen auf derselben Matratze; vielleicht sahen sie einander das letzte Mal im Dunkel einer Londoner Nacht. Nathaniel schob die Hand unter seine Wange. Die undefinierbare Farbe seiner Iris glänzte hinter den dichten Wimpern. Sie waren so dunkel im Gegensatz zu allem anderen – seiner Haut, seinen Haaren, seinen Lippen. Seine Augenbrauen wölbten sich leicht zur Mitte hin, ein Bitten, vielleicht ein Zeichen von Sorge, kein schöner Blick, aber ein ehrlicher. Unter den Haarsträhnen verbarg er die Narbe auf seiner Stirn, unter seinem Drei-Tage-Bart sein hervorstehendes Kinn. Wenn er schluckte, hüpfte sein Adamsapfel, eine kleine Delle an seinem Hals, als hätte er eine Murmel verschluckt.

Ethan strich ihm das Haar aus dem Gesicht. Nathaniel ließ es zu. Er nahm seine Hand und legte sie zwischen sie, schob seine Fingerspitzen auf die seinen, fast so, als wäre es verboten, sich zu berühren.

Nathaniel hob die Mundwinkel, doch für ein Lächeln reichte es nicht. Die Decken raschelten, als er sich drehte. Seine Finger verschwanden aus Ethans Hand, tasteten an seinem Hals nach der Kette, die er nicht trug. »Ethan?«

»Hm?«

»Hast du mich jemals angelogen?«

Er blinzelte. »Das kommt darauf an, was du darunter verstehst.«

Nathaniel bedeutete ihm, fortzufahren.

»Habe ich dir manches verschwiegen? Ja.« Mit der Daumenkuppe strich Ethan über seine Fingernägel. »Habe ich von der Wahrheit abgelenkt? Ja. Dich angelogen? Mit genau dieser Absicht? Nein, nie.«

»Nicht einmal?«

»Nein.«

Im fahlen Licht verzogen sich Nathaniels Lippen. Er schloss die Augen. Sein Körper zuckte, einmal, zweimal, dann schluchzte er. Mit einem Fluch bedeckte er sein Gesicht.

»So wird das nichts«, sagte Ethan. Nathaniel verschluckte sich an einem heiseren Lachen. Für einen Moment vergaß Ethan und grinste, als Nathaniel spaßeshalber nach ihm schlug. Dann beobachtete er ihn dabei, wie er sich über den Mund fuhr, und sein Lächeln verging.

»Okay. Du bist dran.«

Es gab eine Frage, die ihm sofort durch den Kopf schoss, doch er zögerte. Die Antwort würde das fragile Gleichgewicht, das sie aufrecht erhielten, zugunsten der ein oder anderen Seite verschieben. Andererseits – spielten sie nicht genau deswegen? Um den Ballast von der Waage zu nehmen und zu sehen, wo sie stehen blieb? »Hast du es je bereut, mich mitgenommen zu haben?«

»Um Gottes willen. Nein.«

Er nickte nur.

Nathaniel seufzte. Seine Beine zog er an, bis sie einen Berg unter der Decke bildeten, und zupfte Flusen vom Wollstoff. »Hast du wirklich darüber nachgedacht?«

»Worüber?«

»Dass ich dich lieber in Dwellton gelassen hätte.«

»... manchmal.«

»Du hast es mir nie gesagt.«

»Natürlich nicht.«

»Natürlich nicht«, wiederholte Nathaniel gedämpft. Seine Stimme klang fest, als er sprach, und seltsam abweisend. »Kein Wunder, dass es immer schlimmer statt besser wurde.«

Ethans Blick wanderte den Türrahmen entlang, über Nathaniels Hemd, das dort an einem Kleiderbügel hing, bereit, morgen früh übergestreift zu werden. Danach über die Lampe – eine dieser Milchglaskugeln, die wie eine verwaiste Brust von der Decke hing –, die sie nie ausgetauscht hatten. Sie würde hierbleiben, genauso wie die Jalousie, die Nathaniel speziell für das Dachfenster gekauft hatte, weil die Lichter der Straßenlaternen ihm das Einschlafen erschwerten.

Nathaniel seufzte. »Komm schon. Sag etwas.«

Etwas.

Da waren Tage, die er im Hotel verbrachte, und sie bestanden aus Angstschweiß und schlecht verheilenden Wunden. Stunden, die Nathaniel anderweitig verbrachte, auf der Suche nach einem Ort, an dem sie bleiben konnten. Dann, vor zwei Jahren: Nathaniel verkaufte den Wagen seines Vaters, um die Anzahlung für die Wohnung zusammenzukratzen, während Sonnenstrahlen aus den Wolken hervorbrachen und den Boden mit Honig aus Licht übergossen. Cremefarbener Hotelteppich. Das Zimmer hatte er verlassen, nicht wissend, ob und wie lange Nathaniel ihn ertrug, *»hör auf, so einen Blödsinn zu denken«*, hatte Nathaniel gesagt und gleichzeitig das Wohnzimmer wie ein zweites Schlafzimmer dekoriert, sobald Besuch anstand. Sein Atem wollte ihm davonlaufen, also hielt er ihn an, hielt ihn an, während Loraine durch die Räume spazierte, als sei sie hier zu Hause und Digg ihm die Hand reichte und ihn schneller durchschaute, als ihm lieb war.

»Bitte.« Nathaniel schob seine Hand über Ethans Handballen und löste die Finger, deren Nägel er in seine eigene Handfläche trieb. Mit der Kuppe seines Zeigefingers massierte Nathaniel die wunden Stellen, als wüsste er ganz genau, wo es schmerzte. »Sag mir endlich, was in deinem Kopf vorgeht.«

2 – 1986

Die Wände trugen ihren Duft wie die Menschen ihr Parfüm.

Im Grunde rochen sie alle gleich – nach Mörtel, Raufasertapeten und Kleister, nach Backsteinen und pappiger Farbe. Manchmal kam der Geruch eines Teppichs dazu, manchmal der von Parkett. Mit der Zeit entwickelten Wände, die sich zusammenfanden – zu einer Wohnung, einem Bungalow, einem Haus – einen eigenen Duft, der geprägt war von denen, die sie beherbergten. Vermutlich war es mit Menschen recht ähnlich. Zumindest war ihm noch nie ein Säugling begegnet, der den sauren Geschmack des Alters verströmte.

Diese Wohnung roch nach Staub, nach alten Pfannkuchen und zu lange eingeweichtem Abwasch, nach warmem Plastik, als wäre vor langer Zeit ein Kabel durchgeschmort. An den Tapeten haftete frische Farbe, ein weiterer Geruch, nämlich der nach Chemie oder Lack oder beidem, und irgendwo weit entfernt lag der Nachhall eines Menschen.

»Ich hoffe, sie gefällt dir«, sagte Nathaniel. Er lehnte im Türrahmen, die Reisetasche vor sich abgestellt, während ein Lächeln die Ansätze seiner Zähne enthüllte. »Sie ist klein, aber für uns beide sollte das passen.«

»Wie viel?«

»Das musst du nicht wissen.« Mit einem unterdrückten Ächzen schob er das Gepäck über die Schwelle und lächelte noch breiter. Zwischen seinen Schneidezähnen tat sich eine Lücke auf, ein unscheinbarer, schwarzer Balken: vermutlich der Grund, weshalb seine S-Laute entfernt an ein dumpfes Pfeifen erinnerten.

Ethan bettete Nathaniels Kinn in seine Handfläche und strich mit dem Daumen über diese lächelnden Lippen, ehe er sie küsste.

»Das nehme ich als Ja«, flüsterte Nathaniel und küsste ihn wieder.

Im rechten Zimmer lag eine Matratze auf dem Boden. Aus der Reisetasche holte Ethan provisorisches Bettzeug, unter dem die alten Flecken verschwanden, und ein neuer Geruch erfüllte den Raum: das Waschmittel aus dem Waschsalon. Ein paar Münzen für saubere Wäsche. Während Nathaniel wieder in seine Schuhe schlüpfte, um sich um das Abendessen zu kümmern, streifte Ethan durch die leeren Räume. In der Küche gab es eine gebogene Arbeitsplatte und ein paar ockergrüne Schränke, ein Loch, wo einst ein Herd, und eine Pfütze, wo zuvor ein Kühlschrank gestanden hatte. Die Anschlüsse für das Waschbecken höhnten in der Wand. Im Lampenschirm fingen sich tote Fliegen.

Er entdeckte eine Toilette, beige und ungeputzt, und hoffte, Nathaniel würde an Badreiniger denken. Ein längliches Bad, in das gerade so ein Wäschekorb zu passen schien, ohne den Durchgang vollends zu versperren, eine Badewanne mit Duschvorhang, ein leicht schräges Waschbecken, unter dem noch ein karmesinrot angestrichenes Schränkchen stand; die Scharniere der einen Seite hielten die Tür nur noch unter Schmerzen.

Dann fand er das Zimmer mit der Dachschräge. Langsam, denn sein Brustkorb pochte noch immer, ließ er sich in den Schneidersitz sinken. Vom Fensterrahmen rieselte Staub.

Im Licht einer schwindenden Sonne glänzten die Partikel wie Gold. Sie segelten zu Boden, leise und leicht wie Herbstlaub, während er stillsaß und versuchte, sie zu zählen.

Die Wochen nach ihrer Flucht verliefen ineinander zu einem Strudel. Wenn er versuchte, die Erinnerung zu fassen, zerrte sie ihn mit sich, bis er in ihr ertrank. In seinen Träumen sah er ein Lächeln, blutige Schlieren auf weißen Zähnen; Flammen aus Glas leckten über sein Gesicht. Unter seinen Achseln bildeten sich feuchte Höhlen. Die Male an seinem Hals verschwanden mit den Wochen. Seine Alpträume blieben. Dazwischen: Nathaniels gedankenverlorenes Lächeln, eine warme Hand auf seinem Rücken, heimliche Konzerte in Hotelzimmern, zusammengerückte Einzelbetten, Mittagessen im Pub.

Doch woran er sich erinnerte, war dieser erste Abend in der Wohnung: als er vor dem Dachfenster saß und dem Himmel zusah, wie er sich verfärbte, von Rosa zu Gold, von Orange zu Schwarz, verwischt von einem allzu gleichgültigen Finger, und wie der Staub von der Decke fiel. Schneeflocken im Winter.

Nathaniels Schlüssel kündigte seine Ankunft an. Begleitet von Tütenrascheln zog er seine Schuhe aus. Neben ihm sank er zu Boden und starrte aus dem Fenster. Ein neuer Geruch breitete sich in der Wohnung aus: der fettige Duft von asiatischen Gerichten.

»Können wir hier schlafen?«, fragte Ethan.

Warme Finger glitten über seine. »Wo immer du willst.«

Die Nudeln glänzten im Abendlicht und hinterließen ihre Spuren auf Nathaniels Lippen. »Morgen schlafen wir erst mal aus«, sagte er. »Später können wir zu Sainsbury's gehen. Das ist kaum zehn Minuten von hier.«

Ethan widersprach nicht.

Nach dem Essen schoben sie die Matratze über den Flur und legten sie unter das Dachfenster. Nathaniel bewarf ihn mit Kissen, als er das Bettlaken gerade wieder festzog. Betont lässig – weil er wusste, dass Nathaniel diese Art des Spiels gefiel – schleuderte er die Kissen über die Schulter zurück. Ein dumpfer Laut und ein Lachen belohnten ihn.

Sie schliefen nicht nur am ersten, sondern auch am dritten und fünften Tag aus. So spät gingen sie ins Bett, dass die Nacht schon fast vorüber war, und wachten auf, wenn es im Hausflur nach Speck und Zwiebeln roch. Es war eine lähmende Ruhe, die sie einholte. Lange Zeit lagen sie nebeneinander auf der Matratze, betrachteten die Blautöne des Himmels und zählten die Wolken, die hinter der Scheibe vorbeizogen. Zumindest er zählte sie. Nathaniel dagegen fand Geister und Löwen und Heckenscheren in den Wolken, und er schob die Unterlippe vor, wenn Ethan behauptete, nichts davon zu sehen. Sein Daumen strich Nathaniels Arm entlang, bis die feinen Härchen dort standen und die Küsse, die sie teilten, nachdrücklicher wurden. Manchmal schlang Nathaniel sein Bein unter seines, rückte näher an ihn heran, bis die Hitze unter der Decke unerträglich wurde, und einmal – es war der Samstag nach ihrem Einzug –, schob er sich auf ihn. Ihre Körper rieben aneinander, vollständig bedeckt, in einem schüchternen, unsicheren Rhythmus. Auf Nathaniels Wangen lag eine Spur Rosa. Sein Blick flackerte zur Seite, zur Decke, an Ethans halb geöffnetem Hemd entlang. »Ich ...«, sagte er, und dann sagte er nichts mehr. Als er von seinem Schoß rutschen wollte, hielt Ethan ihn zurück. »Schon gut. Bleib hier.« Ineinander verschlungen verschliefen sie einen weiteren Nachmittag.

Als Ethan aufwachte, fand er Nathaniel in der Küche. Er lehnte an der Arbeitsplatte, direkt neben dem quadratischen Loch, in das ein Ceranfeld passen sollte, und trank Filterkaffee aus einem Pappbecher. Sein Shirt war noch immer hochgerutscht, als hätten Ethans Finger es eine Handbreit über seinem Gürtel befestigt. Sonnenlicht kletterte über seine nackten Unterarme, weiter über den Linoleumboden, eine Mülltüte, für die es noch keinen Eimer gab, und schließlich bis zur Türschwelle.

»Es gibt da etwas, das du nicht weißt«, sagte Nathaniel, ohne sich umzudrehen.

Ethan legte von hinten die Arme um Nathaniels Hüften. »Wirst du es mir sagen?«

Ein Kopfschütteln, dann ein Seufzen. Viele kleine Schlucke, als wollte er verhindern, dass Worte seinen Mund verließen. Schließlich sagte er: »Erinnerst du dich an die Party?«

Am Montag ging Nathaniel allein zum Supermarkt. Zurück kam er nicht nur mit einer Tüte Brot, Dosenbohnen und Butter, sondern auch mit einem Job. »Wir können nicht ewig hier drin rumsitzen«, sagte er, während er ein Marmeladenglas in den Schrank räumte. Er fuhr sich durch das Haar, beugte sich wieder hinab zu der Tüte zwischen seinen Füßen und holte ein Paket Salz heraus. »Sie hatten eine Stelle ausgeschrieben, also habe ich direkt vorgesprochen.«

»Danke«, sagte Ethan.

Nathaniel hielt inne, um zu lächeln. »Es wird alles gut, du wirst schon sehen.«

Den Montag darauf ging er zum ersten Mal zu seiner neuen Arbeit.

Über Ivy hatten sie gesprochen, über Tony und über Drogen. Über das Gefühl, das ihn befiel, sobald er nur daran dachte, nackt mit ihm zu sein. Sie waren an ihren Platz unter den Wolken zurückgekehrt, doch das letzte Abendlicht verbarg die Figuren, und das offene Fenster raubte die Illusion der Abgeschiedenheit. Ständiges Motorensummen verschluckte das ein oder andere Wort. Der Wind zupfte an der Decke, die über ihren Beinen lag. Mit ihm kam der Geruch nach Abgasen, aber auch der von Leben an einem warmen Frühlingstag. Nathaniel lag in Ethans Arm, das Gesicht an seiner Brust vergraben.

»Ich habe Tony einmal angerufen.« Er spielte mit den Hemdknöpfen neben seiner Nase. »Im Pawn's. Weißt du, was er gesagt hat?«

Ethan deutete ein Kopfschütteln an.

»›Du hättest dich anders nie entspannt‹, sagte er. ›Ich wollte doch nur, dass du einmal im Leben Spaß hast, Mann.‹ Ich habe ihn gefragt, wieso Ivy dann Bescheid wusste, und er hat gelacht. ›Das hast du dir eingebildet.‹ Aber ... ich weiß, dass das nicht stimmt. Sie wusste es. Ganz sicher.«

Er fragte nicht nach, sondern küsste Nathaniels Haar.

»Sie ist schwanger von ihm«, sagte er. »Glaubst du, sie haben es damals schon miteinander gemacht?«

»Ist das wichtig?«

Ein Schulterzucken. »Vielleicht brauche ich einen Grund, um ihm nicht zu verzeihen.«

»Dafür hast du Grund genug.«

Nathaniel schnaubte, dann drehte er den Kopf zur Seite, bis sein Gesicht im Hemdstoff verschwand. Seine Finger lösten sich von den Knöpfen. Ein Schaudern durchfuhr seinen Körper und hielt sich zwischen seinen Schultern, ließ sie zittern, bis Ethan sicher war, dass er weinte. Sanft streichelte er ihn – eine Hand an seinem Arm, die andere an seiner Wange, während er mit dem Daumen die Kuhle seines Kiefers nachzeichnete.

Die Wolken über ihnen nahmen die Farbe von Pfirsichen an.

Irgendwann entschuldigte Nathaniel sich dafür, sein Hemd beschmutzt zu haben, und erhob sich, um Kaffee zu kochen. Ethan strich über die nassen Stellen an seiner Brust. Ein Hemdwechsel würde Nathaniel nur verlegener machen. Statt ihm zu folgen, schloss er das Fenster und sperrte die Welt aus, die sich so aufdringlich zwischen sie geschoben hatte, und zählte die Nägel, mit denen die Fußleiste an der Wand befestigt war.

»Mum mochte ihn«, sagte Nathaniel, als er mit zwei Papp-bechern Kaffee zurückkehrte. »Sie erinnerte sich nicht im-mer an seinen Namen, aber sie erkannte ihn, jedes Mal, wenn er vor ihr stand.«

»Es ist in Ordnung, ihn zu vermissen und ihm dennoch nicht zu vergeben.«

»Wie machst du das?« Nathaniel drückte ihm einen Be-cher in die Hand. »Klebt ein Zettel an meiner Stirn?«

Ethan spürte sich lächeln. »Du denkst sehr viel.«

»Ach, wirklich?«

Nathaniel weinte noch viele Male in dieser Nacht. Es war, als hätten die ersten Tränen einen Damm eingerissen, den er nun nicht mehr schnell genug aufbauen, nicht halten konnte. Jedes Mal verbarg er sein Gesicht, hinter Händen, Knien oder an Ethans Brust, und nur selten sprach er währenddessen. Erst, als es bereits stockfinster war, flüsterte er: »Wäre ich an Weihnachten nur nach Hause gefahren. Hätte ich gewusst, dass wir das letzte Mal sprechen ...«

Ethan umarmte ihn fest.

»Ich habe ihr nicht mal mehr gesagt, dass ich sie liebe.«

»Das wusste sie.«

»Wusste sie das?«

»Natürlich wusste sie das.« Er küsste sein Haar, seine Stirn und seine Wangen, und schließlich küssten sie sich wieder wie am Morgen, viel zu energisch, um sanft zu sein, als blieben ihnen nur ihre Lippen, um aneinander festzuhalten.

Am Anfang ließ er seine Gitarre tagelang stehen. Wenn Nathaniel ihn darum bat, spielte er; doch es war eine einstudierte Art des Musizierens, die er sich damals in Manchester angeeignet hatte, eine nett anzusehende, die ihm Fünfzig-Pence-Münzen einbrachte. Auch das Singen fiel ihm schwer. Wenn er es tat, fühlte er sich stets wie jemand anderes, jemand, der seitlich hinter ihm stand und seine Stimme überwachte, damit sie nicht quietschte oder abrutschte.

Sobald Nathaniel jeden Tag – außer an Samstagnachmittagen und Sonntagen – in den Sainsbury's zur Arbeit ging, hielt Ethan sich im Schlafzimmer auf und spielte. In der Stille machte es weder einen Unterschied, auf welches Lied seine Wahl fiel, noch in welchem Takt er es spielte oder wie er seine Stimmfarbe veränderte. Diese Stunden gehörten ihm allein.

Der Gurtknopf seiner Gitarre fehlte seit Jahren. In einem seiner Anfälle hatte ›Er‹ ihn abgeschlagen. Zum Glück hatte es nur ein kleines Loch gegeben, das mit etwas Hingabe und Zedernholz leicht zu reparieren war. Nun erinnerte nur noch eine Schramme daran.

Zwei weitere Kratzer prangten auf dem Klangkörper wie Narben auf menschlicher Haut. Abgeplatzte Ecken zeugten von unwürdiger Behandlung, verschiedenfarbige Saiten von Austausch und Wiederverwertung. Sie war nicht schön, nicht mehr. Und doch hätte er sie gegen keine andere Gitarre getauscht.

Diese andere Art des Spielens löste den Knoten in seiner Brust. Manchmal dauerte es zwanzig Minuten, andere Male vierzig. Nur selten ließ ihn die Musik wehmütiger zurück, und wenn, fühlte er sich selbst dann besser; und wenn nicht besser, dann zumindest tauber — tief genug verbrannt, um die Wunde nicht mehr zu spüren.

Vierundsechzig Nägel hielten das Holz der Fußleiste an der Wand fixiert. Im Flur hatte die Wand drei Löcher, in denen noch Dübel steckten. Zwei Fingerbreit daneben bog sich ein langer, dicker Nagel, von unzähligen Versuchen der Entfernung gezeichnet. Nathaniel benutzte ihn als Garderobe sowohl für seinen Wintermantel, als auch seine Jeansjacke. Die Pfütze in der Küche ließ sich bis auf einen

Schatten entfernen. Kaum hatte Nathaniel irgendwo einen gebrauchten Kühlschrank aufgetrieben, der zu breit und zu niedrig war, um zu den Schränken zu passen, fiel der nicht mehr auf. Das Erste, was Nathaniel abgesehen davon für die Küche kaufte, waren zwei graue Tassen, eine Bratpfanne, zwei unterschiedlich große Suppentöpfe und ein Pfannenwender – aber kein einziges Messer.

Nach zwei Wochen im Supermarkt brachte Nathaniel ein Radio mit. Es benötigte eine ganz bestimmte Antennenposition – zwei Segmente nach hinten links ausgezogen –, um zu funktionieren, und rauschte manchmal, selbst wenn es nicht eingeschaltet war. Am ersten Abend saßen sie zusammen in der Küche auf dem Boden, tranken Kaffee aus ihren neuen Tassen und lauschten den Radiomoderatoren von *BBC 4*.

Nathaniel griff nach seiner Hand und drückte sie. »Möchtest du einen Spaziergang mit mir machen?«

»Einen Spaziergang?«

»Nur eine Runde um den Block. Vielleicht zehn Minuten. Es wird dir guttun, mal rauszukommen.«

»Ich mag die Wohnung.«

»Du bist seit fast einem Monat hier drin.«

»Dass ich das Haus nicht verlassen habe, hat dich auch nie gestört.«

»Das Haus ist Geschichte.« Nathaniel drückte seine Hand erneut. »Jetzt wird alles besser.«

Er hielt dem Blick nicht stand. »Vielleicht morgen?«

»Morgen soll es regnen.«

»Dann übermorgen.«

»Übermorgen schneit es.«

Ethan wagte es, aufzusehen. »Das ist gelogen.«

Grinsend erhob sich Nathaniel und streckte ihm die Hand entgegen. »Komm schon. Du schaffst das.«

Der Kaffee schmeckte noch bitterer und die Zigarette, die er sich anzündete, reizte seinen Rachen. Er stellte die Tasse zur Seite. Nathaniel verließ die Küche und kam mit zwei Paar Schuhen zurück. Langsam streifte er die seinen über, öffnete die Schnürsenkel und band sie erneut, bevor er ihm die Kippe aus der Hand nahm und daran zog. »Du kannst sie wiederhaben, wenn du dich angezogen hast.«

Im Schlafzimmer durchsuchte Ethan den Rucksack nach seiner Lederjacke. Sie besaß fünf Taschen, zwei außen, drei innen. In der Brusttasche lag ein schweres Feuerzeug. Kurz überlegte er, seine Finger in die Flamme zu halten, als er Nathaniels Schritte hörte und es zurück in die Tasche gleiten ließ.

»Es ist ziemlich warm draußen«, sagte Nathaniel lächelnd. Er versuchte, ihm die Jacke von den Schultern zu schieben, doch Ethan trat einen Schritt zurück.

»Hey«, sagte Nathaniel. »Hey, alles gut. Lass sie an, wenn es dir damit besser geht.«

»Weißt du, wo die Sonnenbrille liegt?«

»Im Bad.«

Natürlich. Er selbst hatte sie dort abgelegt, als er die Wohnung das erste Mal betreten hatte.

Nathaniel folgte ihm. »Ethan, schon gut. Das war eine dumme Idee.«

Er brauchte zwei Versuche, um die Bügelrundungen hinter seine Ohren zu befördern. Sein Haar fasste er in einem strengen Knoten zusammen, er hatte seit drei Tagen nicht geduscht, was hatte er sich dabei gedacht, Nathaniel musste ihn doch abstoßend finden, mit dem fettigen Film, der über den braunen Strähnen lag, »Ethan, ehrlich ...«, wo hatte er seine Schuhe gelassen? Nicht einmal seine Socken passten zueinander, wie hatte es ihm derart egal sein können, war er überhaupt rasiert? Finger wanden sich um sein Handgelenk, er zuckte zurück, stolperte über eine Tasse. Ein schwarzes Meer ergoss sich über den Boden, warme Flüssigkeit durchdrang seine Socken, es roch nach Kaffee und Asche. Hastig streifte er die Sonnenbrille wieder ab und suchte nach etwas, um das Missgeschick verschwinden zu lassen, bitte, er wollte das doch nicht, war die Tasse denn heil geblieben, hatten sie keine Tücher?

»Hey.« Der Druck auf seinem Unterarm hielt ihn zurück. »Ethan, schon gut. Komm. Es ist alles okay.«

Als sie dieses Mal unter den Wolken lagen, verzählte er sich.

Nathaniel verabschiedete sich am nächsten Morgen zur Arbeit, als sei nie etwas geschehen. Sobald er allein war, duschte Ethan beinahe eine Stunde, schrubbte seine Haut – vor allem die seiner Hände –, bis sie rosa glänzte, und mied den Blick in den Spiegel. Den Bart stutzte er, seine Fingernägel ebenso. Halbnackt streifte er durch das Schlafzimmer und sortierte die noch immer nicht ganz ausgepackte Wäsche, zwei Stapel für Nathaniel, einen für ihn. Danach widmete er sich Küche und Badezimmer, schrubbte und wusch ab – in der Badewanne –, räumte ihr weniges Geschirr in die Schränke, und erst, als es nichts

mehr zu tun gab, hockte er sich unter das geöffnete Schlaf-
zimmerfenster und ließ den Wind seinen Schweiß trocknen.

Als Nathaniels Schlüssel im Schloss klickte, schlüpfte er
eilig in eine lange, schwarze Hose. Er knöpfte sein Hemd
zu, während Nathaniel durch die herausgeputzte Wohnung
schlenderte. Leise folgte er ihm in die Küche, wo er gerade
hinter eine Schranktür blickte. »Ach, Ethan«, sagte Nathaniel. Er blinzelte, presste die Lippen zusammen und zwang
sich dann zu einem Lächeln. »Was mache ich nur mit dir?«

Damals war er nicht wütend. Noch nicht.

Er war traurig, und vielleicht war das viel schlimmer.

3 - 1986

Ihre ersten Spaziergänge unternahmen sie nachts.

Nachts war selbst London weniger laut. Die Verkehrsdichte erstarb nicht, aber sie nahm ab, sodass man es dann und wann ohne Unterbrechung auf die andere Straßenseite schaffte. Busse fuhren in zwanzigminütigen Abständen, Taxis standen mit brummenden Motoren an den Straßenrändern. Um die Straßenlaternen bildeten sich Teppiche aus Licht, in denen Mückenschwärme träge surrten. Wenn sie die Brixton Water Lane entlanggingen, brauchten sie keine Viertelstunde zum Brockwell Park, zumindest nicht, nachdem Ethan sich an die Strecke gewöhnt hatte. Die ersten Male kostete ihn jeder Schritt Überwindung. Eine Fahrradklingel oder das Bellen eines Hundes scheuchten ihn in den nächstbesten Hauseingang, wo er mit feuchten Augen Nathaniels Blicken auswich. Mit der Zeit – oder vielmehr mit jedem Mal, wenn er die Wohnung verließ und dennoch nichts geschah –, schaffte er es in einem Durchgang bis zum Park.

Nathaniel wollte geduldig mit ihm sein, er wollte es wirklich. Oft genug beobachtete Ethan ihn dabei, wie er seine Wange nach innen sog, ehe er den Mund öffnete, um ihm wieder gut zuzureden. Seine Berührungen blieben verstohlen, aber nachdrücklich. Doch gerade, wenn Nathaniel ihm versicherte, dass diese Anfangsphase endlich überwunden sei und Ethan kurz darauf wieder Rückschritte machte, zischte er ihn manchmal an, schimpfte oder schloss die Augen, während er an seinem Haar zog, bevor er sich ein Lächeln abrang und ihm anbot, wieder nach Hause zu gehen.

Während ihre Route länger wurde, füllte sich das Apartment. Nathaniel durchstöberte Zeitungsannoncen, um Küchengeräte oder Möbel ausfindig zu machen, und handelte eine Erstausstattung zusammen. Er bezahlte mehr, wenn die Verkäufer ihnen das Bett bis vor die Haustür fuhren, und manch einer von ihnen half sogar, die Möbelstücke bis in den vierten Stock zu wuchten. Dann holte Nathaniel eine Flasche Fuller's aus dem Kühlschrank, die er dem verschwitzten Helfer anbot, und unterhielt sich mit ihm, während Ethan sich ins Schlafzimmer zurückzog, um den Schrank aufzubauen.

Beinahe nebenbei arbeitete Nathaniel weiterhin Schichten im Supermarkt, manchmal nur acht Stunden, an anderen Tagen durchaus zwölf. Sobald sie ein Telefon besaßen, ein beiges, das aus unerfindlichen Gründen aussah wie aus dem Deckel ihrer Toilette geschnitzt, fing Nathaniel an, in seinen Pausen anzurufen. »Wie geht es dir heute? Was hast du gemacht? Hier ist alles wie immer.« Das Klicken, wenn er sich eine Zigarette anzündete. »Ich kümmere mich um den Abwasch, wenn ich nach Hause komme, lass ihn stehen. Kannst du mir einen Gefallen tun? Wir brauchen noch Davidoffs, schaffst du es bis zu Watson's?«

Seine Antwort darauf blieb ein leises: »Ich werde es versuchen, versprochen.«

Nach nur drei Wochen hatte Nathaniel sich angewöhnt, auf dem Heimweg selbst bei dem kleinen Laden an der

Straßenecke vorbeizuschauen, damit er nicht zweimal loslaufen musste.

Sobald ihre Küche gut bestückt war – ein Herd, ein Waschbecken, ein Kochfeld, nach einem Vierteljahr sogar eine Mikrowelle –, nahm Ethan seine Haushältertätigkeiten wieder auf. Es war besser, als stundenlang aus dem Fenster zu starren und darauf zu hoffen, dass Nathaniel zurückkehrte. Natürlich kam er, jeden Abend. Jeden Abend. Von den Abendessen, die Ethan kochte, aß Nathaniel höchstens einen Pflichtanteil.

Nach einer Dusche fiel er auf die Matratze. Manchmal schaffte er noch eine halb genuschelte Unterhaltung, bevor der Schlaf gewann.

Als der Sommer kam, rief Nathaniel nur noch sporadisch an, und ihre Spaziergänge verlegten sich auf die Abende am Wochenende.

Im Dunkeln lagen sie nebeneinander, oft mit verflochtenen Beinen, nie ganz mit-, aber auch nie ohneeinander. Der Schlaf war ihm nie wirklich gnädig gewesen, und so war er oft stundenlang wach, während Nathaniel neben ihm schlief. »Es tut mir leid, es tut mir so leid.« Ethan flüsterte, denn er wollte ihn nicht wecken. »Es tut mir so leid.«

Manchmal sagte er es zweiundsechzig Mal, bevor er einschlief.

»Du kannst doch nicht in London leben und dann nichts davon gesehen haben«, sagte Nathaniel, zuerst mit einem ehrlichen Lächeln, später mit einem, das wie eine Grimasse wirkte. Er weigerte sich, die Stadt allein zu erkunden. Es würde sich lohnen, zu warten, behauptete er: »Irgendwann wirst du mitkommen und dann werd' ich bereuen, mir alles ohne dich angesehen zu haben.«

Zuerst schlich sie sich in Nathaniels Worte, noch ohne Namen. »Da ist diese Frau, die alle zwei Tage einkauft ... Ich bin gegen sie gelaufen, habe mich entschuldigt, und nachdem sie aufgehört hat, zu lachen, haben wir angefangen zu reden.« Später dann: »Die Frau war heute wieder da. Sie hat mich nach den besten Angeboten gefragt.« Oder: »Heute meinte sie, ich sähe aus wie vom Bus überfahren. Sind die Augenringe wirklich so schlimm?«

Irgendwann nannte er sie »Meine Freundin«, und dann – es war drückend heiß, so schwül, dass selbst die Hauswände zu schwitzen schienen – stand Loraine eines Donnerstags vor ihrer Wohnungstür und fragte, ob Nate hier wohnte.

»Ja«, sagte Ethan schlicht.

Loraine neigte den Kopf. Aus ihrem hohen Pferdeschwanz lösten sich einzelne Locken – schwarz wie sein Hemd – und fielen ihr in die Augen. Ein Lächeln entlockte ihren Wangen Grübchen, fast unsichtbar. »Okay«, sagte sie. »Wie sieht's aus, lässt du mich rein?«

»Er hat nicht von Besuch gesprochen.«

»Ich war zufällig in der Gegend.« Mit einem Grinsen hielt sie ihm eine Tesco-Tüte entgegen. »Bin ihm sogar fremdgegangen.«

Ethan blinzelte.

»Ich war im falschen Supermarkt, meine ich.«

»Ah.«

»Soll ich vor der Tür warten, bis das Bier warm ist?«

In ihren Ohrläppchen steckten silberweiße Kreolen, die

ihre zarte Halslinie betonten. Ihre Schultern dagegen wirkten überraschend breit, ihr Kreuz war hohl, ihre Hüften stämmig. Um ihre Waden flatterte ein leichter Rockstoff, bunt bemalt mit Spiralmustern, unter dem ganz schwach die Umrisse ihrer Unterwäsche zu sehen waren, und ihre Brüste versteckte sie – vermutlich der Hitze geschuldet, eher schlecht – unter einem olivfarbenen Top.

»Was ist?« Loraine hob eine Augenbraue. »Noch nie ein Schwarzes Mädchen gesehen?«

»Verzeihung.« Ethan trat einen Schritt zur Seite und öffnete die Tür. »Er duscht gerade. Sie können in der Küche sitzen, wenn es Ihnen recht ist.«

»Sag' Du zu mir. Ehrlich. Wo geht's in die Küche?«

»Dort.«

Loraine sank im Schneidersitz auf den Stuhl, den normalerweise er benutzte. Sie ließ ihre Sandalen zu Boden fallen, zupfte den Rock glatt und warf ihm einen Blick zu. »Und, wie heißt du?«

»Caddler.«

»Nett. Ich bin Loraine. Oder Lo, wenn dir das lieber ist.« Aus der Tüte holte sie ein Red Stripes. »Ach, Mist. Magst du den Rest in den Kühlschrank packen? Ich will nicht wieder aufstehen.«

»Selbstverständlich.«

»Hast du ein Feuerzeug? Ah, danke.« Sie trank einen langen Schluck. »Nate hat nie was von 'nem Mitbewohner erzählt.«

»Ich bezweifle, dass es über jemanden wie mich viel zu erzählen gibt.«

»Wie ist denn jemand wie du?«

Ethan warf ihr einen langen Blick zu. Das Lächeln auf ihren Lippen schmolz dahin, und gerade, als sie ansetzen wollte, noch etwas zu sagen, erlosch das Hintergrundrauschen und die Klinke der Badtür klickte. »Ethan«, sagte Nathaniel, während einzelne Tropfen zu Boden fielen, »weißt du, wo ich ...«

»Du hast Besuch.«

»Besuch?«

Nach einem angedeuteten Lächeln ließ er Loraine in der Küche zurück und trat an die Badtür. »Deine Freundin.«

»Oh.« Nathaniel versuchte es mit einem schrägen Grinsen. Sein Haar hing ihm nass in die Stirn, während er sich hinter der Tür versteckte und mit gesenkter Stimme fragte: »Kannst du mir ein Handtuch bringen?«

Wenig später bot Ethan Loraine einen Tee an und ein paar Cracker, was sie beides ablehnte, als Nathaniel mit grob trocken gerubbeltem Haar und barfuß im Türrahmen erschien. »Na, mit dir habe ich ja nicht gerechnet.«

»Darf ich dich nicht besuchen?«

»Doch, klar.«

»Ich hab' Bier mitgebracht. Steht im Kühlschrank.«

Ethan nickte ihm leicht zu, ehe er den Raum verließ. Im Flur schob er mit den Zehenspitzen Nathaniels Schuhe zur Seite, damit niemand darüber stolperte, und verschwand gerade im Schlafzimmer, als er Loraine sagen hörte: »Was ist denn mit seinem Gesicht passiert?«

In manchen Nächten fuhr er aus seinen Alpträumen hoch, wusste nicht, wo er war, fühlte Tränen auf seinen Wangen oder einen heiseren Schrei in seiner Kehle. Kalte Finger umklammerten seine Oberarme, pressten ihre Nägel in das Fleisch, es waren seine eigenen und doch waren sie es nicht. Er sah sich selbst auf der Matratze sitzen, später auf dem Bett, mit wirrem Haar und aufgerissenen Augen, verschwitzt, mit pochenden Adern an seinem Hals. Nathaniel sagte, er könnte sie unter der Haut springen fühlen, wenn er ihn dort berührte. »Schhh«, machte Nathaniel in die Dunkelheit. »Du bist hier, Ethan, bei mir. Hörst du mich?«

Manchmal fauchte er: »Fass mich nicht an!«, und Nathaniel hob beschwichtigend die Hände. Dann war es: »Bitte, bitte nicht ...«, und Nathaniels Flüstern schwoll an, »Ethan, hey, ich bin es, dir passiert nichts ...« In den schlimmsten Nächten wachte er nicht auf, nicht wirklich, wand sich unter Händen, die niemandem gehörten, und wollte nichts weiter als endlich aufhören, sie zu spüren.

»Warum fragst du ihn das nicht selbst?«, sagte Nathaniel. Seine Stimme verriet das leicht verkrampfte Lächeln, das keine Zahnlücke zeigte und sich zu hoch in seine Wangen bohrte.

»Er ist ein wenig unheimlich«, erwiderte Loraine.

»Du kennst ihn einfach nicht.«

»Wenn du das sagst.«

Nathaniel schloss die Küchentür, Ethan die zum Schlafzimmer.

Als sie das Bett zusammen aufbauten, hatte Nathaniel das Radio mit in den Raum mit dem Dachfenster gebracht. Es liefen Depeche Mode und Madonna, während sie mit von Loraines Cousin geborgtem Werkzeug ein metallenes

Bettgestell zusammenschraubten. Es besaß ein verschnörkeltes Kopfteil und bot gerade genug Platz für sie beide. Die Matratze ragte ein Stück zur Seite hinaus. Staub rieselte von der Decke, wie immer, wenn sie sich in dem Raum bewegten, und reizte Nathaniels Nase. Dauerhaft unterdrückte er ein Niesen oder gab einem nach, bevor er sich unwirsch mit dem Handrücken durch das Gesicht fuhr.

»Können wir es an die Wand stellen?«, fragte Nathaniel schließlich.

Ethan knöpfte gerade den Bettbezug zu. »Sicher.«

Doch er wollte nicht nur das Kopfteil dort stehen haben, sondern die gesamte hintere Seite.

»Dann schläfst du aber hinten.«

»Das war der Plan.« Nathaniel rollte sich über die Matratze an die Wand, verschränkte die Arme hinter dem Kopf und grinste ihm zu. »So falle ich wenigstens nicht raus.«

»Ich habe gerade das Bett frisch bezogen«, sagte Ethan.

»Soll das heißen, ich bin dreckig?«

»Du hast ungewaschene Füße.«

Nathaniel lachte und warf sein Kissen nach ihm. »Dann komm doch und hol' mich.«

Er kam sich kindisch vor, wie er auf allen vieren über das Bett kroch, während Nathaniel kicherte. Sie rangen miteinander, erst mit Kissen in den Händen, dann ohne, und schließlich fanden sich ihre Lippen. Röte kroch über Nathaniels Wangen und seinen Hals, seine Wimpern zuckten, seine deutlich spürbare Erektion drückte gegen Ethans Oberschenkel. »Tut mir leid«, hauchte er an seinen Lippen, bevor er wieder kicherte. »Gott, ich bin schrecklich.«

»Hast du immer noch Angst?«, fragte Ethan.

»Hm.« Mit den Fingerspitzen zeichnete Nathaniel Hemd-knöpfe nach. »Du darfst mich nicht ausziehen.«

»Möchtest du denn, dass ich dich berühre?«

Sein Fingernagel kratzte an den Fäden in der Knopfmitte entlang – eine winzige, dabei so eindringliche Berührung, die Ethan erschauern ließ. Nathaniel zögerte, hob zuerst den Blick, dann die Finger. »Nicht heute.«

»Okay.«

Als er ihn später fragte – den Blick auf den Boden gerichtet, die Hand in seinem Haar vergraben –, ob er mit ihm duschen wolle, lehnte Ethan ab und küsste ihm die Stirn.

Loraine wohnte ganz in der Nähe, wie er erfuhr. Sie verbrachte ihre Tage gerne bei Herne Hill, wenn sie nicht gerade im Laden ihres Onkels aushalf. Den Park kannte sie mitsamt seinen Pennern, sie wusste, wem die Spritzen in den Mülleimern gehörten und woher sie ihren Stoff bekamen. Manchmal erzählte sie, dass ihr Cousin – den sie manchmal ihren Bruder, dann ihren Mitbewohner, dann wieder einfach nur »Digg« nannte – nachts im Park von Männern angesprochen wurde, »die ihren Arsch für einen Schuss verkaufen, wenn du verstehst, was ich meine.«

»Hat er?«, fragte Nathaniel.

»So arm dran sind wir nicht. England ist nicht nett zu uns, aber wir benehmen uns anständig.«

»Vielleicht hätte er andere Gründe dafür.«

»Nicht Digg ...«, sie lachte, »... da würde ich drauf wetten.« Eine kleine Pause entstand, ehe sie hinzufügte: »Könntest du dir das vorstellen? Dich ficken lassen für ein bisschen Geld?«

»Nein«, sagte Nathaniel.

»Ich auch nicht.« Loraine schnaubte. »Ich könnte mich nicht mal mehr im Spiegel ansehen.«

»Manchmal hat man keine Wahl.«

»Die hat man immer.«

Ethan schluckte jedes Wort, schenkte Tee ein und empfahl sich, mit der Begründung, er müsste Wäsche aufhängen unten im Hof – auf den ausgeleierten Drahtleinen, deren Rostflecken ihm manchmal entgegenkamen, wenn er die trockene Wäsche abnahm. Im Treppenhaus roch es nach totgelaufenen Turnschuhen und weiter unten nach Cappuccino, im Stockwerk unter ihnen schrie ein Baby, im Hinterhof stapelten sich die Abfälle neben den Tonnen. Ein altes Planschbecken ruhte zusammengesunken zwischen Brennnesseln. Fliegen krochen über das rissige Plastik, fraßen sich an einer Rotweinspur entlang, die genauso vergoren und süßlich roch wie Blut. Die Scherben lagen unweit daneben, irgendwo röhrte ein Motorrad, Alphaville kam aus einer der offenen Balkontüren.

Als er nach oben sah, winkte ihm Nathaniel, der mit einer Zigarette zwischen den Fingern auf dem Balkon stand.

Ethan winkte zurück.

»Du hast die Wäsche vergessen«, rief Nathaniel. »Ich bring sie dir gleich runter.«

Sie hatten das karmesinrote Schränkchen unter dem Waschbecken noch nicht ersetzt, weshalb sich ihre notdürftigste Ausstattung darin türmte: ein Kulturbeutel, den Nathaniel schon aus Hedford mitgebracht hatte, ein halb aufgebrauchter Rasierschaum, jedoch ohne Rasierer, ein

Aftershave, das niemand von ihnen aktuell benutzte, zwei Streifen Pflaster, eine Mullbinde, eine einzelne Socke, deren Zwilling vermutlich noch immer im Haus lag, und eine aufgerissene Packung Toilettenpapier.

Nathaniel streifte sich das Shirt über den Kopf und wusch sich ausgiebig am Waschbecken. Er hatte erst heute Morgen geduscht und weigerte sich, erneut zu gehen, wollte aber nicht verschwitzt ins Bett. Tropfen rannen zwischen den Höckern seiner Schulterblätter hinab, folgten seinem Rückgrat und verschwanden an seinem Hosenbund. »Du starrst«, sagte er zum Spiegel, wo er Ethans Blick suchte.

»Verzeihung.«

Nathaniel lächelte. Er putzte sich die Zähne und ging vor.

Nachdem Ethan seine Abendroutine beendet hatte, trat er in Unterhemd und Stoffhose ins Schlafzimmer. Ausgebreitet lag Nathaniel bäuchlings im Bett. Die Decke hatte er unter sich begraben. Ihre Zipfel regten sich im warmen Sommerwind. Im Haus hätte die Luft nach frischgemähtem Gras geschmeckt, hier roch sie nach Dunst nach Abgasen und viel zu vielen Menschen.

Ethan kniete sich über ihn. Mit sanften Berührungen massierte er Nathaniels Nacken, strich mit dem Daumen hinter dessen Ohren entlang. Unter dem Druck seiner Finger wich die Anspannung aus den Muskeln. Nathaniel seufzte und drehte den Kopf auf die andere Seite. »Das ist schön«, murmelte er mit geschlossenen Augen.

Mit den Handflächen strich er neben der Wirbelsäule entlang, bis hinab zum Steiß, wo seine eigenen Beine im Weg waren. Er begann, die Schulterblätter in kreisenden Bewegungen zu bearbeiten, erfühlte mit dem Daumen die Stellen, die besonders verspannt waren, und entlockte Nathaniel ein leises Stöhnen.

Im Juli dann verabschiedete sich Nathaniel von ihm, um mit Loraine durch die Straßen zu ziehen. »Es ist bestes Wetter«, sagte er. »Willst du wirklich nicht mitkommen?«

»Bestes Wetter, um die Wäsche draußen aufzuhängen«, erwiderte Ethan.

Nathaniel schnaubte. »Ist es wirklich in Ordnung für dich?«

Er trug – im Gegensatz zu ihm, der sein bestes Hemd und die dazu passende schwarze Jeans hervorgeholt hatte – nur kurze Shorts, die kaum bis zum Knie gingen. Darüber ein weit geschnittenes Shirt. Sein Haar war ein Stück gewachsen, kräuselte sich bis knapp über seine Ohren, und er hatte sich angewöhnt, es mit einer fahrigen Bewegung aus der Stirn zu streichen. An dieser Geste konnte Ethan sich nicht sattsehen; sie hatte etwas Gedankenverlorenes, etwas Unbewusstes.

»Ist es wirklich in Ordnung?«

»Sicher.«

»Ich bin um sieben zurück. Soll ich Abendessen mitbringen? Was möchtest du?«

»Ich koche etwas.«

»Und …«

»Geh einfach«, sagte Ethan. Er lächelte, bewusst lang genug, damit Nathaniel es sehen konnte, und beugte sich vor, um ihn zu küssen. »Viel Spaß.«

Seine Antwort war ein Biss in die Unterlippe, gerade fest genug, um weh zu tun, und ein »Ich ruf dich zwischendrin an!«. Ein weiterer Kuss, eine kurze Geste, irgendwo zwischen einem Winken und einem Handheben, dann glitt die Tür ins Schloss.

»... okay.« Ethan schlurfte ins Schlafzimmer. Es war sein Zimmer geworden, irgendwie. Oft kam er hierher, wenn Loraines Anwesenheit ihn zu sehr forderte. Manchmal wich er auf den Balkon aus, andere Male in den Hinterhof, aber meistens landete er hier. Nathaniels Kissen fehlte. Sie hatten nicht gewusst, ob Loraine noch auf eine Zigarette hochkommen wollte, und vorsichtshalber das Sofa wie zum Schlafen bezogen. Ethan machte kehrt, holte das Kissen und wickelte sich in der Decke ein, obwohl ihm so heiß war, dass sein Hemd nach wenigen Minuten schweißnass an ihm klebte. Vom Bett aus konnte er die Gitarre am Schrank lehnen sehen: Ihre verschieden dicken Saiten, die nicht mehr ganz vollkommenen Rundungen, die Stellen, an denen der Lack von seinem Handballen matt geworden war. Er könnte hinübergehen, ja kriechen sogar – wer war schon da, um ihn zu verurteilen? –, sie in seinen Schoß zerren und spielen. Etwas von Bob Dylan oder CCR vielleicht. Doch seine Finger waren zu müde, seine Augenlider zu schwer, seine Stimme zu kraftlos. Er hatte Nathaniel nicht fortgeschickt, er würde wiederkommen, er würde wiederkommen, ganz sicher.

Das Kochen erledigte sich, als er Nathaniels Rückkehr verschlief.

»Ethan. Ethan! Ich habe dich angerufen, aber du bist nicht rangegangen. Bist du krank?«

»Es tut mir leid. Ich wollte gar nicht schlafen.«

Ein langes Ausatmen, zusammengezogene Augenbrauen und nach Sonnenmilch riechende Hände, die ihm halfen, sich aus dem Deckenknäuel zu befreien. »Lasse ich dich zu oft allein? Ist es das?«

»Ich freue mich, dass du Freunde findest.«

Drei Tage später brach Nathaniel wieder auf, direkt nach seiner Schicht im Sainsbury's, kam nur nach Hause, um sich umzuziehen und ihm einen »Bis bald«-Kuss zu geben.

Ethan legte sich wieder ins Bett, zusammengerollt auf den kleinstmöglichen Raum, die Nase in den Kissen vergraben, die nach Nathaniel rochen, nach Seife und seinem Duschgel, leicht bitter wie Mandeln, nach seinem Schweiß und seinem nachtsauren Atem. Auch das nächste Mal erging es ihm so, und beim nächsten Mal wieder. Irgendwann gehörten sie zusammen: Der Kuss, das Gehen, das Liegen.

Wenn der Schrank offen stand, zählte er fünfzehn seiner Hemden, vier von Nathaniel. Wenn er geschlossen war, verfolgte er die grobe Musterung der Eichentür. Die Bettwäsche mit den Ringelblumen hatte siebenhundertdreiundsiebzig aufgedruckte Blüten.

Vielleicht hatte er verlernt, Gitarre zu spielen.

Sobald er es nicht mehr aushielt, bat er Nathaniel um Rasierklingen.

»Wofür brauchst du die?«

»Mein Gesicht«, sagte Ethan. Er betrachtete die Antenne des Radios: Ein Segment war zu wenig ausgezogen, also nahm er das kalte Metall zwischen die Fingerspitzen. »Die Narben. Ich hoffe, man sieht sie weniger, wenn ...«

»Ich mag deinen Bart.«

Ihm entkam fast ein Kichern, ein jungenhaftes und unangemessenes. Die Radioantenne arrangierte er mit Sorgfalt, wischte Staub von der Kühlschrankoberseite und zerrieb ihn zwischen den Fingern. »Bitte. Ich kann die Blicke nicht mehr ertragen.«

»Nur, wenn dir klar ist, dass ich dich dann nie wieder küssen werde.«

»Das würdest du nicht tun.«

»Bist du dir da sicher? Was, wenn ich dich ausschließlich wegen des Bartes mag?«

»Nathaniel.«

»Wunder dich nur nicht, wenn ich plötzlich mit jemand an...«

»Nathaniel!«

Der Schalk wich aus seinem Gesicht. Ein neuer Ausdruck legte Falten in seine Stirn und Glätte in seine Mundwinkel. »Das war doch nur Spaß.«

»Ich weiß.« Ethan entkrampfte seine Faust. »Bitte verzeih mir. Ich ...«

»Schon gut.« Lippen legten sich auf seine Wange, Finger fanden die seinen. »Vergiss, was ich gesagt habe. Ich bringe dir welche mit. Aber erwarte nicht, dass ich mich deswegen wieder rasiere!«

Nathaniel rasierte sich zwei Tage später als er, nachdem der Schnitt in Ethans Lippe wieder zu bluten begonnen hatte.

4 - 1986

Er sah Carrie das erste Mal, als sie, beladen mit einem übervollen Wäschekorb, den Türstopper gewaltsam unter ihre Wohnungstür trieb.

Auf der Treppe schräg über ihr blieb er stehen. Wenn sie aufsah, würde sie ihn unweigerlich entdecken. Sollte er nach oben schleichen und warten, bis ihre Schritte verklungen waren? Oder würde er sich verraten, sobald er sich bewegte? Konnte er einfach an ihr vorbeigehen? Unschlüssig verharrte er, die Fingernägel in die Handfläche gebohrt, den Müllbeutel in der anderen Hand.

Endlich hielt die Tür. Carrie warf einen letzten Blick in ihre Wohnung und hastete in Flipflops die Treppen hinab. Ihr rotblondes Haar hatte sie in einem Dutt auf ihrem Kopf zusammengeknüllt. Einzelne Strähnen fielen heraus. Sommersprossen überzogen ihre Oberarme und ihren Hals, vermutlich auch ihr Gesicht. Sie trug keine Socken, ihre Nägel waren knallrot lackiert, ihr Top ausgeleiert und voller Flecken.

Sie war noch keine zwei Stockwerke weit gekommen, als das Gebrabbel eines Säuglings einsetzte. Es waren unartikulierte Laute, beinahe ein Jauchzen, nur vor Kummer langgezogen. Sie wurden lauter, bis sie zu einem Weinen, dann zu Geschrei wurden. »Ja!«, rief Carrie. Sie war schon längst nicht mehr zu sehen. »Ich bin doch gleich wieder da!« Ihre Flipflops patschten noch schneller, die Hintertür fiel ins Schloss, nur das Schreien blieb zurück. Es schwoll an,

prallte an den Wänden ab und echote durch das Treppenhaus. *Hilfe, du hast mich vergessen, bitte komm zurück.*

Ethan wog den Müllbeutel in seiner Hand.

Ich bin so verloren ohne dich. Wo bist du? Kannst du mich hören?

Es wären nur ein paar Stufen. Er könnte nach unten has-
ten und ihr die Wäsche abnehmen, damit sie zu ihrem Baby
zurückkehren könnte, die Mullwindeln aufhängen und den
leeren Korb gegen ihre Wohnungstür lehnen.

Der Säugling schrie immer lauter, je länger Carrie fortblieb.

Gab es denn keinen Vater zu dem Kind, der es beruhigen
konnte? Zaghaft setzte er sich in Bewegung. Vier Stufen,
eine Plattform, weitere zwölf. Aus Carries Wohnung kam
ein Geruch nach süßlicher Milch und Essensresten, die
man zu lange nicht entsorgt hatte. Zwei schwarze Müllbeutel lehnten hinter ihrer Tür. Unter einem bildete sich eine
Pfütze.

*Du hast mich vergessen. Ich werde sterben, wenn du nicht wieder-
kommst. Sterben. Sterben. Wo bleibst du nur?*

Kurzerhand nahm er die beiden Säcke mit nach unten
und mied Carries Blick, als sie an ihm vorbei nach oben
stürmte.

Sie roch nach Sonnenblumen.

Sonntags frühstückten sie zusammen. Meist war er eher auf
den Beinen als Nathaniel und buk Brot oder mühte sich mit
Crumpets ab, kochte Eier und briet etwas Speck für Nathaniel. Die Marmelade aßen sie aus einem Glas, das Nathaniel
im Supermarkt kaufte; er bräuchte sie nicht selbst einzuko-
chen, beteuerte Nathaniel, die hier war doch gut genug.

Noch mehr Freude machte ihm die Zubereitung des Frühstücks, seit sie einen Esstisch und zweieinhalb Stühle dazu hatten – einer war lediglich ein Holzklotz, der zur Not als Hocker diente. Ethan deckte den Tisch ein. Manchmal vertauschte er die Seite für Messer und Gabel ganz bewusst oder legte die falschen Löffel aus. Er mochte es, wenn es Nathaniel auffiel und er nicht anders konnte, als sie heimlich zu richten, in der Hoffnung, Ethan würde es nicht bemerken.

Heute allerdings schien ihm gar nichts aufzufallen. Sein Haar war noch zerzaust, als er in die Küche kam, nur ein Unterhemd und eine Pyjamahose am Körper. Ihn umgab der Duft nach Schweiß, fremden Zigaretten und – wenn er sich nicht täuschte – Rum.

»Guten Morgen.«

»Hm.« Gähnend sank er an den Tisch und nickte, als Ethan ihm die Kaffeekanne präsentierte.

»War es schön gestern Abend?«

Nathaniel zuckte mit den Schultern, rieb sich die Augen und starrte auf den Tisch. Kein Lächeln, kein Kuss.

»Wo wart ihr denn?«

»In einer Bar. Danke.« Er setzte den Kaffee an und trank, obwohl er sich die Zunge verbrühen musste.

»Eine besondere?«

»Seit wann interessiert dich sowas?«

Ethan wich einen Schritt zurück und spürte die Arbeitsplatte hinter sich. Vorsichtig stellte er die Kaffeekanne zur Seite. Er biss auf seine Lippe. »Verzeihung.«

Nathaniel seufzte bloß. »Setz dich«, murmelte er nach einer Weile. »Lass uns essen.«

Obwohl ihm der Appetit vergangen war, gehorchte er. Auf den Crumpets ließ er Butter schmelzen und öffnete das Marmeladenglas. Was habe ich falsch gemacht, wollte er fragen, bitte sag es mir doch, dann kommt es nie wieder vor. Er schraubte das Glas wieder zu, öffnete es, verschloss es. Keine Marmelade. Eigentlich hatte er keinen Hunger, vielleicht sollte er nur Kaffee trinken, wie sah sein Haar aus, waren seine Fingernägel sauber? Zusammengehörende Socken trug er immerhin, Jeans, der Gürtel ordentlich geschlossen, auch wenn er gestern erst ein Loch in das Leder stanzen musste. Bitte, bitte sei nicht wütend. Eine Zigarette. Nicht beim Essen. Mit dem Handrücken warf er das Messer vom Tellerrand, was für ein Idiot er doch war!, er fing es, Butter klebte an seinen Fingerspitzen, hatten sie keine Servietten, was würde Nathaniel sagen?

»Ethan.« Unter dem Tisch drückte Nathaniel seinen Knöchel an Ethans Bein. »Iss.«

Manchmal, wenn Nathaniel nach Hause kam und ihn im Bett erwischte, schlüpfte er wortlos zu ihm unter die Decke. Seine Hände erkundeten dann sanft seinen Körper, viel liebevoller als sonst. Verflucht von seinem leichten Schlaf erwachte Ethan sofort, doch er hielt die Augen lange geschlossen. Nathaniels Finger strich durch sein Haar, es schien ihn nicht zu kümmern, wie fettig oder nassgeschwitzt es war, zeichnete seine Ohrmuschel nach und schließlich auch die Narbenränder. Die beiden langen, faltigen Schnitte an seiner Stirn, die zwei unter seinem Auge, an seiner Wange. Nur den einen, der in die Oberlippe sichelte und nach wie vor nicht ganz verheilt war, ließ er in Ruhe. »Was mache ich nur mit dir?« Das war die Frage, die Nathaniel ihm dann so oft stellte, ohne Hoffnung auf eine Antwort.

»Wir hätten nicht herkommen sollen«, flüsterte er eines Abends, kurz bevor der August das Ende des Sommers brachte. »Wir hätten ...«, Nathaniels Finger fanden die Narbe in seinem Nacken, »... ich weiß nicht, in Hedford bleiben sollen. Hinter der Veranda hätte ich dir ein Stück Garten freiräumen können. Den mochtest du doch. Du hättest durch den Wald laufen können, nicht nur im Dunkeln, und schwimmen vielleicht sogar. Im Ferrer's Lake. Weißt du noch? Der See, an dem ...« Nathaniel schluckte. »Ich habe dir doch gesagt, dass du nicht krank werden sollst.« Seine Hand folgte Ethans Nacken, über seinen Hals, zurück über sein Kinn.

Ethan öffnete zaghaft die Augen. »Ich kann nicht schwimmen.«

Nathaniel lachte leise, eines dieser Lachen, das ihm seine Tränen verwehrte. Er schlang den Arm um Ethans Mitte, zog sie aneinander, bis sie ihren Atem teilten.

»Warum hast du ihr diesen dummen Namen gesagt?«

»Hm?«

Mit der Messerspitze nahm Nathaniel Butter auf. Noch immer sah er ihn nicht an. Seine Stimme klang brüchig von der Freundlichkeit, die er ihr aufzwang. »Loraine. Du hast ihr gesagt, du heißt Caddler.«

»Ja.«

»Warum?«

»Das ist mein Name.«

»Nein.«

»Doch.«

»Nein.«

Er schluckte, versuchte es zumindest. Sein Speichel verdickte sich zu Haferschleim, der nur langsam seine Kehle hinabrutschte. »... doch?«

Die Antwort bestand aus einem Augenrollen. Nathaniel fuhr mit dem Messer über den hartgebackenen Teig. Er nahm einen Bissen, verzog das Gesicht und griff nach dem Marmeladenglas. Ethan reichte es ihm. Als ihre Finger sich streiften, schnaubte Nathaniel.

»Möchtest du lieber allein speisen?«

»Jetzt fang bloß nicht wieder mit diesem dummen Gerede an.«

»Ich – ich verstehe nicht ...«

»Was soll das alles?« Mit dem Deckel in der Hand wies er auf den Tisch. »Warum machst du das?«

»... ich ...«

»Ist das alles hier dein schlechtes Gewissen? Oder glaubst du, ich hab' dich mitgenommen, damit du weiterhin so tun kannst, als wärst du mein verfluchter Hund? Verdammt noch mal! Du musst nicht jedes Mal warten, bis ich nach Hause komme. Geh doch einfach schlafen und steh nicht in aller Herrgottsfrühe auf, um ...«

»Ich wollte dir eine Freude machen.«

»Ich freue mich aber nicht!«

»Ja«, sagte Ethan leise. »Das sehe ich.«

»Es ist in Ordnung, wenn du's gerade noch nicht schaffst, okay?« Nathaniel kaute ausgiebig und betrachtete seinen Teller. »Wir haben noch ein bisschen Geld über vom Haus. Es reicht noch eine Weile.«

»Du möchtest, dass ich arbeite.«

»Nicht jetzt sofort, aber ...« Ein Seufzen. »Das wäre mir zumindest lieber als ... als das hier.«

Das hier und das Bett. Ethan legte sein Messer zur Seite. Seine Hände faltete er in seinem Schoß, doch es brachte nichts, sofort stachen seine Fingernägel wieder tief in seinen Handballen.

»Iss doch«, wiederholte Nathaniel. Der Druck war aus seiner Stimme gewichen. Nun klang er fast flehentlich. »Tut mir leid. Iss, bitte.«

»Können wir einen Spaziergang machen?«

Ein Fluch, dann ein langes Ausatmen. Stuhlrücken. »Ja, natürlich.«

Er heftete seinen Blick auf den Boden, auf die Spitzen seiner Schuhe, und versuchte, nicht hinzuhören, was die Leute flüsterten, wenn er ihnen begegnete. Auf dem Heimweg bat er Nathaniel um neue Rasierklingen.

5 - 1965

SLAITHWAITE, ENGLAND

Fischkutter pflügten durch die trägen Wellen des Colne. Ihre Masten ragten in den Himmel wie Knochen, ihre Netze schwangen im Wind, und der Geruch nach Fisch und Branntwein verfolgte ihn bis nach Hause. Nach der Schule ließ Sharan ihn im Flussbett spielen. Sie saß auf einem der Steine, hielt ihr Geschichtsbuch in den Händen und lächelte ihm zu, wann immer ihre Blicke sich begegneten. »Nicht zu nah ans Wasser, Eth«, sagte sie manchmal, oder: »Das können wir in meinem Geographiebuch nachschlagen«, wenn er sie fragte, was das für ein Stein oder dies für ein Muschelstück sei. Er wusste nicht, was Geographie bedeutete, aber es klang wichtig, und Sharan wusste, was wichtig war. Ein Horn tönte in der Ferne. Wenn die Fischkutter nah genug kamen, um die Männer darauf zu erkennen, kehrte er mit Sharan nach Hause zurück.

Slaithwaite war ein grauer Sumpf aus Backsteingebäuden, die sich aneinanderschmiegten wie Fischgräten. Ihr Haus lag am Rande der Arbeiterviertel, ein weiterer Gebäudekomplex unter vielen, in dem mehr Familien hausten, als es Zimmer gab. Die Fenster waren alt und undicht im Winter, und die Waschräume wurden mit der gesamten Etage geteilt, weswegen Daj morgens immer einen Topf heißes Wasser in eine Schüssel kippte, vor der sie dann Aufstellung nahmen: Vater, Rupert, Ethan, Sharan, Mrs. Kurucz, die bei ihnen geblieben war, selbst nachdem Mr. Kurucz letztes Jahr an einem Fieber gestorben war, und ganz zum Schluss Daj.

Auf dem Heimweg von der Schule pfiff der Wind durch die Gassen. Sharan hielt ihre Bücher umklammert und trug Ethans Rucksack über den Ellbogen geschlungen. Ihr Haar fiel ihr bis zwischen die Schulterblätter. Es war dunkel wie seines, aber lockig wie Dajs. Meistens hatte sie es zu einem Zopf geflochten. Ihre Schuluniform war alt und abgerissen, doch sie trug sie mit einer Anmut, als sei es das teuerste Set der Welt. Ethan griff nach ihrer Hand, und Sharan drückte sie.

In der James Street spielten die Jungen Fußball, doch er traute sich nicht dazu; nicht mehr. Botond hatte ihm ein blaues Auge verpasst, und obwohl er nicht geweint hatte, hatte Vater ihm eine Tracht Prügel versetzt: *»Weil du sowas mit dir machen lässt, du Weichei.«* Drei Wochen war er nicht zur Schule gegangen, weil Daj fürchtete, dass »sie« ihn abholen würden. Als Sharan meinte: *»Vielleicht wäre das besser so«*, war er schlussendlich doch in Tränen ausgebrochen.

Sharan führte ihn an der Werkstatt vorbei, auf deren Hebebühne ein alter VW aufgebockt saß. Vorbei an den Männern, an ihrem Gelächter, an dem Klingeln von fallenden Schraubenschlüsseln, vorbei an den leuchtenden Pfützen, die der Regen von der Zufahrt schwemmte. Gestern erst hatte es in Strömen geregnet, und der Rest des Wassers glänzte noch.

»Können wir?«, fragte er.

Obwohl sie den Kopf schüttelte, lächelte Sharan. »Nicht heute.«

Abends aßen sie Eintopf. Daj füllte ihre Schüsseln, während sie sich Ellbogen an Ellbogen um den Esstisch drängten. Mrs. Kurucz hatte eine ganze Seite für sich. Keines der Kinder mochte neben ihr sitzen: Sie war alt, stank nach selbstgedrehten Zigaretten und hustete ständig in ihre Schürze. Ihre Augen waren milchglasige Murmeln hinter hängenden Lidern, und ihre Zähne schwarz und schief. Sharan sagte, sie habe Mitleid mit ihr, und Rupert sagte, dass Sharan selbst Mitleid mit einem Regenwurm hätte, der im Spiel zertreten worden war. Ethan mied sie einfach, so wie er Vater mied. Und Rupert. Und manchmal auch Daj.

Wie meist verlief ihre Mahlzeit ruhig. Rupert erzählte, dass er sich mit Olivia eine Wohnung im Stadtzentrum angesehen hatte, die sie mit einer alleinstehenden Frau namens Elisabeth teilen müssten. Mrs. Kurucz gab eine Janusz-Geschichte zum Besten, eine Anekdote aus ihrer sechsundsechzig Jahre währenden Ehe, die nur Daj lustig fand. Sharan vertiefte den Klatsch und Tratsch, den sie in der Schule aufgeschnappt hatte. Daj sprach nur selten – Ethan noch weniger. Als Jüngster hörte ihm ohnehin niemand zu.

Irgendwann wurde Daj unruhig. Ihr Blick wanderte zur Uhr, die über dem Türrahmen tickte, und sie bat Sharan, Ethan bettfertig zu machen. Rupert verabschiedete sich, um bei Olivia zu schlafen. Es war ihr allabendliches Ritual:

Sharan bürstete ihm die Kletten aus dem Haar, während Daj Mrs. Kurucz hinter ihren Vorhang führte, und zog ihm einen von Ruperts alten Pyjamas an, während dieser längst fort war. Sie funktionierten wie der Mechanismus der Uhr: bei jedem Ticken schritten sie ein Stück voran, tick, lass mich deine Aufgaben sehen, tick, Daj zieht ihre Stiefel an, tick, hast du dich wirklich gewaschen, tick, Tropfen perlen aus dem Wasserhahn, tick, hörst du, tick, tick, tick – bis Daj ihm einen Kuss auf die Stirn drückte. »Sei lieb zu deiner Schwester«, sagte sie. Aus ihrem Atem roch er Zigaretten, die von Mrs. Kurucz. »Ich bin morgen früh zurück.«

Wenn Daj ging, wurde es still. Sharan kniete mit einem Buch in der Hand vor seinem Bett. Mr. Tanner gab ihm stets Zusatzaufgaben, angeblich wegen fehlendem Fleiß, und Sharan erledigte sie stoisch mit ihm. »Hier.« Sie deutete auf eine Ansammlung von Lettern. Er sollte sie kennen, er hatte jede einzelne von ihnen auf seiner Schiefertafel geübt. Wenn er die Augen zusammenkniff, fingen sie an, ineinander zu verschmelzen, ergaben Worte, die keinen Sinn besaßen, und brachten ihm Schläge mit dem Lineal ein. Mr. Tanner mochte ihn nicht. »Lies.«

»Ich kann nich'.«

»Natürlich kannst du«, sagte Sharan.

»Stell dich nicht an«, sagte Mr. Tanner. »Lies es nochmal.«

Er versuchte es, bis seine Augen schmerzten und er das Buch gegen die Wand schleudern wollte, doch Sharan erlaubte es nicht. Irgendwann schluchzte er. »Ich kann nich', ich kann's einfach nich'.« Sharan gab nach und verriet ihm die Worte, bis er sie auswendig konnte. Mr. Tanner schlug dann nur heftiger zu, bis seine Finger bluteten.

»Bin ich dumm?«, fragte er.

Sharan küsste ihm die Stirn. »Nein. Du kannst nicht alles können.«

»Sieh' dich doch an«, sagte Rupert, wenn Olivias Dad ihn zurückgeschickt hatte. Er lag oben im Hochbett, sein Talkumgeruch wie eine Gewitterfront, und blätterte durch eine Zeitschrift mit halbnackten Frauen. »Würd' mich wundern, wenn du jemals deinen Namen schreiben kannst.«

Sharan warf ihr Kissen nach oben, doch Rupert lachte nur und gab es nicht zurück.

Seine ersten Erinnerungen an Vater waren Träume, wie Sharan behauptete, aber er wusste es besser.

Kinderfüße, noch klein und zierlich, flüchteten über aufgeheizte Pflastersteine. Glasscherben funkelten zwischen Löwenzahnblättern. Sie würden wehtun, also wich er ihnen aus. Er stolperte. Hände empfingen ihn, hoben ihn hoch. Die großen, starken Hände eines großen, starken Mannes mit einem kantigen Gesicht und zimtfarbener Haut.

Als diese Hände ihn fallen ließen, war er Jahre älter und versteckte sich hinter einer Tür aus Eichenholz. Er kauerte zwischen einem massiven Schrank und der Wand, dünn und unsichtbar. Die Stimmen veränderten sich. Vorwürfe hagelten gegen die Tür. Beschimpfungen. Es hätten Schüsse sein können. Pistolen, die sie aufeinander richteten, und irgendjemand würde sterben. Es war Sharan, die zu ihm kroch, damals mit zwei Zöpfen und flacher Brust. »Nicht weinen«, flüsterte sie. »Komm her.«

Die Erinnerung daran, wann Vater ihn das erste Mal schlug, verschwamm in der Masse aus Dunkelheit, die er hinter sich herzog wie einen Seesack. Das Gefühl aber blieb. Die Fassungslosigkeit, dass diese Hände, die ihn vor Glasscherben bewahrten, ihm Böses tun konnten – und wollten. Der Schmerz, der sich mit jedem Atemzug durch seine Haut in seine Venen grub. Anfangs hatte er geweint, und Vater hatte ihn wieder geschlagen. »Stell dich nicht so an«, sagte er. »Das war doch noch gar nichts!« Oder er sagte: »Heulst du etwa wie ein kleines Mädchen? Soll ich dir zeigen, was man mit frechen Gören macht?« Oder er sagte: »Was kannst du eigentlich? WAS?« Und Rupert kicherte und sagte: »Heulen, das kann er.« Und Sharan sagte: »Lass es mich sehen, Eth.« Ihre Hände taten nicht weh.

Nur Daj sagte nichts, und die Stille seiner Mutter war Strafe genug.

Sharan war schweigsam an dem Tag, als Rupert mit Olivia in die Wohnung nahe der Netherend Road zog. Auf dem Weg nach Hause hielt sie weder am Flussbett an, noch schickte sie ihn wider besseren Wissens zu den James-Street-Jungen, sondern umklammerte seine Hand. Daj hatte sie gestern in die Küche gebeten, bevor sie zur Arbeit gegangen war, und seitdem trug Sharan eine Maske aus schweißnasser Stille. Es regnete, weil es fast immer regnete. Vor der Werkstatt zog Sharan ihre Hand zurück und wies ihn an, zu warten.

Er versteckte sich hinter den Ruinen der alten Garage und sah den Männern in ihren Overalls zu, die um einen Wagen herumschlichen. »Lada«, hörte er einen von ihnen sagen, »Lada fahren immer nur die Russen.« Weiter hinten stand ein Mercedes mit rostzerfressenen Kotflügeln, wo anders das Skelett eines Rover P4s, aufgebahrt auf einem zementfarbenen Teppich. Werkzeugkisten lagen mit offenen Bäuchen herum. Im Radio: ›Moon River‹ von Danny Williams, es zerlief langsam unter Rauschen und Regen.

Der Sommer schenkte dem Hinterhof ein Leben, das er sonst nicht hatte. Wo nun tote Blätter von den Bäumen fielen, saß sonst Gabriela in ihrem blauen Wickelkleid, unter sich ein Cajón, auf das sie in sanftem Rhythmus trommelte. Die Kinder kamen zu ihr. Sie war alt wie Mrs. Kurucz, aber ihre Zähne waren nur gelb und nicht schwarz, ihre Ohrläppchen lang und ihr Lächeln echt. Selbst die James-Street-Jungen setzten sich zu Gabriela, lauschten ihren Liedern – vor allem ›Cine iubeste si lasa‹ – und nahmen Tamburine und Rasseln entgegen. Gabriela war Volksschullehrerin gewesen, vor dem Krieg.

Jetzt tränkten Regenströme das Pflaster. Sharan hatte ihre Schultaschen abgelegt, als sie wiederkam. Nach wie vor kühlte ihre Hand die seine.

Sie spielten das Spiel, das Sharan ihm beigebracht hatte: Sie sprangen in die Pfützen, einen Countdown rufend wie in der Silvesternacht, und wünschten sich mit aller Macht, an einem anderen Ort anzukommen. Er wusste, Sharan träumte davon, eines Tages Europa zu bereisen. Sie wollte Tänzerin werden, eine mit wehenden Röcken, sie wollte ihre Haut mit kostbarem Öl einreiben, um ihre Dunkelheit zu betonen, Lippenstift tragen und Büstenhalter, sie wollte Schmuck besitzen und einen Hund, und all das wollte sie mit ihm teilen.

»Wo willst du hin?«, fragte sie ihn, mit Regentropfen in ihrem Haar.

»Nich' so weit weg«, behauptete er zaghaft. »Dann könn'
wir Daj nicht mehr besuchn.«

»Okay. Dann nach Schottland.« Während sie das sagte,
schenkte sie ihm eines dieser ernsten Lächeln, das sie Daj
so ähnlich machte, und er wusste, dass sie dahinter Enttäuschung verbarg. Ihr Bruder, der Feigling.

»Is' das weit genug für dich?«, fragte er.

Sie gab keine Antwort, sondern forderte ihn auf, zu springen. Sharan sprang und sprang und sprang, bis ihre Röcke
aufgeweicht und ihre Schuhe nass waren. Sie sprang, bis ihr
Zopfband sich löste und ihre Locken an ihrem Gesicht
klebten, sie sprang, bis sie zitterte, und erst, als sie stolperte
und fiel, bemerkte er, dass sie weinte.

6 – 1986

BRIXTON, LONDON

Nathaniel verlor seine Arbeit im September. Der Sommer zog vorüber, ließ nichts als Regen und fallende Blätter zurück. »Das ist gar nicht so schlimm«, sagte Nathaniel. »Ich suche mir direkt morgen etwas anderes.«

Die Tage, die er zuhause verbrachte, schmeckten bittersüß. Nun lagen sie im Bett statt auf dem Boden; Ethan bemühte sich, die Figuren, die Nathaniel ihm zeigte, tatsächlich zu sehen; ihre Beine hakten sich unter. Sie berührten einander – manchmal sanft, dann wieder fordernder –, aber es war, als läge etwas zwischen ihnen, und je verbissener sie ihre Haut aneinander rieben, desto deutlicher stach es hervor.

»Lass uns spazieren gehen«, sagte Nathaniel, und er fügte sich.

Lange schon waren sie nicht mehr unter der Woche im Brockwell Park gewesen. Die Menschenmassen, die ihn am Wochenende durchwogten, waren ausgedünnt auf wenige

Radfahrer, ein paar Familien und Menschen, die ihre Hunde Gassi führten. Ethan rückte seine Sonnenbrille zurecht – immer noch das beste Mittel gegen das Starren der Leute –, und wagte einen kurzen Blick darüber.

»Ich vermisse mein Fahrrad«, sagte Nathaniel.

»Vielleicht sollten wir Loraine fragen, woher wir eines bekommen.«

Nathaniel schnaubte nur. Er hatte eine Picknickdecke eingepackt, die er in eine Mulde zwischen zwei Hügeln bettete. »Komm schon«, sagte er. »Setz dich zu mir.«

Nachdem er saß, wagte Ethan noch einen Blick über den Rand der Brille hinweg und fühlte sich lächeln.

»Freut mich, dass es dir gefällt.« Nathaniel berührte seine Fingerspitzen.

Ethan widerstand dem Drang, sich zurückzuziehen. Dagegen, dass er sich zu allen Seiten umwandte, kam er allerdings nicht an.

»Es ist okay. Wirklich. Niemand schaut.«

»Das ist leicht zu sagen.«

»Entspann dich. Hier sind so viele Leute. Wer interessiert sich schon für uns?« Nathaniel streckte sich, bevor er sich hinlegte, die Arme hinter dem Kopf verschränkt, den Blick in die Wolken gerichtet.

Es kostete ihn einige Willenskraft, nicht die Kontur seines Kiefers nachzuzeichnen oder die hellrosa Narbe auf seiner Stirn zu berühren. Das letzte Stück seiner Augenbraue war noch immer nicht nachgewachsen. Vermutlich würde es das nie. Nathaniel fing seinen Blick auf. Er schob den rechten Mundwinkel nach oben und schnaubte. »Tony würde dich jetzt fragen, ob er hübsch genug ist.«

»Was hast du geantwortet?«

Er lachte leise. »Gar nichts, glaube ich. Aber da kannte ich dich auch noch nicht.«

»Du vermisst ihn.«

»Manchmal.«

»Vermisst du Hedford?«

»Nicht wirklich.« Auffordernd klopfte er neben sich. »Leg dich zu mir.«

Zaghaft gehorchte Ethan. Mit den Fingerspitzen ertastete er das feuchtwarme Gras neben der Decke und spielte mit den Halmen. Obwohl der Tag sonnig begonnen hatte, drängten sich mittlerweile schwere Wolkenzüge am Horizont. Er schob die Sonnenbrille nach oben.

Neben ihm atmete Nathaniel. Sein Duft kam mit dem sachten Wind herüber. Die Luft kündigte den Herbst an, feucht und morsch. Obwohl Nathaniel die Augen geschlossen hielt, war er wach. Seine Lider zuckten unter den Gedanken, die Wunden in seine Wange fraßen.

Ethan ließ seinen Blick in den Himmel gleiten. »Siehst du das?«

»Hm?«

»Dort.« Er deutete auf eine langgezogene Wolke. Spärliches Sonnenlicht spielte mit den Schatten zwischen seinen Fingern, verleitete ihn dazu, seine Hand zu drehen, um zu sehen, wohin es kroch und wovor es floh. »Eine Schlange. Sie zeigt ihre Giftzähne.«

»Stimmt.« Die Decke raschelte unter Nathaniels Kopf, als er ihn drehte. »Da drüben. Ein Gartenzwerg. Mit einer Schaufel.«

»Ich sehe keine Schaufel.«

»Da! Links daneben. Siehst du sie?«

»Nein.«

»Siehst du den Zwerg überhaupt?«

Er ließ sein Grinsen zu. »Hier drüben. Ein Schiff.«

»Na, das hat aber schon den ein oder anderen Sturm gesehen.«

»Magst du keine ramponierten Schiffe?«

Nathaniels Arm berührte den seinen, während seine Finger in eine andere Richtung zeigten. »Kommt darauf an.«

»Wenn ich Schnee hätte, würde ich ihn nach dir werfen.«

Er lächelte. »Ich würde dich damit jagen.«

»Du würdest hinfallen.«

»Du würdest mich auffangen.«

»Nur beim ersten Mal.«

Nathaniel zog seinen Arm zurück, bis seine Hand Ethans Unterarm streifte. »Das vermisse ich«, sagte er.

»Dwellton?«

»Dich.«

Einmal, als Nathaniel zu ihm ins Schlafzimmer kam, blieb er vor dem Bett stehen.

Seine Schritte wanderten zum Schrank, wo er mit ein paar Kleidern raschelte, dann zum Dachfenster, das er mit einem Ruck aufriss, und zuletzt an das Bett, wo sie verstummten. Ethan wagte es nicht, ihn anzusehen, und drehte ihm weiterhin den Rücken zu.

»Schläfst du?«

Der feine Missklang in Nathaniels Stimme hielt ihn davon ab, zu antworten. Unter der Decke formte er eine Faust, die ihm erlaubte, die Fingernägel in die Handfläche zu graben.

»Ethan?«

Als er wieder keine Antwort erhielt, atmete Nathaniel auf. Vorsichtig, vermutlich, um ihn nicht zu wecken, schlug er die Decke zurück. Sein Gewicht senkte die Matratze. »Selbst im Schlaf«, murmelte Nathaniel und bog Ethans Finger auseinander. Mit langsamen Bewegungen massierte er um die Fingerknöchel herum. Dann fuhr er Ethans Handgelenk entlang, weiter hinab bis zu den Ärmelknöpfen des Hemdes, und schließlich drückte er sie auf. »Tut mir leid«, flüsterte Nathaniel, während er den Stoff bis zum Ellenbogen hochkrempelte. »Es tut mir so leid, ich muss ...« Seine Finger glitten an Ethans Unterarm hinab, berührten die Adernstränge, strichen Haut glatt und drehten den Arm zu allen Seiten. »Gottseidank.« Auch den zweiten Arm inspizierte er. Eine Weile strich er an einer vertikalen Narbe entlang. Sie stammte aus der Zeit im Haus: das zweite oder dritte Mal, als er durch das Loch im Zaun geschlüpft war, riss er sich die Haut an einem ausgefransten Drahtstück auf; dunkles Blut, das durch sein Hemd quoll, die Schläge, die er bekam für den zerrissenen Stoff.

Nathaniel schniefte, als er den Stoff schließlich nach unten rollte.

Dann erst kam er ins Bett und weckte ihn mit Küssen.

Loraine setzte sich breitbeinig in die Küche, durchstöberte Zeitungsanzeigen und fragte herum, ob jemand einen Job für Nathaniel hätte. Ihr Onkel meinte wohl, er bräuchte keinen weißen Jungen, der ihm die Kundschaft vergraulte, Ben Watson schüttelte kummervoll den Kopf, einer Annonce als Barmann gab Nathaniel keine Chance. Digg war es, der

eines Tages vor ihrer Wohnung aufkreuzte – ein Bandana
um den Kopf gewickelt, unter dem er seine Dreadlocks beisammen hielt, und Hosen, in denen er dreimal Platz gefunden hätte – und Nathaniel anbot, bei seinem Kumpel Josh
zu arbeiten, in einer der rotgelben Fastfoodbuden, die seit
ein paar Jahren überall aus dem Boden sprossen. Er könnte
einen Probetag vereinbaren, direkt nächste Woche. All das
ratterte er herunter, in einem leicht verfärbten Englisch,
ohne die Wohnung betreten zu haben.

»Okay«, stimmte Nathaniel zu.

Josh wollte ihn nicht.

Sie hatten noch zwei Zigarettenpackungen, als Ethan immer öfter ablehnte, wenn Nathaniel fragte, ob er ebenfalls
rauchen wollte. Drei Packungen Mehl standen im Schrank
und ein Glas Marmelade, etwas Zucker, ein Päckchen Kaffee, Schwarztee und Eier. Milch kaufte Nathaniel schon
eine Weile nicht mehr, und das Porridge, das er kochte, kam
ohne Bananen oder Feigen aus.

So oft Ethan es wagte, rollte er seine Ärmel hoch. Beim
Brotbacken, wenn Nathaniel nicht mehr losgehen wollte,
um Toast zu kaufen. Wenn er sich die Zähne putzte, beim
Abwasch, beim Aufhängen der Wäsche. Er schlief im Unterhemd, oder – als im Oktober die Temperaturen merklich
sanken – in ausgeleierten Shirts. Manchmal horchte er auf
Nathaniels Schritte und wartete auf den Moment, in dem
die Tür aufging, um sich umzuziehen.

Nicht jedes Mal, nicht jeden Tag. Aber oft genug, um ihm
die Haut zu zeigen, die Nathaniel so sorgsam studiert hatte.

Wer hatte es ihm gesagt? Loraine? Oder Digg? Er fragte nicht nach, und Nathaniel schwieg – nur seine Augen verrieten ihn.

Als er das nächste Mal nach Rasierklingen fragte, achtete er darauf, die Badtür einen Spaltbreit offenzulassen, während er sich rasierte.

»Gottseidank«, hatte er gesagt. *»Gottseidank.«*

Je schneller die Tage dunkler wurden, desto lauter drehte Nathaniel das Radio. Abends kochten sie wieder zusammen, wie früher, mit wesentlich weniger Zutaten, aber gelösterer Stimmung. Ohne Anstrengung brachte Nathaniel ihm zum Lachen, indem er auf Socken über den Linoleumboden rutschte, als laufe er auf Kufen über das Eis, und wenn er sich die Hüfte an der Tischkante stieß, tröstete Ethan ihn mit einem Kuss.

Wie karg die Mahlzeiten wurden, fiel ihnen kaum auf. Nach dem Abwasch blieben sie in der Küche, als gäbe es kein Sofa im Wohnzimmer. Nathaniel rauchte bei offenem Fenster, erst recht, wenn es regnete, und reichte die Zigarette weiter, wenn noch zwei, drei Züge blieben – mehr nahm Ethan nicht an.

»Ich glaube, ich hab' mich dran gewöhnt«, sagte Nathaniel eines Abends. Auf seinem Shirt glänzte ein Fleck auf Brusthöhe, wo er gerade sein Spiegelei abgewischt hatte, sein Haar wuchs kraus in seine Stirn, aber er lächelte.

»Woran?«

»Dass du keinen Bart mehr hast.«

»Jetzt erst?«

Er grinste. »Manche Dinge brauchen eben ihre Zeit. Du wolltest mich doch erst auch nicht haben.«

»Das ist nicht wahr.«

»Zweimal hast du mich abblitzen lassen.«

»Du verdrehst die Tatsachen.«

»Ist das so?«

»Natürlich ist das so.«

Sein Feixen wurde zu einem sanften Lächeln. »Geht's dir besser?«

»Wenn du hier bist, geht es mir immer besser.«

Kopfschüttelnd ließ Nathaniel seinen Blick zum Fenster gleiten. Statt den Park oder die Straße offenbarte es das nächste Haus, so nah, dass man es berühren könnte, wenn man sich weit genug hinauslehnte. »Ich meine es ernst.«

»Ich auch.«

Das Radio brachte Bob Dylans *Forever Young*. Ethan drückte die Zigarette aus und spürte sich im Takt nicken. Er kannte jeden Akkord, jeden Griff, wusste, an wen er dachte, damals in Manchester, wenn er die Melodie der Mundharmonika aus Ermangelung einer solchen mit spitzen Lippen gesummt hatte. Wie die Saiten sich angefühlt hatten, klamm und scharf an seinen Fingerspitzen; wie oft die geblutet hatten nach einem Tag am Albert Square.

»Woran denkst du?«, fragte Nathaniel leise.

»Hm?«

»Du hast diesen Blick. Immer, wenn du zu viel denkst.«

»Es sind nur ... Erinnerungen.«

Nathaniel hob die Augenbrauen. »Wenigstens gute?«

Bob Dylan beschwor sie, eine Brücke zu den Sternen zu bauen, »und nimm auch jede Sprosse«, das schien wichtig zu sein. Bleib für immer jung ... für immer jung.

»Kommt darauf an.«

»Wirst du sie mir erzählen?«

»... nicht heute.«

»Wann anders?«

Ethan schnaubte. Als er aufsah, begegnete er Nathaniels Blick. »In Manchester hat es auch immer geregnet.«

»Soll ich das Fenster schließen?«

»Nein.«

»Was ist es dann?«

Er wünschte ihr ein starkes Fundament, sicheren Halt in einer Welt, in der der Wind sich jeden Moment drehen konnte, und ein starkes, fröhliches Herz. Man möge ihren Song für immer singen, und sie würde jung bleiben, für immer jung.

»Warst du jemals in Schottland?«

Nathaniel runzelte die Stirn. »Nein, warum?«

»Ich auch nicht.«

»Okay«, sagte Nathaniel, beugte sich über den Tisch und küsste ihn.

An diesem Abend ließ er sich das erste Mal von ihm ausziehen. Es war wie ein Pakt – Vertrauen gegen Vertrauen, ein paar Worte gegen nackte Haut, eine Erinnerung gegen Ablenkung, bitte, lass es uns vergessen, lass uns an etwas anderes denken. Nathaniels Brust im Halbdunkel, überzogen von Gänsehaut, wo der Stoff von ihr rutschte, und seine Finger, gekrallt in die Laken, während Ethans Lippen an ihm herabglitten. Ethan vergewisserte sich zweimal, bevor seine Zunge Nathaniels Schaft erreichte. Langsam senkte und hob er den Kopf. Nathaniels Stimme klang heiser, während er versuchte, sein Stöhnen zu ersticken, bis er sich vor Lust wand. Alte Erinnerungen gegen neue.

Wenig später schlief er mit glühenden Wangen ein.

Sein linkes Bein hatte Nathaniel über das rechte gelegt und beide angezogen. Schatten bedeckten seine Schenkel, seine Kniekehlen, sogar seine Fersen. Er wirkte so zerbrechlich, wie er dort lag, die Hand hochgezogen bis zum Kinn. Seine Brustwarzen schimmerten dunkel, zwei daumengroße Flecken: das einzige, was irgendwie nicht-hell an ihm war.

Ethan bückte sich nach der Decke und breitete sie über ihm aus. So würde er sich nicht schämen, wenn er aufwachte. Dann ging er ins Bad, schälte sich aus seiner Hose, die er zuvor nicht losgeworden war, und putzte sich die Zähne. Seine Finger zitterten. Die Zahnbürste glitt ab und verpasste ihm einen Striemen an der Innenlippe. Blutend ging er duschen.

Es war, als hätte es diese Nacht nie gegeben. Nathaniel zog sich vor ihm zurück, wenn er sich umzog, und kleidete sich hochgeschlossen. Ihre Berührungen glichen einem Theaterstück: vorsichtig, als kannten sie sich nicht, als wäre ihr Geplänkel nur Teil einer Show, die sie aufführten, um sich selbst zu überzeugen.

»Bereust du es?«, fragte Ethan.

»Nein«, sagte Nathaniel, ohne ihn anzusehen. »Es liegt nicht an dir, es ist ...«

»Es tut mir leid.«

»Nein«, er küsste ihm die Wange, »nein, bitte nicht.«

Mitte Oktober fand Nathaniel eine Anstellung in der Papierfabrik im Londoner Hafen. Der Job war besser bezahlt als sein letzter, dafür über eine Stunde weit weg. Er arbeitete Zwölfstundenschichten, schleppte sich morgens aus dem Haus und fiel abends ins Bett, meistens ohne zu essen. Seine Finger wurden schwielig. Oft hatte er Schnitte in seiner Handfläche, von denen sich nicht wenige entzündeten. Sein Ringfinger schwoll um die Gelenke herum an, kurz darauf der Daumen der anderen Hand.

Ethan saß nachts an der Bettkante und betupfte Nathaniels Hände mit Jod. Nicht einmal davon wachte er auf, obwohl es brennen musste. Die bräunliche Färbung sank tief in die Poren der Haut.

Auf dem Küchentisch lagen wieder neue Zigaretten, doch sie schmeckten nach Schuld. Die grauen Kaffeetassen wurden staubig, der Stapel an leeren Bierflaschen höher, Nathaniels Blick ausdrucksloser. Er kaufte sich ein Fahrrad, mit dem er etwas Wegzeit einsparen konnte, und einen Walkman mit einer Kassette von Duran Duran, die er jeden zweiten Morgen zuhause vergaß. Loraine kam nur noch selten, und Digg – der den Job im Hafen besorgt hatte – ließ sich gar nicht mehr blicken.

»Was ist mit ihm?«, fragte Loraine eines Tages. »Kann er nicht auch was arbeiten? Schau dich an, du kippst doch bald um.«

»Er kann nicht.«

»Der will nur nicht.«

»Du verstehst nicht ...«

»Nein«, sagte sie. »Ich versteh' dich wirklich nicht.«

7 - 1986

Den ersten Spaziergang allein beging Ethan im Regen. Seine Lederjacke bot nur notdürftigen Schutz. Er hatte sich selbst nach unten gelockt in dem Vorhaben, nur Carries Müll mitzunehmen, und hatte, statt die Treppen hinaufzusteigen, danach einfach die falsche Abzweigung genommen.

Ein Wolkenbruch färbte den Tag dunkel. Graue Gebäude zerflossen unter Schlieren, nasse Autodächer blitzen auf, wenn ein Scheinwerfer sie traf, der Rinnstein gurgelte Zigarettenstummel und Splitsteine.

Mit rasendem Puls schlug er den Weg über die Water Lane ein. Die Straße zog sich lang wie ein Gummiband und schnalzte zurück, traf ihn mit voller Wucht, bis er rannte, um ihrer Sogwirkung zu entkommen.

Spinnenbeine aus Regen krochen seinen Rücken hinab. Zwischen seinen Zehen sammelte sich Wasser. Fröstelnd kam er im Park an, übergab sich in eine der Mülltonnen und wischte sich Tränen und Speichel aus dem Gesicht.

Er zwang sich zu einer Runde. Einer einzigen. Je länger er stur einen Fuß vor den anderen setzte, desto weniger fror er; je länger er nur geradeaus starrte, desto mehr verging die Übelkeit. Ihm begegneten nur vereinzelte Menschen, verborgen unter Kapuzen und Regenschirmen, die schneller durch die Straßen hasteten als er.

Am nächsten Tag ging er wieder, auch den Tag darauf. Nach einer Woche musste er sich nicht mehr übergeben.

Im November schaffte er es, sich eine Routine aufzubauen. Wenn Nathaniel aufstand, war er längst wach, belegte ihm Brote und kochte eine Thermoskanne voll Tee, die er heimlich in Nathaniels Rucksack steckte. Er hielt mit dem Händewaschen aus, bis die Haustür unten zugefallen war, und schrubbte seine Haut bewusst langsam, um sie nicht zu reizen. Eine Rasur später kümmerte er sich um die Küche, bis sie glänzte, und zog am Ende jeder Woche das Bettzeug ab.

Gegen halb zwölf warf er seine Jacke über und verließ das Haus. An manchen Tagen rang er so lange mit sich, dass es beinahe halb eins war, bis er los kam, an anderen schaffte er es nur mithilfe seiner Sonnenbrille, und jeden Tag war ihm übel, bis er die Hauptverkehrsstraße überquert hatte und die Linden in der Ferne schon erahnte.

Am Guy Fawkes Day hatte Nathaniel frei. Ethan schlug ihm einen morgendlichen Spaziergang vor, den er mit einem müden Lächeln bejahte. »Wohin? In den Park?«

Nathaniels Lächeln wurde breiter, als Ethan antwortete: »Überrasche mich.«

Sie nahmen nicht ihre übliche Route, sondern folgten der Straße hinauf bis zum *African and Caribbean War Memorial* am Windrush Square. »Hier war ich mit Loraine«, sagte Nathaniel. Er bückte sich, um Kaugummipapier und eine zerdrückte Zigarettenschachtel aufzuheben, und warf beides in den Müll. Dann lächelte er. »Du siehst gut aus.«

»Danke.«

»Darf ich dich zum Frühstück einladen?«

»Jetzt?«

»Wir können auch bis nachmittags warten.«

Ethan lächelte sacht. »Und wo?«

»Hinter der St. Saviour's Church gibt es ein Café.«

»Also wird das hier eine Stadtführung?«

»Wenn du willst.«

Sie aßen Pfannkuchen mit Blick auf die Kirche – die vielmehr ein aufgehübschtes Ziegelwerk war –, besuchten das hölzerne Kirchenschiff und unternahmen einen Ausflug in den Ruskin Park. Nathaniel bezahlte ein paar Pence für Wildtierfutter, das sie den Ziegenböcken über den Zaun warfen. »Als Mum noch gehen konnte, waren wir mal im Woburn Park.« Der Wind rüttelte die letzten Blätter von den Zweigen und fuhr durch Nathaniels Haar. »Valery hat geheult, als sie nicht allein aufs Karussell durfte, und ich wollte viel lieber im Sandkasten spielen. Ich erinnere mich daran, wie Mum mich am Ohr gezogen hat.« Er lächelte und warf noch ein paar Körner über den Zaun. »Valery sah wirklich aus wie der Affe, ich schwör's.«

Regenwolken verdunkelten den Horizont, doch es blieb trocken. Ein paar Kinder tobten über die Wiesen, bekriegten sich mit Ästen oder spielten Drachensteigen mit ihren Vätern, während ihnen eine streunende Katze auf dem Fuß folgte. Sie miaute kläglich, bis Nathaniel sich zu ihr beugte und sie streichelte. »Wir sollten sie behalten«, sagte er.

»Was, wenn sie jemandem gehört?«

Schließlich führte Nathaniel ihn noch bis zum King's College Hospital – ein weiteres Backsteingebäude mit ein paar Zufahrten und einem kiesigen Parkplatzbett –, bevor er ihn überzeugte, an der nächsten U-Bahn-Station in die Tube zu steigen und zur Tower Bridge zu fahren. Ethan verbarg seine Hände vor Nathaniel, die kleinen Wunden in seinen Handflächen, die vom Schweiß brannten, und lächelte ihm stattdessen zu. Niemand in der Bahn schien Notiz von ihnen zu nehmen. Vor den Fenstern schoss London dahin.

Sie gingen eine Weile am Ufer der Themse entlang. Nur zwei Touristen, der eine in grauem Tweedmantel, der andere in ausgebeulter Lederjacke und Sonnenbrille, die ihre kleinen Finger ineinander verhakten, wenn sie sich sicher waren, in den Menschenmassen untergegangen zu sein. Sanfte Wellen brandeten gegen das Ufer. Die Luft schmeckte frischer als in Brixton. Ethan lehnte sich gegen das Geländer, während Nathaniel zu einer der Imbisshütten ging, um Fish & Chips zu kaufen.

Auf der Tower Bridge staute sich der Verkehr: die letzten Sonnenstrahlen funkelten zwischen den Wolken hervor auf den Autodächern, und unter das Geschnatter der Möwen mischte sich ungeduldiges Hupen. Sie aßen im Stehen, sprachen über Garret aus der Papierfabrik, über Josy und Loraine, über das Fernsehgerät, das Nathaniel letzte Woche aufgetrieben hatte, darüber, sich eine Katze zuzulegen, bevor irgendjemand seinen ungewollten Wurf in der Themse ertränkte.

Draußen war es bereits kalt und dunkel, als Nathaniel die Wohnungstür aufsperrte. »Ich kann gar nicht glauben, dass du all das mitgemacht hast«, sagte er. Mit der Schulter öffnete er die Tür.

»Ist es denn in Ordnung?«

»Ach, Ethan. Das war der schönste Tag seit Langem.«

Den restlichen Abend verbrachten sie ausgestreckt auf dem Sofa mit einem Becher Apfelpunsch in den Händen.

Nathaniel durchforstete das Fernsehprogramm, während seine Beine über Ethans lagen. Sie teilten sich die Bettdecke, obwohl es nicht kalt war, und Ethan begann, Nathaniels Füße zu massieren. Erst genierte er sich, dann ließ er es zu. Mit dem Daumen strich er über Nathaniels Ballen und Ferse, bis ihm ein leises Aufseufzen entkam. Irgendwann döste Nathaniel weg, den Kopf auf Ethans Schulter, während blauweiße Lichter aus der Wodkawerbung über seine Haut flimmerten.

Je länger seine Spaziergänge wurden, desto öfter passierte er die Romola Road und damit den kleinen Kiosk mit den dreckiggelben Markisen. Es war einer von zig Londoner Läden, eingequetscht zwischen Backsteinen und Wohnungen, mit Gittern vor der Eingangstür und Zigarettenwerbung im Schaufenster. An windstillen Tagen schaffte es ein Stehtisch vor den Laden, in dessen Mitte ein Aschenbecher darauf wartete, benutzt zu werden. Es herrschte reges Treiben – oft frequentierten vier bis fünf Menschen den Kiosk in der Zeit, die Ethan brauchte, um den Block zu umrunden und den Rückweg anzutreten.

Erst bemerkte er nicht, was seinen Blick immer wieder fing. Die Menschen konnten es nicht sein: die meisten trugen ausgeblichene Latzhosen, als kämen sie gerade von der Baustelle, Sportjacken oder Baseballcaps. Natürlich kannte er niemanden von ihnen. Weder die wenigen Weißen Kerle, die sich zur Mittagszeit Ale aus dem Kiosk holten, noch die Schwarzen, die sich vor dem Stehtisch trafen, zusammen rauchten und tranken. Auch die ständig wechselnde Zigarettenreklame konnte es nicht sein. Manche der Namen konnte er so schnell nicht entziffern und merkte sich nur die Kombinationen: Blau mit einem G, weiß und rot kariert, roter Deckel mit weißer Schachtel, und Camel. Hinter der Theke, die verschwommen hinter der Werbung zu erkennen war, wartete ein Ständer mit Zeitschriften, Playboys neben Tageszeitungen, Feuerzeuge neben Bonbongläsern. Immer mittwochs um kurz vor ein Uhr landete eine Warenladung vor der Tür, die der junge Angestellte mit den Dreadlocks eilig vom Trottoir räumte.

Kurz, bevor der Dezember ins Land zog, erkannte er ihn.

Es war Digg, und er winkte ihm jeden Tag zu.

Am Abend nach ihrem Ausflug zur Tower Bridge rauchte Nathaniel wieder am Fenster. Er summte gedankenverloren vor sich hin. Feiner Nieselregen sammelte sich auf dem Fensterbrett, den Nathaniel beiseite wischte.

Unterdessen kümmerte Ethan sich um den Abwasch. Er rieb die letzten Soßenreste aus der Pfanne und drückte den Schwamm am Rand eines Glases entlang. Als er alles getrocknet und eingeräumt hatte, wandte er sich zu Nathaniel um. »Was denkst du?«, fragte er.

»Gestern war wirklich schön«, sagte Nathaniel.

»Das freut mich.«

»War es das auch für dich?«

»Sicher.«

»Lüg mich nicht an.«

»Das tue ich nicht.«

Nathaniel atmete aus. »Okay.« Mit spitzen Fingern entledigte er sich seiner Kippe und streckte sich.

»Möchtest du zu Bett?«

Ein Kopfschütteln. Nathaniels Arme legten sich um seinen Nacken. »Küss mich«, flüsterte er.

Ethan gehorchte.

»Nein ... richtig.«

Sanft streiften sich ihre Lippen. Nathaniel drängte sich gegen ihn, neckte Ethan mit seiner Zunge. Der Griff in seinem Nacken wurde fester.

Ethan schickte seine Hand durch Nathaniels Haar. Auf einen Kuss folgte der nächste. Nathaniel ließ ihn nicht ziehen, knabberte an seiner Lippe, ließ seine Hand auf Ethans Brust gleiten, als wollte er seinen Herzschlag suchen. Er zupfte an dem Hemd. »Zieh das aus«, raunte er. Sein Atem ging verräterisch schnell.

»Bist du sicher?«

»Ja.«

Diesmal liebten sie sich in der Küche. Es war vielmehr ein hektisches Ringen; Nathaniel lehnte am Kühlschrank, sein Bein um Ethans Oberschenkel geschlungen, den Kopf in den Nacken gelegt, und ließ sich küssen und liebkosen; seine Hände fuhren durch das Haar auf Ethans Brust, wieder und wieder, zeichneten seine Nippel nach, öffneten verbissen den Gürtel; es dauerte kaum zehn Minuten. Nathaniel kam in Ethans Hand, entschuldigte sich mit dunkelroten Wangen, bevor er ins Bad verschwand.

Während in der Dusche das Wasser lief und Ethan seine Hände wusch, blinzelte er angestrengt. Die Übelkeit kroch durch seinen Körper wie eine Schlange, wand sich durch seinen Magen, bis er sich schwer auf die Arbeitsplatte stützte. Sie verging erst, als er seinen Gürtel wieder schloss.

»Ich hab' mich schon gefragt, wann du mal reinschaust«, grüßte Digg, als er endlich den Mut aufbrachte, den Kiosk zu betreten.

»Guten Tag.«

»Wie geht's euch? Wie macht sich Nate?«

»Er arbeitet viel.«

»Gut.« Digg grinste. »Ich hab 'nen Ruf zu verlieren, und es ist besser, wenn Blondie das durchzieht, weißt du. Was kann ich für dich tun?«

Ethan kaufte eine Tageszeitung und verließ den Laden.

Eine ganze Woche suchte Ethan den Kiosk jeden Tag auf. Nach einer Weile gewöhnte er sich an den Tabak- und Schweißgeruch, an die klebrigen Flecken auf dem Fußboden und den rauen Ton, den die Männer anschlugen. Sie erzählten Digg von irgendjemandes Schwänzen, was dieser mit einem frechen Grinsen quittierte, von Kyle, der sich im Suff mit dem Chef geprügelt hatte. Sie ließen ihn seine Mutter – »deine *maman*« – grüßen oder seinen Dad, »den guten alten Dajuan«, den Inhaber des Kiosks. Bei Herne Hill hatte er wohl noch eine Tankstelle, die ebenso gut zu laufen schien. Einmal betrat Loraine den Laden, begleitet von einer bleichen Blondine mit Fransenpony und grüner Strickjacke, doch sie hatte keine Augen für ihn, sondern unterhielt sich in einer Sprache mit Digg, die Ethan für Französisch hielt.

Es gab zwei Ständer mit Zeitschriften, einen mit Postkarten und einen mit Comics, hinter denen Ethan sich gern versteckte. Einen Getränkeschrank mit sechs Fächern, gefüllt mit Eiskaffees, Bieren und Härterem, und eine Kühlkiste, die verhalten surrte; fünfunddreißig Feuerzeuge in einem Pappkarton auf dem Tresen, jeweils fünf in derselben

Farbe, und einen Chupachups-Turm. Ethan nahm sich Zeit, die Titel der Magazine zu lesen – so fand er heraus, dass es zweiundzwanzig verschiedene gab –, und blätterte durch Comics, deren Font es ihm schwer machte, sie zu entziffern.

Digg versuchte sich immer wieder an unverfänglichen Gesprächen. Herrliches Wetter für Dezember, oder? Vielleicht schneit es nächste Woche ja mal wieder. Ob er ein Auto hatte? Nein? Nun, er hatte sich letztes Jahr einen Rover gekauft, einen alten P4, und ihn mächtig aufgedonnert. Einmal lud er ihn in seiner Mittagspause auf eine Zigarette ein. Sie standen an dem Stehtisch, den er sonst nur betrachtet hatte, und füllten den Aschenbecher.

Erst sprach Digg über das Wetter, erstaunlich mild für einen Wintertag, dann über Clarke, einen rothaarigen Kerl, der wohl öfter mit Loraine ausging, und schließlich fragte er: »Du bist nicht von hier, hm?«

»Nein.«

»Und Nate, wo hast du den kennengelernt?«

»Shropshire.«

»Shropshire.« Digg hob die Augenbrauen. »Seitdem seid ihr zusammen?«, er lachte, »Also, wohnt ihr zusammen, mein ich.«

»Ja.«

»Cool.«

Ethan klopfte die Asche von seiner Zigarette. »Du wohnst mit Loraine zusammen?«

»Wenn du sie fragst, tu ich das.« Ein Grinsen. »Wenn du mich fragst, schnorrt sie sich bei mir durch, bis irgendjemand sie an 'ner Modeschule aufnimmt.«

»Sie möchte studieren?«

»Als Dad das gehört hat, ist er fast durchgedreht. ›Aus Leuten wie uns werden keine von denen‹, hat er gesagt. ›Wir haben dich nicht all die Jahre großgezogen, damit du jetzt vor die Hunde gehst.‹«

»Sie ist deine Schwester?«

»Auch das kommt darauf an, wen du fragst.« Digg drückte seine Zigarette aus. »Vor dem Gesetz ist sie's nicht, aber weißt du, scheiß aufs Gesetz. *Maman* hat sie aufgenommen, als sie acht war, und seitdem haben wir im selben Zimmer geschlafen.« Sein Lächeln kehrte zurück. »Kann ich sonst noch was für dich tun?«

Ethan schüttelte den Kopf, bedankte sich für das Gespräch und brach auf.

Später im Bett legte Nathaniel sich zu ihm. »Es ... es tut mir leid.«

Es dauerte, bis er die Muskeln in seinem Gesicht dazu bringen konnte, die nötigen Bewegungen durchzuführen. Ein Räuspern, und dann ein: »Was?«

»Ich bin einfach abgehauen.«

»Nur unter die Dusche.«

»Du bist nicht ... was ist mit dir?«

»Ich bin in Ordnung.«

»... fehlt es dir nicht?«

Wieder: »Was?«

Nathaniel wand sich in der Dunkelheit. »Du hast so lange gewartet ...«

»Worauf?«

»Muss ich es wirklich sagen?« Er kicherte, doch es klang hohl. »Du weißt schon ... diese Dinge.«

Mit einem langen Ausatmen drehte er sich zu ihm um.

Nathaniels Blick flackerte über sein Gesicht. »Es tut mir so leid«, sagte er wieder, leiser als zuvor. »E...es ist nur alles so ... neu für mich. Diese Gefühle. Sie machen mir Angst. Du musst mir sagen, was ich tun soll, okay? Ich weiß nicht, w...wie man Liebe macht.«

Er befahl seinen Lippen, ein sanftes Lächeln zu zeigen, und hörte sich bereits sagen: »Es ist alles in Ordnung«, doch kein Wort verließ seinen Mund, kein Zucken hob seine Mundwinkel, er starrte ihn einfach nur an.

»Bist du sauer?« Nathaniel sog seine Wange nach innen. Seine Finger spielten mit den Zipfeln der Decke. »Ich werde mich bessern, versprochen.«

Du brauchst dich nicht bessern, wollte er sagen, es ist alles in Ordnung, bitte glaub nicht, dass ich sauer bin, das stimmt nicht. Nathaniels Kissen hatte dreiunddreißig Streifen, wir müssen nicht miteinander schlafen, bitte halte mich einfach, er wollte die Streifen auf der Bettwäsche nicht zählen, nein, bitte tu mir das nie wieder an, bitte, was dachte er da, die Schlange fraß sich durch seine Eingeweide, bitte, fass mich nicht an, fass mich nie wieder an, halt mich einfach nur fest.

»Ethan.« Nathaniel setzte sich auf. »... es tut mir leid, okay?«

Er ging erst ins Bad, als Nathaniel schlief.

Am sechzehnten Dezember, genau ein Jahr nach der Schließung des Pawn's, schlich Ethan im Kiosk um die Theke herum. Er blätterte durch ein Mickey-Mouse-Heft und starrte die Bilder an, Donald und Daisy, Mickey und

Minnie, irgendwo dazwischen Pluto, hätte er nicht Erinnerungen an sie haben sollen, hätte er nicht? Er legte das Heft weg und strich sein Hemd glatt. Digg beachtete ihn kaum. Er riss die Zigarettenschachteln aus den Stangen und sortierte sie einzeln ein. Ethan schlich hinter die Theke, als sie alleine im Laden zurückblieben, und half ihm wortlos. Irgendwann fragte er: »Kannst du mir einen Job besorgen?«

Ein Grinsen glitt über Diggs Gesicht. »Ich dachte schon, du fragst nie.«

8 - 1966

SLAITHWAITE, ENGLAND

Sie waren nicht wieder zum Flussbett gegangen, seit Rupert fort war. Stattdessen folgten sie dem kürzesten Weg nach Hause. Sharan schwieg die meiste Zeit. Ihr Gesicht war glatter geworden, zeigte nur noch selten eine Regung, noch seltener ein Lächeln. Manchmal fragte sie ihn, ob er nicht mit den anderen Kindern Fußball spielen wollte, mit einer Stimme, als wäre sie gerade erst aufgewacht. Seine Antwort schien sie zu überhören, denn selbst, wenn er ihre Ignoranz leid war und »Ja« sagte, reagierte sie nicht.

Zuhause ließ sie ihn auch mit seinen Schulaufgaben allein. Sie stellte ihm ein Glas Wasser vor die Nase und eine Schüssel mit Haferbrei, möglichst leise, weil Mrs. Kurucz mittags oft schlief. Manchmal küsste sie ihn noch auf die Stirn, bevor sie im Kinderzimmer verschwand.

Kritzeleien übersäten seine Bücher, Striemen seine Finger. Er schaukelte mit den Beinen, während sein Mund versuchte, die Worte zu formen. Durch die Gardinen kam spärliches Licht herein. Es wäre ein schöner Tag am Flussbett geworden. Letztes Jahr hatte Sharan versprochen, ihm das Schwimmen beizubringen, wenn es erst warm genug war. Die Aussicht darauf, mit den anderen Kindern im Wasser zu toben, während das Sonnenlicht Gold in die Wellen wob, ließ seine Beine schneller baumeln. Eine Bleistiftsonne begann, in der rechten oberen Ecke zu scheinen. T, las er. Thea–; Ram–; Fisch? Er zeichnete einen Aal, und dann malte er die Sonne aus, bis sie so schwarz war, wie der Bleistift es zuließ.

Wenig später verließ Sharan die Wohnung. Sie trug ihr Haar offen und dunkelrote Farbe auf den Lippen. Ihr Anorak war bis obenhin zugezogen.

Daj hatte ihm neue Aufgaben übertragen. Neuerdings arbeitete sie nicht mehr nur nachts, sondern auch am Nachmittag. Er wusste, dass sie in Zacherys Obstladen war, das hatte sie ihm gesagt, wenn er etwas brauchen sollte oder etwas mit Mrs. Kurucz geschah.

Sobald Sharan fort war, schlug er das Buch zu. Er füllte die Spülschüssel mit Wasser und schrubbte am Geschirr herum, bis er es für sauber genug befand, stapelte Vaters Stoutflaschen und sammelte Scherben ein, kehrte – während der Besenstiel ihn überragte – den Flur, die Küche und die Stube. Wenn er fertig war, lauschte er auf Mrs. Kurucz' Atem, und wenn er sich sicher war, dass sie noch schlief, stieg er die Anrichte hinauf und streckte seine Finger, bis er an Vaters Gitarre kam. Es war keine von Dajs Aufgaben und Vater würde ihn schlagen, wenn er ihn dabei erwischte, doch der Trost, der im Zedernholz wohnte, lockte ihn an.

Um Mrs. Kurucz nicht zu wecken, zupfte er sanft an den Saiten. Der Ton hing im Raum, schwebte über den Tisch, über das durchgesessene Sofa und das Klappbett, bis er sich in den Falten der Gardinen fing.

Wenn Sharan nach Hause kam, war ihr Lippenstift verwischt und ihre Haut voller schwarzer Spuren. Wie Finger glitten sie über ihre Wangen und ihren Hals hinab. Sie roch nach Abgasen. Draußen zeigten sich die Anfänge des Sonnenuntergangs. Hatte es geregnet? War sie allein gesprungen? Sie schlich in die Küche und nahm den Spüllappen, um ihr Gesicht zu reinigen. Ihre Haut rötete sich, als reibe sie mit Sandpapier – als löste sie nicht nur Schminke und Schlieren, sondern Schicht um Schicht, bis das Tuch über ihre Wangenknochen schabte.

»Warst du bei der Werkstatt?«, fragte Ethan.

Sharan hielt inne. »Geh spielen.«

»Ich will nicht.«

»Dann mach deine Aufgaben.«

»Die sind fertig«, log er.

»... lies sie nochmal durch.«

»Warst du bei der Werkstatt?«

»Warum willst du das wissen?« Ihre Augenränder leuchteten rot.

»Nur ... ich mein' ...« Er senkte den Kopf. »Die Pfützen.«

»Das ist alles, woran du denkst?« Sharan schleuderte den Lappen zurück in die Spüle. »Glaubst du nicht, ich hab' Besseres zu tun?«

»Ich dachte ... ich dachte, wir ...«

»Nimm dein Buch und geh. Ich will allein sein.«

Was hab' ich denn getan, wollte er fragen, warum liebst du mich nicht mehr, er klemmte sein Buch unter den Arm, warum, warum, warum, seine Tränen waren heiß, als hätte er Fieber, wer liebte ihn noch, wenn nicht mal Sharan es tat, hatte Rupert Recht gehabt, hatte er? Mr. Tanner würde das Lineal auf seine Finger schnalzen lassen, bis die alten Blutkrusten brachen, und Daj würde ihm nur müde durchs Haar streichen, und Sharan – Sharan stand mit dem Rücken zu ihm in der Küche.

»Schhh«, sollte sie sagen. »Komm her.« Sie sollte ihn hochnehmen, als wiege er nichts, ihn ins Bett bringen und zudecken, wo sie ihm Geschichten aus Venedig erzählte, während er in ihren Armen einschlief, »Schhh, nicht weinen, das wollte ich nicht, es ist nur so viel, Eth, verstehst du …«, er wollte ihren Herzschlag an seinem Ohr hören, ihre Wärme spüren, doch ihre Augen mieden die seinen, ihr Trost war nicht echt, nichts war echt. Sie roch nach Abgasen, und ihre Tränen waren kalt, als wäre sie erfroren.

Wenige Tage später sagte Daj zu ihm, dass er Vater aus Ben's Pub holen müsste. »Nur dieses Mal«, versprach sie.

Sharan schlief bereits, als er sich aus dem Bett stahl. Er zog seine Wollhose über, gefolgt von einem alten Pullover, der einst seinem Bruder gehörte. Dann wusch er sich den Schlaf aus dem Gesicht und kämmte sein Haar mit den Fingern. Aus dem Spiegel blickten ihn Sharans Augen an, Dajs Augen, seine Augen, ein helles Braun, das sich gegen Vaters Grau durchgesetzt hatte. Nur Rupert hatte das Grau geerbt, und nur Rupert verstand sich gut mit Vater, und Rupert war es auch, der ihn sonst nach Hause gebracht hatte. In der

Küche tickte die Uhr. Der Zeiger quälte sich vorwärts, tick, tick, tick, wie auf Zehenspitzen.

Von Daj war noch nichts zu sehen. Die Straßenlaternen färbten die Nacht heller und den Nebel silbern. Auf dem Teppich lagen Matten aus grauem Licht. Sie offenbarten die Flecken unzähliger Biere. Mrs. Kurucz' Schnarchen kratzte durch den Flur. So leise er konnte, zog er seine Stiefel über. Auch seine Schuhe stammten aus Ruperts Erbe. Besaß er überhaupt ein eigenes Kleidungsstück? Wenn es Rupert nicht gegeben hätte, wer wäre er dann überhaupt? Seine Zehen waren kleiner als die seines Bruders, seine Füße schmaler. Sobald er lief, stieß er gegen das aufgeraute Leder und holte sich Blasen. Am schlimmsten waren die nassen Tage, wenn er durch die Pfützen nach Westdeutschland, Moskau und Belgien sprang. Seine Fersen –

»Wo willst du hin?«, flüsterte Sharan. Ihr Nachtkleid hob sich gegen die Schatten ab, während ihre Haut darin verschwand. Ein Lichtstrahl traf ihre nackten Knöchel.

Ethan blinzelte. »Daj hat gesagt ...«

»Was?« Sie kam einen Schritt näher. »Was hat sie gesagt?«

»Ich muss Vater holen.«

»Du?«

»Nur dieses Mal, hat sie gesagt.«

»Zieh die Schuhe aus.«

»Aber ...«

»Du gehst nirgendwo hin.«

»Aber Daj hat gesagt ...«

»Du bist doch gerade mal sieben.« Sharan ging vor ihm auf die Knie. Die Werkstatt hatte sie abgewaschen; sie roch wieder nach Sharan, nach muffigen Laken und altbackener Seife.

»Daj hat gesagt, wenn er zu lange bleibt, haben wir bald nichts mehr zu essen.«

»Schhh.« Ihre Hand legte sich auf seine Wange. Für einen Moment war alles wie früher: Gleich würde sie ihn in ihre Arme ziehen und ihm sagen, dass er es schaffen würde, ganz sicher, das wusste sie. Sharans Daumenkuppe fuhr sanft über sein Ohrläppchen. Dann richtete sie sich auf. »Ich gehe.«

»Daj sagt, es ist zu gefährlich für dich.«

Sie schnaubte. »Daj sagt so viel. Hör ihr nicht zu. Hörst du? Versprich es mir. Egal, was sie sagt – wenn du es nicht möchtest, Eth, egal, was sie verlangt, versprich mir, dass du Nein sagst.« Als er nicht antwortete, griff sie nach seinem Arm. »Versprich es.«

»Lass mich Vater holen.«

Ein Kuss, gehaucht auf seine Stirn, und ein Stoß in Richtung Bett. »Wenn du groß bist, musst du noch ganz oft mutig sein«, sagte Sharan. Damit ging sie; nur ein Mantel über ihrem Nachthemd und Sandalen über ihren Zehen; ihr Haar zu einem losen Knoten geflochten; ihr Rücken gerade und ihr Kopf erhoben, als gäbe es nichts auf der Welt, was ihr geschehen konnte.

9 - 1988

BRIXTON, LONDON

Nathaniel setzte sich auf. Er spielte mit den Fransen seiner Decke, warf einen Blick zum Fenster, dann wieder zurück. »Du hast mir nie erzählt, dass du einen Bruder hast.«

»Es war nicht wichtig.«

»War es nicht?«

»Ich bin ihm seither nicht wieder begegnet.«

»Bestimmt ist er noch am Leben …«

»Ich will ihn nicht sehen.« Ethan wandte sich ab. Er beruhigte seinen Atem und entkrampfte seine Finger. Auf den Kartons standen, in Nathaniels krakeliger Handschrift verfasst, Buchstaben. Vier auf dem einen – N, A, T, E –, fünf auf den anderen.

»Verstehe.« Eine Weile zupfte er an der Wolldecke herum. »Ich wünschte nur, du hättest es mir gesagt.«

»Was hätte es geändert?«

Ein Schulterzucken. »Alles.« Unten fuhr ein Auto mit wummerndem Bass am Haus vorbei; irgendwo sangen ein paar Leute ›*Don't Stop Me Now*‹, gefolgt von Gelächter.

»Hat er ... dich immer so behandelt?«

»Meistens.«

Nathaniel seufzte. »Und ich dachte, du hättest mir im Motel alles erzählt. Nein, viel mehr ...«, er hob die Handfläche, »... habe ich gehofft, dass es alles war. Um deinetwillen.« Er schüttelte den Kopf, dann warf er seine Decke zurück. »Kaffee oder Tee?«

»Eine Zigarette.«

»Gibt's gratis dazu. Also?«

Nathaniel streckte ihm die Hand entgegen, und Ethan nahm sie an.

Die Küche wirkte mittlerweile kalt und leer. Zusammengeknülltes Zeitungspapier bewegte sich, wenn ein Luftzug vom Fenster hereinschlich, ansonsten stand auf der Arbeitsplatte nur noch der Wasserkocher. Nathaniel hatte die Neonröhre unter den Küchenschränken eingeschaltet und das Deckenlicht aus gelassen. Er stand vor dem Karton mit den Tassen und packte zwei Stück aus. Das Hemd, das er sich übergeworfen hatte, flatterte lose um seinen Hals. Über seine Beine lief gut sichtbar eine Gänsehaut. Anstatt sich zu beschweren, entzündete er seine Zigarette und warf ihm die Schachtel zu.

Selten hatte er so unbedarft ausgesehen wie jetzt. Nacktheit war immer etwas Schwieriges für ihn gewesen. Erst, nachdem er verkündet hatte, London zu verlassen und mit dem Erbe seiner Tante einen neuen Versuch zu wagen, schien er von seiner Anspannung befreit. Vielleicht war es auch das Wissen, dass das, was sie geteilt hatten – die Küsse auf Nathaniels Schlüsselbein, das unter seiner Haut hervorstach, die Fingerspitzen, die dem Streifen blonden Haares nach unten gefolgt waren –, nun wieder allein seines war: Er würde ihn nicht wieder berühren, schon gar nicht auf diese Weise.

Nathaniel bemerkte seinen Blick. »Setz dich.«

Während er gehorchte, verbot er sich, auch nur eine Miene zu verziehen. Nathaniels Lächeln verschwand dennoch. Ethan streckte sein Bein aus, bis er bequem sitzen konnte, und dankte Nathaniel für die gereichte Tasse.

»Damit hat es angefangen. Kaffeetassen am Morgen, am anderen Ende des Tisches. Eine Zigarette zwischendurch. Wie du immer herumgeschlichen bist. Jedes Mal habe ich mich zu Tode erschreckt.«

»Das tut mir leid.«

»Es hat dir doch Spaß gemacht.«

Ethan lächelte sacht. »Vielleicht.«

Kaffeedunst und Zigarettenqualm wölkten durch die Küche. Das Fenster zeigte die raufasrige Außenhaut des Hauses gegenüber, unterbrochen von Scheinwerferlicht, das an ihr herabglitt. Statt in seine Handfläche, bohrte Ethan seine Nägel in den Tisch, folgte der Maserung längst abgehackter Äste. Ob es grausam war, einen Baum zu schlachten wie Vieh, um aus seiner Mitte ein perfekt geformtes Möbelstück zu fertigen? Seine Daumenkuppe erfühlte einen Riss. Wenn die Musterung einem Adergeflecht glich – konnte ein Baum verbluten? Wie lange wurde das Holz geschliffen, bis seine Narben abgetragen und die Oberfläche eben war? Wie viel Harz musste entfernt werden, wie viel eigentlich gesundes Material?

Nathaniels Finger fuhren am Rand seiner Tasse entlang, folgten dem Henkel hinunter bis zum Boden und wanderten auf der anderen Seite wieder hinauf. Seine Augen hingen an einem unverrückbaren Punkt jenseits des Raumes. Er könnte die Schatten im Flur zählen oder sich vergewissern, dass sein Wintermantel wirklich nicht mehr an dem Nagel hing. Womöglich fiel ihm nichts davon auf. Vielleicht tanzte er wieder in einem stickigen Keller, an der Seite jener Ivy oder vielleicht sogar an Tonys, während Alkohol seine Kehle aufraute und sein Lachen zwischen bunten Lichtern verging. »Es hat nicht wehgetan«, hatte er gesagt. »Zumindest nicht währenddessen.« Sein Blick war zum Fenster gewandert, blank unter der Decke der Erinnerung, während er nackt neben Ethan im Bett lag. Wie, als wäre es ihm bewusstgeworden, hatte Nathaniel die Laken bis an sein Kinn gezogen, verbarg seinen Körper vor ihm, wie er ihn vor Ivy verborgen hatte. »Du hast ans Sterben gedacht«, hatte Ethan ihn erinnert. »Ich hätte fast geheult«, sagte er damals, mit einem schrägen Lächeln, das nicht zu seinen Worten passen wollte. »Aber weißt du? Ich dachte, es wäre nicht so schlimm. Vielleicht war ich selbst daran schuld, mit meinen ständigen Absagen. Nichts war wichtig, wenn es nicht um Mum ging.« – »Du hättest wichtig sein müssen.« Daraufhin hatte Nathaniel ihn endlich angesehen. Unter der Decke fand er seine Finger und drückte sie. »Ich liebe dich«, sagte er. Einfach so. »Weißt du das, Ethan?«

»Hast du dich je gefragt, was aus Nama geworden ist?«

Blinzelnd sah Ethan auf. »Sie ist eine Katze.«

»Ach?«

»Vermutlich jagt sie Mäuse und schläft im Hühnerstall.«

»Denkst du, sie sind noch da?«

Ein Schulterzucken.

Nathaniel zog eine neue Zigarette aus der Schachtel. »Ich hab' dich nie gefragt, ob du das Haus vermisst«, sagte er leise. »Immer dachte ich: Es ist gut, dass er von dort weg ist. Irgendwann wird er sehen, wie viel besser es ohne das Haus ist. Alles ist besser als Dwellton.« Er zündete die Zigarette an und suchte seinen Blick. »Vermisst du's?«

Ich vermisse die Gespräche, die wir dort hatten, Ethan neigte den Kopf, ich vermisse den Sommer im Garten und das Rennen im Wald, er griff nach dem Feuerzeug und ließ es klicken. Wenn er die Augen schloss, sah er drei Pfannen und sieben Töpfe, zwei Kochlöffel, ein Nudelholz und ein Backblech mit einer Schramme, drei Tomatenpflanzen standen im Garten, ›Er‹ besaß dreiundzwanzig Hemden, ich vermisse es, Gitarre zu spielen und allein zu sein, bitte sei mir nicht böse, jedes zweite Jahr klebte er neue Tapeten an die Schlafzimmerwand, damit er die Muster darauf zählen konnte, ohne verrückt zu werden, ich vermisse nicht das Haus, ich vermisse das Vergessen, ein Kopfschütteln, beinahe hätte er den Finger in das Feuer gehalten, er ließ den Mechanismus los.

»Wie sehr hat er dir weh getan?«, fragte Nathaniel.

»Wer?«

Sein Blick huschte davon. »Mein Vater.«

10 - 1986

Mr. Dixon erwies sich als untersetzter Mann mit Geheimratsecken und einem verknitterten Gesicht. Im Nacken band er seine Filzlocken zum Knoten; an seiner Stirn kräuselten sich ergrauende Strähnen. Er war stämmig und trug ein ausgewaschenes Bandshirt, Blue Jeans und einen breiten Ehering. Sein Blick lag eisern auf Ethan: Er musterte die Narben, seine Hände, die zwar sauber, aber verkrampft übereinander lagen, die schwarze Hose, das teure Hemd.

Digg lehnte sich in seinem Drehstuhl zurück und gähnte. *»Allez, il va bien. Donne-lui une chance.«*

Mr. Dixon schnaubte. *»C'est facile pour toi de dire ça.«*

»Je l'ai vu. Das wird schon, Dad. Gib dir 'nen Ruck.«

Das Büro, in dem sie saßen, hatte diesen Namen kaum verdient. Es war ein mit Akten und Papieren vollgestopfter Raum im hinteren Teil einer Tankstelle, kaum größer als die Toiletten auf der anderen Seite des Gebäudes. Auf dem Schreibtisch nickte ein staubiger Dackel den Abrechnungen zu. Der Geruch von Benzin hing in den Regalen, der nach Schweiß und Deodorants in den Overalls, die sich über dem Türrahmen stapelten.

Mr. Dixon klopfte mit der Spitze des Kugelschreibers auf einen Turm von Dokumenten. »Schon mal ein Auto betankt?«

»Ja, Sir.«

Er brummte. »Steck dir dein Sir sonst wo hin, Junge.«

»Ja, S... – in Ordnung.«

»Und eine Motorhaube hast du auch schon mal angehoben?«

»Ja.«

»Wo siehst du, was du tanken musst?«

»Der benötigte Treibstoff ist meistens im Tankdeckel vermerkt.«

»Rauchst du?«

Ethan blinzelte. »Ja.«

Unter dem Tisch holte Mr. Dixon eine Schachtel Lamberts & Butlers hervor. Eine davon bot er ihm an.

»Danke.«

»An den Zapfsäulen wird nicht geraucht. Das ist deine letzte bis Dienstschluss.«

»Verstanden.«

Wieder brummte Mr. Dixon. »Ist 'ne dreckige Arbeit. Du solltest deine schicken Hemdchen zuhause lassen.«

»In Ordnung.«

Digg stieß sich ab und drehte Kreise in seinem Stuhl. »Heißt das, du lässt ihn bei dir arbeiten?«

»*Arrête de déconner*«, sagte er zu Digg, und an Ethan gewandt fuhr er fort: »Einer der Jungs ist abgehauen, und ich brauche jemanden, der draußen die Leute bedient. Wischwasser auffüllen, Benzin tanken, Ölstand checken, Reifendruck prüfen. Schaffst du das?«

»Ja.«

»Jonathan wird dir alles zeigen. Heute ist dein Probetag.«

Ethan atmete auf. »Vielen Dank, Sir.«

»Ja, ja ...« Mr. Dixon griff über Ethan hinweg nach einem Overall und hielt ihn prüfend hoch. »... der hier muss für den Anfang genügen.«

»Wo ... kann ich mich umziehen?«

Mr. Dixon kratzte sich am Kopf. »Ist's dir hier nicht fein genug?«

»N-Nein, es ist ...«

»Komm, Eth. Ich zeig's dir.« Digg hielt ihm die Tür auf und nickte ihn mit dem Kinn hindurch. Hastig drückte er seine Zigarette aus und folgte. Sie durchquerten das Innere der Tankstelle – ein paar Zeitschriftenständer, ähnlich wie drüben im Kiosk, ein paar Getränke und Sandwiches in luftdichter Verpackung, Wischwasser und Lufterfrischer, Kaugummis und Zigaretten –, passierten die drei Zapfsäulen und blieben vor den Toiletten stehen. Nachdem Digg ihm die Schlussel in die Hand gedrückt hatte, hielt Ethan den Atem an und suchte sich eine Kabine. Es stank nach Durchfall und Urin. Die Fliesen schienen seit Jahrzehnten nicht geputzt worden zu sein, und den Toilettendeckel wollte er gar nicht erst anheben.

Seine Kleidung faltete er ordentlich zusammen und wusch sich am Waschbecken notdürftig das Gesicht. Keine Seife – keine Bürste – den Dreck kratzte er mit den Fingernägeln von seiner Handfläche. Danach ging es ihm endlich besser.

Digg empfing ihn mit einem breiten Grinsen.

»Jonathan?«, fragte Ethan.

»Wehe, du sagst das jemandem.«

Sie tauschten ein Lächeln, wobei Ethans zaghafter war als Diggs. Der schlug ihm auf die Schulter und betrachtete dann die dunkelblaue Arbeitskleidung. »Zu kurz«, sagte er und berührte mit der Schuhspitze Ethans Knöchel.

»Es wird gehen.«

»Es ist tiefster Dezember, gestern hat es geschneit, deine Socken sehen aus wie aus den Fünfzigern, und Handschuhe hast du auch nicht. Du bist krank, bevor du die Stelle hast.«

Ethan hob einen Mundwinkel. »Für heute geht es.«

Mit einem Schulterzucken wandte Digg sich um. »Na dann: nach dir.«

Nathaniel erwartete ihn. Er drehte die Heizung im Wohnzimmer auf, nachdem er die Kälte von Ethans Lippen geküsst hatte, und bugsierte ihn aufs Sofa. Ehe er widersprechen konnte, lag eine Decke auf seinen Schultern und ein Teebeutel bereit, für den Nathaniel heißes Wasser kochte.

»Wie war's?«, rief er aus der Küche.

»Gut.«

»Kamst du zurecht?«

»Ja.«

»Was hat Mr. Dixon gesagt?«

»Er schien zufrieden.«

Nathaniel seufzte. »Als wäre ich dabei gewesen.«

Ein leises Lächeln konnte er sich nicht verkneifen. »Ich darf morgen wiederkommen.«

»Das ist großartig. Wirklich.«

»Allerdings werde ich auch an Weihnachten arbeiten müssen. Ist das in Ordnung für dich?«

»Warum sollte das nicht in Ordnung sein?«

»Es ist Weihnachten.«

»Wir wissen beide, dass Weihnachten nicht unser Fest ist.«

»Ich dachte nur ...«

»Ja?« Mit dem Wasserkocher in der Hand betrat Nathaniel das Wohnzimmer. »Sag schon.«

»Vielleicht hättest du gerne noch einen Spaziergang gemacht.«

Sein Blick wurde milder. »Ich würde gerne jeden Tag mit dir spazieren gehen, aber so funktioniert das Leben nicht. Dass du einen Job hast, ist mir Weihnachtsgeschenk genug.«

Ethan nickte. »Danke.«

»Dafür brauchst du mir nicht danken.« Nathaniel lächelte und goss das Wasser auf. »Wirklich nicht.«

Ethan lächelte zurück.

Als Nathaniel wenig später auf seinen Schoß sank, bat der leise: »Küss mich.«

»Richtig?«

»Ja. Richtig.«

»Ich habe kein Konto.« Ethan knibbelte an seinen Fingernägeln. Dreck hatte sich darunter verfangen. »Bei der Bank.«

»Kein Problem«, sagte Digg, während er eine Zigarette hinter seinem Ohr hervorholte. »Wir fahren morgen zu Josh, der kennt sich mit sowas aus. Nächste Woche hast du eins.«

»Du findest es nicht ... seltsam?«

»Alles an dir ist seltsam, mein Freund.« Digg lächelte. »Und irgendwann, wenn ich's mir verdient hab, wirst du mir sagen, warum.«

Sie lagen im Bett, Ethans Arm um Nathaniels Schultern geschlungen, während Schneeflocken auf das Dachfenster taumelten. Ethan erzählte von Benzin und Diesel und

Super, von einem jungen Mann, der nicht wusste, wo sich sein Tankdeckel befand, von einer Mutter mit drei Kindern, von denen eins auf die Sitze gespuckt hatte, von den vielen Menschen, die ihn kaum beachteten oder sogar eine Zapfsäule weiterfuhren, um von Deniz oder Malcolm bedient zu werden. Die Kälte, die seine Beine ertauben ließ, überging er genauso wie die schweren Blicke von Mr. Dixon.

Nathaniel lauschte schweigend. Er hatte sich nicht wieder angezogen, sondern lag nackt unter der Decke, spielte mit dem Haar auf Ethans Brust und hielt die Augen geschlossen. Ab und zu lächelte er oder schnaubte, drückte seine Lippen auf Ethans Hals oder kicherte sogar, doch die meiste Zeit über schien er auch ohne Worte glücklich. Irgendwann murmelte er: »Morgen kaufe ich dir Handschuhe ...«, doch Ethan wiegelte sofort ab, das würde er selbst übernehmen, sobald er den ersten Lohn erhielt, Nathaniel bräuchte sich keine Sorgen zu machen, er schaffte das schon. Ihr Gespräch glitt ab. Sie besprachen, dass Essen über die Feiertage beschafft werden musste, dass es keine Geschenke geben würde und aus Prinzip auch keinen Schmuck. Dass Nathaniel am Weihnachtsabend auf Ethan warten würde, so wie es sonst andersherum geschah, und er würde Punsch besorgen und einen Weihnachtsfilm. Es gab niemanden, den sie besuchen wollten, niemanden außer den anderen, den sie sehen wollten. Nathaniel lehnte ab, als Ethan vorschlug, einen Nachtisch zu machen, bevor er zur Arbeit ging – wie das klang! –, und bestand darauf, dass es an ihm wäre, zu kochen.

Mrs. Higgson hatte angerufen, sie hatte sich Besuch gewünscht und verkündet: Tony war Vater geworden.

Vielleicht würden sie über Silvester wegfahren, nur für zwei, drei Tage, um etwas anderes zu sehen. Sie spekulierten auf ein neues Auto, da Nathaniel diesen Luxus, nun, wo sie ihn nicht mehr hatten, zu vermissen begann, und welche Marke es sein würde, ein Mazda vielleicht, ein VW oder doch etwas Britisches? Irgendwann schwiegen sie. Es war ein leichtes Schweigen. Ein verbundenes.

»Du hast deinen Tee vergessen«, flüsterte Nathaniel.

»Du hast ihn mich vergessen lassen.«

Er lächelte. »Das stimmt nur zur Hälfte.«

»Hm?«

Fingerspitzen glitten über seinen Bauch, fanden den Nabel, den Hosenbund. Die Gürtelschnalle gab viel zu schnell nach; der Knopf, der Reißverschluss, nichts davon stellte ein Hindernis dar. Nathaniels Hand schmiegte sich über der Unterwäsche an seinen Penis. Sie war warm, und gleichzeitig war ihm kalt.

»Was tust du?«

»Mich revanchieren.«

»Du musst das nicht tun.«

»Ich weiß.« Nathaniel begann, ihn zu massieren.

»Wirklich, du ...«

»Es ist okay. Entspann dich.«

»Nathaniel ...«

»Schhh.«

Ethan legte den Kopf in den Nacken. Die Sonne war längst untergegangen, kein Abendlicht entblößte den Staub, er konnte nur die Dunkelheit zählen. Durch die Wände schrie Carries Baby, es schrie laut und aus voller Kehle. Er stellte sich Carrie vor, wie sie ihr Kind an ihr beflecktes

Shirt presste, wie sie es wiegte, um seinen Kummer zu stillen, während in der Wäschetrommel bereits die nächste Ladung darauf wartete, sie zu trennen. Nein, solche Gedanken halfen nicht. Wie wand Nathaniel sich, wenn Ethan vor ihm auf die Knie ging, wie schnell ging sein Atem, wie rot war seine Haut. Irgendwo spielte *Forever Young*, irgendwo weit entfernt oder in einem Winkel seiner Seele.

Die Dunkelheit war unendlich.

»Bist du okay? Ethan?«

»Sicher«, hörte er sich sagen.

»... mache ich irgendetwas falsch?«

»Nein.«

»Was ist es dann?«

Dreimal setzte er an, zu sprechen, bis er bemerkte, dass er weinte. Schnell wischte er sich über das Gesicht. »Deine Zähne«, log er.

Der Overall drückte und stank. Die Handschuhe, die Deniz ihm geliehen hatte, waren zwischen den Fingern zu kurz und hinterließen ein Gefühl, als wüchsen ihm Schwimmhäute. Er hatte längere Socken angezogen, um den Spalt zwischen Hosenbein und Schuh zu überbrücken, und Digg hatte ihm eine Mütze über den Kopf gezogen, die er erst nicht hatte annehmen wollen.

Mr. Dixon schickte ihn an Zapfsäule zwei. »Und vergiss nicht, zu lächeln.«

»Ja, Sir.«

Nathaniels Lippen umschlossen ihn, doch sie waren schwer. Die Wärme fühlte sich so bekannt an, sie verursachte ihm

Gänsehaut, vielleicht musste er ihn ansehen, Nathaniel ansehen, damit er sich sicher sein konnte, dass er es war. Zaghaft streckte er die Hand nach ihm aus, berührte seine nackte Hüfte, streichelte über seinen Rücken, zählte die Wirbel. Es war Nathaniel. Es war Nathaniel. Nathaniel würde ihm nichts tun. Ethans Finger verschwanden in den blonden Locken; Nathaniel verstand es als Aufforderung, bewegte sich schneller und schneller; er kam, endlich, doch die Schauer waren nicht erlösend; sein Magen krampfte; dann sah er sich selbst, wie er halb angezogen auf dem Bett lag, Nathaniel schwer atmend über ihm, sein Haar wild und zerzaust, seine Lippen geschwollen.

Als Nathaniel neben ihm aufs Kissen fiel, fiel er zurück in seinen Körper.

Digg wies ihn an, in den Rover zu steigen und sich anzuschnallen. Sie hörten eine alte Kassette, die das Radio zweimal ausspuckte, bevor sie auf krisseligen Tonspuren spielte. Ihr Schweigen wuchs, während Digg fuhr und fuhr und fuhr. Er hielt an roten Ampeln und ließ Fußgänger über die Straße.

Nach einigen Minuten löste Ethan seine verkrampfte Hand um den Türgriff, er hatte gar nicht bemerkt, dass sie dort lag, als würde er jeden Moment aussteigen wollen. Ein Atemzug, ein zweiter.

»Barry McGuire?«, fragte Ethan mit vager Geste auf das Radio.

Digg lächelte. »Noch was, was du keinem erzählst. Immerhin hab' ich 'nen Ruf zu verlieren.«

Am Abend danach trafen sie sich vor der Haustür. Nathaniel hatte überraschend gute Laune, während er sein Fahrrad im Hinterhof ankettete. Ethan stand vor dem Briefkasten und versuchte, die verbeulte Tür so weit aufzubekommen, dass er die Post herausholen konnte. »Du bist früh heute«, sagte Ethan.

Nathaniel grinste. »Garret meinte, vor den Feiertagen ist zu wenig los, um uns alle dazubehalten.«

»Was für ein Pech.« Ethan sperrte die Haustür auf und winkte ihn vor. Auf dem Weg nach oben stieß Nathaniel ihn mit der Schulter an, bis er grinste, dann klaute er ihm die Briefe aus der Hand und hastete nach oben. »Erster!«

Ethan ließ sich Zeit.

Seine Beine schmerzten vom durchgängigen Stehen, seine Lippen vom Lächeln, seine Haut von der Kälte. Zwar trug er wieder Hemd und Hose, doch der Gestank des Benzins steckte tief in seinen Poren. Flecken benetzten seine Schuhe, alte Oxfords, die ›Er‹ ihm damals gekauft hatte. Neben Handschuhen wären sie das erste, was er von seinem Lohn ersetzte.

Als er oben ankam, stand die Tür offen. Nathaniel verharrte mitten im Flur, ein Schuh lag neben ihm, der andere hatte zwar aufgebundene Schnürsenkel, doch ausgezogen war er nicht. Seine Jacke war ihm von der Schulter gerutscht, sein Rucksack lehnte an seinem Bein.

»Nathaniel?«

Er räusperte sich. Mit dem Arm wischte er über sein Gesicht, dann wurde er den zweiten Schuh los, strich sich die Haare aus der Stirn. »Hey.«

»Hey.«

»Komm schon rein.« Nathaniel tastete mit der Hand über den Lichtschalter, während seine Augen an den Briefen klebten. Er stolperte über die Türschwelle.

»Ist alles in Ordnung?«

»Mhm.«

Ohne auf die Reihenfolge zu achten, in der sie ihre Kleider sonst aufhingen, warf Ethan seine Jacke auf den Nagel und die Tür hinter sich zu. In der Küche fand er Nathaniel am Tisch, den Blick auf das Papier gerichtet, während er mit einem Kronkorken spielte. Langsam sank er ihm gegenüber an den Tisch. »Nathaniel«, sagte er wieder.

»Ich wusste, dass es kommt. Ich hab's die ganze Zeit gewusst. Aber jetzt ...« Er blinzelte. »Diesmal vermassle ich es nicht. Versprochen.«

»Wovon sprichst du?«

»Das Erbe, Ethan. Valery hat es ausgeschlagen.«

»Ist das Haus nicht verkauft?«

»An wen denn?«

»Du hast doch ...«

»Ich schlage es aus und alles wird gut.« Nathaniel legte seine Hand auf die Briefe. »Ich schlage es aus, und alles wird gut.«

»Du möchtest es nicht ausschlagen.«

»... es ist mein Zuhause«, sagte er. »Es geht nicht nur um *das* Haus, sondern auch um das meiner Mutter. Es ist eine Bruchbude. Wahrscheinlich könnte man Achtzigtausend in die Renovierung stecken und müsste trotzdem bald ausziehen, es ist schief und krumm und unter der Veranda wachsen Stechpalmen raus. Das Badezimmer hatte noch nicht mal eine Wanne und mein Bett war zu klein. Aber da drin hab ich mit Tony gespielt, bis es dunkel wurde, zu Abend gegessen und mit Mum gewohnt, bis es vorbei war. Bis Valery wiederkam und meinte ...«

»Das tut mir leid.«

»Es ist nur nicht leicht, das ist alles.« Mit den Fingerspitzen streichelte er über die Zeilen. »Morgen hole ich Briefpapier und setze alles auf. Vielleicht rufe ich Mrs. Dorten an.«

»Wir können es behalten, wenn du willst.«

Nathaniel sah auf. »Das können wir uns nicht leisten.«

»Vielleicht brauchen wir kein Auto, wenn wir dort wohnen.«

»In Hedford brauchen wir erst recht ein Auto. Du hast das Haus doch gesehen. Es liegt mitten im Wald.«

»Du liebst den See dort.«

»Ich kann im Ferrers Lake schwimmen, wenn wir Mrs. Higgson besuchen.«

»Du hast mir gesagt, dass du es bereust, nicht dageblieben zu sein.«

Er runzelte die Stirn. »Das habe ich nie ...«

»Im Bett.«

»Das hast du falsch verstanden.«

»Habe ich das?«

»Ja, hast du!« Nathaniel sog seine Wange nach innen. »Ich war verzweifelt und wollte, dass es dir endlich besser geht. Dass du nicht mehr tagelang im Bett liegst und abnimmst und dich vor Loraine versteckst – ja, das habe ich gemerkt, was dachtest du denn? –, ich wollte, dass du wieder du bist, so wie jetzt, und den Teufel werd' ich tun und mit dir hier wegziehen, jetzt, wo du endlich wieder rausgehst und ...«

»Ich verstehe.«

»Tust du das?«

»Ja«, sagte Ethan leise. »Das tue ich.« Langsam erhob er sich. Im Flur stellte er die Schuhe ordentlich an die Fußleiste. Er fegte und rieb die Zahnpastaflecken vom Waschbeckenrand. Im Wohnzimmer öffnete er die Balkontür, räumte die Flaschen vom Couchtisch und sammelte sie in der Küche. Zwölf. Er musste sie wegbringen, bevor die Feiertage kamen.

Nathaniel hatte ein Brett genommen und schnitt Zwiebeln für das Abendessen. »Tut mir leid«, sagte er. »Das war unfair.«

»Schon gut.«

Er seufzte und holte sich ein Budweiser aus dem Kühlschrank. »Auch eins?«

Kopfschüttelnd verließ Ethan die Küche und brachte den Müll nach unten. Carries Beutel lagen mittlerweile jeden Tag vor ihrer Haustür, wo er sie nur noch aufhob und mitnahm. Im Hinterhof lungerte er herum, lehnte sich an die Hauswand, sah dem Schnee zu, wie er sich auf den Backsteinzaun setzte, fand eine halbleere Schachtel Davidoff in seiner Lederjacke und rauchte. Drei große Wäscheleinen mit jeweils sechs Bahnen, drei Mülltonnen, das Haus gegenüber mit vierzehn Fenstern auf dieser Seite.

Als er die Wohnung wieder betrat, hörte er Nathaniel schluchzen.

Auf den Saiten lag Staub. Ethan wischte sie sanft ab. Wo warst du so lange, würde sie fragen, was hast du getan, was hast du dir angetan? Seine Finger glitten über die Kratzer auf dem Klangkörper. Ich habe auf dich gewartet, wo warst du nur, du hast wieder damit angefangen, nicht wahr, hast du nicht? Feine Töne hingen in der Luft, glitten über das ungemachte Bett, über die Flecken in den Laken, hinüber zur spaltbreit offenen Tür. Seine Fingerspitzen runzelten sich noch von der minutenlangen Wäsche, das Blut, sagte sie, du hast das Blut abgewaschen, nicht wahr?, aber es störte ihn nicht, er verkniff sich sogar das Zischen, als er sie auf seinem Oberschenkel ablegte.

Wie von selbst begann er, zu spielen. Ein Durchgang, er musste sie stimmen, nichts leichter als das. Eine Gitarre nach Gehör zu stimmen war das Erste, was Gabriela ihm beigebracht hatte. Viel zu lange hatte er nicht gesungen. Seine Stimmbänder protestierten und schwankten an sonst so leicht passierbaren Stellen.

Nathaniel lehnte sich gegen den Türrahmen. Er lächelte vorsichtig. »Barry McGuire?«

11 – 1987

Es war seltsam, am Silvesterabend nicht allein zu sein.

Nathaniel machte sich nichts aus mariniertem Lachs, Teigtaschen oder mehrschichtigen Desserts. Er bestand darauf, dass sie nach Ethans Dienstende um achtzehn Uhr zusammen kochten, eine kleine Gemüsesuppe, da ihn Kälte und Schnee kränklich machten. Während diese auf dem Herd köchelte, spielten sie Poker am Küchentisch, das Radio aufgedreht, den Aschenbecher auf dem Tisch, den übrigen Weihnachtspunsch in den grauen Tassen. Nathaniels Schnitte heilten zusehends und hinterließen feine, rote Krusten an seinen Fingern. Wenn er sein Blatt auf den Tisch legte, offenbarten sie nur noch leicht gelbliche Jodflecken.

»Loraine hat uns eingeladen«, erzählte er lächelnd. »Ich meinte nur: Nächstes Jahr vielleicht.«

Das Feuerwerk betrachteten sie auf dem Balkon sitzend, eingehüllt in eine Wolldecke, während ihr Atem vor ihren Gesichtern kondensierte. Sie küssten sich lange. Nathaniel schmeckte nach Wein und Punsch, seine Lippen waren klebrig vom warmen Zucker. Wenig später schlief er auf dem Sofa ein, während Ethan noch lange durch die Kanäle zappte, ständig auf der Suche nach irgendetwas, das ihn genug fesselte, um seine Gedanken für einen Moment zu dämpfen.

Deniz' Englisch war gebrochen, sein Lächeln schmal, aber echt. Ähnlich wie bei Ethan passte ihm der Overall nicht ganz: Er fiel weit aus und warf Falten, die von den hervorstehenden Schuhlaschen aufgefangen wurden. Wenn er das Zapfventil zur Hand nahm, spannten sich die Sehnen auf seinem Handrücken wie die Saiten einer Harfe, und bei jeder Dame, die er bediente, tippte er sich keck gegen die Mütze.

»Was passiert?«, fragte er. Mit dem Rücken lehnte er an der Zapfsäule, während Malcolm das einzige Auto bediente, das bisher am Neujahrstag gehalten hatte. Deniz' Finger wischten über seine Wangen, als zögen sie die erste Hautschicht davon ab. »Deine Gesicht?«

»Es war nur eine Schlägerei.« Ethan rieb die Hände aneinander und beobachtete, wie sein Atem vor ihm wölkte.

Deniz hob fragend die Augenbrauen.

»Wir haben uns geschlagen ... wir haben ... gekämpft.«

»Ah. Ich kenne Krieg.« Er zeigte auf sein Ohr. Die obere Hälfte fehlte. »Wo ich herkomme, alle kennen Krieg.«

Mr. Dixon überreichte ihm seinen ersten Gehaltsscheck Mitte Januar. »Alles neumodisches Zeug«, brummte er dabei. »Ab zur Bank und einlösen. Der restliche Tag gehört dir.«

Ethan bedankte sich und ging. Den Scheck steckte er in sein Portemonnaie – eigentlich gehörte es Digg, doch der hatte sich ein neues zugelegt, und ob Ethan das alte wollte? – und verstaute es in der Brusttasche seiner Jacke. Er fragte Malcolm, wo die nächste Filiale der Lloyds Bank wäre, und bedankte sich auch bei ihm.

Sein Weg führte ihn die Milkwood Road entlang. Stur

einen Fuß vor den anderen setzend wich er den Hunden und ihren Haltern aus, den Kindern, die auf ihren Fahrrädern an ihm vorbeirasten, den Autos, deren Marken er kannte und doch nicht kennen wollte. Bentley, Käfer, Citroën, Saab, Jaguar, Fiat, Lada.

Lada fahren immer nur die Russen.

An seiner Brust rieb das Portemonnaie. Die Innentasche seiner Jacke faserte sich auf und ließ das Leder an seinem Hemd kleben. Seine Fingernägel juckten, doch er behielt die Hände in seinen Taschen.

Die Milkwood Road war ein belebtes Pflaster. Mr. Dixons Tankstelle befand sich an ihrem hinteren Ende, ein paar Kreuzungen entfernt von Kranken- und Mehrfamilienhäusern, Spielwiesen und Grundschulen. Je näher er ihrem anderen Ende kam, desto mehr Schaufenster zwängten sich zwischen winzige Vorgärten und Gullys. Die Kirchenglocken läuteten. Schnee stapelte sich hartgefroren an den Gehwegen und fing die Eisgischt ab, die unter den Autoreifen spritzte.

Ein Junge, dessen aschblondes Haar ihm in die Stirn fiel, drängelte sich an ihm vorbei in einen Laden. Ethan blieb stehen. Er brauchte einen Atemzug, um die Berührung zu vergessen, den leichten Stoß in seine Hüfte, dabei kam sie doch von einem Kind. Im Schaufenster zählte er Schals, die um die weißen Hälse von Modellpuppen gewickelt worden waren, die Knöpfe an den Mänteln, die Menschen, die im hinteren Teil des Ladens durch die Kleidungsstücke stöberten, die Preisschilder, fünf Pfund, siebzehn Pfund, achtzig Pfund, der Junge lief zu seiner Mutter und grinste, als sie ihn an die Hand nahm, es hätte Nathaniel sein können. Ein zahnlückiger, vielleicht fünf Jahre alter Nathaniel, der die Hand seiner Mutter nahm, wie er sie auf den Bildern im Haus genommen hatte, bevor der Bilderstrom abbrach. Er hatte die Fotos gesehen, er hatte sie alle so oft gesehen. *»Ein Muttersöhnchen«*, echote ›Er‹, *»verliebt in seine Mum ...«* Ethan ging weiter, die Pflastersteine unter seinen Schuhen zählend.

Das nächste Geschäft, in das er einen Blick riskierte, war das eines Schusters. Säuberlich drapierte Paare: Stiefel, Sneaker, Espadrilles, Mokassins, Docksiders und Oxfords. Im Raum dahinter schien das Licht gedimmt. Hinter einer Theke saß ein Mann und rauchte. Ihre Blicke trafen sich. Der Mann lächelte ihm zu.

Später würde er sagen, er habe sie nie gezählt – was nur in Teilen stimmte. Er hatte sie gezählt, wieder und wieder und wieder, während seine Fingerspitzen über die Wülste glitten, die sich in seine Haut gruben wie Regenwürmer in regennasse Erde. Er hatte sie nur nicht mehr gezählt, seit ›Er‹ tot war.

Damals waren es achthundertzweiundfünfzig. Achthundertzweiundfünfzig einzelne. Wie oft er dieselbe Narbe wiederverwendet hatte, wollte er nicht wissen.

Ethan überquerte die Straße mit den Händen in den Taschen. Der Himmel schmolz zu einem Gebilde aus Grautönen, ließ nicht erkennen, ob es dort oben Wolken gab oder eine versteckte Sonne oder jemals wieder einen blauen Horizont. Ein Auto hupte ihn an. Zur Entschuldigung hob er die Hand, bevor er an der Kreuzung rechts abbog – Malcolm hatte doch rechts gesagt, oder? – und wieder zwischen den anderen Fußgängern verschwand.

Hier war er noch nie gewesen. Die Tage, an denen er zitternd in Häuserschatten darauf wartete, dass Fremde ihn passierten, schienen weit entfernt. Dabei waren sie so real wie dieser Tag auch. Er träumte doch nicht, er ging allein auf Straßen, die er nicht kannte, vorbei an Apotheken und Fachgeschäften für Wolle und Stoffe, einem Kiosk, der dem in der Romola Road so ähnlich sah, dass er beinahe innegehalten hätte. Es fühlte sich nicht fremd an. Natürlich nicht.

Es stünde ihm offen, jeden dieser Läden zu betreten. Niemand würde ihn verjagen.

Er war nicht mehr sechzehn. Er war nicht mehr sechzehn. Das hier war London.

In einem der Schaufenster sah er sich selbst: die groß gewachsene Gestalt, hager geworden, mit einer prägnanten Wangen- und Kieferpartie und schwarzer Wollmütze, die den Großteil seines Haares verbarg. Seine Lippen hatten eine helle Farbe angenommen, vermutlich der Kälte geschuldet, und die Narben verblassten nach und nach. Sie waren keine roten Krater mehr, die sich in sein Gesicht gruben, sie waren noch spürbar und der Riss in seiner Lippe schmerzte manchmal nach vielen Küssen, doch ihre Farbe war fleischig, ihre Ränder weich. Er mied den Blick seiner Augen, die so sehr Sharans glichen, dass sie ihn bis heute verfolgten. Obwohl sie einen anderen vorfinden würde als den, den sie verlassen hatte, würde sie ihn lieben? Diesen seltsamen Typen mit den langen Fingern, der sich auf dem Gehweg eine Zigarette anzündete?

»An deiner Stelle würde ich die Scones nehmen. Bessere bekommst du hier nicht.«

Ethan blinzelte. »Verzeihung?«

Vor ihm stand Carrie. Ihr rötliches Haar steckte unter einer blauen Mütze. Die Sommersprossen auf ihren Wangen waren blasser geworden, ihre Augen grüner, zumindest kam es ihm so vor. Sie wiegte den Kinderwagen vor und zurück und lächelte. »Die Scones.«

Er wandte sich der Bäckerei zu. »Oh. Ja.«

Ein leises Lachen. »Ich bin Carrie. Du weißt schon. Deine Nachbarin.«

»... Ethan.«

»Du bist also der Mülldieb.«

»Verzeihung?«

Diesmal lachte sie laut auf. Sie wies auf den Kinderwagen. »Das hier ist Michael. Sag ›Hallo‹, Michael. Das ist der Mann, der Mummy manchmal hilft.«

Ethan schenkte dem Baby ein feines Lächeln. Wie er feststellen musste, war Michael schon längst kein Baby mehr, sondern ein dem Laufen beinahe mächtiges Kleinkind, das ihm die besabberte Hand entgegenstreckte. Es steckte in einem blauen Winteroverall, passend zu Carries Mütze.

»Wo musst du hin?«

»Zur Lloyds Filiale.«

Carrie lächelte schief. »Schade. Aber komm doch mal zum Tee nach unten.«

»... okay.«

Sie sprachen nicht mehr häufig über das Erbe. Nathaniel hatte die Briefe auf dem Küchentisch liegen lassen, um sie, wie er behauptete, nicht aus den Augen zu verlieren. Statt sie zu bearbeiten, schob er sie zur Seite, kleckerte

Mayonnaise darauf und die letzten Tropfen seines Kaffees. Manchmal spielten sie im Bett, die Beine ineinander verhakt, »Was-wäre-wenn«; was wäre, wenn das Haus keine Schulden hätte; was wäre, wenn Buck nur darauf wartete, dass sie zurück nach Dwellton kamen; was wäre, wenn Ivy nicht von Tony, sondern von irgendwem anders – Archie, Theodor, George – schwanger gewesen wäre; was wäre, hätten sie Nama einfach mitgenommen, was wäre, hätten sie sich einfach nicht öffentlich geküsst, was wäre, hätte Ethan damals, als Nathaniel in der Badewanne ausrutschte, seinen Sturz nicht abgefangen.

Dazwischen lagen jene »Was-wäre-wenn«, die sie nicht aussprachen. Sie lagen in der Schwere, mit der Nathaniel sich an ihn schmiegte, in dem Sog, den das Bett auf sie auswirkte, wenn sie gemeinsam in der Mitte ein Stück in die Matratze einsanken. Was wäre, wenn sie nach Hedford ziehen würden. Was wäre, wenn er Sara wirklich geheiratet hätte. Was wäre, wenn Nathaniel den Unfall nie gehabt hätte.

Was wäre, wenn Ethan das Haus nie verlassen hätte.

Nathaniel küsste ihn wieder und wieder und wieder.

Das grüne Lloyds-Schild trug einen Rücken aus Schnee und wankte gefährlich. Unwillkürlich legte er die Finger auf die Brusttasche, bevor er die Tür aufzog. Ein Wärmeschwall kam ihm entgegen. Stickige Büroluft und zu viel Parfüm. Drei Schalter, fünf Automaten, zwei Angestellte. Ethan entschied sich für die längere der beiden Schlangen. An den Wänden hingen Bilderrahmen mit Menschen, die aus geometrischen Formen bestanden, direkt neben Werbeplakaten für Kredite mit erschwinglichen Zinsen.

Vor ihm hustete ein älterer Herr in sein Taschentuch.

In seiner Jackentasche lag das Feuerzeug.

Unter seinen Armen begann er zu schwitzen und zog sich die Mütze vom Kopf. Schneepfützen breiteten sich unter seinen Schuhen aus. Eine nasale Stimme kreuzte sich mit der einer jungen Frau. Jemand raschelte mit Plastiktüten. Der Herr hustete wieder. Schweiß rann Ethans Stirn hinab, er wischte ihn hastig mit der Mütze beiseite.

Im Gegensatz zu Deniz war Malcolm beleibt und Schwarz. Er trug ein Brillengestell auf der flachen Nase, hatte große, dunkle Augen und ein charmantes Lächeln. Sein Haar stand zu allen Seiten ab, so wie sein Mantel, den er über dem Overall trug, ohne ihn zu schließen. Zu seinem Wortschatz zählten Zitate aus den Comicheften, in denen er immer in seiner Pause stöberte, nachdem er sich bei Jeremias an der Kasse einen Tee im Plastikbecher gezogen hatte.

Außerdem wusste er alles. Er wusste, wann Mr. Dixon die neuen Dienstpläne aushängen würde und wann er aus dem Büro kam, um sich ein Bild von seinen Angestellten zu machen. Er wusste, wann neue Filme ins Kino kamen und wann Digg in der Tankstelle aushelfen würde – was nur unter der Voraussetzung klappte, dass Loraine in der Romola Road den Kiosk übernahm –, wann Mrs. Dixon – ihr Name war Beatrice – vorbeischauen und ihnen Quarkbällchen anbieten würde. Er wusste, dass Ethan bei Nathaniel und dass Deniz noch bei seiner Mutter wohnte und ihr den Großteil seines Lohnes überließ.

Wenn es eine Frage zu stellen gab, stellte man sie Malcolm. Wie lange er brauchte, um sie zu beantworten, hing von der Präzision ab, mit der man sie stellte. So hatte Ethan direkt am dritten Tag herausgefunden, an welchen Altersbeschwerden Malcolms Mutter litt, zu welchem Arzt sie ging und dass seine Schwester an der Roehampton studierte, dass sein Lieblingsbier White Shield hieß und seine Freundin Louise, die wiederum in einem Supermarkt arbeitete, wo man Cheddar für den besten Preis bekam. Dabei hatte er nur gefragt, wo es von hier aus zu Watson's ging, denn Nathaniel wollte sich dort mit ihm treffen.

Deniz verdrehte oft die Augen, wenn Malcolm wieder zu sprechen begann, aber Ethan spürte sich lächeln. Es war gut, wenn Malcolm redete. Je mehr Malcolm redete, desto weniger Worte blieben für ihn.

»Guten Tag, was kann ich für Sie tun?«

Ethan zog das Portemonnaie aus der Brusttasche.

Die Dame lächelte, nahm den Scheck entgegen und fragte nach seiner Bankkarte. Zweimal rutschte sein Daumen ab, bevor er sie herausgezogen bekam, dann reichte er sie über den Tresen.

Hinter ihm telefonierte eine junge Frau in einer der halboffenen Kabinen. Am Schalter gegenüber diskutierten eine Angestellte und ein Herr im mittleren Alter über die Summe, die er abzuheben wünschte. Die Heizung knackte. Schweiß rann seinen Nacken hinab und sammelte sich zwischen seinen Schulterblättern. Die Tasten klackten unter den Fingern der Dame hinter dem Schalter. Ihr Gesicht war dem Bildschirm zugewandt, ihr Lächeln verblasst. Er wartete auf die steile Falte zwischen ihren Augenbrauen, darauf, dass sie sich vertiefte und die Dame sich ihm zuwandte und sagte: »*Tut mir leid, ich kann dir nichts geben.*« Dann blinzelte er, und sie lächelte wieder, schob ihm die Bankkarte mit spitzen Fingern zu.

»Haben Sie sonst noch einen Wunsch?«

Ethan schüttelte den Kopf.

»Dann noch einen schönen Tag, Mr. Caddler.«

Auf dem Rückweg hielt er nicht an. Obwohl das Portemonnaie nicht schwerer wiegen konnte, zog es ihn wie ein Gewicht nach vorne. Schneeregen setzte ein. Die Menschen verschwammen zu einer Wand aus Mänteln und Regenschirmen. Ethan rutschte aus, zog sich an einem Mülleimer hoch und ging weiter. Als er in Masey Mews ankam, war er komplett durchweicht. Nadeln aus Eis rollten seinen Rücken hinab, sein Haar klebte im Nacken, seine Hände schmerzten bei jeder Bewegung. Regen tropfte ihm von der Nasenspitze, während er nach seinem Schlüssel suchte.

Er hatte ihn in der Tankstelle vergessen.

Nathaniel hatte ihn vor der Haustür gefunden, zitternd und unterkühlt auf der Treppe sitzend. »*Warum hast du nicht angerufen? Oder bist zurückgegangen?*«, hatte er gefragt. »*Warum hast du nicht wenigstens irgendwo geklingelt? Du holst dir doch den Tod.*« Dass er selbst nicht besser aussah, schien ihn nicht zu interessieren. »*Komm hoch.*«

Jetzt drehte Nathaniel das Duschwasser auf. Er hantierte mit dem Wärmeregler, warf einen Blick auf den Boiler und kam dann auf ihn zu. »Zieh dich aus«, sagte er sanft. »Ich helfe dir.«

Ethan schüttelte den Kopf.

»Du musst dich aufwärmen.«

Was wäre, wenn er Nathaniels Hände weggeschoben hätte; was wäre, wenn er behauptet hätte, dass ihm nicht mehr kalt wäre und er nicht duschen müsste; was wäre, wenn Nathaniel nicht Nathaniel gewesen wäre, hätte er dann anders reagiert, hätte er? Mit einem Platschen landete die Lederjacke auf den Fliesen. Die Zigarettenschachtel musste komplett aufgeweicht sein, mit dem Papier zu einer braunen Masse verschmolzen. Nathaniels Finger waren kalt, aber nicht so kalt wie seine eigene Haut, und sie knöpften das Hemd mühelos auf. Es wären nur noch wenige Handgriffe. »Kommst du mit mir?«

Nathaniel sah auf. »Wenn du das möchtest.«

»Ich weiß es nicht.« Ethan wandte sich ab, als Nathaniel das Leder des Gürtels aus der Schnalle zog. »N-nicht ...«

»Ethan.« Er wartete, bis er ihn ansah. »Ich bin nicht dumm. Jetzt zieh dich aus. So schlimm kann es nicht sein.«

»Du weißt ...«

»Schon lange.«

»Es tut mir so leid ...«

»Können wir in der Dusche darüber sprechen?« Nathaniel öffnete den Knopf der Jeans und den Hosenschlitz. Trotz seiner Ungeduld lag nichts Sexuelles darin. »Du erfrierst hier noch im Bad.«

Was wäre, wenn Nathaniel nicht Nathaniel gewesen wäre?

Vielleicht hätten seine Augen sich geweitet angesichts des Ausmaßes. Reihen über Reihen von Schnitten, unterschiedlich in Länge und Breite, akribisch untereinander aufgelistet wie Zeilen in einem Buch. Vielleicht wäre er einen Schritt zurückgewichen, vielleicht sogar zwei, hätte ihm an den Kopf geworfen, wie krank er sei, bevor er sich abwandte.

Vielleicht hätte er ihn angesehen und gefragt:»Wie kannst du dir nur so etwas antun?«, den Blick fest auf die sichtbaren seiner Wunden gerichtet, und er hätte gefragt: »Wie lange geht das schon so? Warum hast du nie etwas gesagt? Ich hätte dir helfen können, aber du wolltest dich ja aufschlitzen, du hast nie nach Hilfe gefragt, oh Gott, Ethan, wie kannst du nur?« Oder er wäre leise geworden. »Darum durfte ich dich nie ausziehen«, hätte er festgestellt. Er hätte ihn verlassen, wie damals im Haus.

Nathaniels Augen wurden traurig. »Oh, Ethan.«

»Oh, Ethan«, das war alles. Er schob ihn hinter den Duschvorhang und kehrte nackt zu ihm zurück. Sie teilten sich das warme Wasser, Körper an Körper, er wusste nicht, wer wen inniger umarmte, »es tut mir leid«, flüsterte er abwechselnd mit »danke«. Nathaniel drückte ihn an sich, bis der Heißwasservorrat zur Neige ging.

»Hilft das?«, fragte er später. Sie lagen aneinandergeschmiegt im Bett, Nathaniels Arme noch immer um Ethan gewunden, ganz eng. Seine Finger spielten mit den Haarsträhnen, die noch leicht feucht waren, strichen sie hinter Ethans Ohren.

»Ja.«

Eine Weile schwiegen sie. Ethan war müde. Es war nicht die Müdigkeit nach einem Arbeitstag oder jene nach einem langen Spaziergang, es war auch nicht die Müdigkeit, die einen überfiel, wenn einem nichts weiter blieb, als den Tag verstreichen zu lassen. Viel eher war ihm, als hätte er ein Spinnennetz entwirrt und die Reste davon abgestreift, als wäre er gejagt worden und nun endlich in Sicherheit. Er war nicht sechzehn. Nathaniel hatte ihn nicht verlassen.

»Ich hatte noch nie so viel Geld«, flüsterte er an Nathaniels Hals.

Ein Schnauben. »Dann kaufst du dir jetzt endlich winterfeste Klamotten?«

»Die Dame am Schalter ... hat mich gefragt, ob ich noch einen Wunsch hätte ...«

»Ja?«

»Ich wusste nicht, wie viel Schuhe kosten.«

Nathaniel lachte leise. »Oh, Ethan«, sagte er wieder.

12 - 1974

MANCHESTER, ENGLAND

Er kannte die Männer und Frauen, die im Viertel nach ihm fragten. Nicht nur einmal hatte ihm das Etablissement an der Oxford Road eine Stelle angeboten, und nicht nur einmal hatte er abgelehnt. Lory lachte darüber. Sie räkelte sich in den Laken und nahm sein Kinn in ihre Hand. »Dann gehörst du eben mir«, sagte sie, und es war an ihm, zu lachen. Wenn sie weniger gute Laune hatte, etwa, weil ihr Ehemann seine Rückkehr vorgezogen hatte, sagte sie Dinge wie: »Du bist trotzdem nicht besser als die Jungs im Lagoon Club«, »Ficken für Geld bleibt Ficken für Geld«, oder, ihr liebster Satz: »Du hättest wenigstens ein Dach über deinem hübschen Köpfchen, und ich würde dich so oft besuchen, wie ich kann.«

An dem Tag, als er das letzte Mal aus ihrem Bett stieg, sagte sie: »Sie werden dich nicht ewig frei rumlaufen lassen. Du stiehlst ihnen die Kundschaft.«

Sie hatte den Unterschied nie begriffen.

Es war nicht dasselbe, wenn er – ansatzweise frei – entscheiden konnte, wann und mit wem er schlief. Es war sein Festhalten an schierer Menschlichkeit. Wer wäre er noch, wenn die Zungenmuskeln, die mit den seinen rangen, wöchentlich, täglich, stündlich wechselten? Wenn die Finger, die sich an ihm entlang oder in ihn schoben, nie damit aufhören würden, wenn er nie wieder Nein sagen könnte?

Lory war nicht diejenige, die an die Tür klopfte und mit einem gierigen Lächeln begrüßt wurde. Sie bezahlte nur. Nicht mit Scham, Übelkeit und Schmerzen – sondern mit gefühllosem Geld.

»Nur noch ein Kuss, Liebling.«

Er gehorchte, und sie schob den Schein unter seinen Hosenbund.

In Manchester regnete es mehr als in Slaithwaite.

Seine Jacke zerrann zu einer zweiten Haut. Manchmal regnete es tagelang, und wenn er sie nach einiger Zeit wieder abnahm, war es, als schälte er ein Stück seiner Schultern gleich mit. Gerade im November, wenn es nur wenige Grade zu warm für Schnee war, hatte er den Regen zu ertragen gelernt. Meistens harrte er in irgendeiner Gasse aus, bis der schlimmste Guss vorbei war. Je weniger man sich bewegte, desto weniger schmerzte der Regen.

Um seine Gitarre hatte er ein Stück Wachstuch geschlungen. Er hatte es in Bradford von dem wenigen Geld gekauft, das er zusammengerafft hatte. Kein Kasten, aber besser als nichts. Immerhin hatte sie auf diese Weise schon vier Jahre überlebt.

»Wo hast du dich wieder rumgetrieben?« Rick wischte sich die Hände an seiner Schürze ab und sank neben ihm auf die Gitterstufen vor der Imbissbude. Sein Körpergeruch vermischte sich mit Frittenfett und saurem Schweiß. »Fünf Pfund. Die bringst du mir nicht oft, Junge.«

»Es lief ein paar Tage ganz gut.«

»Wenn du das sagst.« Er zündete sich eine Zigarette an.

Ethan wandte sich wieder seinen Fish & Chips zu. Es war die erste warme Mahlzeit seit einer halben Woche. Er würde es sich nicht mit Rick verscherzen, indem er ihn schmachtend beim Rauchen beobachtete. Rick war ein guter Kerl. Er gab ihm Essen, manchmal auch, wenn er es nicht bezahlen konnte – »Beim nächsten Mal dann« –, und ein paar Minuten im Warmen, solange Terence nicht da war. Außerdem wusste er nicht, wie Ethan diese fünf Pfund aufgetrieben hatte, oder dachte viel mehr, er hätte sie mit der Gitarre erspielt, die er über der Schulter trug. Vielleicht war Rick deshalb der Einzige, der ihn noch wie einen Menschen behandelte. Würde Rick nicht bei ihm sitzen, würde er vermutlich noch das Salz vom Zeitungspapier lecken. Langsam kaute er jede einzelne Pommes frites. Zwischen seinen Zähnen zerfielen sie zu lauwarmem Kartoffelbrei, der an seinem Gaumen pappte wie die letzten Nuancen von Lorys Geschmack. Vielleicht sollte er öfter zu Lory gehen als zu Timothy. Aber Timothy ließ ihn gegen einen Blowjob in der Lagerhalle schlafen, und für etwas mehr bekam er sogar die Reste von seinem Abendessen.

»Der Weihnachtsmarkt am Albert Square hat seit gestern auf. Da könntest du Glück haben.«

Ethan schluckte. Die breiige Masse rutschte nur langsam seine Kehle hinab. Räuspernd brachte er ein »Danke« heraus.

»Brauchst du'n Schluck Ale?«

»Mehr Geld hab' ich nich'.«

»Ich hab' ja auch nicht gefragt, ob du's bezahlen kannst.«

Es war sein letzter Abend mit Rick. Vielleicht wäre er länger geblieben, hätte er es gewusst, hätte sich Geschichten über seine Töchter angehört oder über seine Frau, oder hätte doch um eine Zigarette gebeten.

Das erste Mal sah er den Fremden an der Ecke zur Chorlton Street, nur wenige Querstraßen von Rick entfernt. Wenn die Nächte früh begannen, wurden die Menschen großzügiger, und so hatte er sich hingesetzt und seine Gitarre hervorgeholt. Schon seit zwei, drei Jahren hatte er sein Repertoire an Liedern nur schwer erweitern können. Seine ersten Monate in Manchester, als seine Klamotten noch mehr als schmutzigschwarze Fetzen waren, streifte er durch Läden, nur um die Hintergrundmusik zu hören. In Plattenläden hatte er Kopfhörer übergestreift und Samples gehört, bis er sich sicher war, die Melodie aus dem Kopf heraus spielen zu können.

Jetzt blieb er bei den Beatles hängen, bei Bob Dylan und Johnnie Cash, Jim Croce und manchmal, wenn er sich mutig fühlte, bei ›American Pie‹ von Don McLean. An jenem Tag spielte er gerade ›A Boy Named Sue‹, als er aufblickte und den Fremden inmitten der Menschen sah, die ihm zuhörten. Obwohl es bereits so kalt war, dass er seinen eigenen Atem sehen konnte, trug der Mann nur eine Anzughose und ein

Hemd. Das Jackett hatte er locker über die Schulter geworfen. In seiner Brille spiegelte Ethan sich selbst, ein in mehrere Lagen zerrissener Kleidung eingepackter Teenager, der gekrümmt über seiner Gitarre saß. Umgeben war der Fremde von seinesgleichen – Männern in Anzügen, die Wangen rot leuchtend. Vermutlich hatten sie getrunken. Wenn er das nächste Mal aufsah, würden sie längst im nächstbesten Pub verschwunden sein. Ethan spielte unbeirrt weiter, sang zweimal ›Yesterday‹ und einmal ›Can't Buy Me Love‹, irgendjemand wünschte sich ein Weihnachtslied, noch einmal ›Forever Young‹, Rick hatte es ihm gezeigt.

Eine Fünfzig-Pence-Münze landete in seinem Schoß.

Der Fremde hatte sie geworfen. Er lächelte Ethan zu, bevor er ging.

Beim Versuch, dem Schuster an der Bridge Street ein Paar Schuhe zu stehlen, war er beinahe auf dem Revier gelandet. Sie kannten ihn dort schon, und irgendwann würden sie ihn nicht mehr gehen lassen. Rick hatte ihm alte Socken geschenkt, die er sich überstreifte, doch Manchesters Straßen waren nass, und durch die Löcher zwischen den Nähten und die durchgelaufene Sohle drang das Eiswasser schneller ein, als er sich wärmen konnte.

Am nächsten Tag begegneten sie sich wieder. Ethan lungerte unweit der Universität herum – in der Vorweihnachtszeit gab es dort manchmal kostenloses Essen –, weshalb er vermutete, dass der Fremde von dort kam. Für einen Studenten war er zu alt, also musste er ein Dozent sein, vielleicht sogar Professor. Ihre Blicke trafen sich kurz.

Er ging an ihm vorbei, offenbar vertieft in ein Gespräch mit seinem Kollegen. Heute trug er einen roten Schal um den Hals geschlungen und einen dicken Anorak. Sein Lachen war nicht unangenehm und bescherte Ethan trotzdem eine Gänsehaut. Gesprächsfetzen über faule Studierende hingen in der Luft. Bemerkungen über Brüste und kurze Röcke. Über Nacht war Schnee gefallen, er knirschte unter ihren Schritten. Lange saß Ethan einfach nur da, die Gitarre in den Händen, bevor er sich aufraffte – er wollte nicht hier sein, wenn die Mittagspause vorbei und der Professor womöglich allein auf dem Rückweg zur Universität war. Möglich, dass er es sich einbildete. Aber etwas trieb ihn fort, und wenig später saß er hinter Rick und wärmte sich am Grill.

Bereits vor Wochen hatte Lory ihm den Schädel rasiert, damit er sich hier und da um Arbeit bewerben konnte. Jetzt bereute er es, denn die kurzen Strähnen auf seinem Kopf wärmten nicht wirklich, und selbst zur Weihnachtszeit hatten die Ladenbesitzer Besseres zu tun, als diebische Gossenjungen einzustellen.

Auch Rick scheuchte ihn irgendwann fort. »Du vertreibst mir die Kundschaft«, murrte er und schickte ihn zum Betteln ins Arndale Centre. »Da ist's immerhin warm.« Doch auch dort gab es Wachmänner, und sobald er ihnen zu lange herumstromerte, packten sie ihn am Kragen und setzten ihn vor die Tür.

Wenn er sich nicht überwinden konnte, Timothy um einen Schlafplatz zu bitten, Lorys Ehemann zuhause und Jason auf Geschäftsreise war, stieg er für die Nacht in das Skelett einer ehemaligen Schule. Im Krieg zerbombt und durch Vandalismus geschändet, diente sie nicht nur ihm als Notunterkunft.

Manch einer verbarrikadierte sich hinter gestohlenen Bahnen aus Draht, vermodernden Matratzen und Schultischen, die er wie die Basis eines Hauses um sich herum aufstellte, die Tischplatte wie ein Schild. Dosen klirrten überall, wurden als Warnungen und Drohungen platziert. Man begab sich nicht einfach in das Revier eines anderen. Es gab Straßengruppen, die Dauermietern Schutzgeld abknöpften; Ethan wich ihnen aus, so gut er konnte. Sein Bereich war eine umgestürzte Kabine in der Mädchentoilette, zwischen deren Sperrholzplatten er sich verstecken konnte. Einmal hatte ein Betrunkener seine Blase auf ihm entleert und der Weg dorthin war von Glasscherben gespickt, die unter seinen Füßen knirschten, aber es gab schlechtere Schlafplätze.

Außerdem hatte er noch nie viel geschlafen.

Zwei Tage später stand der Professor wieder vor ihm. Ethan hatte seine Gitarre bereits geschultert und kniete auf dem Boden. Er fluchte, als seine Finger zu kalt und steif waren, um die Münzen vernünftig aufzuheben.

Polierte Brogues tauchten in seinem Blickfeld auf. Langsam hob Ethan den Kopf und erwiderte das Starren. Der Professor lächelte, nahm die Mütze von seinem Kopf und enthüllte mittelbraunes Haar. »Was treibst du?«

Hatte er ihm schon beim Spielen zugesehen? Hatte er ihn belauscht, gehörte eine der Münzen vielleicht sogar ihm? Ethan zuckte mit den Schultern.

»Hast du Hunger?«

Ethan stand auf und steckte das Geld in die Tasche. »Wieso?«

Ein Lachen lockerte sein Gesicht. »Du siehst aus, als könntest du was vertragen. Also? Was ist?«

Unwillkürlich wich Ethan einen Schritt zurück.

»Oh, keine Sorge. Alles, was ich mir wünsche, ist ein nettes Gespräch.«

»Ein Gespräch?«

»Nur ein Gespräch. Reden kannst du ja offensichtlich.«

»Nichts weiter?«

Er deutete auf die Gitarre über seiner Schulter. »Du könntest mir ja erzählen, wer dir beigebracht hat, so gut auf dem Ding zu sein.«

»Das kann ich.«

Mit einem Lächeln nickte er ihm zu. »Hier, nimm.«

»Das geht nich'.«

»Ich habe noch viele davon. Zieh sie über.«

Zaghaft streckte er die Finger nach der Mütze aus. Sie bestand aus Wolle und kostete vermutlich mehr, als er in einem Jahr zusammenkratzte. Mit einem Blick vergewisserte er sich, dass er sie ihm nicht wieder aus den Händen reißen würde, dann setzte er sie auf. Sie war zu groß und rutschte.

»Wie heißt du?« Der Professor legte ihm die Hand auf die Schulter und begann, ihn wegzuführen.

»Ethan.«

»Und weiter?«

»Szántó.«

»Daran können wir arbeiten«, sagte er und lachte, als hätte er einen exzellenten Witz gerissen.

13 - 1974

Der Professor führte ihn ein Stück über den Weihnachts-markt am Albert Square. Das Dämmerlicht pendelte gerade in diesem grauen Zustand zwischen Tag und Nacht und brachte die Lichter an den Ständen zum Funkeln. Durch die unzähligen Schritte, die bereits vor ihm getan worden waren, schmolz der Schnee an und erleichterte ihm den Weg. Sie wanderten durch einen Wald aus Mänteln und Ge-sichtern, die mit geröteten Wangen durch die Dunkelheit zu schweben schienen. Kinderlachen kullerte zwischen den Zelten und ging beinahe unter in dem eifrigen Gemurmel, das über allem lag wie der Schnee auf den Hausdächern.

An einer größeren Hütte hielten sie an. Eigentlich war es ein Pavillon, der auf Holzpfählen stand und stark nach Scotch und Pommes frites roch. »Alfredo!«, rief der Profes-sor dem Betreiber zu und winkte. »Alfredo, *scusi*, ich habe einen Gast. Haben Sie drinnen noch Platz?«

»Für Sie doch immer, Robert.« Der Herr öffnete ihnen einen kleinen Seitenverschlag und winkte sie hindurch.

Noch nie hatte er eine dieser Hütten von innen gesehen. In Slaithwaite war der Weihnachtsmarkt spärlich ausgefallen: eine Krippe, deren Farbe bereits abblätterte, stand auf dem Marktplatz, das Stroh für das Jesuskind jedes Jahr neu ge-macht, ein Weihnachtsbaum daneben, mit roten Kugeln ge-schmückt. Es war ein guter Platz gewesen, um mit Schnee-bällen nach Sharan zu werfen – aber nie ein Ort, an dem er bleiben konnte.

Nachdem er sich eine Zigarette angezündet hatte, bestellte der Professor zwei Hot Toddys. Sein Blick glitt zuerst über die Menschen, von ihnen getrennt durch eine Plastikplane wie Milchglas, dann über Ethan. »Wie alt bist du?«

»Sechzehn.«

»Sechzehn.« Er verzog die Lippen, zuckte aber mit den Schultern. Beinahe väterlich lächelte er die Kellnerin an, als sie zwei Tassen brachte, und bedankte sich. »Warte, Lis«, sagte er, und dann, an ihn gewandt: »Was willst du essen?«

»... vielleicht is' was übrig geblieben?«

Ein Seufzen. »Mach ihm was Warmes. Ruhig viel. Ich bezahle.«

Ihr Blick schwankte, dann nickte sie. »Und du, Robert?«

»Das Übliche.« Als sie verschwand, hielt der Professor ihm eine Zigarette entgegen. Ethan griff zu. »Wo sind deine Eltern, junger Mann?«

»Bestimmt irgendwo.«

»Mh.« Er nahm einen Schluck und wies ihn an, ebenfalls zu trinken. »Und wie lange bist du schon hier draußen?«

»Vier Jahre, Sir.«

»Oh«, er winkte ab, »du kannst Robert sagen, das ist in Ordnung.«

»Sind Sie Professor, Robert?«

»Ganz schön neugierig für einen Straßenköter.« Sein Lächeln milderte die Schärfe seiner Worte. »Ja, ich unterrichte Literatur. Hast du schon mal Shakespeare gelesen? Oder Plath?«

Ethan spielte an einem Loch in seiner Hose. »Ich kann nich' lesen.«

»Mh«, sagte er wieder. »Trink doch. Trink, so viel du willst.«

»Du musst aufpassen, Junge«, sagte Rick. Mit geübten Bewegungen verteilte er Mayonnaise auf den Pommes frites, die er danach an eine Mutter und ihre beiden Töchter verteilte. »Da draußen gibt's größere Fische als dich.«

Ethan, seit drei Monaten in Manchester, ließ die Beine über der Gittertreppe baumeln. »Kann ich nich' mit zu dir?«

Ein Brummen. »Hab' da eine Alte und drei Gören. Die durchzufüttern ist hart genug.« Eine Hand auf seinem Kopf, die durch sein Haar fuhr. »Aber ein wenig auf dich achtgeben, das kann ich.«

Rick hatte nie gefragt, was ein Zwölfjähriger auf Manchesters Straßen suchte.

Vielleicht ... ja, vielleicht hatte er es gewusst.

Zögerlich nippte Ethan. Der Scotch brannte seinen Rachen hinab und trieb ihm Tränen in die Augen, doch er wärmte, also trank er gleich noch einen Schluck.

Er atmete an der Zigarette ein – es war eine Weile her, seit er eine hatte, und er strengte sich an, das Husten zu unterdrücken –, dann zog er die Füße auf die Bank und setzte sich darauf.

»Frierst du?«

»Nicht mehr als sonst.«

Ein Lächeln. »Es muss hart draußen sein um diese Jahreszeit.«

»Es ist immer hart.«

»Verstehe.« Robert pustete Qualm in die Luft.

Hinter der Plane schepperte ein Glas zu Boden, gefolgt von Johlen und Lachen.

Die Kellnerin stellte ein Tablett vor ihnen ab. Darauf stapelten sich gebratene Würste, Bohnen und Speck, ein Korb mit geröstetem Brot, eine Pappschale voller gesalzener Pommes frites und ein kleiner Topf mit Marmelade.

»Lasst es euch schmecken«, sagte sie.

»Danke, meine Liebe.« Mit einer Geste forderte Robert ihn auf, sich zu bedienen. »Iss, Junge.«

»Egal, was?«

Er lachte. »Von mir aus alles davon.«

Erst, als er drei Würste und die Pommes verdrückt hatte, fielen ihm die Gabeln auf, die an der Seite lagen. Noch während er kaute, griff er danach und errötete, als Robert wieder lachte.

»Schäm dich nicht, mein Junge. Hier draußen werden Manieren nicht sonderlich großgeschrieben, was?«

»Besteck ist Mangelware«, gab er zu.

Auch das schien ihm zu gefallen. Er orderte eine weitere Runde Heißgetränke, diesmal pappig süßen Glühwein, der sich fast noch leichter trinken ließ als der heiße Scotch. Endlich hörten seine Füße auf, zu schmerzen ... oder er bemerkte sie nicht mehr.

»Hast du denn gar niemanden? Keine Tante, zu der du könntest? Keine Großmutter, keinen Cousin? Du musst doch irgendwo hingehören.«

»Mein Bruder wohnt nich' hier«, sagte er leise. »Und meine Ma ist weg, glaub' ich.«

»Du glaubst?«

»Ich ... bin abgehauen, als es schmutzig wurde.«

Robert toastete ihm zu und wartete, bis Ethan einen Schluck genommen hatte. »Was ist mit entfernten Verwandten? Alten Freunden?«

»Jungen wie ich haben keine Freunde.«

»Deine Großmutter? Lebt sie noch?«

»Nich' in England.«

»Mh. Hätte ich mir denken können.« Mit dem Zeigefinger rückte er seine Brille zurecht. »Das tut mir wirklich leid für dich, Kumpel.«

Ethan hob die Schultern, während er Bohnen in seinen Mund schaufelte.

»Wie kommst du hier draußen denn klar?«

»Ich spiel ganz gut Gitarre.«

»Wenn das alles ist, musst du ja schon fast ... Stammkundschaft haben.«

Schnell senkte Ethan den Blick und kaute.

Robert musste ihm die Scham ansehen, denn seine Lippen schmolzen zu einem verschwörerischen Lächeln. »So einer bist du also?«

»Nich' freiwillig.«

»Niemand ist das freiwillig, glaub mir.« Ein Streichholz knisterte, als er sich eine zweite Zigarette anzündete. »Kein Grund, mit dem Essen aufzuhören. Ich habe dich eingeladen; nutz mich nur nach Strich und Faden aus.« Ein Lachen folgte seinen Worten.

Irgendwo lief ›*Jingle Bells*‹.

Als er das Tablett fast geleert hatte, bestellte Robert noch eine Runde Drinks. »Ethan, richtig?«

»Ja.«

»Erzähl' mir doch von dir.«

»Da gibt's nich' viel zu erzählen. Ich wechsle die Bezirke jeden Monat, um den Gangs zu entkommen. Zufällig hab' ich 'ne Gitarre, und um die musste ich mich schon manchmal prügeln.«

»Von wo kommst du?« Er schob die Zigaretten über den Tisch. Es war ein rotes Paket mit ausufernden, weißen Buchstaben. »Nimm dir noch eine.«

»Richtung Bradford.«

»Wo genau?« Die Wendung ihres Gesprächs behagte ihm nicht. Aber noch hatte der Professor nicht bezahlt. Noch konnte er ihn hier sitzen lassen, auf einer Rechnung, die er nie und nimmer begleichen können würde. Behutsam nippte er an seinem zweiten Glühwein und merkte, wie er ihm in die Ohren stieg. Vielleicht, wenn er ihm die Gitarrengeschichte erzählte, vielleicht würde er ihn dann endlich gehen lassen. Also lehnte er sich zurück – hoffentlich in einer entspannten Pose – und redete. Er sprach nicht gerne, damals schon nicht. Es machte ihn nackt.

Scheinbar interessiert legte Robert einen Arm um die Lehne der Bank und betrachtete ihn eingehend. Haarsträhnen lösten sich aus seiner zurückgekämmten Frisur und fielen ihm in die hohe Stirn. Unmöglich zu schätzen, wie alt er war – er könnte Mitte dreißig sein, zweiundvierzig oder sogar Anfang fünfzig. Um seine Augen bildeten sich Lachfältchen, doch sein übriges Gesicht wirkte reserviert. Er stellte Fragen. »Wie warst du in der Schule? Du warst nur zwei Jahre dort?« Oder »In der Werkstatt ausgeholfen? Wie fleißig.« Oder auch: »Was für ein widerlicher Kerl, dein alter Herr. Hast du ihm wenigstens alles ordentlich heimgezahlt? Nein? Warum nicht?«

Die Zeit schien sich zu verschieben: Die Menschen im vorderen Teil wurden lauter und leiser, begannen zu grölen, dann wieder zu lachen, riefen nach Drinks oder fragten sich lautstark, ob sie schon alle Geschenke beisammen hätten. Was wünschten sich die Kinder? Hast du das von Barbara gehört? Manchmal ratschte jemand an der Plastikplane entlang, ohne Ethan jedoch wirklich zu unterbrechen: Wenn er den Faden verlor, sammelte Robert ihn schnell wieder auf. Überrascht bemerkte Ethan, dass er ihm tatsächlich zuhörte. Weihnachtsklassiker liefen auf den rauschenden Lautsprechern und die Welt wurde dunkler und dunkler. Ethan begann, seine Zehen wieder zu fühlen.

»Was ist mit deinen Schuhen?«, fragte Robert schließlich.

»Hab' keine anderen.«

»Ein Jammer. Das wird dich wohl ein paar Zehen kosten, wenn nicht doch einen ganzen Fuß.« Eine letzte Runde Hot Toddy, geordert mit einer simplen Handbewegung. »Hast du noch Hunger? Noch bin ich da.«

Zu gerne hätte er ein Scone gehabt, das er in seiner Tasche verschwinden lassen könnte. Für morgen. Oder auch nur ein Würstchen oder eine Handvoll Bohnen. Aber er stand bereits tief genug in der Schuld dieses Fremden; sein Bauch wölbte sich schmerzhaft und sein Magen grummelte von dem ganzen fettreichen Essen. Außerdem war ihm seit Wochen das erste Mal wieder richtig warm.

»Sag mal, Ethan«, er lächelte der Kellnerin zu, als sie noch mehr Tassen vor ihnen abstellte, »wann warst du das letzte Mal duschen?«

Die Röte auf seinen Wangen entsprang nicht nur dem Alkohol. »Ist 'ne Weile her.«

»Mh.« Nach einem Schluck sprach er weiter. »Ich habe ein Zimmer im Cavendish Hotel. Wenn du willst, kannst du dort duschen.«

»Das ist zu freundlich ...«

»Allein, natürlich.«

Ethan hob den Blick.

»Für was hältst du mich? Wenn ich dir an die Unterwäsche wollte, mein Junge, hätte ich dir zehn Pfund zugesteckt und dich mit in ein schäbiges Pub genommen.«

Weiter errötend betrachtete er den Dreck unter seinen Fingernägeln. »Das – ich – sorry.«

»Schäm dich nicht. Du kennst es vermutlich einfach nicht anders.« Robert seufzte. Dennoch wurde er das Gefühl nicht los, ihn verärgert zu haben. Auf seiner Lippe kauend, betrachtete er den Tellerstapel auf seiner Tischseite und die fünf oder sechs Tassen, die vor ihm standen. Er hatte nicht bezahlt, noch immer nicht. »Und danach darf ich gehen?«

»Wenn du willst.«

»Und ...«

»Hör mal, ich kann dich verstehen. Aber langsam fängst du an, mich zu beleidigen.«

Ethan schluckte. »Das wollt ich nich'. Wirklich.«

Schulterzuckend wandte Robert sich ab und blickte hinüber in das andere Abteil.

»Es tut mir wirklich leid.« Wie kam er aus dieser Nummer nur wieder raus? »Ich glaube, ich – ich würde gerne ... duschen.«

Roberts Blick kehrte zu ihm zurück wie das Lächeln auf seine Lippen. »Komm«, sagte er. »Lis? Lis, *mi amore,* die Rechnung bitte.«

14 - 1987

BRIXTON, LONDON

Nathaniel saß in einem der roten Ledersessel, die Beine überschlagen, eine Zeitschrift auf dem Schoß. Sein Saum war hochgerutscht und enthüllte grün-weiß-gestreifte Socken.

Unter seinem offenen Mantel ließ sich das braune Hemd erahnen, das Ethan so an ihm mochte, und sein Blick hatte etwas Beruhigendes. Er las nicht, nicht wirklich. Seine Augen lagen auf den Zeilen, bewegungslos.

Während fremde Finger durch sein Haar glitten, studierte Ethan Nathaniel im Spiegel, wie der hinter ihm saß und wartete, gelegentlich umblätterte, wenn er sich daran erinnerte, dass er eigentlich las.

»Wie kurz?«, fragte Josy.

»So kurz wie möglich.«

»Ich kann dir auch eine Glatze rasieren, Schätzchen, aber ich glaube, die steht dir nicht.« Sie schob ihren Kaugummi in die andere Wange. Ihre Finger hoben eine Strähne an und hielten sie ihm an die Stirn. »Hier etwas länger? Und den Rest kürzer. Mit ein wenig Gel ...«

»Okay.«

Nathaniel sah auf. »Lass dir nicht reinreden.« Er grinste, als Josy ihre Hand in die Hüfte stemmte. »Sie will einfach nur recht haben.«

»Hör nicht auf den«, sagte Josy. »Der weint schon, wenn ich ihm nur die Spitzen schneide.«

Ethan lächelte schwach. »Ich vertraue Ihnen.«

Sie zeigte Nathaniel ihre Zunge und zog einen Kamm aus ihrem Gürtel. »Also gut, Schätzchen.«

Als er eine halbe Stunde später zur Kasse ging, flüsterte Nathaniel: »Gib ein wenig Trinkgeld«, und vielleicht hatte er ihn nie zuvor so sehr geliebt.

Die neuen Handschuhe wärmten und ließen ihm genug Tastsinn, um das Zapfventil gut halten zu können. Wenn er gerade keine Kundschaft zu bedienen hatte, zog er einen Handschuh aus, um mit den Fingerspitzen die Nähte erfühlen zu können, die Beschaffenheit des Leders, des Innenfutters. Es gab genug daran, was er hätte zählen können – die Nahtstiche, die Buchstaben auf dem Etikett, die Falten im Leder –, aber er musste sie nicht zählen, also ließ er es. Es war ein eigenartiges Gefühl, etwas nicht zählen zu müssen, ein leichtes, erhabenes Gefühl, das in seinem Nacken saß und ihn kribbeln ließ.

Deniz schüttelte den Kopf und tippte sich an die Stirn.

»Erst der Bart und jetzt auch noch die Haare.« Nathaniel seufzte, doch er konnte sein Lächeln nicht verbergen. »Du siehst gut aus.«

»Danke.«

Sie saßen in dem Café hinter der St. Saviour's Church. Aus ihren Teetassen stieg Dampf auf, während der Regen sanft gegen die Scheiben klopfte. Nathaniel verrührte die Milch in seiner Tasse. Vor ihm stand ein Teller mit Apfelkuchen, daneben ein Klecks Sahne, er hatte sich einladen lassen. Sein Blick glitt über den Zaun, der die Kirche vor ihnen verbarg, dann zurück zu ihm. »Hab ich was im Gesicht?«

Ethan lächelte. »Zwei Augen, eine Nase ...«

Unter dem Tisch trat er nach ihm. »Danke auch.«

»Du bist wirklich schön.«

Erst hob er die Augenbrauen, dann blinzelte er. Schließlich schüttelte Nathaniel den Kopf, rollte seine Augen und sah zur Decke hinauf. »Idiot.«

Dann lachten sie beide.

Den ersten Blick wagte er am Morgen danach. Er legte eine neue Rasierklinge ein, verteilte Schaum auf seinen Wangen, und dann war er plötzlich da, der Blick in seine eigenen Augen. Die Haarsträhnen, die ihm in die Stirn hingen, solange er sie nicht locker nach hinten kämmte. Blinzelnd wandte er sich ab.

Nathaniel schob sich hinter ihm ins Bad, trottete gähnend ans Waschbecken und griff nach seiner Zahnbürste. »Im ersten Moment dachte ich, da steht ein Fremder im Bad.«

»... ich auch.«

Malcolm erzählte, dass er Josy über Rebecca kannte und die über Clementine, die wiederum über Ed und den über Digg.

Also Digg kannte er schon, da waren sie quasi noch Kinder. Außerdem hatte er seinen Schwanz gesehen, damals beim Nacktbaden, und es war schwer, nicht zu lachen. Was? Ach, Digg sei schon in Ordnung, wenn er einen erst an sich ranließ, die ganzen dummen Sprüche bringe er immer nur, weil er selbst so unsicher sei. Chefsöhne halt, die hatten doch immer ein paar Gramm Selbstwertgefühl zu viel, und naja, so schlecht sehe er nun mal auch nicht aus. Seit Rebecca ihn verlassen hatte, hing er zu viel auf der Arbeit rum, sein Cousinchen ging ganz allein mit so einem Blonden ins Kings&Queens, und was die da zu suchen hätten, das wär doch ein Szeneladen, und überhaupt, Loraine ging doch mit Clarke, und wo passte Nate da rein? Gehörte der zu Paige, Loraines blondem Schatten, Blondie und Blondy, wie Digg zu sagen pflegte?

Ach und dass Digg immer diese Hosen tragen müsste, die ihm viel zu weit waren, wüsste der Kerl, wie's ist, dick zu sein, würde er sich solchen Schrott nicht kaufen. Ins Kings&Queens, war das zu fassen? Ey, Ethan, du weißt nicht zufällig, ob Nate schwul ist? Weil ein bisschen sieht er doch so aus, mit diesem Lockenkram und wie er sich immer dreht, oder war Paige schon mal bei euch zuhause? Digg sagte, wenn –

»Alter«, sagte Deniz. »Lass Schwanz lutschen und Fresse jetzt.«

Ethan schnaubte amüsiert.

»Ist das okay?«, fragte Nathaniel. Er lag über Ethans Bein quer auf dem Bett, und zeichnete Narbe um Narbe nach. Die neuesten nahm er zuerst, die, die noch dunkler leuchteten als der Rest. Manche ragten hervor wie geschwollen, andere waren verblasst, fast weiß.

»Mhm.«

Sie begannen knapp unter seiner Unterwäsche und zogen sich bis hinab zum Knie. Nathaniels Finger folgten ihnen, auf dem linken Bein von oben nach unten, auf dem rechten von unten nach oben. »Erzählst du's mir?«

»Was?«

»Warum? Und ... warum so viele?«

Ethan schüttelte den Kopf. Er versuchte, die Beine anzuziehen, doch Nathaniel verlagerte sein ganzes Gewicht.

»Schon gut«, sagte er. »Dann eben wann anders.«

Sie schliefen anders, seit ihre Körper keine Geheimnisse mehr bargen.

Wenn ihre Beine sich ineinander verhakten, spürten sie nun die Gänsehaut des anderen, die feinen Härchen, die sich streiften. Nathaniel zuckte nicht, auch wenn er die Narben fühlen musste. Vielleicht hoffte er, dass sie verwuchsen, wenn er sie nur lange genug ignorierte.

»Du kommen mit?«, fragte Deniz.

»Wohin?«

Malcolm knöpfte seinen Overall auf. »Wir gehen was trinken. Digg macht gerade einen Platz in der Jameson klar — der Club drüben in Clapham, komm schon, von dem hast du doch gehört? Jeremias kommt auch. Wenn alles klappt, kommen noch 'n paar heiße Mädch...«

»Vielen Dank«, sagte Ethan. »Aber ich bevorzuge es, nach Hause zu gehen.«

»Du kannst Blondie auch mitbringen.« Malcolm grinste. »Also, falls ...«

»Ich bin einfach nur müde.«

Deniz knallte mit seinem Overall wie mit einer Peitsche. Es war sein allabendliches Ritual: Er klopfte Staub und Straßendreck davon ab, als sei es ein Teppich. Erst danach warf er ihn über die Bürotür. »Immergleiche mit dir.« Dann grinste auch er. »Oder ist es eine Mädchen?«

Ethan seufzte und fuhr sich durch das Haar. »Drei.«

»Drei? Drei *Mädchen?*« Malcolm hielt inne. »Im Ernst jetzt?«

Lächelnd zuckte er mit den Schultern und schnappte sich den Toilettenschlüssel, um sich ebenfalls umzuziehen.

Freitags wartete Nathaniel auf ihn. Es war der einzige Tag der Woche, an dem er früher Schluss hatte, und er nutzte ihn, um zu kochen, eine Wäsche anzuwerfen und das Altglas wegzubringen. Wenn Ethan nach Hause kam, reichte die Zeit für eine kurze Dusche, ehe sie zusammen aßen. Es war wie früher im Haus und doch so anders; ihre Blicke waren scheu, als schämten sie sich noch immer, einander beim Kauen zu beobachten, aber ihre Worte waren offen. Sie tauschten sich über die Woche aus, über besondere Vorkommnisse oder die Abwesenheit ebendieser, danach rauchten sie am Küchentisch, spielten eine Runde Poker oder Rommé oder Ludo, während der Duft nach Tomatensoße in der Küche verweilte und der Regengeruch durch das Fenster hereinwehte. Ethan fragte, ob Nathaniel wieder Verletzungen aus der Papierfabrik mitbrächte, und Nathaniel fragte, ob sie am Sonntag ins Kino oder ins Theater gehen oder einen Spaziergang machen wollten, er wäre für alles offen, Ethan sollte entscheiden. Handwerker würden am Dienstag kommen oder Loraine am Donnerstag. Nathaniel holte sich ein Bier, bevor sie gemeinsam auf das Sofa sanken, er trank es langsam, als müsste er es aufsparen. Manchmal schliefen sie miteinander. Auf dem Sofa oder im Bett, einmal sogar in der Dusche. Ihre Berührungen wurden mutiger, ihre Bewegungen rhythmischer.

Hin und wieder ließ die Schlange ihn in Ruhe. Ethan genoss die Abende, an denen er nur Nathaniel spürte, nur Nathaniel berührte, nur Nathaniel sah, auch wenn er die Augen schloss. Er kannte Nathaniels Atem, wenn dieser kurz davor war, zu kommen, und dann, wann immer die Schlange es ihm erlaubte, zögerte er diese Augenblicke hinaus, als sammelte er Erinnerungen für die Tage, an denen seine Muskeln krampften und sein Magen schmerzte, und er liebte es, Nathaniel dabei zu beobachten, wie er den Rücken durchdrückte, wie sein Keuchen heiser wurde und sein Schaft so hart in seiner Hand.

Vielleicht waren sie nie so sehr ein Paar wie zu dieser Zeit.

Mitte Februar mietete Nathaniel einen Wagen. Es war ein blauer Renault mit karierten Sitzbezügen, der nach kalter Asche und Sonnencreme roch. Sie packten die Reisetasche mit wenigen Kleidungsstücken, immerhin würden sie nur zwei Tage bleiben. Während Nathaniel den Kofferraum füllte, kümmerte Ethan sich um Sandwiches und eine Thermoskanne mit Kaffee.

Der Fußraum engte seine Beine ein, sodass er nach nur einer halben Stunde Fahrt auf den Rücksitz wechseln wollte,

aber Nathaniel wies ihn an, sich einfach bequem hinzuset-
zen, er würde schon schalten können. Trotz der kühlen
Temperaturen war es ein sonniger Tag. Nathaniel hatte sich
die Sonnenbrille geschnappt und fuhr entspannt mit einer
Hand auf dem Oberschenkel. Als Ethan sein Bein anzog,
um sich darauf zu setzen, landete Nathaniels Hand auf seinem Knie.

Kaum hatten sie London verlassen – was dank Verkehrs-
staus länger gedauert hatte als geplant –, fuhr Nathaniel den
erstbesten Briefkasten an und warf ein Kuvert ein. Er
rauchte eine Zigarette, bevor sie weiterfuhren, und schwieg
eine Weile.

Das Radio spielte ABBA und danach Madonna,
dann ›Livin' On A Prayer‹. Zuletzt sagte Nathaniel: »Ohne
dich wäre das alles viel zu schwer.«

Zum Geburtstag schenkte Nathaniel ihm einen gebrauchten Plattenspieler und ein paar LPs. Erst wollte er sein Geschenk nicht annehmen ... bis Nathaniel sich ernsthaft betrübt darüber zeigte. Dann setzte er sich in den Schneidersitz und faltete das Zeitungspapier – Geschenkpapier hatte
er nicht mehr besorgen können, meinte Nathaniel – vorsichtig auf und legte es auf einen Stapel.

»Ach, komm schon.« Nathaniel stupste ihn mit den Zehen an. »Zerreiß es. Mach einmal in deinem Leben so ein
richtiges Chaos.«

»Ich weiß nicht, wie.«

»Na, einfach reißen.«

Zögerlich zog er an einer Ecke, bis das Papier nachgab.
»So?«

»Nein, richtig ziehen.« Nathaniel setzte sich zu ihm. Er riss die ganze Ecke ab, knüllte das Papier zu einer Kugel und warf sie ihm vor die Füße. »Jetzt du.«

Sie liebten sich auf einem Boden voller Papierfetzen mit Aerosmith als Hintergrundmusik.

Nach knapp drei Stunden erreichten sie Hedford. Nathaniel drosselte das Tempo, fuhr in Schrittgeschwindigkeit über hügelige Straßen und schob die Sonnenbrille nach oben. Nachmittagslicht ließ die Stoppeln auf seinen Wangen leuchten. »Macht es dir was aus, wenn wir ...«

»Nein.«

Dieses Mal betrat auch Ethan das Haus. Es war noch kleiner, als er es sich vorgestellt hatte. Über die Wände zogen sich Schmierereien, ein Fenster war eingeworfen, die Badtür aus den Angeln gehoben, die Toilettenschüssel zerschlagen. Ethan blieb in einem dunklen Flur stehen und ließ Nathaniel die Zeit, die er brauchte.

Es gab keine Bilder an den Wänden. Nicht einmal Nägel, an denen sie gehangen haben konnten. Stattdessen sah er einen Fünfjährigen, der in genau diesem Wohnzimmer vor einem Weihnachtsbaum gestanden hatte – auf der Hüfte eines Mannes sitzend, der ihn bald verlassen würde –, einen Vierjährigen in einer präparierten Uniform, einen Dreijährigen, der auf diesem Teppich mit Holzklötzen spielte. In der Luft lag selbst jetzt noch der Geruch von Desinfektionsmitteln.

Die Türschwellen mussten eine tägliche Herausforderung für den Rollstuhl gewesen sein, dessen aufgeschlitzte Armlehnen Nathaniel berührte.

Er ging langsam durch das Haus, als könnte er jederzeit auf eine Kostbarkeit treten, die seinem Gewicht nicht standhalten würde. Vom Küchentisch nahm er eines der Rätselhefte, das nicht übermalt war, und steckte es in seine Manteltasche.

»Lass uns gehen«, sagte er.

Ethan hielt ihn zurück. Mit dem Daumen wischte er die Tränenspuren von Nathaniels Wangen.

»Du schläfst besser, nicht wahr?«

»Hm?«

»Die Alpträume.« Nathaniel sank zu ihm aufs Sofa. »Du hattest schon lange keine mehr.«

Mrs. Higgson empfing sie mit Tee und Keksen. Ihre Arme lagen lange um Nathaniel, bevor ihre Hände durch sein Haar fuhren und an seinen Wangen liegen blieben. Sie küsste ihm die Stirn, bevor sie ihn aufforderte, den jungen Mann in seiner Begleitung endlich vorzustellen, nun, wo er nicht mehr vor ihr davonrannte.

Ethan lächelte sacht.

Sie saßen lange an einem Küchentisch und nippten an Hagebuttentee, selbst als Mrs. Higgson mit der Zubereitung des Abendessens begann. Ethan bot seine Hilfe an, aber sie scheuchte ihn zurück auf seinen Platz, er sei doch der Gast.

Die Geschichten, die sie tauschten, kamen erst stockend, als wären sie Wunden, die von einer Verbandsschicht befreit werden mussten – nur um festzustellen, dass sie längst verheilt waren. Der Nachmittag, als Tony ihm die Stützräder geklaut und Nathaniel gelernt hatte, Fahrrad zu fahren.

Die Schularbeit, die sie voneinander abgeschrieben und dadurch beide nicht bestanden hatten. Das Schwimmen, das Nathaniel von Mrs. Higgson und ihrem Sohn gelernt hatte, als seine Mutter nicht mehr in der Lage war, ihre Beine zu bewegen.

Immer noch lächelnd nickte Ethan, hob die Augenbrauen, runzelte die Stirn und lachte sogar verhalten, wann immer dies von ihm erwartet wurde. Unter dem Tisch griff er nach Nathaniels Hand, folgte mit der Kuppe den Falten um Nathaniels Fingerknöchel, betastete das seit Kurzem wieder angeschwollene Daumengelenk.

»Ach, Edward ...«, sie konnte sich seinen Namen nicht merken, »... du hättest ihn sehen müssen, damals. Als sie die Abschlusszeugnisse verliehen.« – »Valery konnte ein bezauberndes Mädchen sein, wirklich.« – »Vielleicht hätten die beiden noch viel mehr gestritten, wenn sie tatsächlich Brüder gewesen wären.«

Nicken, Lächeln, Nathaniel diesen Blick zuwerfen.

»Ach, Ann hätte das nicht gestört. Nein. Ich glaube, sie wusste schon längst Bescheid.«

Zu Abend aßen sie einen sämigen Linseneintopf und Brot. Mr. Higgson steckte seinen Kopf durch den Türrahmen und wünschte ihnen einen guten Appetit. Kurz darauf ging er, ins Halster's, wie er betonte. Mrs. Higgson scheuchte ihn fort und bat Nathaniel, von seiner neuen Arbeit zu erzählen, bis ihre Teller leer vor ihnen standen.

»Ich habe euch Tonys altes Zimmer hergerichtet.«

Die Decken fühlten sich grobmaschig und fremd an. Sie glitten nur langsam über seine Haut und rieben über seine Wange. Außerdem rochen sie nach Hyazinthen.

Ethan tastete nach Nathaniels Hand und drückte sie. »Bist du okay?«

Leise seufzend rutschte Nathaniel an ihn heran. »Ja«, flüsterte er. »Aber was ist mit dir?«

Nach einem Atemzug sagte er: »Ich bin bei dir. Das ist genug.«

Nathaniel liebte Spaziergänge an der Themse. Er verlangte nie danach, aber sein Gesicht hellte sich auf, wenn der Vorschlag fiel, und sie stromerten nach einer kurzen Fahrt am Wasser entlang. Manche Wege waren bevölkert mit Touristen, sodass es kaum auffiel, wenn sie sich heimlich berührten. Andere lagen so weit abwärts, dass sie sich sogar küssen konnten, ein schnelles Streifen der Lippen, das ein Kribbeln hinterließ.

»Es gibt einen Badesee hier, wusstest du das?« Gegen das Geländer gelehnt schloss Nathaniel die Augen und genoss den Wind. »Im Sommer bist du dran. Wenn wir das nächste Mal nach Hedford fahren, kannst du schwimmen.«

Am nächsten Morgen weckten ihn Sonnenstrahlen.

Das Gewicht von Nathaniels Bein drückte ihm auf die Blase, doch anstatt ihn von sich zu schieben, streichelte Ethan seine Haut. Die Hyazinthen-Decken hielten sie angenehm kühl. Auch hier fiel Staub von der Decke, selbst wenn das Fenster nicht über, sondern rechts von ihnen und mit Metallstreben vergittert war. Die Gardinen bewegten sich in einem leichten Luftzug. Mr. Higgson ging draußen am Fenster vorbei. Wenig später startete ein Motor, doch sein Brummen verging schnell.

Nathaniel schnarchte leise.

An diesem Morgen gab es nur sie beide – Nathaniel und ihn, unter fremden Decken, in einem Zimmer, dessen Aussicht direkt in den Wald hineinreichte. Das Bild hatte sich wieder verändert, Proportionen verschoben, Umgebungen ausgetauscht, und doch war es noch immer Nathaniel, der bei ihm lag, Nathaniel, der unveränderlich neben ihm einschlief und aufwachte, wo auch immer er war.

»Wenn du mich nicht verlässt, werde ich dich nicht verlassen.«

»Versprichst du's?«

Er legte seine Lippen an Nathaniels Hals. Sein Kuss war sanft. Noch einmal küsste er ihn, verlagerte sein Gewicht, um seine Lippen ein Stück zu heben, und küsste ihn dicht hinter dem Ohr.

»Lügner.«

»Guten Morgen«, flüsterte Ethan.

»Du wirst wohl hierbleiben müssen, um das herauszufinden.«

Nathaniel zog sein Bein an und schob seinen Arm über Ethans Brust. Er gähnte. »Ich bin schon schlechter geweckt worden.«

15 - 1987

BRIXTON, ENGLAND

Sie frühstückten mit Mrs. Higgson. Danach zog Nathaniel sich an und meinte, er würde gerne einen Spaziergang machen. Ethan bot an, ihn zu begleiten. Während er seine besten Hosen überstreifte, stichelte Nathaniel: »Und wirst du mir zuliebe mal etwas anderes anziehen als schwarz?«

»Was schwebt dir vor?«

Er hob die Schultern und grinste. »Schau mal ganz unten. Unter den Handtüchern.«

»... blau?«

»Tu's für mich.«

»Das ist nicht mal ein Hemd.«

»Oh nein, wie schrecklich.«

Er warf den Pullover nach Nathaniel.

Natürlich zog er ihn an. Immer wieder strich er mit den Fingern über die Farbverläufe – von weiß über hell- zu marineblau. Die Maschen reizten seine Haut; nichts, was

Nathaniel zu wissen brauchte. Unter der Wolle war ihm warm genug, sodass er seine Jacke nur lässig über die Schulter warf.

»Du siehst so gut aus.« Nathaniels Hand glitt über seine Brust.

»Das ist nicht der Ort für so etwas.«

Ein Seufzen. »Spielverderber.«

Zusammen überquerten sie eine Holzbrücke und folgten der Straße in die Innenstadt. Kies knirschte unter ihren Schritten. Eine Drossel sang ihr Lied, flatterte von Ast zu Ast. Die ersten, feinen Knospen trieben aus. Es war beinahe ein Jahr her, seit sie zuletzt hier gewesen waren – am Ufer eines Sees, dessen Wellen apathisch schwallten, während Nathaniel weinte und erzählte und weinte und sich trösten ließ. Jetzt trug er ein tapferes Lächeln im Gesicht. Er grüßte eine Frau mit Dackel, den Straßenkehrer, der ihm auf die Schulter klopfte, ein Mädchen mit schwarzen Haaren, eines mit blonden, und einen rothaarigen Mann, der sich als Sam vorstellte und verschwörerisch die Stimme senkte, als er sagte: »Die beiden sind im Park.«

Ihr Weg führte sie vorbei an einem Juwelier, einer Bäckerei und einem Spielplatz, der nur von einer Mutter im Regenmantel und ihren Zwillingen besucht wurde. Die Schaukeln wiegten sich in der leichten Brise. Sie passierten Wohnhäuser, die Nathaniel Menschen zuordnete, als würde Ethan wissen, von wem er sprach. Er zeigte ihm eine Apotheke, ein Rathaus, einen Friseur – alles neben einer quadratischen Grünfläche, die mit Bänken und Schotterwegen bestückt war. Einzelne Eschen und Weiden grünten. Irgendwann blieb Nathaniel stehen. »Dort oben, siehst du das? Hinter der Werkstatt. Da habe ich gearbeitet.« Er fuhr sich durch das Haar. »Fühlt sich an, als wär's ewig her.«

»Möchtest du in den Park?«

»Was?«

»Möchtest du, dass wir in den Park gehen?«

Nathaniel lächelte traurig.

»Ich kann warten, wenn ...«

»Nein.« Er griff nach Ethans Hand. »Komm mit.«

Der Ferrers Lake empfing sie genauso silbergrau und kalt wie beim letzten Mal. Die Fingerspitzen im Wasser, saß Nathaniel lange da, beobachtete die Bäume, den Horizont, der sich auf den Wellen brach. Ethan stand neben ihm, die Hand in den Locken vergraben. Nathaniel lehnte sich an.

»Wenn ich dich fragen würde«, er streichelte Ethans Wade hinab, »wo du gewohnt hast in Slaithwaite, in welcher Straße ... was würdest du antworten?«

»Was würdest du dort suchen?«

Ein Schulterzucken. »Einen Teil von dir, vielleicht.«

Abends tranken Nathaniel und Mrs. Higgson ein Bier zusammen, während sie zu dritt auf der kleinen Terrasse saßen. Eine Lampe spendete genug Licht, um die Schuhkartons voller Bilder betrachten zu können, die sie aus dem Keller geholt hatte, denn »Edmond muss doch neugierig sein«. Eingewickelt in Decken blätterte er durch Fotografien. Nathaniel erzählte von Loraine und Digg, davon, welches Glück sie mit ihrer Wohnung in Brixton gehabt hatten, war es doch immerhin nicht Kilburn oder Willesden. Dort ging man nicht gerne durch die Straßen. Drogensüchtige, überall.

»Wie macht sich Tony?«, fragte Nathaniel.

Ethan legte das Bild zurück – ein Schnappschuss von Nathaniel, vielleicht vier Jahre alt, an der Hand seiner Mutter, hier, in diesem Garten, im Hintergrund ein Junge auf einem Fahrrad, vermutlich Tony –, und sah auf.

Mrs. Higgson seufzte. »Er kommt fast gar nicht mehr.«

Am Tag ihrer Abreise packte Mrs. Higgson ihnen Proviant ein, der für mehrere Tage gereicht hätte, und bat ihren Ehemann, ein Foto von Nathaniel und ihr zu machen. Auf das zweite Bild bat sie auch Ethan. Er blinzelte gegen das Licht und spürte sein Lächeln für den Bruchteil einer Sekunde verrutschen. Mrs. Higgson umklammerte seine Hand fest, als versteckte sie eine Drohung: *»Wehe, du tust ihm weh.«*

London empfing sie laut, regnerisch und mit dem süßlichen Geruch nach Moder, so durchdringend, dass Ethan ihn auf der Zunge schmeckte. Obwohl der Renault nur bis Sonntag gemietet war, beschloss Nathaniel, ihn Montagmorgen zurückzubringen, wenn das Wetter etwas besser wäre. Kurze Zeit später brach ein Unwetter los, das die Straßen in Sturzbäche verwandelte und den Himmel mit gezackten Linien zerriss. Sie wärmten sich mit Teetassen in den Händen, ließen das Licht aus und saßen in Schlafsachen unter dem Dachfenster. »Es war gut, das Erbe auszuschlagen«, sagte Nathaniel. Immer wieder. »Es war gut so, du hast das Haus doch gesehen. Es war gut so.«

»Ich weiß so wenig über dich. Wie hieß deine Mutter? Dein Vater? Wie hießen deine Freunde? Welchen Weg bist du zur Schule gelaufen? Wo hast du am liebsten gespielt? Du brauchst nur durch diese Stadt zu laufen und weißt alles über mich. Was ist mit dir? Findest du das nicht unfair? – Natürlich ist es das. Manchmal hab' ich das Gefühl, ich kenne dich gar nicht.«

Der fünfte März war ein Donnerstag. Außer Nathaniel schien sich niemand Gedanken gemacht zu haben. Ethan war erleichtert. Dann kam der sechste März, ein Freitag, und als Malcolm und Deniz wieder fragten, ob er mitkäme, ein paar Bier trinken, schlenderte Digg zur Tür herein und grinste. Hinter ihm wartete Nathaniel, gekleidet in ein gutes Hemd, ebenfalls lächelnd, und dahinter erahnte er Loraine, Paige und Clarke. Ethan hob die Augenbrauen, als er Nathaniel ansah. Ein jungenhaftes Grinsen, ein Zucken der Schultern. Dann sagte Digg: »Herzlichen Glückwunsch, Eth! Achtundzwanzig wird man immerhin nur einmal – und pass auf, die Dreißig ist näher, als du denkst. Nate meinte, du magst keine Geschenke, aber gegen ein paar Bier kannst du wohl nichts haben.«

»Das ist nicht nötig.«

»Das sagen sie alle.« Digg boxte ihm gegen den Arm. »Mach dich locker. In meiner Bude ist Platz für uns alle.«

Wieder sah er Nathaniel an, der nur weiter grinste und herausfordernd das Kinn hob. Plötzlich regnete es Geburtstagsglückwünsche und Stöße gegen seine Schulter. Ethan biss die Zähne zusammen und zeigte sein bestes Lächeln.

Sie stritten in Diggs Bad, auf dem Nachhauseweg, zwischen Küche und Wohnzimmer und schließlich auch im Bett.

»Dir kann man es auch nie recht machen«, sagte Nathaniel zur Wand.

»Ich hasse es, im Mittelpunkt zu stehen.«

»Du willst nur nicht gesehen werden.«

»Was ist das Problem daran?«

»Dass du dich nur versteckst, weil du denkst, du bist es nicht wert. Stell dir vor: du bist es mir wert. Du warst es ihnen allen wert. Ich hab' niemanden gezwungen, alle waren nur deinetwegen da, und dann führst du dich auf wie ...«

»... ja?«

»Vergiss es.«

»Sag nur.«

»Ich bin einfach enttäuscht, okay? Alles, was ich wollte, war ein schöner Abend für dich, aber du wolltest dich anscheinend lieber hier vergraben.«

»... es tut m...«

»Lüg mich verdammt noch mal nicht an.«

Die Wohnung war klein, fast beengt, und lag über dem Kiosk. Es gab drei Zimmer – ein Schlafzimmer für Digg, eines für Loraine, und ein gemeinsames Wohn- und Esszimmer. In der Küche schleuderte die Waschmaschine und im Bad brannte ein Teelicht unter Lavendelduftöl. Sie saßen im Kreis auf dem Wohnzimmerteppich, Jacken über sämtliche Lehnen und Stühle geworfen. Digg verteilte Red Stripes, Nathaniel verteilte Zigaretten, ein anderer Typ – breitschultrig, kaffeeschwarze Augen – verteilte Züge von seinem Joint. Ethan leerte sein erstes Bier in die Toilette und das zweite ins Waschbecken. Als Digg ihm ein drittes anbot, lehnte er ab und bekam stattdessen Rum auf Eis. Nach nur einem Schluck war ihm übel. Bei Wahrheit oder Pflicht stieg er aus, sah Nathaniel zu, wie er Malcolm küssen musste, saß auf dem Sofa und schwenkte den Alkohol in seinem Glas. Bei anderen Trinkspielen log er, trank nicht, wenn er laut Regelwerk hätte trinken müssen, und sagte kaum ein Wort. Noch mehr Rum. Noch mehr Eis. Happy Birthday. Berührungen an seinen Schultern, seinen Armen, seiner Hüfte, los doch, zieh dich schon aus, sei kein Feigling. Nathaniels Pupillen. Noch ein wenig Rum?

Nathaniel schlief. Sein Schnarchen war lauter als sonst, dem Alkohol geschuldet, das kannte er schon. Vorsichtig, um ihn nicht zu wecken, schlich er ins Bad. Erst wusch er seine Hände, schrubbte mit einer Bürste, bis die Haut rot glänzte, ehe er davon ablassen konnte. Ich bin einfach enttäuscht, okay? Dir kann man es auch nie recht machen. Im Spiegel fand er sein Gesicht und rot umrandete Augen. Nicht nur Schlafmangel. Nicht nur ein paar Schlucke Alkohol. Tränen, wie ein kleines Kind. Weinen konnte er lautlos, sogar ohne, dass sein Brustkorb krampfte. Ich bin einfach enttäuscht, okay?

Hätte Nathaniel die Tränen gesehen, vielleicht hätte er ihm unterstellt, ihn nur besänftigen, manipulieren zu wollen. Also hatte er gewartet. Warten, das konnte er auch. Jahre-lang.

Was machte ihn so undankbar, so verkachelt und ver-schreckt, dass er einen Abend nicht genießen konnte, den Nathaniel – Nathaniel! – für ihn ausgerichtet hatte? Statt mitzufeiern, hatte er Ausflüchte gesucht, weg von allen, weg von allem, er konnte den Geschmack von Rum nicht ertragen, nicht mehr. Die schönen Tage in Hedford, waren sie für Nathaniel auch schon eine Zumutung gewesen, oder schlichtweg nicht genug?

Ich bin einfach enttäuscht, okay?

Sein Kater machte Nathaniel versöhnlich. Zweimal übergab er sich im Bad, ein drittes Mal in den Eimer, den Ethan ihm neben das Sofa stellte. Danach nuschelte er eine Entschuldigung und bat um Salzstangen oder trockenes Brot. Er schwitzte, bis das Kissen unter ihm dunkle Flecken zeigte. Beharrlich flößte Ethan ihm Wasser ein, erst schluck-, dann glasweise. Irgendwann hörte Nathaniel auf zu zittern. »Ich sterbe«, stöhnte er in die Decke. Später sagte er: »Tut mir wirklich leid. Wegen gestern.«

»Schon gut«, sagte Ethan.

Als Nathaniels Hand seine Oberschenkel streifte, zuckte er.

Je länger es abends hell blieb, desto öfter legte er auf dem Heimweg eine Extrarunde ein.

Schon immer bevorzugte er den Weg durch den Park. Es dauerte länger, aber unterwegs schnappte er einen Hauch von Freiheit auf, sein eigenes kleines Abseits in einem Spiel mit Milliarden Bällen. Als er dann neue Kleidungsstücke besaß – einen Trainingsanzug: schwarz, mit gelben und neongrünen Streifen, lockere Shirts mit V-Ausschnitt und Chinos –, begann Ethan wieder zu laufen.

Am Anfang packte er den Trainingsanzug gebügelt in einen Beutel, den er mit zur Tankstelle nahm, damit er seine Laufrunde auf dem Heimweg erledigen konnte. Das Tragen behinderte ihn aber bei den Sprints, die er seinem Körper so gern abverlangte. Also zog er die Hosen morgens an und rannte mit einem Shirt, das er danach in die Wäsche gab. Schließlich, als Nathaniels Arbeitspensum zum Schulhalbjahr anstieg und er oft erst gegen zweiundzwanzig Uhr zurückkam, ging Ethan gemächlich nach Hause, erledigte kleinere Einkäufe bei Watson's und tauschte seine Kleider im Schlafzimmer. Die Laufrunde danach war nicht nur schweißtreibender, sondern auch zielgerichteter und dauerte, bis das Salz seiner Haut die neuen Schnitte entflammte. Sie brannten wie Feuer und heilten schlechter.

Ein paar Tage schlich er um Nathaniel herum. Während des Abendessens achtete er darauf, die Beine unter dem Tisch angezogen zu halten, damit sie nicht störten, und vermied jedes Geräusch, das sein Besteck machen könnte. Wenn Nathaniel am Fenster rauchte, verließ er die Küche, um dasselbe auf dem Balkon zu tun. Das Bett war zweigeteilt – er streckte nicht einmal seine Finger auf Nathaniels Seite. Nachts stand er nicht auf, um die Toilette aufzusuchen, sondern hielt aus, bis Nathaniel wach war. Er antwortete nur, wenn Nathaniel ihn ansprach. Dann sagte Nathaniel: »Komm schon her, Blödmann«, und plötzlich schliefen sie wie immer, mit ineinander verschlungenen Beinen.

Mr. Dixon bestellte ihn Mitte März zu sich. Ethan spielte an seinem Kragen, während er auf dem Stuhl im Büro wartete. Es war ein verhältnismäßig warmer Tag, zu warm für seine Lederjacke. Digg hatte ihm ein Glas Wasser gebracht und viel Glück gewünscht. Seitdem hörte er nur das Surren von Motoren, das an den Zapfsäulen verklang, und das Klingeln der Glocke an der Eingangstür. Jeremias drehte das Radio auf. Wenn gerade niemand zu bedienen war, saß er mit Kassette und Bleistift vor dem JVC und wartete auf seine Lieblingssongs. An der Kasse tat er seine Arbeit und wenn sie freitagabends ausgingen, zahlte er eine Pflichtrunde, aber Sprechen gehörte nicht zu seinen Stärken. Er und Ethan begrüßten sich meistens mit einem simplen Zunicken. Mehr brauchte es nicht.

Ethan fuhr die Naht seines Overalls entlang. Seufzend gab er nach und zählte die Stiche. Währenddessen glitt sein Blick über die Vorräte an Motoröl und Wischwasser, die sich an den Wänden stapelten, über Kartons mit Papiertüchern für die Toiletten und Dokumenten, die auf einer neuen Ablage thronten. Der Sekundenzeiger tickte. Seine Fingernägel taten ihr Übriges.

Für jemanden, der sich vor Körperlichkeit gefürchtet hatte, fand Nathaniel erstaunlich viel Gefallen daran. Nur wenige Tage nach ihrem Streit zog er bereits wieder an Ethans Shirt. Er knabberte an Ethans Schlüsselbein und sank vor ihm auf die Knie, während er Ethan anhielt, auf dem Sofa sitzen zu bleiben.

Jede Feindseligkeit schien er vergessen, jede Verletzung überstanden zu haben.

»Alles okay?« Nathaniel nahm Ethans Faust und löste die verkrampften Finger.

»Ja.«

»Möchtest du nicht?«

»Doch.«

Statt weiterhin an der Gürtelschnalle zu spielen, sank Nathaniel auf seinen Schoß. Es fiel ihm leichter, Nathaniel zu küssen und zu streicheln, als einfach nur still dazusitzen. Mit den Fingerspitzen strich er über seine Wirbelsäule, legte den Kopf zurück, als Nathaniel sich an ihm rieb.

Irgendwann sank seine Hose zu Boden, und Nathaniel erstarrte.

»Was ist das?«

»Was?«

Er sog seine Wange nach innen. Vorsichtig schob er die Bandage zur Seite und betrachtete die zwei neuen Schnitte. Sie waren nicht allzu tief, aber lang – ausgeführt in stiller Präzision. Wie zwei hauchdünne Lippen, die sich in Schmerzen verzogen, mit etwas Eiter im Mundwinkel. »Das.«

Bei hundertzweiundzwanzig rutschte sein Finger von der Naht und er verzählte sich. Ethan schloss die Augen. Die Nacht war lang gewesen. Montag, es war ein Montag, und gestern hatte er den ganzen Tag damit zugebracht, Nathaniel zu pflegen, als wäre er krank. Ein Seufzen entwich ihm, lang und tief. Statt Nahtstichen zählte er, wie oft der Wackeldackel in einer Minute nickte – vierundvierzig Mal –, wie viele Lettern es gebraucht hatte, um die Abrechnung zu schreiben, die kopfüber vor ihm lag – er kam bis tausendneunzig –, und zuletzt die Schritte, die Mr. Dixon bis zu seinem Schreibtisch brauchte: fünf.

Einen Augenblick saßen sie sich stumm gegenüber. Dann seufzte Mr. Dixon. »Schön, dass du da bist, schätze ich.«

Nathaniel ließ den Verband los, trat einen Schritt zurück. »Ich dachte, damit wären wir durch.«

Den Blick auf den Boden gerichtet, griff Ethan nach einer der Wolldecken und warf sie sich über.

»Von wann sind die?«

»Ich bin nicht sicher ...«

»*Von wann?*«

»... Freitag.«

»Ja«, sagte Nathaniel tonlos. »Natürlich.«

»Gefällt es dir denn bei uns?«

»Sehr.«

Mr. Dixon brummte. »Du willst also hier bleiben, ja?«

»J-ja.«

Mit seinen breiten Fingern strich Mr. Dixon über seinen Schnauzbart, ehe er sich eine Zigarette anzündete. Sein Blick blieb dabei auf Ethan liegen. »Hast du irgendwelche Sorgen, Junge? Eine kranke Mutter oder'n schwangeres Mädchen?«

»... nein.«

»Hast du Schulden?«

»Nein.«

Mit einem Laut zwischen Grunzen und Brummen drückte Mr. Dixon seine halb gerauchte Zigarette in den Aschenbecher. »Bist du eigentlich der Letzte, der geht?«

»Meistens gehen wir zusammen.«

»Meistens?«

Ethans Handballen schmerzten. »Ab und zu bleibe ich etwa eine halbe Stunde länger, um die Toiletten zu reinigen.«

»Du bist das?«

»Ist es falsch?«

»Nein, *das* ist's nicht.« Er lehnte sich zurück, bis die Stuhllehne knarzte. Immer noch starrte er ihn an, als wollte er durch sein Gesicht hindurchsehen, ergründen was sich dahinter verbarg. »Du kannst mir alles erzählen, was dir auf'm Herzen liegt, Junge. Alles.«

»Vielen Dank.«

Um Mr. Dixons Augen entstanden Falten. Endlich wandte er sich ab, sortierte Dokumente, schob Briefe in Ablagefächer. »Das hier ist ein Familienbetrieb. Hier läuft alles ein bisschen lockerer, als du's gewohnt bist, aber das heißt nicht, dass jeder sich rausnehmen kann, was er will. Alles hier funktioniert nur, wenn wir alle an einem Strang ziehen. Ich bezahl' meine Leute gern etwas besser, wenn sie's brauchen, immerhin sind sie fast sowas wie Familie, aber ich muss mich auf jeden Einzelnen hier verlassen können. Ist das klar?«

»Ja.«

»Ich frag dich nur einmal, und es wäre das Beste, wenn du mir die Wahrheit sagst.«

Er wartete, bis Ethan nickte. »Seit einigen Wochen stimmen die Kassenbeträge nicht. Mal fehlen zehn, dann wieder zwanzig Pfund. Am Donnerstag waren es hundertfünfzig. Weißt du etwas darüber?« Die letzten Worte betonte er, als spräche er mit einem Kind.

Ethan verbot sich jede Reaktion. Damit seine Augen sich nicht weiteten, blinzelte er angestrengt, und um den Mund nicht sinnlos zu öffnen, presste er die Fingernägel tiefer in sein Fleisch. Sein Atem drohte, in seinem Rachen stecken zu bleiben – als atmete er durch eine Mundhöhle voller Sand. »Sir?«

»Hast du's genommen?«

»Nein, Sir.« Ein dünner Film ließ seine Sicht verschwimmen.

Mr. Dixon fixierte ihn weiterhin mit einem strengen Blick. Ethan schüttelte leicht den Kopf.

Nach einem tiefen Atemzug tat Mr. Dixon es ihm gleich. »Natürlich. Keiner will's gewesen sein.«

Als er nach Hause kam, waren die Rasierklingen verschwunden. Er durchsuchte das Schränkchen unter dem Waschbecken, den Vorratskorb in der Küche, die Schubläden unter dem Fernseher und den Kleiderschrank. In Küchenschränken schob er Mehltüten auseinander, während ihm Schweiß über den Rücken kroch, wühlte durch die Besteckschubladen, bis er sich an einem Schäler schnitt. Kurz hielt er ihn in der Hand, betrachtete die Hautschicht, die seinem Finger fehlte, und warf ihn leise fluchend wieder zurück. Der Mülleimer war geleert worden, eine neue Tüte spannte sich darin auf. Für einen Moment lehnte er sich an die Küchentheke und vergrub das Gesicht in den Händen. Vielleicht fand er ein Messer, das scharf genug war. Noch einmal öffnete er die Besteckschublade. Bevor er hineingreifen konnte, schüttelte ihn ein Schluchzen. Es zog sich bis in sein Zwerchfell, nahm ihm für einen Moment den Atem. Ethan wischte sich über die Augen, er musste doch nach einem Messer suchen, vielleicht waren die Klingen ja unter dem Schuber? Heiße Tränen rannen ihm über die Wangen. Ungelenk riss er an dem Plastik, Besteck flog über den Küchenboden, die Schublade blieb klingenleer. Ethan sank auf den Boden und zog die Knie dicht an seinen Körper, als wollte er das Beben dahinter verstecken.

Nathaniel kam nach Hause und sagte nichts. Er klaubte die Löffel und Gabeln auf, räumte sie zurück, bückte sich danach, um die Messer und alles andere aufzusammeln. Mit einem leisen Klicken schloss sich die Schublade. Die Schränke knallten dumpf, dann waren auch sie geschlossen. Im Bad stopfte Nathaniel das Toilettenpapier zurück und die Putzmittel, danach kam er ins Schlafzimmer und hob die Handtücher auf. Seine Schuhe zog er erst vor dem Bett aus.

Ohne zu duschen, schlüpfte er zu ihm unter die Decke. Sanft legte er ihm die Hand auf die Wange. »Was ist passiert?«

Ethan schwieg.

Nathaniels Lippen berührten Ethans Stirn. Immer noch sanft schob er einen Arm unter ihm hindurch, den anderen legte er um ihn herum, sodass er ihn im Liegen in den Armen hielt. »Versteh doch.« Kalte Finger schlichen über seine Seite. »Ich musste.«

So verharrten sie wortlos, bis es klingelte.

16 - 1974

MANCHESTER, ENGLAND

Das Cavendish Hotel war klein, verglichen mit den Backsteinbauten darum herum, und quietschgelb angestrichen. Sie nahmen ein Taxi dorthin, das Robert bezahlte (sogar den Aufpreis, um »den Streuner und seine Flöhe« mitzunehmen), und gingen über eine verlassene Rezeption eine gewundene Treppe hinauf.

Er hatte sein Zimmer – die Nummer 16 – im obersten Stock. Es war groß, dafür, dass er es allein bewohnte, und mit weichem Teppich ausgestattet. Ein Erkerfenster eröffnete den Blick auf die Straße, geschmückt mit Gardinen und frischen Blumen.

Robert bediente den Lichtschalter. »Entschuldige die Unordnung. Ich habe tatsächlich nicht mit Besuch gerechnet.«

Auf dem Schreibtisch türmten sich Ordner und Dokumente, auf dem Stuhl davor ein Haufen Dreckwäsche. Einzelne Socken breiteten sich auf dem Boden aus. »Geh duschen«, sagte er. »Lass dir ruhig Zeit. Ich habe hier genug zu tun.« Als Ethan sich nicht rührte, drückte er ihm ein Handtuch in die Hand. »Das Bad ist an der Treppe links. Das erste Zimmer.«

Seine Füße fühlten sich an wie Gewichte, die er über den Flur schleifte. Ein gedimmtes Wandlicht warf seinen Schatten auf den Teppich. Über allem lagen lange, ebenmäßige Atemzüge und ein Brummen, als schnarchte jemand wegen verstopfter Atemwege. Ethan kam sich vor wie ein Eindringling. Hinterließ er Fußspuren, für deren Entfernung Robert am Ende bezahlen musste – wieder einmal, mehrere Pfund, nur seinetwegen? Er hätte die Schuhe direkt unten an der Rezeption ausziehen sollen. Alte Dielen knarrten. Der Lichtschalter fühlte sich speckig an, als Ethan ihn drückte. Dann zog er die Badtür hinter sich zu und atmete auf, als er niemandem begegnete.

Das warme Wasser beruhigte seinen Puls. Zunächst lief graubraune Brühe an ihm herab, doch irgendwann wurde sie klarer. In einem Anflug von Mut bediente er sich sogar an dem Duschgel, das in einem Gitter stand, und wischte danach die grauen Fingerspuren davon ab. Er schrubbte sein Gesicht und seine Hände, jede Stelle seines Körpers, zuletzt seine Füße, die er zwar nicht ganz sauber bekam, aber immerhin etwas. Unter all dem Dreck entdeckte er uralte Narben und raue, gerötete Stellen. Als er danach vor dem beschlagenen Spiegel stand und mit dem Unterarm ein Stück frei rubbelte, blinzelte er Tränen weg. Sein Bart wuchs erst seit Kurzem und dabei noch sehr fleckig, außerdem waren die Haarsträhnen auf seinem Kopf unterschiedlich lang, doch er wirkte wieder wie ein Mensch – ein wenig mehr als vorher, zumindest.

Es klopfte.

Ethan griff nach seinem Handtuch.

»Ich dachte mir«, drang Roberts Stimme durch die Tür, »dass du vielleicht gerne was anderes anziehen würdest.« Eine Hand kam durch den Spalt und hielt ihm einen Stapel Kleidung hin. »Nimm nur. Die Sachen passen mir nicht mehr so gut. Der Bauch, du weißt ja.«

»Ja.« Zögerlich nahm er das Angebot an. Die Tür schloss sich, und er war wieder allein mit seinen alten, zerfledderten Kleidern, die sich auf dem Boden wanden wie schwarze Larven. An seinen Fingerspitzen rieb Baumwolle, frisch gewaschen, etwas, das er schon lange nicht mehr gespürt hatte. Ein wenig Eau de Cologne haftete ihr an. Sein Blick wanderte von einer sauberen, weißen Unterhose zu etwas, das er am liebsten nie wieder anfassen würde.

Er biss sich auf die Lippe.

»Mh«, sagte Robert. »Viel besser.«

»Ja.«

Ethan blieb in der Tür stehen und trat von einem Bein auf das andere, während Robert sich wieder seinem Gepäck zuwandte. Der Raum hatte sich verändert, seit er ihn zuerst betreten hatte: das Bett war gemacht, die Dokumente auf dem Schreibtisch sortiert und die Dreckwäsche lag in einem Beutel.

»Komm schon rein.« Robert lächelte. »Und, was hast du jetzt vor?«

»Ich?«

»Ist hier sonst noch jemand?«

»Oh. Ja. Sorry.« Ethan hielt den Türgriff einen Moment zu lange fest; Roberts Stirn warf leichte Falten. Langsam ließ er sie ins Schloss gleiten, bedeutungsvoll leise, als wollte er Rücksicht auf die anderen Hotelgäste zeigen. Seine Kehle war trocken, er musste sich räuspern. »Wo ... wo kann ich ...« In der Hand wog er das Lumpenbündel.

»Wirf sie weg«, Robert deutete auf einen Papierkorb neben dem Schrank, »und behalte meine Sachen.«

»... vielen Dank.«

Während Ethan durch den Raum schlich, stopfte er die paar Munzen, die er besaß, in seine neue Gesäßtasche. Sie fühlten sich sicher darin an, als würden sie nicht bei der nächstbesten Bewegung herausrollen und in einem Rinnstein verschwinden. Seine alten Klamotten versanken im Mülleimer.

Das Bett ächzte. Ethan wandte sich nicht um, starrte auf die Fetzen, als wollte er sich verabschieden. Es wären nur zwei, drei Schritte, dann wäre er aus der Tür hinaus. Eine halbe Minute bis zur Rezeption. Hatte Robert einen Schlüssel gebraucht, um die Eingangstür zu öffnen?

Gemächlich ging Robert in die andere Ecke des Raumes. Das metallene Schaben eines Flaschendeckels, das Quietschen einer Kühlschranktür, Eis, klirrend in Gläsern. »Trinkst du Pusser's?«

»Ich – also ...«

»Nimm ein Glas und probier. Zum Wohl.« Er reichte ihm nicht nur das Glas, sondern bot ihm auch den Boden seines eigenen zum Anstoßen an. Ein Funkeln fing sich in der goldbraunen Flüssigkeit, als tränken sie Licht. Robert lächelte, bevor er ansetzte, und er lächelte noch immer, als Ethan Tränen in die Augen schossen und er sein Husten unterdrückte. »Wenn dir der Rum zu hart ist, habe ich auch noch Wein. Mich macht er nur sentimental, aber vielleicht ist er ja etwas für dich.« Schon wieder bot er ihm eine Zigarette an.

Ethan seufzte und griff zu. Was die Dusche aus seinen Adern gespült hatte, erweckte der Rum von Neuem. Bald lag er bäuchlings auf dem Teppichboden, schwitzte im Nacken und unter den Armen, während seine Wangen sich heiß anfühlten. Wenn er redete – und es fiel ihm erstaunlich leicht, zu reden, wenn sein Kopf so angenehm ruhig war –, fühlte er Roberts Augen auf sich liegen. Meistens war es ein warmer Blick, und für einen Moment, vielleicht sogar eine Nacht glaubte Ethan, dass er ihn tatsächlich mochte. Er begann, ihm gefallen zu wollen: Vielleicht, wenn er es nur gut genug anstellte, ja, vielleicht gab es noch eine Chance für jemanden wie ihn. Vielleicht gewänne er einen Gönner, der ihm jedes Mal, wenn er nach Manchester zurückkehrte, ein warmes Hotelzimmer anbot – dafür, dass er von Sharan erzählte, oder von den Männern in der Automobilwerkstatt. Ethan bemühte sich, die Cracker anständig zu essen und errötete unter dem Lob, als es Robert auffiel.

Plötzlich sagte Robert: »Ich mache dir ein Angebot.«

»J-ja?«

»Heute Nacht kannst du hier auf dem Boden schlafen.«

»Das is' ... gar nich' ... nöddig.«

»Du bist betrunken, mein Freund. Ich könnte kein Auge zutun in dem Wissen, dich so auf die Straße gesetzt zu haben.«

»A-aber ...«

»Ich bin nur noch bis morgen Nachmittag hier. Solange kannst du bleiben, wenn du willst. Hauptsache, du machst keinen Ärger.«

»Das is' alles?«

Das Lächeln auf Roberts Gesicht wurde schmaler. »Sei ein guter Junge und spiel mir noch ein paar Lieder vor. *Das* ist alles, was ich mir wünsche.«

»Sorry«, sagte er schnell. »Ich wolldde nich' – sorry. U-und ja. Gerrne.«

»Es heißt Verzeihung«, sagte er. »Du fängst besser an, in meiner Gegenwart vernünftig zu sprechen.«

»Versscihung.« Ethan richtete sich unbeholfen in den Schneidersitz auf und nahm seine Gitarre auf den Schoß. Die ersten Takte von Simon & Garfunkel spielte er ein wenig zu schnell, er vergriff sich hier und dort, dann fand er seinen Rhythmus – oder zumindest einen, den er trotz flirrender Sicht noch fühlen konnte.

»Mh, nicht das.« Robert zog seine Zigaretten aus der Hemdtasche und zündete sich eine an. »Spiel nochmal dieses Lied von Johnny Cash. Das vom ersten Tag.« Er zog die Beine auf das Bett und lehnte sich an die Wand, während er Ethan beobachtete. Rauch kroch aus seinen Nasenlöchern und verdeckte den Zug um seinen Mundwinkel. Langsam öffnete er seine Hemdknöpfe, dann lockerte er seinen Gürtel. »Spiel noch eins«, sagte er leiser und ließ seine Lider sinken.

Ob Rick je nach ihm gefragt, je nach ihm gesucht hatte? Wie viele Tage hatte er darauf gewartet, dass er wiederkam, um ihn mit einem seiner Sprüche zu empfangen? Hatte er eine Portion Pommes frites aufgehoben am dritten Tag – oder hatte er aufgeatmet, war froh gewesen, ihn endlich los zu sein?

Auf dem Boden liegend lauschte er Roberts Schnarchen. Keine Hand berührte ihn, obwohl er darauf wartete, keine in der Dunkelheit geraunten Worte forderten ihn auf, sich auszuziehen. Kein Schmerz hielt ihn wach außer der in seinen Därmen, die mit dem ganzen Essen und Alkohol zu kämpfen hatten.

Die Gitarre lehnte nur ein paar Fingerbreit neben ihm an der Wand. In ihren Saiten lag die Versuchung von altbewährtem Trost, doch das Risiko, Robert zu wecken, war zu groß. Unter dem Türspalt kroch Licht herein. Schwere Schritte passierten die Nummer 16, ihre Schatten wie Stelzen über dem Boden. Ethan gestattete sich ein tieferes Ausatmen, aber es war, als würden seine Lungen durch seine Speiseröhre nach außen kriechen, er würgte, schluckte, versuchte, nichts zu schmecken.

Er sollte nicht hier sein. Die dumpfe Ahnung, dass etwas geschehen würde, hielt ihn wach, und doch blieb er liegen. Rick hatte den Imbissladen längst geschlossen, und zu sich nach Hause würde er ihn nicht mitnehmen, das hatte er mehrmals deutlich gemacht. Das Arndale Centre schloss seine Türen über Nacht. Wie weit seine Schule entfernt lag, wusste er nicht, denn die Taxifahrt hatte seinen inneren Kompass durcheinandergebracht.

Hier hatte er wenigstens eine Toilette in der Nähe, wenn sich sein Mageninhalt gleich von ihm verabschiedete, in welcher Form auch immer.

Robert schnarchte hinter ihm. Wenn er sich umdrehte, quietschte der Lattenrost; dieser schien alt zu sein und nicht mehr lange zu halten. Das Geräusch verankerte ihn in der Realität, ließ ihn nicht vergessen, dass er lebendig war und wach. Währenddessen beobachtete er die Schatten, wie sie wirbelten und sich fingen, wie sie spielten und flohen.

Rick hatte ihn nie bei sich schlafen lassen. Nicht einmal für eine Nacht.

Als er aufwachte, saß Robert an seinem Schreibtisch, summte ›A Boy Named Sue‹ und nippte gelegentlich an einem Glas, während er sich durch einen Wälzer arbeitete. »Guten Morgen«, sagte er, ohne aufzusehen. »Du scheinst gut geschlafen zu haben.«

Ethan fuhr hoch – war er tatsächlich eingeschlafen? –, bereute es aber im selben Augenblick.

Sein Gleichgewicht fehlte ihm, Übelkeit schickte ihm Galle auf die Zunge, er lag wieder auf dem Boden und unterdrückte ein Stöhnen.

»Fühlst du dich nicht gut?«

Mit der Hand über den Augen war es erträglicher. Seine andere Hand ließ er über den Teppich gleiten, in der Hoffnung, dass das Schwindelgefühl endlich nachlassen würde, wenn er seinem Körper nur weismachen konnte, dass er doch lag. »... irgend ... wie krank.«

»Mh.« Robert lachte leise. »Bleib liegen. Ich weiß, wie man sich darum kümmert.«

»Wie spät isses?«

»Wieso?« Stuhlbeine rieben über den Teppich. »Hast du wichtige Banktermine, mein Junge?«

»Nein.« Ethan versuchte gar nicht erst, die Richtung zu erlauschen, in die Robert sich bewegte. Jedes räumliche Denken hätte dafür gesorgt, dass er sich übergab. »... nein ...«

Wie kostbar selbst Wasser schmecken konnte, wenn es nur kalt und rein genug war. Löffelweise trank er davon, dann wieder von dem Schwarztee, den Robert für ihn hatte erkalten lassen. Ein Käsesandwich ragte aus der Plastikfolie, zweimal abgebissen, er hatte sich übergeben. Jetzt Wasser. Kalt. Aus dem Kühlschrank. Hatte er je etwas so Gutes getrunken?

Robert berührte ihn nicht ein einziges Mal. Anstatt Ethan auf einen Stuhl zu helfen, hatte er ihn ins Bett geschickt, das so säuberlich gemacht war, als hätte er nie darin gelegen. Die Kopfkissen waren ihm eine Rückenlehne, sie rochen nach Robert, nach seinem Körper und seinem Haar. Die Löffel führte er selbst zu seinem Mund, den Weg zur Toilette bestritt er allein.

Immer wieder döste er weg, nur um auf Roberts Rücken zu starren, wenn er aufwachte. Er saß vor ihm am Schreibtisch, schrieb und blätterte in Büchern, er trank Pusser's und begann irgendwann, zu packen. Die Gardinen am Fenster bewegten sich. Manchmal kletterte ein Lachen über die Fassade zu ihm hinauf oder ein hastig gesprochenes Wort. Schritte schabten über das Trottoir und über den Flur. Er sollte schon längst weg sein, bei Rick vielleicht oder einfach nur auf irgendeinem kleinen Platz, auf dem er noch ein paar Pence erspielen konnte. Die Gitarre lehnte an der Wand und blieb stumm.

Sobald er zu intensiv lauschte, begann die Welt sich wieder zu drehen. Um seines Magens willen krallte er sich an der Matratze fest: Ich bin hier, ich bin hier, ich bin hier.

Als er das letzte Mal aufwachte, kam Robert gerade zur Tür herein. Er stellte ein Paar Schuhe vor das Bett und warf einen Mantel über Ethans Beine. Das Preisschild hing noch daran. »Für dich.«

»Das ... ich kann das nich' annehmen.«

»Selbstverständlich kannst du.«

»Aber ...«, er richtete sich gerade weit genug auf, um das Preisschild lesen zu können, »so viel ...«

Robert zuckte mit den Schultern.

»So viele Lieder kann ich nich' spielen.«

Ein zögerliches Lächeln hob Roberts Mundwinkel. Mit dem Koffer in der Hand richtete er sich vor dem Bett auf. »Hast du denn gar niemanden, der sich um dich kümmert?«

»Ich ... ich kann's ... ich mein, nein.«

»Dann zieh die Sachen an und komm mit.«

»Wohin?«

»Nach Shropshire. Dwellton.«

»Was soll ich da?«

Robert hob eine Augenbraue. »Deine Schulden abbezahlen.«

»Wie ... ich mein', wohnst du da?«

»Ja.«

»Du würdest mich mitnehmen? In dein Haus? Einfach so?«

Lachend schob Robert den Mantel zur Seite und sank auf die Bettkante. »Was denkst du denn?«

»Nich' ... so.«

»Natürlich nicht einfach so.« Ein Glucksen. »Aber ich biete dir an, für mich zu arbeiten.«

Ethan zögerte.

»Du hältst das Haus, den Garten und die Garage in Ordnung, und jeden Abend spielst du mir ein Lied. Etwas Ordnung und körperliche Arbeit wird dir gut tun.« Er stellte den Koffer ab und strich den Mantelkragen glatt. »Ich wohne allein. Meine Mutter ist vor einer Weile gestorben. Es ist einsam, und dem Haus tut die fehlende weibliche Hand nicht gut. Aber ich bin mir sicher, dass du diese Arbeit ganz hervorragend machen würdest, habe ich Recht?«

Seine Zunge klebte ihm am Gaumen. »Für ... echtes Geld?«

»Als mein Haushälter bekämst du ein Zimmer, Kleidung und Essen. Meinetwegen, wenn du's gut machst, auch ein paar Pence Taschengeld.«

»... das ist ...«

»Alles, was du tun musst, ist aufstehen und dich anziehen, denn mein Wagen läuft unten schon warm.«

»... wo ist Shropshire?«

»Es ist ein schönes Fleckchen Land. Sehr abgelegen.« Robert grinste. Aus seiner Manteltasche holte er die Zigaretten und bot Ethan eine an. »Von denen kannst du auch haben, so viele du willst. Nie wieder hungern. Nie wieder draußen schlafen.«

Wieder zögerte er.

Ein Seufzen. Die Zigarettenschachtel verschwand wieder in Roberts Mantel. »So ein Angebot mache ich nicht jedem, weißt du.«

Säure brannte seinen Hals hinauf. Was hielt ihn schon in Manchester? Die Nähe zu Sharan, die es nicht mehr gab, die es schon so lange nicht mehr gab? Oder die Hoffnung, dass sein Bruder eines Tages diese Straßen entlangmarschierte und ihn seines schlechten Gewissens wegen auflas? Etwa Rick, der ihn nur alle drei Tage zur Imbissbude kommen ließ, damit er ihm die Kundschaft nicht vergraulte?

Robert senkte die Stimme. »Würde dich denn wirklich niemand vermissen, mein Junge?«

»Nein«, flüsterte Ethan. »Niemand.«

17 – 1987

BRIXTON, LONDON

Loraine und Nathaniel saßen in der Küche und unterhielten sich gedämpft. Sie hatte ihn ausführen wollen, komm schon, heute Nacht steigt im Kings 'ne Party, aber Nathaniel hatte abgelehnt, er wäre müde und bräuchte heute Nacht etwas mehr Schlaf als sonst. Ethan hätte ihnen Tee und ein paar Cracker anbieten sollen, aber er lag noch immer unter der Decke. Die Astlöcher auf dem Eichenholz hatte er gezählt, die Muster auf der Bettwäsche, selbst die Worte, die er durch zwei geschlossene Türen nicht verstand, nur erahnte.

Irgendwann kam Nathaniel zurück. Er setzte sich neben ihm aufs Bett. »Erzählst du mir jetzt, was passiert ist?«

Selbst wenn er antworten wollte, waren die Muskeln, die er dafür bewegen müsste, viel zu schwer. Er schaffte es gerade so, den Blick hoch genug zu heben, um die kleine Falte zwischen Nathaniels Augen zu sehen. Das Kissen drückte in seine Wange.

»Okay«, sagte Nathaniel leise. »Dann eben morgen.«

»Geh nur«, brachte er endlich heraus.

»Ich bringe Lo zur Tür, und dann kochen wir.«

»Ich bin nicht hungrig.«

»Aber ich würde mich freuen.«

»Es tut mir leid.«

»Fang jetzt nicht wieder damit an. Dann bestellen wir eben Pizza und essen im Bett.«

»Ich war so wütend.«

Nathaniels Blick wurde weicher. Er zupfte Ethan ein paar Haarsträhnen aus der Stirn. »Ich weiß.«

Er blinzelte angestrengt. Noch bevor er die Faust entkrampfte, um Nathaniel die Brandblasen auf seinen Fingerspitzen zu zeigen, war dieser schon längst im Flur und verabschiedete Loraine mit einem Wangenkuss.

18 – 1974

SHROPSHIRE, ENGLAND

Auf dem Weg nach Dwellton hielt Robert zweimal an: einmal an einer Raststätte, an der er erst tankte und anschließend zwei Flaschen Wasser mitbrachte, und das andere Mal kurz danach, als Ethan das Wasser wieder erbrach. Die Bewegung des Autos tat ihm nicht gut. Das Gefühl, zu schweben und gleichzeitig in den Sitz zu sinken, während das Wasser in seinem Magen schwappte, ließ ihn würgen, noch bevor Robert an die Seite gefahren war.

Er stolperte vom Beifahrersitz. Dem Schmerz nach zu urteilen, schlug er sich beide Knie auf, und übergab sich in einen zugefrorenen Straßengraben. Es dauerte beinahe zehn Minuten, bis die Krämpfe nachließen und er auf seinen Sitz zurückschleichen konnte. In Roberts Gesicht wagte er nicht zu schauen, also nuschelte er nur: »Verzeihung« und schnallte sich wieder an.

Blut sickerte durch seine neue Jeans.

Robert sprach nicht viel beim Fahren. Hin und wieder drehte er den Knopf des Radios, um Störsignalen auszuweichen, ansonsten lief Musik. Ein Duftbaum hing vom Rückspiegel, leere Dosen und Kassenzettel sammelten sich im Handschuhfach. Die Landschaft dehnte sich um sie herum, brachte weite Hügel und Felder, erstarrt unter dem Winter, der so weit weg von einer großen Stadt viel herrischer wütete. Erst hatte Ethan die Beine anziehen wollen, doch Robert schalt ihn, er würde die Sitze dreckig machen, und jetzt saß er halb liegend auf dem Beifahrersitz. Der Severn schlängelte sich an ihnen vorbei, und er musste an Sharan denken, an ihren bleichen Rücken und die aufgedunsenen Wangen. Manchmal nickte er kurz ein. Sobald eine Kurve den Gurt in seinen Hals drückte, fuhr er wieder hoch.

Kurz nach dem Ortsschild »Little Lyth« bog Robert ab und hielt gegenüber einer zweistöckigen Villa. Ein weißes Schild hing an der Tür, zu groß und mit zu vielen Lettern, um eine Hausnummer zu sein. »Die Praxis von Dr. Cinner«, sagte Robert. »Er wird dich einmal ansehen.«

»Ein Arzt?«

»Nur zur Vorsorge.«

Während Robert im Wartezimmer Zeitschriften durchblätterte, verlangte ein älterer Mann von Ethan, sich komplett auszuziehen. Kalte Hände betasteten seinen Körper und machten auch vor intimen Stellen nicht Halt. Mit geschlossenen Augen versuchte er, sich an einen anderen Ort zu versetzen, ganz so wie damals mit Sharan und ihren Regenportalen. Doch alles, was er sah, waren Sharans zitternde Lippen, Vater, wie er die Stoutflasche hob, Vater, dessen Hieb ihm die Haut spaltete, genau dort, wo Dr. Cinners Finger entlangglitten. Ethan schlug die Augen auf. Seine Vorhaut wurde zurückgeschoben, etwas ruppig, er biss sich auf die Lippen. Gegenüber reihten sich schwarze, rote und weiße Bände in einem Regal. Die Buchstaben verrieten ihn, wie sie ihn immer verraten hatten, aber die Zahlen blieben konstant, ruhig und geordnet, selbst wenn er einen Moment blinzeln musste, sie waren immer da, genauso wie zuvor. Dr. Cinner tastete Ethans Hoden ab, und der begann zu zählen.

Wenig später nahm der Arzt ihm Blut ab, setzte ihm zwei Spritzen und schrieb Medikamente auf, die er anderthalb Wochen nehmen würde, außerdem ein Mittel gegen Flöhe.

»Hast du dir das gut überlegt, Robert? Er ist unterernährt und ziemlich wahrscheinlich ein Stricher. Mir graust es vor dem Blutbild.«

»Der Junge wird schon.«

Ethan schloss mit glasigen Augen seine Hose und für den restlichen Tag seinen Mund.

»Gut aufgepasst hast du ja wohl nicht«, versuchte Robert es im Auto, doch Ethan brachte kein Wort hervor. Irgendwann wandte er sich schulterzuckend der Straße zu. »Du heißt jetzt Caddler. Ethan Caddler. Dr. Cinner wird dir einen Pass besorgen.«

Das Haus lag am Waldrand, umgeben von einem Kiesbett, Kiefern und Fichten. Eine Schicht Schnee überzog alles mit einem weißen Schimmer. Die Garage roch nach Benzin und altem Gummi, der Hauseingang nach Parfüm und

Staub, im Wohnzimmer schmeckte er die Asche des letzten Kaminfeuers. Raufasertapete glitt unter seinen Fingern dahin, dann glattpoliertes Eichenholz – englische Eiche, wie Robert betonte –, während er ihm die Treppe hinauf folgte.

»Such dir eines der beiden Zimmer aus«, sagte er. »Das rechte ist etwas kleiner, aber im Schrank hängen noch ein paar meiner alten Sachen. Bettwäsche findest du in der Kommode im Flur. Bezieh dir ein Bett und schlaf dich aus. Wir reden morgen über die Arbeit.«

Ethan gehorchte.

Während er sich mit den Laken herumschlug, bemerkte er, wie wenig er wusste, und das Ergebnis seines ersten selbst bezogenen Bettes fiel mehr schlecht als recht aus. Er band die neuen Schuhe auf, legte den Mantel ab und hielt inne. Mehr wollte er nicht ausziehen. Nie wieder. Niemand in Manchester hatte je von ihm verlangt, sich so nackt zu machen, hilflos wie ein blödes Spielzeug, dessen Reiz in seiner Blöße bestand. Niemand hatte je an seiner Vorhaut gezogen und mit diesem leicht nasalen Ton gemeint, dass er sich besser waschen müsste, dass er sich rasieren sollte, dass dieses Muttermal an einer ungewöhnlichen Stelle sitze. Warum hatte Robert das von ihm verlangt? Warum hatte er nicht widersprochen, als Dr. Cinner sagte, er wäre ein Stricher? Er war kein Stricher. Er war ... war er nicht ...

Seine Wangen trocknete Ethan mit dem Hemdärmel. Er zog die Beine auf sein neues, ach so viel besseres Bett und sank zurück auf die Gittertreppe, mit fünfundzwanzig Pence zu wenig für eine Portion Fish & Chips, die er trotzdem bekam, und manchmal noch ein Ale dazu. Seine Zigarette knisterte, dann atmete Rick halb hustend, halb lachend aus, es klang wie ein Bellen, dieses Lachen. Über Manchesters Dächern ging die Sonne unter, klebte an Schornsteinen und Wetterhähnen, und in den Hecken neben der Imbissbude zwitscherten Vögel. Der Wind kühlte sein sonnenverbranntes Gesicht. Rick legte ihm eine Hand auf den Kopf und fuhr durch sein Haar. »Ein wenig auf dich achtgeben, das kann ich.«

Die Gardinen an den Fenstern hatten sechsundachtzig Streifen.

19 - 1978

»Caddler!«

Ethan gab Rudy zu verstehen, dass er sich setzen sollte – er war ein guter Hund, wohlerzogen, und gehorchte auch ohne ein Wort –, nahm den Korb mit den Tomaten und betrat das Haus durch die Terrassentür. Eine der Hennen folgte ihm, doch er stupste sie zurück auf das Pflaster.

»Wenn die Gäste nachher kommen, bist du rasiert und gewaschen«, rief Robert aus dem Flur. Während Ethan an ihm vorbei in die Küche schlich, hielt er den Blick gesenkt. Die Brogues, die er gestern noch mit Schuhcreme poliert hatte, setzten bereits wieder Staub an. Er stellte die Tomaten neben der Spüle ab, wusch sich die Hände – so, wie Robert es wollte, mit Bürste und Unmengen an Seife, und wehe ihm, unter seinen Fingernägeln blieb auch nur ein Fitzelchen Dreck zurück –, und bemerkte, dass die beiden blutigen Linien an seinem Handgelenk unter dem Hemdärmel herausragten.

»Nachher ist das Essen fertig und der Tisch gedeckt. Und gib dir mehr Mühe mit dem Fleisch. Niemand kaut gerne auf Schuhsohlen herum.«

Er zog den Stoff über das Handgelenk, doch er rutschte ab und benässte seinen Ärmel. Ethan schluckte den Fluch und biss stattdessen auf seine Lippe.

»Was machst du da so lange?«

»Ich bitte um Verzeihung, Mister.«

»Komm endlich und hilf mir mit dem Jackett.« Robert

entdeckte sein Missgeschick sofort. »Bist du sogar zu dumm, um dir die Hände zu waschen?«

Es war der zweite Schlag heute Morgen, nicht sonderlich stark, eher als Warnung gedacht denn als Bestrafung, ausgeführt mit der flachen Hand auf seine Wange. »Was kannst du eigentlich?«

Und dann sah er sie, die beiden Wunden. Er maß Ethan mit einem neuen Blick, schob den Stoff zurück und betrachtete die Schnitte von allen Seiten. Roberts Lippen verzogen sich zu einer Grimasse. Unvermittelt presste er seinen Fingernagel in den oberen Schnitt. Ethan schluckte jeden Laut. Blut rann über sein Handgelenk, Roberts Nagel grub sich in das Fleisch. »Du willst also Schmerzen, ja? Das ist der Dank dafür, dass ich dich aus diesem Loch gerettet habe?« Roberts Daumen sank noch ein Stück tiefer. Ethan wimmerte. »Mach's wenigstens da, wo keiner diese – dieses Unding sehen kann. Was sollen denn die Leute denken? Nicht nur ein undankbares Gossenkind, sondern auch noch ein gestörtes?«

»Verzeihung«, stieß er hervor.

Als Robert diesmal zuschlug, spürte er seine Wut.

Das erste Mal schlug Robert ihn im Frühjahr nach seiner Ankunft im Haus.

Auf dem Beistelltisch lagen Blätter verteilt, teils Foto-, teils handgeschriebene Kopien. Darunter: Mänade von Plath, Akt 1, Szene 2 aus Macbeth, das erste Kapitel aus The End of The Affair von Greene, Bleak House, ein Auszug ohne Kennzeichnung, von Dickens. Bevor Robert aufbrach – nachdem Ethan dessen komplettes Frühstück zubereitet und Sandwiches in Papier gepackt hatte –, saßen sie im Wohnzimmer. Robert auf dem Sofa, und er, Ethan, auf dem Boden. *»Ein Haushälter, der nicht lesen kann, ist zu nichts nutze«*, hatte Robert gesagt.

Unwichtig, wie viele Stunden er auf dem Teppich verbrachte und wie oft er seine Augen zwang, die Buchstaben zu entziffern, sie flüchteten vor ihm und zerschmolzen. Anstatt zu lesen hatte er gelernt, wann welches Wort von ihm erwartet wurde, so, wie er es früher mit Sharan und Mr. Tanner gemacht hatte, aber Robert durchschaute ihn schnell. Es war ein kurzer, aber wütender Schlag gegen seinen Hinterkopf, und für eine Sekunde starrten sie einander nur an.

Benommen legte Ethan eine Hand auf die schmerzende Stelle.

»Das kommt davon, wenn du versuchst, mich zu provozieren«, sagte Robert dann.

»Aber ich ...«

»Streng dich mehr an.«

»Aber ...«

»Ruhe jetzt! Lies.«

»Lies«, sagte Mr. Tanner.

»Versuch's nochmal«, sagte Sharan. »Einen Buchstaben nach dem anderen.«

»What *bloody **ma**n* is t*h*at? He c*an* report / *A*s se*e*meth by h*is pli*ght, of the *revo*lt / The new*est* state. What bloo*dy* man *is* that? He can re*p*ort / As *see*meth by his *pli*ght, of the r*e-vo*lt / The newest st*a*te. W*h*at blo*ody* ma*n i*s that? He *can* re*p*ort / *As* seemeth b*y h*is pl*ight,* of the re*vo*lt / The *ne*west state. *Wh*at bloody ma*n* ***is*** *h*at? He c*an* r*e*port / As s*ee*meth *b*y his *pli*gh*t,* of *the* revo*lt* / The ne*we*st state ...«

Zachary ›Buck‹ Thunning war kein Mann, dem man widersprach. Als ältester und engster Freund im Hause Robert Alglow hatte er beinahe so viel Macht über Ethan wie Robert selbst. Zu gerne dirigierte er ihn herum, klopfte ihm auf den Hintern, wenn er das Essen servierte, als sei er eines der Schankmädchen aus dem Pub, und benutzte seinen Namen (Caddler, denn einen Vornamen besaß er nicht mehr) wie ein Schimpfwort. Zur Firmung seines einzigen Sohnes hatte er sich Rinderbraten gewünscht, dazu Kartoffeln und Gemüse in buttriger Mehlschwitze. Robert, stets darauf bedacht, seine Gäste so glücklich wie nur möglich zu machen, hatte Ethan die gesamte Mahlzeit – inklusive Nachtisch – dreimal probekochen lassen. Jetzt war dieses Menü zu seiner Aufgabe geworden: Ihm blieben dreieinhalb Stunden, bis die Thunnings, Robert und ihre Gäste zurückkehren würden.

Kaum hatte Robert das Haus verlassen, stürzte Ethan ins Badezimmer und verband die Schnitte. Mittlerweile schmerzte sein Handgelenk so sehr, dass er es kaum mehr bewegen konnte. Oben suchte er sich ein neues, trockenes, sauberes Hemd, das noch etwas zu groß war, also perfekt, um den Verband zu verbergen. Dann erst ließ er Rudy ins Haus – auch etwas, das Robert nicht gestattete –, und machte sich daran, das bereits fertig marinierte Fleisch in den Ofen zu schieben.

Ethan starrte auf die Zitronenschalen, die er rieb, und tupfte die Tränen mit dem Hemdsärmel ab. »Ich hasse ihn«, sagte er leise. »Ich hasse ihn so sehr.«

Mit einem Gähnen ließ Rudy sich sinken und legte den Kopf auf seine Vorderpfoten.

»Eines Tages geh ich einfach weg«, er schluchzte, wischte sich mit dem Ärmel über das Gesicht, »einfach weg, hörst du? Und du kommst mit. Du und Louise.« Wohin er sollte, ohne das Geld, das Robert ihm versprochen hatte – zurück auf die Straße? –, was er tun konnte, um welches zu verdienen? Das waren die Fragen, die er nachts Louise stellte, wenn sie schnurrend unter seine Decke kroch.

Nachdem er genug Schale gerieben hatte, nahm er frische Zitronen und schnitt sie der Länge nach auf. Das Fruchtfleisch schöpfte er mit dem Löffel heraus, feinfühlig, damit er die Schale nicht versehentlich beschädigte. Blutstropfen breiteten sich auf seinem Verband aus. Das Innere der Zitronen schnitt er klein, kochte es in Schlagsahne auf und gab den Abrieb hinzu. Etwas Zucker und Vanille. Er nahm den Schneebesen in die andere Hand. Als er zufrieden mit der Konsistenz war, siebte er die Schalen- und Fruchtfleischstückchen heraus und goss den weißen Schaum in die ausgehöhlten Zitronenhälften.

Vielleicht war er für Robert genau das. Eine ausgehöhlte Hülle, die nach außen hin vor Perfektion nur so strotzte, während er sie mit allem befüllen konnte, wonach ihm der Sinn stand.

Ethan würde alles aufnehmen, widerstands- und wortlos, denn dazu war er hier, nicht wahr? Er wog eine der Zitronenhälften in der Hand. Ihre Haut war glatt, dabei so grobporig. Ihr Gewicht fühlte sich so vertraut an, dass ihm die Galle auf die Zunge schoss; seine Finger begannen zu zittern, sein Atem zu rasen. Zitrusschaum lief über seinen Daumen, weiß und klebrig. Er ließ sie fallen. Mit einem Platschen zerstob die Cremefüllung am Ceranfeld, ließ weiße Rinnsale zurück. Rudy hob nur müde den Kopf, brummte und schlief weiter.

Es war Sommer.

In seinen Erinnerungen an das Haus ist es immer Sommer. Dabei waren die Wintertage die schlimmsten: wenn die Straßen zugefroren und die Tage so kurz wie ein Atemzug waren. Der Schnee versperrte ihm die Wege, die er zumindest im Kopf nahm, die Abzweigungen nach Barrow und Enchmarsh und Frodesley, weg von den Shropshire Hills, weg von Robert. Die Hühner schliefen in ihrem Verschlag, Louise rekelte sich auf dem Sofa vor dem Kamin – auf dem Sofa, auf dem er nicht sitzen durfte, denn er könnte es beschmutzen –, und Rudy war tot. Sein Grab lag unter der Erde, die später für das Stallfundament umgegraben werden würde, und manchmal, an den schlimmen Tagen, sah Ethan seine zottelige Gestalt in den Schatten, wo früher Sharan auf ihn wartete, nur kurz aus den Augenwinkeln, aber deutlich genug, um ihn zu erschrecken. Robert nannte ihn einen Idioten, einen träumenden Dummkopf, ein verstörtes, dreckiges Gossenkind, das unter den Überresten dessen litt, was die Straßen aus ihm gemacht hatten.

Aber es war Sommer, es war immer Sommer.

Die Autos knirschten über den Kies. Das Zitronenmalheur war längst beseitigt, der Rest des Nachtischs im Kühlfach, das Fleisch gerade richtig gegart. Im Garten zupfte der Wind an den Servietten, die Ethan genau aus diesem Grund halb unter die Teller gezwängt hatte, und das Tafelsilber reflektierte die Sonne. Ihm war warm, aber er hütete sich davor, seine Ärmel hochzukrempeln. Die Platzkarten kontrollierte er ein drittes Mal – weitere Schläge wollte er vermeiden –, dann klingelte es auch schon. Ethan zog seinen Hemdkragen zurecht, während er durch den Flur eilte. Kopf und Blick gesenkt, Bauch eingezogen, halb versteckt hinter der Tür: so wartete er, während Robert seine Gäste durch das Haus führte, hielt den Griff geduldig fest, bis auch die letzte – Mrs. Hallow auf ihrem Krückstock – es über die Schwelle geschafft hatte. Dann verließ er das Haus durch die Vordertür, stieg mit routinierten Bewegungen über den Zaun und wartete im Garten mit einem Tablett gekühlter Drinks.

»Hol' die Kamera, Caddler«, sagte Robert.

Sieben Jahre später, an einem dieser kalten Wintertage, würde Nathaniel auf dem Boden des Hauses sitzen. Fotoalben verteilten sich um ihn herum, VHS-Kassetten und Dokumentenstapel, und Ethan würde im Türrahmen stehen, halb gefangen zwischen dem Wunsch, Nathaniel so sehr hassen zu können, wie er seinen Vater gehasst hatte, und dem Wissen, dass es längst zu spät für ihn war, zu spät für sie beide.

»Darf ich zu dir kommen?«, fragte er.

»Ja, natürlich.«

Er zögerte, wie er immer zögerte, wenn die Wut ausblieb, die er hinter diesen Augen suchte, und Nathaniel setzte hinterher: »Schon okay.«

Wenig später würde er ihm das Foto zeigen, das Roberts Nichte an jenem Sommertag geschossen hatte, erfüllt von dem Lachen eines guten Dutzend Menschen, mit Buck, der den Arm um seinen frisch gefirmten Sohn legte, mit Tiffany, die Robert um den Hals fiel, mit Rudy, dem die Aufregung und die Hitze zu schaffen machten, und, halb verdeckt von Blakes Schulter, er selbst, der Junge mit dem leeren Gesicht und Sharans Augen, der schaumgefüllte Zitronen verteilte.

»Du siehst traurig aus«, sagte Nathaniel.

»Mein Handgelenk hat geblutet, ich hatte mir bei der letzten Ohrfeige auf die Wange gebissen, mir war schwindlig und heiß«, nichts davon konnte er sagen. Also sagte er: »Nur konzentriert.«

Die Feier zog sich bis in die Abendstunden. Immer mit einem Blick zur Uhr ließ seine Anspannung langsam nach. Den Abwasch hatte er erledigt, neue Getränke verteilt und den Kühlschrank wieder aufgefüllt, die Tiere gefüttert und ein paar Snacks bereitgestellt. Draußen grölte Mr. Thunning seiner Frau zu, sie sollte noch ein Stück Fleisch einpacken, so gut hätte der Junge schon lang nicht mehr gekocht. Robert widersprach ihm, er sollte ihn nicht loben, nachher bildete er sich noch etwas darauf ein. Gelächter folgte.

Die Küche lag im Halbdunkel. Um diese Uhrzeit pflegte Robert meistens schon gut betrunken zu sein. Vermutlich war er es auch jetzt, doch er hatte Gäste und wusste sich in ihrer Gegenwart zu benehmen. Ethan atmete auf und begann, die getrockneten Teller in die Schränke zu räumen. Wenn niemand nach ihm rief, konnte er sich gleich vielleicht davonstehlen, um – für eine halbe Stunde nur – dieses neue Lied aus dem Radio auf seiner Gitarre zu üben. Probeweise belastete er sein Handgelenk. Der Schmerz zog sich an der Sehne entlang. Ethan widerstand der Versuchung, den Verband zu öffnen und die Krusten abzukratzen.

»Hier steckst du.« Roberts Stimme drang leise durch den Raum.

Sofort richtete er sich auf, wagte es aber nicht, sich umzudrehen. »Ja, Mister. Ich befürchte, ich habe Ihren Wunsch überhört.«

Schritte klackten auf den Fliesen. »Nein, nein«, sagte er. Direkt hinter ihm blieb er stehen. Er roch nach Tonic Water und Gin; das Rascheln seines Hemdes; das leise Schmatzen, mit dem er seine Zunge vom Gaumen löste. Seine Hand wand sich um Ethans Hals. Finger für Finger kroch an ihm entlang, an seinen Sehnen, dem Adamsapfel. »Schhh.« Ein Schwall warmfeuchter Luft streifte sein Ohr. »Sei ein guter Junge und mach mir mein Bett fertig.« Kurz drückte er Ethans Kehle, dann ließ er von ihm ab.

Ethan stützte sich auf die Arbeitsplatte.

Aus dem Kühlschrank holte Robert ein Bier und kehrte auf die Terrasse zurück, als sei nichts geschehen.

20 - 1988

BRIXTON, LONDON

Ihr Schweigen verdunkelte den Raum. Die Schatten wirkten länger als noch vor wenigen Stunden und wenn nicht länger, dann zumindest schwärzer. Ein Stück die Straße entlang dröhnte die Alarmanlage eines Wagens. Orangene Lichter flackerten auf Nathaniels Wange, während er weiterhin nach draußen blickte. Auf seiner Zigarette türmte sich die Asche ungerauchter Züge. Sie war in seiner Hand erloschen, während seine Augen über die Fensterscheibe flogen, einen Punkt suchend, an dem sie sich festhalten konnten.

Jemand fluchte auf der Straße; eine andere Stimme antwortete. Das Schrillen erlosch, eine Autotür knallte, Reifen drehten sich auf dem Asphalt.

»Weißt du, warum ich mit dir nie über Geld gesprochen habe?« Nathaniels Stimme war kaum mehr als ein Krächzen. Dennoch hielt er nicht inne, redete einfach weiter, als spräche er mit der Dunkelheit jenseits des Fensters. »Ich dachte, die ganze Geschichte würde dich unter Druck setzen. Damals schon, im Haus. Du hast dich nie beschwert, und ich habe nie nachgesehen, ob du tatsächlich ein Gehalt bekommst. Wie hätte ich wissen sollen ...« Er schüttelte leicht den Kopf. »Dabei habe ich dich in die gleiche Lage gebracht wie mein Vater zuvor. Nicht wahr? Du warst vollkommen abhängig von mir. Meinen ...«, er leckte sich über die Lippen und blinzelte zur Zimmerdecke, »meinen Launen und ...«

»Sag das nicht.«

»Ist es nicht wahr?«

»Du bist nicht wie er.«

»Aber du hast dasselbe gefühlt.« Nathaniel betrachtete die Zigarette in seiner Hand. »Oder?«

»... manchmal.« Ethan stieß leise die Luft aus. »Aber nichts davon ist deine Schuld. Ich bin einfach nur ...«

»Das«, sagte Nathaniel, »ist der Grund, warum ich gehe.«

»Bitte ...«

Ein Kopfschütteln. So viel entschiedener. »Du musst lernen, allein klarzukommen. Solange du dich an jemanden bindest ...«

»Und das weißt du woher?«

»Sieh dich doch an.«

Ethan ballte seine Hand zur Faust. »Das war ein Un...«

»Denkst du, irgendjemand hier hätte es besser mit dir meinen können als ich?« Abrupt wandte Nathaniel sich zu ihm um. »Glaubst du wirklich, ich hätte irgendetwas nicht für dich getan? Ich wäre mit dir nach Hedford gezogen, oder Rushden, oder irgendwo hin, wo es ruhig ist, wenn du mich darum gebeten hättest. Ich hätte dir einen Garten hinter dem Haus zurechtgemacht. In zwei Jobs gearbeitet. Katzen geholt, fünf Stück meinetwegen, Hühner, wenn du wolltest. Ich hätte – im Sommer hätte ich dir Schwimmen beigebracht. So oft hab' ich mir vorgeworfen, dass ich dir so schnell widersprochen habe. Ich wusste doch, dass London dich krank macht. Ich wusste es, die ganze Zeit, aber ich wollte dir so sehr glauben, dass ich mich irre.« Er sog seine Wange nach innen. »Wenn nichts davon irgendetwas an dem geändert hätte, was du empfindest – und das hätte es nicht –, wie hätte ich dir je helfen können? Du musst auf die Beine kommen. Du musst, Ethan.« Ein kurzer Blick, scheu, fast bittend. »Weißt du, wer's mir gesagt hat? Digg. Digg hat mir davon erzählt, an einem dieser Abende bei Loraine, und ich habe ihn ausgelacht. Ich hätte gewettet, dass er mich nur provozieren wollte. Er kannte dich doch kaum, nur von den Geschichten, die ich ... Dann ist mir eingefallen, dass ich dich noch nie nackt gesehen hatte. Und dann war mir schlecht.« Mit ungeschickten Fingern zog er eine neue Zigarette aus der Packung. »Das hat er sich nur ausgedacht‹, wollte ich mir einreden. ›Sowas wäre mir doch aufgefallen.‹ Und dann hat er gefragt: ›Wie oft lässt du ihn allein?‹«

Nathaniel kehrte zu seinem Fensterplatz zurück. »Und dann ... dann ... Das muss ein schlechter Traum sein, dachte ich.«

Ethan schwieg.

»›Pass auf ihn auf‹, hat er gesagt. Als wärst du ein dämliches Kind. Trotzdem war mir eiskalt. Ich wollte wütend auf dich sein. Aber die ganze Zeit hatte ich nur diese dummen Schnitte im Kopf – und die Frage, wie viel schlimmer es tatsächlich war.« Er inhalierte lange. »Plötzlich hatte ich all diese Dinge vor Augen. Wie entsetzt du warst, als ich dich aus der Dusche geklopft hatte. Dein Zischen, als du damals im Wohnzimmer in die Hocke gegangen bist. Dass du im Sommer lange Hosen getragen hast, selbst wenn es so heiß war, dass du das Shirt ausgezogen hast. Er hatte Recht, und ich wusste es, und plötzlich wusste ich alles. Ich habe die Klingen gezählt, bevor ich ins Bett gekommen bin. Seitdem habe ich sie jeden Morgen gezählt.«

»Auch heute Morgen?«

»Heute Morgen ganz besonders.«

»Und?«, fragte Ethan. »Warst du zufrieden?«

Nathaniel schüttelte den Kopf. »Nur noch eine alte Angewohnheit. Du hast sie doch ohnehin immer gefunden.«

Im Hausflur fiel eine Tür ins Schloss. Schritte schleiften über die Stufen, begleitet von einem leisen Ächzen. Vermutlich kam Mr. Mason gerade von seiner Nachtschicht zurück. Gesprochen hatten sie sich nie, aber Carrie hatte erzählt, dass er im Lambeth Hospital arbeitete. Aus seiner Wohnung drangen selten Geräusche oder Gerüche. Während die Luft in den Stockwerken stets verriet, was ihre Nachbarn zu Mittag aßen, welches Parfüm sie trugen oder welches Waschmittel sie benutzten, blieb alles an ihm stumm und rein, wie der weiße Kittel, den er zur Arbeit trug. Er war ein angenehmer Mann mittleren Alters, der mit einem Labrador zusammenlebte – gut erzogen, er bellte fast nie –, und ihm jedes Mal ein Lächeln schenkte, wenn sie sich durch Zufall doch einmal begegneten.

»Kannst du laufen?«, fragte Nathaniel unvermittelt.

»Sicher.«

»Möchtest du eine Runde im Park mit mir drehen? Ich ersticke hier drin.«

Das Grau der Nacht begann zu bröckeln, als sie den Brockwell Park erreichten. Erste silbrige Schlieren durchbrachen die Wolkendecke. In scharfem Ton schnitt der Wind zwischen den Häuserreihen entlang. Nathaniel trug nur eine gefütterte Sweatjacke und die rote Mütze, die er schon aus Hedford mitgebracht hatte. Seine Beine zitterten unter der Jeans. Doch er beschwerte sich nicht.

Natürlich nicht.

Ethan verkniff sich das Ächzen, wenn unvorhergesehen Steine oder Stöcke durch seine Sohlen drückten. Er würde Nathaniel sicher nicht durch Mitleid dazu bringen, doch zu bleiben. Stattdessen presste er die Kiefer zusammen, während er jeden Seitenblick ignorierte. Der Wind jagte ihm Tränen in die Augen, die er achtlos beiseite wischte.

Sie liefen den Kiesweg entlang, den er vor anderthalb Jahren zur Arbeit genommen hatte. Jeder Hügel kam ihm schmerzlich bekannt vor. Dabei war sein Abschied von hier bei Weitem nicht so endgültig wie Nathaniels; er würde nur ein paar Häuser zwischen sich und jene Wohnung bringen, während Nathaniel nordwärts floh.

Kaum fünfzig Meilen lagen zwischen Manchester und Leeds.

Vielleicht lag der Abschied nicht nur in Meilen oder Türen, sondern vor allem in der Gewissheit, dass – egal, was man betrachtete – es nie mehr dasselbe sein würde wie zuvor. Dort drüben, wo nun der Wind das Gras peitschte, hatten sie gelegen. Der Sommer auf ihren Gesichtern, das

Glück in ihrer Haut. Jetzt war es nur ein weiteres Stück Rasen, das Nathaniel nicht mehr betreten würde. Das Haus in der Romola Road war nun ein Ort, an dem sie einst zusammen waren – zu Ethans Feier, zu Loraines Geburtstag im Oktober, zum Guy Fawkes Day '87. Die Erinnerungen verwandelten sich von Geschichten, die man sich ein Leben lang erzählte, zu Bildern, die er fest verschlossen in sich tragen würde. Allein und stumm.

»Was für ein Wetter«, sagte Nathaniel. »Lass uns ein Café suchen.«

»Um diese Uhrzeit?«

»Bei Herne Hill ist das Manners. Das hat Tag und Nacht auf.«

»Schön.«

Kurz, bevor sie das kleine Lädchen mit der ockerfarbenen Markise erreichten, setzte der Regen ein. Die Wolken zogen über ihnen dahin, angetrieben durch den aufkommenden Sturm. Nathaniel wand sich, als er durch die Eingangstür trat, und versuchte zu verbergen, wie abstoßend er das Gefühl der Nässe fand, die über seine Schultern nach unten kroch. Vielleicht hätte Ethan ihm seine Jacke geben sollen.

Eine Frau mit dunklen Augen sah ihnen von der Theke entgegen. Sie trug eine ausgewaschene Schürze über einer gelben Bluse und rieb mit einem Tuch die Kaffeemaschine ab. Ihre Augenbrauen hoben sich. »Nate«, sagte sie. »Ich dachte, du wärst schon längst weg.«

»Mein Zug geht um zehn.«

Sie grinste und warf einen Blick zur Uhr hinter ihr. »Und da dachtest du, du kommst mich nochmal besuchen?«

»Machst du uns Kaffee, Beth?«

Nathaniel steuerte einen Platz im hinteren Teil des Raumes an. Drei Stühle gruppierten sich um einen runden Tisch, an den er sich seufzend sinken ließ. Er sagte kein Wort dazu, warum er die Bedienung kannte, oder vielmehr sie ihn. Etwas, was vor wenigen Monaten noch selbstverständlich gewesen war. Er zog die Mütze von seinem Kopf und fuhr sich durch das Haar. »Setz dich«, sagte er.

»Hast du dich schon von Loraine verabschiedet?« Ethan sank auf den Platz neben ihm. »Oder von Josy? Von irgendwem?«

Schulterzuckend betrachtete er die Musterung des Tischs. »Ich glaube nicht, dass sie sonderlich gut auf mich zu sprechen sind.«

»Nicht einmal ...«

»Bitte«, sagte Nathaniel. »Nicht jetzt.«

Schweigend warteten sie, bis die Bedienung ihnen Kaffee servierte. Eine Neonröhre summte hinter dem Tresen. Mit spitzen Fingern belegte Beth Sandwiches und drapierte sie, umwickelt mit Papier, in der Auslage. Er zählte sie. Als die Kaffeemaschine piepte, lagen sieben Stück hinter der Scheibe, drei mit Schinken, zwei nur mit Käse, der Rest mit beidem. Das Ticken der Uhr übertönte Nathaniels Atem.

Draußen preschte der Regen durch die Straßen. Er füllte Schlaglöcher mit Wasser und hinterließ Pfützen auf dem Pflaster. Es war, als würde Sharan spüren, wie sehr er sie bräuchte; als wollte sie ihm zeigen, dass sie ihn nie verlassen hatte. Nicht wirklich.

»Darf ich dich einladen?«, fragte Nathaniel.

Ethan hob den Blick.

Mit seinem Portemonnaie in der Hand wies er zum Tresen. »Auf den Kaffee, meine ich.«

»Nein.«

Er presste die Lippen zusammen, nickte aber. Sie bezahlten einzeln und nacheinander, während Beth weiterhin mit Nathaniel scherzte und ihn löcherte, wann er denn vorhatte, sie wieder einmal hier zu besuchen. Schließlich rang sie ihm das Versprechen ab, vorbeizuschauen, sobald er wieder einen Fuß nach London setzte.

Der Kaffee war stark und Nathaniel trank ihn schwarz. Müdigkeit lag in Ringen unter seinen Augen. Blonde Bartstoppeln überzogen seine schmalen Wangen. Wenn er an seinem Becher nippte, wirkte er beinahe krank. Seine Sorgen hatten ihm die wenigen Pfunde, die er zugenommen hatte, wieder abgerungen. Seine Kleider flatterten um seinen Körper. War es das Leben mit ihm, das auf ihn abgefärbt hatte?

»Ich hoffe, das Wetter macht nachher keine Probleme«, sagte Nathaniel mit einem Blick zur Fensterscheibe.

»Hoffst du das?«

Er sah ihn auf eine Weise an, die schmerzlich vertraut und kalt zugleich war. »Natürlich hoffe ich das.«

Ethan nickte.

Die Bedienung stellte das Radio an. »*Guten Morgen! Das ist ja ein Wetter, das da über Südengland hereingebrochen ist. Sturmböen kommen von der Küste und werden uns den ganzen Tag Regen bringen. Bleibt am besten zuhause ...*«

»Wirst du mich anrufen?«

Nathaniel musterte ihn. »Möchtest du das?«

»Ja.«

»Dann werde ich das tun.«

»Sag mir Bescheid, wenn du angekommen bist.«

Sein Nicken wiederholte sich gedankenverloren. »Es ist wie ein Déjà-Vu«, sagte er. »Der Zug. Das Haus, das ich nicht kenne. Ein Anruf am Abend, und dann so viel Stille.«

»Niemand zwingt dich, zu gehen.«

»Ich werde das nicht noch einmal mit dir diskutieren.«

»Vielleicht findest du dort ja einen neuen, hübschen Angestellten.«

»Ach, sei leise.«

Nach einem Schluck Kaffee stellte Ethan seine Tasse zur Seite. »Spielen wir noch?«

Nathaniel blickte sich nach Beth um, die gerade in einem Nebenraum verschwunden war. »Gut. Wenn du willst.«

Kylie Minogue und Billy Ocean erfüllten den Raum, bis die Tür aufging und eine Gruppe junger Erwachsener hereindrängte. Von ihren Haaren und Mänteln tropfte Wasser auf die Linoleumfliesen, doch sie lachten und brachten eine Welle von Wärme in das kleine Café. Sie verteilten sich auf zwei Tischen, augenscheinlich Studenten, die gerade von einer Party kamen und von dem Sturm überrascht worden waren. Sie rochen nach Branntwein und Bier, entzündeten Zigaretten und scherzten über ihre Plätze hinweg miteinander.

»Ich habe eine Frage«, sagte Nathaniel leise.

»Okay.«

»Hast du je gern mit mir ...«, seine Augen schnellten zu den neuen Besuchern, »du weißt schon.«

»Wieso sollte ich nicht?«

»Ist das meine Antwort?«

Ethan schnaubte. »Ich mochte es, dich zu berühren.«

»Nur das?«

»Worauf willst du hinaus?«

»Hast du dich auch ... währenddessen ... gefühlt wie früher?«

Sein Schreck musste ihm ins Gesicht geschrieben stehen, denn Nathaniels schüchternes Lächeln verblasste. »Oh, Ethan«, sagte er. »Warum hast du nie etwas gesagt?«

»Weil es nicht dasselbe war.«

Kopfschüttelnd kehrte Nathaniel zu seinem Kaffee zurück. »Ich weiß nicht, ob mir dieses dumme Spiel gefällt.«

»Vielleicht hätten wir es öfter spielen sollen.«

»Vielleicht.«

Der Stundenzeiger rückte unerbittlich vorwärts, schob sich von der sechs auf die sieben zu, während ihr Kaffee erkaltete. Ethan betrachtete die Wassergemälde, die der Regen auf den Scheiben hinterließ, und fühlte die Nässe durch seine Jacke kriechen. Mit halbem Ohr lauschte er den Gesprächen am Nebentisch, den unzähligen »Ja, und als ...« und »Weißt du noch?«, die aus einer anderen Dimension zu stammen schienen. Einer, in der es normal war, bis früh morgens gemeinsam zu feiern und den Alkohol gewinnen zu lassen, unabhängig davon, ob er ein Monster aus einem Menschen machte oder nicht. Hätte das sein Leben werden können? Wie viel von diesem Leben hatte Nathaniel ohne ihn erlebt? Die späten Abende im Kings. Die Nacht, als er drogenbenebelt nach Hause gekommen und in Ethans Armen weinend eingeschlafen war. Die Morgen, wenn Ethan ihm einen Eimer ans Bett gestellt hatte, ehe er zur Arbeit ging. Die Male, die unzähligen Male, in denen er sich gefragt hatte, ob dies nun ›Sein‹ Erbe war, dem Nathaniel nach und nach anheimfiel, die Tränen, die er geschluckt, die Furcht, die er unterdrückt hatte. Statt wegzusehen, hätte er es aufhalten müssen. Doch ... wenn er es zugegeben hätte – wäre er stark genug gewesen, um zu bleiben? Bleib. B-l-e-i-b. Blei.

»Versprichst du mir, auf dich aufzupassen?«

Nathaniel hob die Augenbrauen und die Mundwinkel. »Wenn du mir dasselbe versprichst.«

»In Ordnung.«

»Das war zu einfach.« Er lächelte ein wenig breiter. So lange schon hatte Ethan die Zahnlücke nicht mehr gesehen. »Woran hast du gedacht?«

21 - 1987

Obwohl die Temperaturen stiegen, blieb es an der Tankstelle kalt, fast schon klamm. Jeremias erwiderte sein Kopfnicken nicht mehr, und Malcolm war ausnahmsweise still. Nur Deniz schien sich nicht darum zu scheren, was vorgefallen war, und begrüßte sowohl Ethan als auch jede Dame weiterhin mit einem Tippen gegen seine Mütze.

Die Tage zogen sich lang.

Bis seine Fingerspitzen einigermaßen abgeheilt waren, trug er weiterhin Handschuhe.

Schlimm genug, dass er Nathaniel nun wegen jeder Verletzung eine Erklärung abgeben musste. Sollten Deniz und Malcolm auch noch damit anfangen, wusste er nicht, was er tun würde.

Ethan blieb nicht mehr länger, um die Toiletten zu putzen, sondern verwendete seine Mittagspause dafür. Immer, wenn er sich den Toilettenschlüssel aus dem Büro holte, bedachte Mr. Dixon ihn mit einem langen Blick. Seit ihrem letzten Gespräch hatten sie nicht miteinander gesprochen. Sogar seinen Scheck hatte er nicht von ihm, sondern von Digg erhalten. Wie ein Betrüger war er sich vorgekommen, als er ihn am Bankschalter einlöste, als stünde ihm die Summe darauf gar nicht zu; als hätte Mr. Dixon sein Einverständnis zu dieser Zahlung nicht gegeben. Wie sollte er auch, vermutete er doch, dass Ethan ihn bestahl?

Natürlich hatten sie darüber gesprochen, Nathaniel und er. Zwei Tage, nachdem er Loraine versetzt und Ethan genug Zeit gehabt hatte, sich die passenden Formulierungen zurechtzulegen. Überrascht hatte ihn, wie wütend Nathaniel geworden war: »Dass du dir sowas unterstellen lässt«, »Und du hast nichts gesagt?«, »Was für eine Frechheit!« Er hatte zu ihm gehalten, obwohl er wegen der Sache mit dem Feuerzeug sauer auf ihn war, und er hatte nicht eine Sekunde an seiner Unschuld gezweifelt. Voller Dankbarkeit hatte Ethan ihn geküsst, war ihm mit seinen Lippen ins Wort gefallen, und Nathaniel hatte sich beruhigt.

Vielleicht war dies der Grund, weshalb er es nach wie vor aushielt, stundenlang an der Zapfsäule zu stehen und sich mustern zu lassen. Das, und dass er Nathaniel nicht wieder so auf der Tasche liegen wollte wie ein halbes Jahr zuvor.

Nathaniel zappte durch die Kanäle. Sein Bier hielt er auf dem Knie, seinen Kopf an Ethans Schulter gelehnt. Die Nachrichten schaltete er weg, eine Talkshow, zurück auf die Wettervorhersage, ein Kriminalfilm. Zwei Kommissare, die sich weder mochten noch als Team ergänzten.

Immer wieder sank sein Kopf gegen Nathaniels Locken. Ethan konnte ein Gähnen nicht unterdrücken. Gerade, als er den Handrücken vor den Mund halten wollte, steckte Nathaniel ihm den Finger in den Mund. Er verschluckte sich und musste husten.

Nathaniel lachte. »Das hast du nicht kommen sehen.«

Er stieß sein Knie in Nathaniels Seite. Der ruderte um sein Gleichgewicht.

»Du ebenso wenig.«

Nathaniel stellte sein Bier weg. »Na warte.«

Ende April, wenige Wochen, bevor Nathaniel begann, die Kette zu tragen, nahm Digg ihn zur Seite. »Hast du Hunger? Komm, wir gehen was essen.«

Ethan warf den Overall über die Bürotür. »Ich habe kein Geld mit.«

»Brauchst du nicht, ich lad' dich ein.«

»Nein, das ... das ist nicht nötig.«

»Überlass mir die Entscheidung, was nötig ist und was nicht, okay?«

Er war nicht in der Position, seinem Chef oder dessen Sohn etwas abzuschlagen, und fügte sich.

Die Abendsonne wärmte genug, um ihn die Ärmel seines Hemdes – ein dunkelgrünes, zu dem Nathaniel ihn überredet hatte – hochzukrempeln. Deniz winkte ihnen zu, als sie aufbrachen.

Sie verließen die Milkwood Road gen Osten.

»Wilde Zeiten, was?«

»Hm«, sagte Ethan.

Digg zündete sich eine Zigarette an. »Wohl nicht wild genug für dich.«

Schnaubend warf er Digg einen Blick zu.

»Irgendwann erzählst du mir deine ganzen Abenteuer.« Digg grinste und schnippte Asche auf den Gehweg.

»Was macht dich da so sicher?«

»Ich werd' nicht locker lassen, ganz einfach.«

»Es wird teuer, mich ständig zum Essen auszuführen.«

Ein Klopfen auf seine Schulter. »Das hier ist kein Date, mein Lieber.«

Sie betraten ein Pub in einer Seitenstraße. Das Aroma von gebratenem Fleisch lag in der Luft. Ethans Magen rumorte laut. Digg grinste ihm zu. »Nach so einer Schicht wär' ich auch am Verhungern.«

»Eigentlich bin ich nicht hungrig.«

»Dann muss ich wohl für uns beide essen.«

Ethan studierte die Karte für eine Zeit, die er für angemessen hielt, bevor er sie zur Seite legte. Mit den Fingerspitzen verfolgte er das Muster auf der Tischdecke und versuchte, die Herkunft der Flecken zu erraten.

»Was nimmst du?«

»Wenn es in Ordnung ist, nehme ich eine Portion Pommes frites.«

Digg hob eine Augenbraue. »Du kannst ruhig was Richtiges nehmen.«

»Nur die Pommes frites, bitte.«

»Und was willst du trinken?«

»Wasser.«

Er stöhnte. »Schön, wie du willst. Kinderteller für dich und Rippchen für mich.«

Ethan verkniff sich sein Lächeln.

Während Digg mit der Bedienung redete, wendete er den Salzstreuer in den Händen. Immer wieder betrachtete er die anderen Gäste. Stämmige Männer in karierten Hemden, wenig Frauen, noch weniger Kinder. Die meisten tranken Ale oder Tee. Ihre Unterhaltungen waren laut, aber nicht zu laut. Im Hintergrund summte ein Lied vor sich hin.

Nachdem die Kellnerin sich auf den Weg gemacht hatte, nahm Digg ihm den Salzstreuer aus der Hand. Bedächtig stellte er ihn zurück. »Sonst alles klar bei dir?«

»Sicher.«

»Tut mir leid, die Sache mit ... du weißt schon.«

Ethan rang sich ein Nicken ab.

»Nate war ziemlich sauer.«

»Er hat mit dir gesprochen?«

Schmunzelnd hob Digg die Schultern. »Mit mir nicht, aber mit Lo. Und die kann sowas nicht für sich behalten, weißt du.«

»Verzeih die Unannehmlichkeiten.«

Digg schüttelte den Kopf und lehnte sich zurück. »Alles cool, Mann.«

Ihre Getränke kamen zuerst. Sie nippten abwechselnd daran, tauschten hin und wieder ein glattes Lächeln, dann sprachen sie über das Wetter, über Autos und über Loraine. Nein, an der Modeschule wurde sie noch immer nicht aufgenommen. Nein, sie ging nicht mit Clarke. Sie nähme Nate wohl ziemlich oft in Beschlag?

Halb in Gedanken erwiderte Ethan: »Dafür gehören die Freitagabende uns.«

Und Digg fragte: »Aha, und was macht ihr freitagabends dann so zu zweit?«

Er widerstand der Versuchung, sich auf die Lippen zu beißen, und nahm einen Schluck von seinem Wasser.

Ein leises Lachen. »Ach, Eth. Ist mir doch egal, mit wem du ins Bett steigst.« Mit gehobenen Augenbrauen fügte er hinzu: »Außer, es geht um mich. Da bin ich raus.«

»N-nein ...«

»Dein Geheimnis ist bei mir sicher.« Kopfschüttelnd drehte er sein Glas, als wollte er die Werbung darauf lesen. »Ich hab's mir schon lange gedacht, weißt du.«

Ethan seufzte.

»Falls es dich tröstet: Dir hätt ich's fast abgekauft. Aber Blondie ...«

»... wir sehen Filme oder hören Musik. Manchmal reden wir auch einfach nur oder spielen Karten.«

Digg hob die Hand. »Genauer will ich's gar nicht wissen.«

Sie balgten sich auf dem Sofa wie Kinder. Nathaniel kicherte. Er jaulte auf, als Ethan ihn in die Seite knuffte, und biss ihm als Gegenangriff ins Ohrläppchen. »Unfaire Tricks«, sagte Ethan, während Nathaniel auf seinem Bauch saß und lachte. Er schob ihn von sich, zog die Beine an und hielt Nathaniel damit auf Abstand. Nathaniel zwickte ihn in die Hinterseite seiner Oberschenkel – vermutlich, weil er nicht an seinen Hintern kam –, und diesmal war es Ethan, der einen Laut zwischen Lachen und Keuchen ausstieß. »Ich ergebe mich«, sagte er.

Nathaniel lächelte und kroch wieder auf ihn zu. »Soso.« Er küsste ihn, zuerst sanft, dann drängender, und sog an seiner Unterlippe.

Noch ein Kuss, viel intensiver, Finger, die an seinem Kragen spielten. Dann zog Nathaniel sich zurück. Sein Kopf sank auf Ethans Brust, seine Finger fanden die Knöpfe des Hemdes, ohne sie zu öffnen.

Ethan legte die Arme um ihn. »Bist du okay?«

Hin- und hergerissen zwischen formlosem Essen – wie Digg es tat, der seine Rippchen mit den Fingern aß – und dem Gefühl, es falsch zu machen, wenn er keine Gabel nahm, saß Ethan vor seinen Pommes frites. Immer, wenn er glaubte, sich entschieden zu haben, streckte er die Hand aus und griff dann doch nach seinem Glas, das sich mittlerweile dem Ende neigte.

»Stimmt was nicht?«

»Alles in Ordnung.«

Schließlich ahmte er Digg nach und nahm Daumen und Zeigefinger. Die Pommes frites waren kross, fast schon hart. Sie krachten zwischen seinen Zähnen. Ihnen fehlte auch die Extraportion Salz, doch er wagte es nicht, nach dem Streuer zu greifen.

»Es gibt da tatsächlich was, worüber ich mit dir reden wollte.«

Ethan hob den Blick.

Digg wischte sich die Finger an einer Serviette ab und nahm einen Schluck Ale. »Ich weiß ehrlich gesagt nicht, wo ich anfangen soll.«

»Ist etwas passiert?«

»Nichts, was du nicht weißt.« Er rieb sich die Hände. »Okay, ich mach's kurz. Also, wegen dem neulich, was Dad zu dir gesagt hat ...«

Unter dem Tisch grub Ethan die Fingernägel in seinen Handballen.

»Ich weiß, dass du's nicht warst, wirklich. Dafür kenn ich dich gut genug. Aber Dad ... und Malcolm ...« Digg seufzte. »Das hast du nicht von mir, okay? Aber Malcolm hat behauptet, er hätte dich gesehen, wie du's nimmst. Das Geld und so. Und ...«

Ethan schwieg.

»Dad glaubt ihm halt. Malcolm arbeitet seit fast fünf Jahren bei uns. Ich glaub' ihm nicht, hab' keine Ahnung, warum er das getan hat, aber ... eigentlich ist Malcolm okay, weißt du.« Mit den Fingerspitzen rückte er einen Knochen zurecht, der über seinen Tellerrand hinausragte. »Es passt leider alles. Dass der Mist erst losging, als du gekommen bist. Dass du länger geblieben bist manchmal. Dass du dich nicht vor den Jungs ausziehst, dass du ...« Er hob die Handfläche, dann zuckte er mit den Schultern.

Ethan griff nach seinem Glas, brachte aber keinen Schluck hinunter. Langsam stellte er es zurück. »Du möchtest, dass ich gehe.«

»Vielleicht wär 'ne Pause gar nicht schlecht. Bis sich der ganze Ärger ein bisschen gelegt hat ...«

»Aber ...«

»Eth, ich mach das nicht gerne. Und ich mach's nur, weil's Dad sonst machen würde, und ich glaub, das willst du nicht.«

»Ich habe nichts genommen.«

»Ich weiß. Ich weiß's doch.« Digg rieb sich das Kinn, den Blick auf den Tisch gerichtet. »Aber ich kann nichts machen. Immerhin ...«

»Immerhin hast du einen Ruf zu verlieren.«

»Das meinte ich nicht.«

Ethan nickte. Nacheinander löste er seine Finger, knetete die Gelenke. Er suchte nach etwas, das er zählen konnte, ohne aufzusehen; die Fäden an der Jeans erkannte er im Halbdunkel des Lokals nicht; sein Hemd hatte er hochgekrempelt; er entschied sich für das bisschen Tischdecke, das unter seinem Teller herauslugte, und begann mit den Stickereien.

»Es ist immer noch Dads Laden, und ... wenn du sauer sein willst, dann auf Malcolm. Er hat ... Schau, Eth, wenn der Scheiß jetzt weitergeht, wissen alle, dass du's nicht warst, und ...« Wieder seufzte er. »Sag doch was.«

Wenn er die Fingernägel der linken Hand in die Kuppen der rechten drückte, schmerzten die fast verheilten Brandwunden stark genug. Er drückte so lange, bis der Druck zwischen seinen Rippen verging, bis er atmen und sprechen konnte. »Ich würde gerne gehen. Nach Hause.«

Digg atmete langsam aus. »Lass mich eben zahlen, dann ...«

»Ich finde den Weg allein. Vielen Dank für die Einladung.«

»Sei nicht so. Mir macht das auch keinen Spaß, weißt du.«

»Verzeihung«, sagte Ethan und nahm seine Jacke vom Stuhl. »Ich gebe dir das Geld wieder, wenn wir uns das nächste Mal sehen.«

Zwar öffnete Digg den Mund, als wollte er widersprechen, stieß dann aber nur die Luft aus. »Ich ruf' dich an.«

»Mach dir keine Umstände meinetwegen.« Er schenkte ihm ein Lächeln, eines dieser knapp bemessenen mit dem schräg gelegten Kopf, und ging.

»Fehlt dir nicht manchmal was?« Nathaniel nuschelte in Ethans Hemd, sodass er die Hälfte der Worte erraten musste.

»Was sollte mir fehlen?«

»Na, du weißt schon. Dinge.«

»Ich dachte, wir tun Dinge, und das auch ziemlich regelmäßig.«

Ein leises Lachen. »Oh Gott. Mit dir kann man einfach nicht über sowas reden.«

»Bitte?« Ethan pikste Nathaniel in die Seiten, bis er lachte und sich wand. »Gibt es etwas, das du dir wünschst?«

»Ich hab' mich nur gefragt ... du ... ob ...«

»Ja?«

»Wann wir es denn ... so richtig machen. Du weißt schon.« Nathaniel versteckte sein Gesicht hinter seiner Hand.

Ethan sank auf das Kissen zurück. »... möchtest du das?«

»... wäre das schlimm?«

»Nein. Überhaupt nicht.« Kurz biss er sich auf die Lippen, dann richtete er seine Augen auf die Zimmerdecke. Er zählte die schimmernden Streifen, die der Fernseher an die Wände warf, danach die Farben, die er sandte, als wäre dahinter ein komplexes Muster verborgen. Seine Hand streichelte über Nathaniels Rücken. Selten war er ihm so schwer vorgekommen. Zweimal rot, dreimal blau, fünf Strahlen, sieben, viermal rot, schwarz.

Nathaniels Hand kehrte an seinen Hemdkragen zurück. Er öffnete den obersten Knopf, bevor er mit sanften Berührungen Ethans Schlüsselbein nachzeichnete. »Tut es weh?«

»Kommt darauf an.« Mit geschlossenen Augen fuhr er Nathaniels Seite entlang. Fass mich nicht an, nein, doch, es ist Nathaniel, bitte nicht, reiß dich zusammen, es ist Nathaniel. Nathaniel würde vorsichtig sein. Nathaniel würde schüchtern sein und unerfahren, sich Zeit lassen, ihm nicht wehtun wollen.

Nathaniels Gewicht verschwand. »Was ist los?«

»Was meinst du?« Er richtete sich auf, während Nathaniel neben ihm auf den Boden sank.

»Du zitterst.«

»Das ... ist nur ...«

»Gibt es etwas, das du mir erzählen willst?«

Ihre Blicke trafen sich. Es war der Moment, in dem er es ihm sagen könnte: Nathaniel, ich möchte nicht mit dir schlafen. Doch, eigentlich will ich das, aber weißt du, woran es mich erinnert? Ich möchte mich übergeben bei dem Gedanken daran, ich will danach so heiß duschen, dass meine Haut sich schält, manchmal ertrage ich es nicht anders als mit Schnitten. Manchmal fühle ich ›Ihn‹ noch immer. Manchmal ... Schauder trieben ihn auf die Beine. Sie zitterten, seine verfluchten Beine zitterten. Nathaniel beobachtete ihn. Sein Lächeln war verschwunden, stattdessen bohrte sein Blick in Wunden, die er nicht sehen sollte, nicht er.

Ein Herzschlag, ein Blinzeln, es gab wieder Geräusche und Gerüche, es gab den Teppich unter seinen Füßen, das halb leere Bier auf dem Couchtisch, es gab seinen lauten Atem und den Fernsehmoderator – Regen, wie immer Regen.

Ethan sagte: »Digg hat mich gefeuert.«

Das Leben war seltsam, irgendwie.

Es hätte aufhören müssen an diesem Abend, einfach stehen bleiben für ein paar Tage, bis er bereit war, es wieder mit ihm aufzunehmen. Es hätte Spiralmuster drehen oder ihn einfach existieren lassen müssen, ohne Herausforderungen, ohne Anspruch.

Stattdessen schickte es ihn zurück ins Schlafzimmer.

Nathaniel kam von der Arbeit und überredete ihn, zu essen, zu duschen, das Haus zu verlassen. Nathaniel schlief nach ihm ein und stand vor ihm auf, schmierte sich seine Brote selbst, vergaß zu essen, zu rauchen, zu duschen. Nathaniel tat alles, um das Rad, das sich ohne Ethan weiterdrehte, am Laufen zu halten, er ölte und reinigte es, er nahm den Müll mit nach unten, er bestellte Käsepizza, weil er wusste, dass Ethan sie mochte. Nathaniel stand mit ihm unter der Dusche und wusch ihn, ohne auch nur den Hauch von Erregung zu zeigen, er nahm ihn am Arm, wenn er ihm beim Aufstehen half. »Ethan, ich kann das nicht nochmal«, sagte Nathaniel und tat es doch wieder und wieder und wieder.

Mittags klingelte das Telefon.

22 - 1987

Nathaniel ging leise durch den Hausflur. Der Schlüssel klimperte, dann fielen seine Schuhe zu Boden. Die Badtür, fließendes Wasser, weitere Schritte, ein Knistern. In der Küche klapperte Besteck, die Ofentür quietschte. Wieder Schritte. Die Schlafzimmertür öffnete sich.

»Hey«, sagte Nathaniel. In der Hand hielt er eine Papiertüte.

»... hey.«

Er setzte sich auf die Bettkante, zog die Füße nach oben und schenkte ihm ein müdes Lächeln. »Wie fühlst du dich heute?«

Ethan streckte die Hand nach ihm aus, und Nathaniel ergriff seine Finger. »Ich weiß es nicht.«

»Hm«, sagte Nathaniel. »Hast du schon was gegessen?«

»Nein.«

»Dachte ich mir.« Er fuhr sich durch das Haar. »Ich hab' Kartoffelgratin in den Ofen geschoben.«

»Was ist mit dir? Hast du gegessen?«

»Ich hatte ein Sandwich in der Mittagspause.«

»Das ist nicht genug.«

»Ach?« Ein schräges Lächeln. »Wenn du aufstehst, könnten wir uns ein richtiges Abendessen kochen.«

»Das ist Erpressung.«

»Ich bin nicht mehr wählerisch.« Nathaniel streichelte über Ethans Handrücken. Sein Lächeln wurde dünner. »Ich hab' dir was mitgebracht.« Aus der Papiertüte zog er eine gelbe Verpackung. »Der Arzt meinte, wenn du sie regelmäßig nimmst ... es könnte alles etwas leichter werden. Erträglicher.«

»Was ist das?«

»... Imipramin.« Er legte ihm die Packung in die Hand. »Überleg's dir. Eine am Tag könnte schon reichen, damit du dich besser fühlst und ... sie werden dich nicht ... verändern. Der Arzt sagt, wenn überhaupt, dämpfen sie alles ein wenig. Kann sein, dass du am Anfang müde wirst oder ...«

»Du warst bei einem Arzt?«

»Was hätte ich tun sollen?«

Die Verpackungsoberfläche war nicht glatt, sondern gerillt, und die Schrift ließ sich Letter für Letter erfühlen.

»Das ist kein Weltuntergang. Weißt du, wie viele Leute solche Pillen nehmen? Außerdem ist es nur für eine kleine Weile. Bis es dir besser geht. Denk einfach drüber nach.« Nathaniel drückte Ethans Hand, bis dieser die Packung eng umklammert hielt. »Bitte.«

»... es tut mir leid.«

»Dann ändere etwas.« Er beugte sich vor, um ihn zu küssen, und erwischte Ethans Mundwinkel. »Ich sehe nach dem Essen.«

Die Kette erwähnten sie beide mit keinem Wort. Eines Sonntagmorgens war sie einfach da. Das Silber reflektierte das Morgenlicht aus dem Dachfenster, die Platte mit den abgesägten Ecken versteckte sich halb unter Nathaniels Arm. Ethan berührte sie nur verhalten. Aber er zählte sie:

die Glieder, die Lichtflecken, die sie an die Dachschräge projizierte, die Nächte, in denen Nathaniel sie trug.

Ethan rührte das Imipramin nicht an. Wenn Nathaniel fragte, ob er sich Gedanken gemacht hätte, sagte Ethan: »Ja«. Wenn er fragte, ob er die Tabletten nehmen würde, sagte er: »Vielleicht«, und wie, als würde er tatsächlich hadern, legte er die Schachtel mal in die Küche, mal auf den Wohnzimmertisch.

Morgens quälte er sich mit Nathaniel aus dem Bett, um sein Essen für die Arbeit zuzubereiten, und stellte sich danach unter die Dusche. Das kalte Wasser ließ ihn frösteln. Manchmal schaffte er es, sich komplett zu waschen, an anderen Tagen weichte er nur Haut und Haar ein und stieg danach aus der Wanne. Oft saß er danach auf dem Wannenrand, bis die Luft ihn trocknete.

Der Sommer kam in großen Schritten.

Das Ceranfeld setzte einen Fettrand an. Die Krümel von Fertigpizzen und Baguettes füllten den Ofen. Der Abfluss in der Spüle roch nach Schimmel. Der Abwasch türmte sich darin oder daneben; Nathaniel hatte keine Zeit.

Manchmal halb angezogen, manchmal ganz oder gar nicht lag Ethan auf dem Sofa und schaltete durch die Programme. Der Aschenbecher auf dem Tisch war voll mit halb gerauchten Zigaretten.

Seine Schnitte heilten, und er wagte es nicht, sich neue zu setzen. Statt den Schmerz auszubluten, füllten sich seine Adern mit Kleister und seine Lungen mit körniger Luft, sein Körper wog so schwer, dass er ihn nicht bewegen konnte.

Die Toilette bekam einen Schmutzrand, Barthaare lagen im Waschbecken, in der Wanne klebten Schaumreste, weil niemand den Abfluss reinigte.

Nutzloses Gossenkind. Nicht einmal das kannst du.

Carrie klopfte Anfang Juni gegen die Tür. In Erwartung von Nathaniel, der – nicht zum ersten Mal – seine Schlüssel vergessen hatte, öffnete Ethan in Unterhemd und -hose, unrasiert, ungeduscht. Er schreckte zurück, als er sie sah. Sie tat es ihm gleich.

»Hallo«, sagte Carrie nach einem Atemzug.

»... hallo.«

»Ich ... wollte nach dir sehen. Seit einer Weile ... ich möchte nicht undankbar klingen, nur ... der Müll stand noch da, und ich habe mir Sorgen gemacht, und ...« Sie strich sich eine Strähne hinter das Ohr. »Darf ich reinkommen?«

»... rein?«

»Wir können auch hier reden, wenn dich das nicht stört.«

»Wo ist Michael?« Ethan zog sein Unterhemd nach unten und entdeckte dabei einen Fleck auf Bauchhöhe. Wie lange trug er diese Sachen schon?

Carries Blick folgte seiner Handbewegung. Ihre Augen weiteten sich, dann blinzelte sie rasch und holte ihr Lächeln zurück. »Im Kindergarten. Ich arbeite seit drei Wochen wieder.«

»Wo arbeitest du?«

»Kennst du die Boots-Drogerie bei Denmark Hill?«

»Nein.«

»Na, da arbeite ich jedenfalls.« Carrie lehnte sich gegen den Türrahmen. »Darf ich reinkommen?«

»Es ist nicht aufgeräumt.«

»Das stört mich nicht.«

Ethan unterdrückte ein Seufzen. Langsam schüttelte er den Kopf. »Ich werde den Müll wieder mit nach unten nehmen, sobald ich kann.«

»Lebst du hier allein?«, fragte Carrie.

»Nein. Ich habe einen Mitbewohner.«

»Wenn du möchtest, kann ich morgen Nachmittag zum Aufräumen kommen.«

»Das musst du nicht.«

»Ich weiß. Aber ich würde gerne helfen.«

»Du bist mir nichts schuldig.«

»Ist kein Problem. Wirklich. Du brauchst dich nicht zu schämen.«

»Aber ...«

»Ja?«

Er wandte sich ab, schüttelte den Kopf. »Vielen Dank für deinen Besuch.«

Nach einem Seufzen setzte sie ihr Lächeln wieder auf. »Ist gut. Wenn du was brauchst, weißt du ja, wo du mich findest.«

Er zog die Hose seines Trainingsanzuges über und den blaugestreiften Pullover, unter dem er zu schwitzen begann, doch der Rest ihrer Klamotten türmte sich auf dem

Schlafzimmerboden. Aus Gewohnheit strich er sich das Haar nach hinten, um es zusammenzubinden, nur um festzustellen, dass es bei Weitem nicht lang genug war. Er krempelte die Ärmel hoch, schob Pizzakartons von der Arbeitsfläche, um an den Wasserkocher zu gelangen, und wusch eine Tasse ab, in die er Instantkaffee kippte.

Als Erstes sortierte er die Wäsche und warf eine Maschine an, dann sammelte er den Müll in Beuteln. Den Abwasch ließ er einweichen, währenddessen wechselte er die Bettwäsche. Unter den Handtüchern fand er die Rasierklingen und brachte sie ins Bad. Drei kräftige Schnitte, eine heiße Dusche und eine Rasur später begann er mit der Reinigung der Toilette und der Wanne. Vom Wohnzimmertisch klaubte er Zeitungen, Magazine, Bierdosen und -flaschen; dabei fiel ihm das Imipramin in die Hände. Er warf es weg. Wenig später kramte er es wieder aus der Tüte, fluchte und zog einen Blister heraus. Es waren rote Tabletten, in der Mitte trennbar. Er stopfte die Blister in eine seiner Socken und warf die nun ohnehin schmutzige Verpackung weg.

Als Nathaniel nach Hause kam, hielt er eine Brötchentüte in der Hand. »Scones«, sagte er. »Die lagen vor der Tür. Hast du die gekauft?« Dann sah er die Wohnung, die Müllbeutel, die sich im Flur stapelten, das abgewaschene Geschirr, das Ethan gerade trocknete. »Bist du okay?«, fragte er leise.

»Sicher«, sagte Ethan, ohne sich umzudrehen.

Dass es die Freitagabende nicht mehr gab, fiel ihm erst auf, als er die Wochentage wieder zählte. Es war kein abruptes Ende gewesen, eher ein Auslaufen, ein »Stört es dich, wenn ich mit Lo gehe?«, das keine Antwort erhielt, oder ein: »Wir gehen wann anders ins Kino, wenn du wieder fit bist«, oder auch ein: »Ich brauche frische Luft«, das sich teilweise bis in die Sonntagmorgenstunden zog.

Ethan fragte nicht, wo Nathaniel schlief oder wie er seine Abende zubrachte. Die fleckigen Kleider und der Alkoholgeruch verrieten ihm alles, was er wissen musste.

Nach einer Weile kam auch Loraine wieder vorbei. Seit Ethan gefeuert worden war, hatte sie sich zurückgehalten, doch die Schonzeit war vorüber. Nun war es an ihm, einen Schlussstrich zu setzen und mit Loraine umzugehen, als wäre nichts geschehen. Meistens sprachen sie ohnehin nur wenig: Wie geht es dir? – Ja, bei mir auch. Wilde Zeiten. – Ich soll dich von Digg grüßen. – Nein, kein Tee, wir gehen gleich los, aber danke.

Jetzt waren die Freitagabende die seinen. Nicht immer ertrug er sie gut. Manchmal setzte er sich auf den Teppich, wenn er fernsah, quetschte sich wie früher zwischen Sofa und Couchtisch, bis er in eine Art Halbschlaf fiel. Das Licht des Fernsehers flackerte noch unter seinen Lidern, die Stimmen drangen zu ihm durch und woben Unterhaltungen, die keinen Sinn ergaben. Manchmal träumte er auch wieder, dieselben Dinge wie früher, dass Vater ihn mit der zerbrochenen Flasche jagte oder dass Daj ihm immer wieder denselben, leicht feuchten Kuss gab, bevor sie ihn in die Werkstatt schickte. Manchmal, wenn Nathaniel freitags nach Hause kam, fand er ihn auf dem Boden und zog ihn grob auf die Beine, stieß mit der flachen Hand gegen seine Schulter, was das sollte, setz dich aufs Sofa, du bist nicht mehr im Haus, gewöhn' dir das endlich ab. »Du bist betrunken«, erwiderte Ethan dann, und Nathaniel meinte: »Nicht betrunken genug.«

Eines Abends, als Nathaniel sich gerade die Schuhe anzog, sagte er: »Ich vermisse dich.«

»Ach?« Nathaniel band die Schnürsenkel fest. »Vielleicht weißt du ja jetzt, wie ich mich fühlen muss.«

»Kannst du nicht bleiben?«

Er presste die Lippen zusammen, nur um sie dann mit einem leisen Schmatzen wieder zu öffnen. »Nächstes Mal, vielleicht.« An jenem Freitagabend nahm er das erste Mal eine Imipramin, als könnte sie helfen, diesen neuen Schmerz auszusperren, der sich mit scharfen Löffeln durch sein Inneres grub. Schicht um Schicht trug er ab, bis er sich mit Widerhaken in die alten Wunden krallte, sie waren nicht geheilt, nie genug.

Zumindest machte die Tablette ihn schläfrig.

Mitte Juli fühlte er sich stark – oder taub? – genug, seine Laufrunde wiederaufzunehmen. An guten Tagen rannte er fast eine Stunde, an schlechten zumindest dreißig Minuten. Die Romola Road mied er. Stattdessen nahm er Runde um Runde dieselben Hügel im Brockwell Park, bis sein Atem in seinen Lungenflügeln kochte.

Nathaniel kaufte ihm eine zweite Packung Imipramin.

Er erhöhte seine Dosis auf zwei Tabletten pro Tag.

Wenn Nathaniel danach verlangte, schlief er mit ihm; doch sie gingen nie weiter als bisher. Es schien ihm auch nicht mehr wichtig zu sein. Sein Stöhnen erstickte er wie gewohnt im Kissen, er flüsterte Ethans Namen, wenn sein Körper erhärtete, er schmiegte sich danach an ihn, als gäbe es die Kluft nicht, die das Wochenende in ihre Zweisamkeit riss. Manchmal sagte er: »Ich liebe dich«, doch es hatte seine Melodie verloren, war nur noch eine Aneinanderreihung von Worten wie: »Wir brauchen noch Milch« oder: »Hast du schon Hunger?«

»Nathaniel?«, fragte er eines Abends. Der Sommer ließ die Nacht nur zögerlich hereinbrechen: Die Schlieren am Horizont spielten miteinander, Rosa und Orange, Blau und das verfärbte Grau der Wolken. Eine Gänsehaut überzog Nathaniels nackte Haut, dort, wo er sie streichelte.

Nathaniel hielt die Augen geschlossen. »Ja?«

»Wurdest du je verlassen?«

Er wollte sich aufrichten, doch Ethan bewegte sich nicht, hielt ihn fest. Mit zusammengezogenen Augenbrauen musterte Nathaniel ihn. »Warum?«

»Wurdest du?«

Langsam sank er zurück auf die Kissen. »Ja«, sagte er dann.

»Wie hat es sich angefühlt?«

»Was ist das für ein dämliches Spiel, Ethan?«

»Antwortest du?«

Nathaniel legte den Arm um ihn und zog ihn dicht zu sich heran. »Ich weiß nicht.« Sein Blick glitt über Ethans Gesicht, forschend, lauernd, dann, als er keine Regung fand, starrte er an die Decke. Eine Weile schwieg er, strich mit der flachen Hand über Ethans Rücken, setzte an, zu sprechen, und ließ es doch.

»Seltsam vorhersehbar«, sagte er irgendwann. »Als ... als hättest du Mehl in der Hand. Du fühlst das Gewicht, und du fühlst, dass es weniger wird, auch wenn du den Riss in der Packung vielleicht nicht siehst. Plötzlich hast du nur noch ganz wenig übrig, und obwohl du dich nicht wunderst, bemerkst du erst dann, dass du damit nichts mehr anfangen kannst.«

»Nathaniel ...«

»Hm?«

»Du verlässt mich nicht, oder?«

»So ein Quatsch«, sagte er, »so ein Blödsinn, wie kommst du darauf?« Seine Küsse waren verschwenderisch, seine Zunge forschte lange in Ethans Mund. Denk sowas nicht. Ich liebe dich. Ich liebe dich. Wie kommst du darauf? Sie liebten sich ein zweites Mal, inniger, intensiver, Nathaniels Lippen erkundeten jede Narbe, küssten jede Stelle an Ethans Körper. Wie kommst du darauf? Ich liebe dich.

»Ich liebe dich auch«, flüsterte Ethan.

»Alles wird gut«, sagte Nathaniel. Er küsste ihn ein letztes Mal, bevor er sich umdrehte, um zu schlafen. »Ich hab's versprochen, weißt du noch?«

Den folgenden Freitag blieb Nathaniel zuhause. Aus der Videothek hatte er einen Film ausgeliehen – Blue Velvet –, den sie nach dem Abendessen zusammen sahen. Danach, aus einer Laune heraus, zogen sie sich noch einmal an für einen Abendspaziergang durch die Straßen, Masey Mews, über die Brixton Water Lane zur Dulwich Road, wo sie der Shakespeare Road bis nach Loughborough Park folgten. Dort teilten sie sich eine Parkbank und eine Zigarette. Nathaniel sprach wieder von Katzen, jetzt, wo Ethan Zeit hatte, sich um eine zu kümmern, und Ethan stimmte ihm zu, wohl wissend, dass dies einer jener Pläne war, die man ein Leben lang vor sich herschob. Der Gedanke an sie reichte, um die Zukunft etwas rosiger aussehen zu lassen, etwas glücklicher.

»Ich brauche wieder Arbeit«, sagte Ethan.

Nathaniel stieß ihn in die Seite. »Mir reicht, dass es dir besser geht.«

»Aber das Geld ...«

»Nicht so wichtig. Wir schaffen das schon.«

»Aber ...«

»Schhh«, machte Nathaniel. Nach einem Blick zu beiden Seiten küsste er Ethans Wange flüchtig. Er lehnte sich zurück und sah hinauf zu den Eschen. »Brauchst du wieder Imipramin?«

»... ja.«

23 – 1971

SLAITHWAITE, ENGLAND

Ben's Pub lag in der Nähe des Colne, nur ein paar Meter entfernt von den Kais, wo die Bojen mit einem leisen Platschen gegen die Mauern stießen. Der Wind trug die Männerstimmen davon – man hörte sie erst, wenn man fast vor der Holztür stand, und im allgemeinen Gestank fiel der Biergeruch nicht auf. Der Hauptraum war vertäfelt und hatte nur vier große Tische. Vater saß meistens an dem ersten linken, gemeinsam mit Marty, Roland und Cleve, manchmal noch mit ein paar Jungspunden von den Kuttern. Seine Hände stanken nach Tod und den Fischschuppen, die er von Leichnamen pulte. Bis er sich abends bei Ben's niederließ, hatte er hundert Fische enthauptet oder mehr.

Das erste Mal, als Ethan ihn abholte, war es kurz vor Mitternacht. Zu früh, wie Vaters Schläge ihm eingebläut hatten. Madeleine, die Wirtstochter, half ihm, seinen Vater vor die Tür zu komplimentieren. Wenn das Geld nicht reichte, um die Biere zu bezahlen, schrieb Madeleine Vaters Schulden auf. Manchmal hatte Ethan genug, um sie zu begleichen. Dann steckte Madeleine ihm noch einen Apfel oder einen Kanten Brot zu. »Für deine Mutter«, sagte sie dann, aber schon am nächsten Morgen hatte Ethan alles davon mit dem unstillbaren Appetit eines Wachsenden verzehrt.

An jenem Abend war es bereits kurz vor zwei Uhr. Ethan stakste mit in den Taschen vergrabenen Händen durch die Stadt. Am Fluss hielt er kurz inne, um den Halbmond auf den Wellen zu sehen, dann ging er weiter. Mücken verfolgten ihn; die Luft war schmierig, glitt wie Öl über seine Haut.

Daj war nicht zuhause. Bevor er aufgebrochen war, hatte er noch die Reste ihres Abendessens verschlungen – kalte Kartoffeln in Mehlschwitze mit Erbsen. Wenn er es nicht aß, würde es Vater tun, und der hatte genug bei Ben's gehabt. Seit ein paar Jahren war Daj fast gar nicht mehr zuhause. Sie wusch Mrs. Kurucz morgens und abends, lieferte alles an Lebensmitteln ab, was sie bekommen konnte, ansonsten arbeitete sie, nachmittags im Laden, abends auf den Straßen. Die Orangen, die sie mitbrachte, begannen zu schimmeln, und auch von den Käsestücken kratzten sie blaugraue, samtige Pilze.

Links vorne, umgeben von seinen Kollegen und den Männern aus der Automobilwerkstatt. Teebeutel, die zwei- und dreimal aufgegossen wurden. Acht Bier, manchmal zwölf. Immer noch Ruperts Kleidung, wie Sackleinen, kratzend und löchrig. »Geh zu Marty«, sagte Daj. »Er bezahlt dich gut.«

»War Sharan auch dort?«, hatte er gefragt.

Sie ohrfeigte ihn aus dem Nichts, kraftlos wie zur Warnung. »Sprich nicht von ihr.«

Links vorne. Heute war Marty nicht da, aber eigentlich war er es immer.

Es war noch nicht lange still im Haus, als Daj ihn zu sich holte.

»Jetzt ist es an dir«, hatte sie gesagt. »Deine Geschwister sind fort, und du musst helfen, das Geld zu verdienen.«

Für ihn war es nicht schlimm, aus der Schule auszutreten. Nicht einmal Mr. Tanners Blick konnte etwas daran ändern, dass er sich frei fühlte, so frei, wie ein Kind sich nur fühlen konnte. Ein paar Tage verbrachte er am Flussbett oder oben im Kletterbaum, wo ihn niemand fand. Daj schenkte ihm Zuckerdrops, die er auf seiner Zunge schmelzen ließ, während er Muschelstücke in seinen Taschen sammelte.

Dann ging er das erste Mal hinüber in die Automobilwerkstatt. Er lernte, wie man Reifen wechselte – mit seinen sieben Jahren konnte er sie kaum tragen –, wie man eine leere Batterie austauschte, Dellen aus Kotflügeln klopfte und wie man das Radio auf den Sender einstellte, den Marty mochte. Seine Hände färbten sich dunkel vom Motoröl, und manchmal warf Andrews ihm ein paar Brotreste zu.

An einem Donnerstag nahm Marty ihn das erste Mal mit in sein Büro.

Wasser schwappte in Wellen an den Steg. Vater stützte sich schwer auf ihn. Wann immer er einen Atemzug übrig hatte, setzte er seine Flasche an die Lippen und trank. Er stank nach Schweiß und Exkrementen. Alle paar Schritte hielt Ethan an. Mit zwölf war er nicht mehr klein, und auch schwach war er nicht, obwohl seine zierliche Figur den

Anschein danach machte – aber das Gewicht seines Vaters setzte ihm zu. Er musste achtgeben, dass sie nicht stolperten. Seine Knie waren rot und blau von all den Abenden zuvor.

»... alles Wichser ...«, Vater keuchte, »... kriegen kein Pfund mehr als ich, aber halten sich für die Größten ...«, wieder ein Schluck, »... du kleiner Scheißer, machst mich lächerlich vor den einzigen Menschen, die mir noch Respekt erweisen, nicht so wie du und dein verdorbener Bruder, aus dem Staub gemacht hat der sich ...«, er rülpste Ethan ins Ohr, »... verpisst wie'n Hund, und ich weiß ganz genau, ganz genau, dass du's auch machen wirst, wenn du erst kannst, hab' ich recht? Gottverlogene Bande, das hab' ich jetzt davon, dass ich diese Zigeunerin heiraten musste ...«, noch ein Schluck, »... aber weißt du, wie sie aussah, als sie jung war, deine Mutter? Mein Alter hat mich noch gewarnt, pass auf, Reynold, hat er gesagt, diese Dreckswahrsagerin will nur an dein Geld, und hat er nicht Recht gehabt, hat er nicht? Ja, verlogenes Dreckskind ...«, sein Griff um Ethans Nacken wurde stärker, »hässliches Blag, du hast deine Mutter fast umgebracht damals, fast umgebracht hast du sie! Verdient hätte sie's ja«, er lachte leise, »aber Gott, wen hätt' ich dann ...«

»Trink aus, bevor wir zuhause sind«, sagte Ethan.

»Willst du mir jetzt auch noch Vorschriften machen? Vorlauter Bengel, dir werd ich eine verpassen, damit du lernst, dein dreckiges Mundwerk zu halten, ja ...«

»Sorry«, sagte Ethan.

»Drecksbalg ...«, er wankte, trank einen Schluck und griff fest in Ethans Nacken, »du hundsgemeiner Hurensohn ... in den Fluss werfen sollt' ich dich, wie deine ...«

Gabriela war die Einzige, der er davon erzählte.

Keinen Tag blieb er seitdem länger in der Werkstatt, als er musste. Er kam, verrichtete seine Arbeiten, und wenn Marty schnell genug war, erwischte er Ethan noch – danach ging er, mit glänzenden Augen und einem Gefühl, dass sich durch ihn bohrte wie ein faustdicker Wurm.

Ausziehen musste er sich nie. Aber er hielt Martys Schwanz in seinen Händen, erst weich und fleischig, dann hart, von Adern durchzogen, während der Hodensack darunter hing. Manchmal zupfte er sich danach Schamhaare aus dem Mundwinkel oder wusch seine Hände unaufhörlich, aber es war, als hätte Marty sich mit einem Stempel auf ihm festgesetzt, unlösliche Tinte, die ihn auf ewig daran erinnern sollte, wie es sich anfühlte: der Druck auf seiner Kehle, die wunden Stellen in seinen Wangen, das Salz, der Ekel.

Fünfzig Pence bekam er, jedes Mal.

Der Schimmel an den Orangen störte ihn nicht länger.

Er jagte über den Innenhof, als wäre der Nachbarshund hinter ihm her oder die James-Street-Jungen, holte die Gitarre und rannte hinüber zu Gabriela. Sie gab ihm ein halbes Zitronenplätzchen und einen Schluck Tee. Danach setzte sie sich neben ihn – nie zu dicht –, legte seine Hände an die Gitarre und brachte ihm bei, zu spielen. Griffe, Akkorde, das Zupfen, das Stimmen. Stundenlang übte er, manchmal, bis seine Fingerspitzen bluteten.

»Tun dir weh, die Männer?«, fragte sie.

Er sah mit großen Augen zu ihr auf.

»Dein Schwester auch«, sagte sie.

Danach nahm sie ihn in den Arm. Er klammerte sich mit seinem ganzen Gewicht an ihr fest, verbarg sein Gesicht in ihren schweren Brüsten, sie wiegte ihn vor und zurück, und er weinte, wie er nie zuvor geweint hatte. Sie summte ›Cine iubeste si lasa‹, bis er regungslos in ihren Armen hing.

»Wird gut, Schatz«, sagte Gabriela. »Wir spielen böse Geister weg.«

Ethan stemmte sich gegen den Wind. Vater torkelte. So gut er konnte, griff Ethan um ihn herum und zog ihn mit sich. Manchmal fragte er sich, was es ihn kosten würde, ihm einfach einen Schubs Richtung Wasser zu geben, ein Versehen, ein Unfall, aber er tat es nie. Ein Teil von ihm hörte seine Hassreden, nahm sie auf wie Sommergras den Regen, und vergrub sie tief in seinen Wurzeln. Der andere Teil ließ Vater auf die Knie sinken und wandte sich ab, während der sich übergab. Der andere Teil schleifte ihn danach weiter die Straße entlang, wie in Trance. Taub, gefühlsleer, angstlos. Ein Schritt nach dem anderen. Immer über denselben Weg. Vater setzte die Flasche an und Ethan hielt sie fest. »Trink aus, bevor wir zuhause sind.«

Vater spuckte ihm Bier ins Gesicht.

Nur einmal standen Polizisten vor der Tür.

Sie hatten Sharan flussabwärts gefunden, angespült wie ein Stück Müll, dick und aufgequollen. Ihre Kleider – er erinnerte sich genau daran: Der sandfarbene Rock mit den goldenen Stickereien, die Nylonstrümpfe, die Kette, die sie in einer Schatulle unter ihrem Bett aufbewahrte – waren zerrissen, nicht nur von den Steinen im Fluss, sondern mit roher Gewalt. Daj verbot ihm, sie zu sehen. Er sah sie dennoch: in seinen Tagträumen oder in den Momenten, wenn er vor dem Einschlafen noch einmal aufschrak mit dem Gefühl, zu fallen. Wenn er in der Dämmerung zur Werkstatt lief, in den Schatten unter den Bäumen, hinter der Kommode im Flur. Ihre Augen, vor Panik weit aufgerissen, ihr im Tod erstarrter Mund. Kratzspuren an ihren blau angelaufenen Fingernägeln, ihre Haut, durchwebt von Venen. In seinen Träumen richtete sie ihre Hände wie Klauen an ihn. »Eth«, rief sie, »warum bist du nicht gegangen? Eth!« Ein Loch klaffte in ihrem Kopf. Verblutet, bevor sie ertrunken war. Wie lange hatte sie gegen die Wellen angekämpft? Wann hatte sie aufgegeben, die Augen geschlossen – hatte sie das? –, wann hatte sie gewusst, dass dieser Atemzug ihr letzter war?

Sharans Sarg war kaum mehr als ein Bretterverschlag, gezimmert von Marty und Cleve. Die Würmer hätten ein leichtes Spiel, sobald sie erst in der Erde versank, und niemand richtete Blumen an für sie. Der Priester sprach nur ein paar Worte, dann stieß Vater Ethan nach vorne, damit er Erde auf den Sarg streute. Die Lücken zwischen den Holzbalken waren so groß, dass er ihre Kleidung erahnen konnte. Sah sie ihm von dort unten aus zu, wie er sie begrub? Hatte ihr jemand die Augen geschlossen? Fast wollte er sich hinknien, die Nägel aus dem Holz reißen und sie ansehen, nur noch einmal ansehen, ein allerletztes Mal.

Daj zog ihn fort von ihrem Grab, als hätte sie Angst, er wollte seiner Schwester folgen.

Ethan weinte nicht.

»... wenn du überhaupt meines bist, deine Mutter hat doch Gott und die Welt gevögelt, für jeden macht sie die Beine breit, sobald man nur mit einer Pfundnote winkt!«

Es waren nur noch ein paar Schritte. Das Licht über dem Eingang der Werkstatt taumelte im Wind. Hinter den Gittern erahnte er die Fahrzeughalle, die Hebebühnen und Werkzeugkästen, die Schläuche und Kabel an den Wänden. Die Regenpfützen schimmerten. »Vielleicht müsste sie das nicht, wenn ...«

Vater richtete sich auf. »Pass auf, was du sagst.«

Ethan, der andere, furchtlose Ethan, erwiderte seinen Blick gelassen.

»Deine Mutter, deine ach so tolle Mutter, sie hat euch alle verkauft, eins nach dem anderen. Glaubst du, ich weiß es nicht? Glaubst du ...«

»Genug.«

»Genug?« Vater lachte. Speichel landete auf Ethans Wange. »*Genug?*«

Damals saßen sie zusammen im Kleiderschrank. Sharan hielt seine Hand, während sie durch die Spalten im Holz linste, und manchmal summte sie für ihn. Später kroch sie zu ihm ins Bett, wenn er alpträumte oder vor Furcht nicht schlafen konnte. Sie bezog die Laken neu, wenn er sich einnässte, auch mitten in der Nacht, und sie sagte nie, dass er zu alt dafür wäre. Aus seiner Haut zog sie Schiefern und Splitter jeder Art: Holz, Stein, Glas. Ihre Hand streichelte durch sein Haar, sie schnitt es, wenn es ihm in die Augen hing, sie saß über ihren Geographiebüchern und suchte in den Bildern dort nach den Muschelstücken, die er ihr zeigte.

Sie lernte, Aufsätze zu schreiben, sie blieb bis spät nachts auf, um ihre Schuluniform zu waschen, sie stibitzte Trauben aus dem Obstladen und steckte sie ihm zu. »Eines Tages, Eth«, hatte sie gesagt, »sind wir zusammen an einem besseren Ort.«

Eine Woche nach ihrer Beerdigung kroch er in ihr Bett – er hatte es zerwühlt und getreten, die Kissen durch den Raum geschleudert und ihre Schulbücher zerrissen, er hatte ihre Wäsche aus dem Fenster geworfen und sie reuig wieder hereingeholt, er hatte ihren Namen gerufen und geflucht –, richtete die Laken an, wie er es von Sharan kannte, und umklammerte die Decke, die noch ganz leicht nach ihr roch. Nur noch wenige Tage, bis auch ihr Duft vergangen war, und sie wäre restlos von der Welt getilgt. Er atmete tief an der Decke ein. Wenn er die Augen schloss, konnte er sich einreden, dass sie etwas länger in der Werkstatt brauchte und jeden Moment zu Tür hereinkommen würde. Ihre Schritte würden jeden Moment durch die Wohnung geistern. Fleißig, wie sie war, würde sie vermutlich noch die schmutzige Wäsche zusammensammeln oder das Geschirr vom Esstisch räumen. Ihr Haar kämmen, ihr langes, gelocktes Haar, das er so oft zwischen seinen Fingerspitzen gerollt hatte. Wenn sie sich gewaschen hatte, kroch sie zu ihm ins Bett. Die Matratze senkte sich unter ihrem Gewicht. »Was machst du denn noch auf?«

»Ein Alptraum.«

»Schon wieder?«

»Sie gehen nich' weg.«

Sanft legte sie ihren Arm um ihn. »Schlaf endlich«, murmelte sie in sein Haar. »Morgen wird alles besser.«

Es war so schnell gegangen. Das Blut rann in seinen Pullover, lief in seine Augen. Tränen brannten auf seinen Wangen. Glassplitter steckten noch in seinem Nacken. Er riss die Gitarre von der Anrichte und zog seinen Rucksack unter dem Bett hervor, er hatte ihn schon lange gepackt. Ihm blieben nur ein paar Minuten, bis Vater sich aufgerichtet hätte. Ein Wimmern kam ihm über die Lippen, als er den Gitarrengurt über die Schulter schlang, er packte Sharans Ohrringe vom Nachttisch, gewillt, sie zu behalten bis an sein Lebensende, nahm die Scheine vom Küchentisch, die Vater dort liegengelassen hatte, und rannte.

Gabriela öffnete in ihrem Morgenmantel. Sie behandelte seine Wunden mit Alkohol, warf ihm eine Jacke über und küsste ihn auf beide Wangen. »Schnell«, sagte sie nur.

Vier Tage später versetzte er die Ohrringe in Bradford.

Im Winter desselben Jahres hockte er auf der Gittertreppe, während Rick ihm eine Portion Fish & Chips anbot, und fragte, ob es nicht ein Zuhause für ihn geben könnte, irgendeines.

Sharan war fünf Jahre tot.

24 - 1987

BRIXTON, LONDON

Sie liefen sich im Supermarkt über den Weg.

»Hey, Eth«, sagte Digg. »Lang nicht mehr gesehen.«

Ethan schob den Einkaufswagen vor und zurück. Zwischen Nudeln und Konserven wartete er auf Nathaniel, der eben Brot besorgen wollte. »Ja.«

»Wie lange ist das her? Drei Monate? Vier?« Digg griff nach einer Dose Bohnen und warf sie in seinen Korb. »Der Bart ist auch neu, oder?«

»Ja.«

»Hab' versucht, dich zu erreichen, weißt du. Aber bei euch geht ja nie jemand ans Telefon.«

»Nathaniel arbeitet viel.«

Mit dem Finger verfolgte er die Regale, bis er sich erneut bückte, um Reis einzupacken. »Hab' ich anderes gehört, aber gut.« Digg streckte sich. »Ich muss los, meine Mum wartet auf den Krams hier. Sag' Bescheid, wann du Zeit hast, dann führ' ich dich doch nochmal zum Essen aus.«

»Nicht nötig.«

Ihre Augen trafen sich. »Verdammt nötig«, sagte Digg, dann lächelte er wieder, zog seine Cap zurecht und verschwand hinter dem nächsten Regal.

»Was weiß ich, was er will.« Nathaniel stand vor dem Esstisch und räumte die Einkäufe aus den Tüten. Sein Blick war auf seine Hände gerichtet; den Eierkarton stellte er mit großer Sorgfalt ab. »Das letzte Mal, als er mit dir reden wollte, hat mir gereicht.«

»Sprichst du ihn gar nicht?«

»Wann denn?«

»Wenn du bei Loraine bist.«

Ohne ihn anzusehen, hob Nathaniel die Augenbrauen. »So oft bin ich da nicht.«

»Oh.«

»Das tut jetzt auch nichts zur Sache«, fuhr Nathaniel fort und stapelte Butterpäckchen. »Wenn ich du wäre, würde ich's lassen. Aber wer bin ich schon, dir Vorschriften zu machen.«

»Hat er denn angerufen?«

»Ein- oder zweimal.«

»Wieso hast du mir nichts gesagt?«

Nathaniel schob das Marmeladenglas auf den Tisch. »Das«, er sah auf, »musst du wirklich fragen?«

»Du weißt, dass es nicht seine Schuld war.«

»Weiß ich das?«

Ein Seufzen unterdrückend, legte er seine Hand auf Nathaniels. »Warum bist du so wütend?«

»Ach, jetzt mache ich es also falsch?«

»Ich verstehe nur nicht ...«

»Warum ist dir das denn so wichtig, hm? Du gehst doch nicht mal ans Telefon, wenn ich ...«

»Es war nur ...«

»Triff ihn doch, wenn er dir so viel bedeutet.«

»Nathaniel ...«

»Aber erwarte dann nicht, dass ich hier wieder stehe und dich anbettle, etwas zu essen, weil irgend so ein scheiß ...«

»Das hat doch nichts ...«

»... und dir Tabletten kaufe, damit du überhaupt aufstehst ...«

»... Nathaniel ...«

»Und weißt du eigentlich, wie teuer die sind?«

Ethan blinzelte, dann zog er seine Hand zurück.

»Nicht – ich – tut mir leid, das war ...«

»Schon in Ordnung«, sagte Ethan.

»Nein«, Nathaniel hielt ihn am Oberarm zurück, »bleib hier. Es tut mir leid. Ethan.« Er schniefte und wischte sich über das Gesicht. »Komm her. Es tut mir leid. Es tut mir leid.«

Die Glocke an der Tür klingelte, als Ethan den Kiosk betrat. Nichts an dem Geruch hatte sich verändert: düster, muffig, alt. Ein paar Magazine waren gegen neuere Ausgaben getauscht worden, aus dem Süßigkeitenregal fehlten ein paar Zimtkaugummis, der Stehtisch hatte eine neue Position vor den Getränkeregalen. Der Platz hinter der Theke war leer. Ethan nahm sich eines der Comichefte und lehnte sich gegen den Stehtisch.

Aus dem hinteren Teil des Ladens drangen Reißgeräusche, als vernichtete jemand die Kartons der letzten

Lieferung. Es war ein Mittwoch. Ethan ließ die Seiten über seine Daumenkuppe gleiten, bis er nur noch eine einzige spürte und blätterte um, ohne ein Wort gelesen zu haben.

Ein junger Mann stieß die Eingangstür auf. Sein rotblondes Haar trug er in einem zu lang gewachsenen Vokuhila. Auf seinen Wangen wuchsen krause Bartstoppeln, Adern zeichneten sich auf seinen Armen ab, die geschwollen waren von körperlicher Betätigung. Erst auf den zweiten Blick erkannte er Clarke, groß gewachsen und braun gebrannt.

»Hallo«, sagte Ethan.

Clarke hielt inne. »Hey«, sagte er. »Du bist doch Nates ...«, er grinste und krümmte die Finger zu Anführungszeichen, »... Mitbewohner.«

»Ethan.«

»Ja, genau. Hi.« Er drängte sich am Tisch vorbei, um eine Limonade aus der Kühlung zu holen. »Lang nicht mehr gesehen.«

»Ja.«

Lässig lehnte er sich gegen den Tresen und dehnte seinen Nacken. »Ey, Lo«, rief er. »Ich hab' nicht den ganzen Tag Zeit.«

Loraine kam durch die Seitentür hinter die Theke. Ihre Locken hatte sie in einem Dutt gesammelt und mit einem roten Kopftuch verstärkt. »Das Übliche, ja?«

Nach einem Moment wandte Ethan sich ab. Er blätterte noch zwei weitere Male um, bis Clarke ihn beim Rausgehen grüßte. Ehe Ethan die Hand heben konnte, war er fort. Hinter der Kasse stand Loraine und beobachtete ihn.

»Hallo«, sagte Ethan wieder.

»Hallo«, erwiderte Loraine.

»Ich wollte zu Digg.«

Sie nahm einen Lappen und begann, das Holz abzuwischen. »Er arbeitet hier nicht mehr.«

»Oh.«

»Kann ich dir vielleicht weiterhelfen?« Ihr Lächeln wirkte gezwungen. Den Lappen legte sie zur Seite und stellte das Radio an. Noch einmal warf sie ihm einen Blick zu, dann zuckte sie mit den Schultern und verschwand wieder im Nebenraum.

»... hast du vielleicht eine Nummer?«

»Geh einfach hoch und klingel. Ich glaube, er pennt noch.«

Nachts lag er wach. Immer wieder tastete er auf die andere Bettseite, als müsste er sich vergewissern, dass Nathaniel noch hier war. Noch hier. Noch. Mit dem Daumen streichelte er über die Härchen auf Nathaniels Brust, verfolgte die Adern unter seiner Haut, bis er die Narbe auf seiner Handfläche erreichte. Die Regelmäßigkeit seiner Atemzüge war beruhigend. »Schläfst du?«, fragte er manchmal, oder: »Was träumst du?«, dann wieder legte er seinen Kopf auf Nathaniels Brust, um seinen Herzschlag zu hören. Nur selten rührte Nathaniel sich, strich mit seiner Hand über Ethans Rücken, bevor er murmelnd wieder einschlief.

Das Metall der Kette lag kalt an seiner Schläfe.

Digg war wach, aber lange vermutlich nicht. Er trug nur Unterwäsche, als er die Tür öffnete, und eine Zigarette im Mundwinkel. »Komm rein«, sagte er, als wäre er nicht im Mindesten überrascht, ihn zu sehen. Auf dem Weg ins

Wohnzimmer schnappte Digg sich ein Shirt von der Anrichte und zog es über.

Lautlos schloss Ethan die Tür hinter sich. Er streifte seine Schuhe ab und stellte sie an die Fußleiste, ehe er Digg folgte.

»Lo hat dich hochgeschickt, was?«

»Ja.« Ethan lehnte sich gegen die Wand. »Du wolltest mich sprechen?«

Schulterzuckend zündete Digg seine Zigarette an. Mit dem Feuerzeug wies er auf den Platz neben sich. »Setz dich doch.«

»Ich bevorzuge es, zu stehen.«

»Wie du meinst.« Er stieß Rauch aus und lehnte sich zurück. »Eigentlich geht's nur um 'nen Job.«

Ethan verschränkte die Arme vor der Brust.

»Ich weiß, ich weiß. Brauchst du nun Arbeit oder nicht?«

»Warum kommst du damit zu mir?«

Digg seufzte und hob die Handflächen. Noch einmal zog er an seiner Kippe, dann griff er nach der Schachtel auf dem Tisch und warf sie Ethan zu. »Dann mach dir wenigstens eine an, wenn du schon nicht sitzen willst.«

Langsam setzte er sich in Bewegung. Die Schachtel legte er zurück auf den Tisch, dann ließ er sich Digg gegenüber in einem Sessel nieder. Das Polster sank unangenehm tief ein.

»Ich weiß, dass du's nicht warst, auch wenn du mir das nicht glaubst. Sonst hätt' ich dich ja wohl kaum reingelassen.«

Ethan schwieg.

»Ist ja auch egal.« Ein letztes Mal zog er, dann drückte er seine halbgerauchte Zigarette in den Aschenbecher. »Was willst du trinken? Ich hab' Coke, Red Stripes ...«

»Nur Wasser.«

Digg lächelte. »Immerhin.«

Beim Abendessen blieb Nathaniel auffällig still.

Ethan arrangierte seine Erbsen neu und zählte sie dabei. Besteck schabte über die Teller, Nathaniel kaute schnell, streckte seine Hand aus nach einem Glas Wasser.

»Ich war bei Digg«, sagte Ethan endlich.

Nathaniel legte seine Gabel zur Seite und sog seine Wange nach innen. »Ich weiß.«

»Ich habe wieder Arbeit.«

»Wundervoll«, sagte Nathaniel. Er setzte sein Glas an und trank. »Absolut wundervoll.«

»Also«, sagte Digg, »stand ich an der Kasse und musste aufpassen, dass die Beträge stimmen. Ich kam mir richtig blöd vor, weißt du. Malcolm und Deniz haben mich aufgezogen, und ich stand da und hab' mein Geld gezählt, während Malcolm mir irgendwas von Superman erzählen wollte. Der wär' mal besser bei Whizzer & Chips geblieben, Mann.« Er nahm einen Schluck Bier. Seine Beine hatte er auf den Couchtisch gelegt, das Sofakissen in seinen Nacken geschoben. »Und – ich sag's dir – das hast du noch nicht gesehen, wie Jeremias um mich rumgeschlichen ist, dieses Wiesel. Da war mir schon klar, wer's geklaut hat. Aber Dad meinte, ich muss es ihm erst beweisen. Hab' ich gemacht.« Er spreizte den Zeigefinger von der Dose ab, deutete in die Richtung des kleinen Fensters. »Hab' gekündigt, und jetzt glaub mal, wer doof aus der Wäsche guckt.«

»Du hast …«

Digg zuckte mit den Schultern. »Dad und ich, wir haben manchmal so Phasen, da können wir uns nicht ausstehen. Er's kein schlechter Vater, hat uns nie wirklich verdroschen, aber er ist so kalt, manchmal. Lächelt nie. Ich weiß nicht, ob er je stolz auf mich war.« Er schnitt eine Grimasse und warf seiner Dose einen Blick zu. »So viel hab' ich gar nicht getrunken.«

»Ich bin ein guter Zuhörer. Meistens.«

Lässig winkte er ab. »Ach, das wird schon wieder. Bisher haben wir uns immer wieder vertragen. Spätestens zu Weihnachten, wenn Mum uns an den Ohren in die Kirche zieht.«

Loraine begleitete ihn die erste Woche im Kiosk. Sie sprach kaum mehr als das Nötigste, zeigte ihm den Lagerraum, wie man Lieferungen annahm und verräumte, wie man das Waren- und das Umsatzbuch führte, wie man Geld abzählte, den Wechselbetrag in der Kasse ließ und die Umschläge versiegelte, und zuletzt ließ sie ihn vor einer Trittleiter stehen und verlangte, dass er bis zur nächsten Stunde die Zigarettenwerbungen in den Fenstern ausgetauscht hatte.

Früher fertig als gedacht, klappte er die Leiter zusammen und suchte nach Loraine. Ethan fand sie, wie sie in der kleinen Abstellkammer ihre Sachen packte: ein dünner Mantel, ein Deodorant, ein Walkman und ein Brillenetui. »Darf ich dich etwas fragen?«, sagte er leise.

Sie zuckte. Über die Schulter warf sie ihm einen Blick zu. »Und was?«

Die Worte steckten tief in seinem Rachen. Ein Teil von ihm wollte sie nicht aussprechen, sie lieber schlucken und vergessen, dass sie je existierten, und sei es nur in seinem Kopf. Der andere Teil, der, der einen Betrunkenen die Treppen hochwuchtete und Schritt hielt, als gäbe es keine Angst, brachte sie schließlich hervor, langsam und stockend, als hinterließe jedes Wort eine Wunde in seinem Zahnfleisch. »Wo geht Nathaniel hin, wenn er nicht bei dir ist?«

Loraine warf ihren Mantel über. Sie richtete den Kragen und legte ihre Handtasche über ihre Schulter, machte sich bereit, zu gehen. »Das darfst du mich nicht fragen«, sagte sie.

Dann drängelte sie sich an ihm vorbei, murmelte eine Entschuldigung und verschwand auf der Romola Road.

Es war August. Sonnenschein flutete die Gehwege. Das Thermometer zeigte 23 Grad.

Digg öffnete eine weitere Bierdose. Seine Bewegungen wurden fahriger, sein Lächeln breiter. Nach einem langen Schluck setzte er sie ab. »So ist das halt in 'ner Familie«, fuhr er fort. »Man muss sich nicht immer ausstehen können, um sich zu lieben, weißt du. Für Lo ist das alles noch schlimmer. Wenn ich Dad den Vogel zeige, lacht er nach drei Wochen drüber. Aber Lo? ›Er's dein Dad, nicht meiner‹, sagt sie dann, oder: ›Du musst nie Angst haben, dass du nächstes Jahr vielleicht doch auf der Straße sitzt.‹ Sie hat's nie abgelegt, dieses Außenseiter-Sein. Dabei lebt sie schon so lange bei uns. Niemand hätte sie je auf die Straße gesetzt, das schwör ich dir, aber sie hatte immer Angst.« Er schüttelte den Kopf. »Kein Wunder bei ihrer Mum. Traurig ist es trotzdem.«

»Du kanntest ihre Mutter?«

»Klar. Sie's meine Cousine, eigentlich.« Digg schnaubte. »*Eigentlich.* So richtig eigentlich ist sie meine Schwester, auch wenn sie's nicht glaubt.«

»Das kann ich verstehen.«

Ein schmales Lächeln. »Überrascht mich nicht«, sagte er. »Du glaubst ja auch nicht, dass ich's gut mit dir meine.«

Ethan blinzelte.

»Siehst du.« Digg trank seine Dose aus und stellte sie zu den anderen auf den Couchtisch. Einen Moment lang starrte er zur Decke, dann grinste er. »Hab' ich dir schon mal erzählt, woher mein Name kommt?«

»Jonathan?«

»Doch nicht der.« Kopfschüttelnd richtete er sich auf. »Reichst du mir 'ne Dose rüber? ... danke.«

»Ist es nicht etwas früh, um sich zu betrinken?«

»Sagt wer?«

»Nur ein Gedanke.«

Das Grinsen kehrte in sein Gesicht zurück. »Willst du's jetzt hören oder nicht?«

»Sehr gern.«

Er rückte das Sofakissen zurecht und nahm einen langen Schluck. »Früher haben wir in Gloucester gewohnt, in einem dieser Vorstadthäuser. Kennst du. Fensterläden aus Holz, uralte Schindeln auf'm Dach, das Übliche. Als unsere Nachbarn wegzogen, bekamen wir zwei Kisten mit Bilderbüchern geschenkt. In einem davon hab' ich gesehen, wie ein paar Leute Gold sieben – irgendwo in der Wüste –, und weil ich wusste, dass Dad das Haus bald verkaufen muss, hab' ich Mums Küchensieb geklaut und mich mit Lo hinten an den Bach gesetzt. Wir saßen da stundenlang. Damals hat

Lo noch drüben bei ihrer Mutter gewohnt, und sie musste nach Hause, wenn's dunkel wird, aber ich saß da, bis Mum rauskam und mich ins Bett geschleift hat.« Ein leises Lächeln. »Irgendwann wurd's mir zu blöd, dann hab ich angefangen, den Boden des Bachs mit 'ner Schaufel zu lockern. Einmal hab' ich dann tatsächlich was gefunden. Ich bin mit dem Küchensieb über die Wiese gerannt und hab' geschrien: ›Mum! Mum, guck! Ich hab' Gold gefunden!‹« Digg grinste. »Es war 'ne alte Taschenuhr, die schon so angelaufen war, dass ich's kurz für Gold gehalten habe – 'ne ganze Menge Gold. Mum hat mich trotzdem gefeiert, als hätt' ich das Haus gerettet. Hab' ich nicht. Aber seitdem hieß ich ›Gold Digger‹, irgendwann nur noch ›Digger‹, und als ich älter wurde, haben die Leute angefangen, die letzte Silbe zu schlucken.« Sein Finger glitt über den Dosenrand. »Falls jemand fragt, hab' ich als Teenager auf dem Friedhof ausgeholfen – Gräber ausgehoben und so'n Mist. Klingt besser.«

Ethan lachte leise.

»Ich würd's wieder tun, weißt du.«

»Den Namen annehmen?«

»Im Bach nach Gold sieben, wenn ich damit irgendwas retten könnte.«

»Bleibst du?«

Nathaniel blieb stehen.

»Es ist Freitag. Ich hatte gehofft ...«

Er seufzte, dann fuhr er sich durch das Haar. »Du ... du kannst doch ... ich meine ... du kannst doch nicht erwarten, dass plötzlich alles so ist wie früher, nur weil ...«

»Ich könnte dich begleiten, wenn du das wünschst.«

»Schaffst du das? Einen ganzen Abend voller lauter Musik und Menschen?«

»Ich würde es versuchen.«

Wieder seufzte er. Es war ein langes, ausgiebiges Seufzen. Nathaniel wandte sich um, doch er tat alles, um seinem Blick nicht zu begegnen. »Nicht heute, okay?«

Ethan schwieg. Langsam verschränkte er die Arme vor der Brust, dann nickte er.

»V... vielleicht nächste Woche. Wir könnten einen Besuch planen, und ...«

»Ich möchte dich nicht stören.«

»Ethan ...«

»Viel Spaß.«

»Hör auf. Du weißt, wie ...«

»Nicht. Bitte.«

»Dann hör auf damit. Ich habe nie gesagt, dass du störst.«

»Verzeihung.«

Nathaniel öffnete den Mund, dann blinzelte er und wandte sich ab. »Es könnte spät werden. Bitte bleib nicht wach. Wir reden morgen.« Mit der Hand auf der Klinke hielt er noch einmal inne. »Versprochen.«

»Ihr Name ist Isabelle.« Digg lächelte. »Sie wohnt drüben in Brighton. Studiert da. So ein kluges Ding mit einer Menge Humor. Nicht mal Lo schafft es, mich so zum Lachen zu bringen. Sie ist perfekt, und ich weiß es, Mann.«

»Weiß deine Familie von ihr?«

»Noch nicht. Lo wird fünfundzwanzig im Oktober und wirft 'ne nette Party – nachmittags mit Familie und Kuchen, abends dann mit uns –, und da werd' ich sie mitbringen und vorstellen. Ich glaub', sogar du wirst sie mögen.«

Ethan spürte sich lächeln.

»Wie auch immer. Jetzt kommt der gute Teil. Rate, wer im Oktober anfängt, zu studieren.«

»Loraine?«

»Ha!« Digg klatschte in die Hände. »Und wer steht dann im Kiosk und sortiert die Zigaretten?«

Er schnaubte. »Denkst du, dein Vater stellt mich wieder ein?«

»Lass es uns herausfinden. Meiner Meinung nach ist er dir sowas von 'nen Gefallen schuldig.«

Er konnte nicht schlafen.

Natürlich nicht.

Gegen halb drei Uhr nachts nahm Ethan sein Bettzeug unter den Arm und schlich ins Wohnzimmer. Eines der letzten Sommergewitter riss dann und wann den Himmel auf und ließ Regen gegen die Balkontür pochen.

Ethan lüftete, rauchte eine Zigarette, während er an der Schwelle zum Regen stand, und hielt Ausschau, obwohl er wusste, dass er Nathaniel von hier aus nicht sehen würde. Sein Fahrrad stand unten, angekettet an einen der Wäschemasten. Ethan wünschte sich Louise zurück, wie sie sanft um seine Knöchel strich und ihm zu verstehen gab, dass er zu Bett gehen sollte, damit sie bei ihm liegen könnte. Er vermisste ihr Schnurren und wie es ihn beruhigte, selbst wenn sein Gesicht tränennass war, und wie er ihr immer versprochen hatte, dass er sie mitnehmen würde, wenn er ging.

Vielleicht gab es Versprechen, die mit der Zeit porös wurden wie die Mauern im Haus, ihre Risse hinter der Tapete versteckt. Fein säuberlich erneuerte er den Anstrich jedes zweite Jahr, damit das Grauen dahinter verborgen blieb: die Kratzer, die Flecken, die Makel.

Damit er noch ein paar Tage so weiterleben konnte wie bisher. Nur noch ein paar, nur noch ein paar mehr.

Ethan schnipste den Zigarettenstummel in den Regen und schaltete den Fernseher an.

Als Nathaniel gegen halb sechs nach Hause kam, war er noch wach, aber er hielt die Augen geschlossen, während Nathaniel das Programm abstellte und ins Schlafzimmer taumelte. Bald schnarchte er.

Leise stand Ethan auf. Der Teppich dämpfte seine Schritte. Die Tür stand einen Spalt breit offen, gerade genug, um Nathaniel zu enthüllen, wie er bäuchlings auf dem Bett lag, voll bekleidet, das Hemd auf links, die Kette um seinen Hals. Eine Socke fehlte. Ethan brauchte den Raum nicht betreten, um den Alkohol zu riechen, die saure Note von Erbrochenem.

Statt ins Schlafzimmer ging er ins Bad. Schlüpfte in seine Trainingshose. Sein Atem beschleunigte sich, als rannte er bereits, die Schuhe band er sich schlampig. Er wollte nur noch eins: nicht hier sein, wenn Nathaniel erwachte.

Er rannte. Die letzten Regentropfen durchnässten seine Schultern, aber sie hatten ihre Heftigkeit verloren. Viel kälter war der Wind, der durch die Baumkronen pfiff. Die Blätter verfärbten sich, starben langsam, während der Herbst in immer größeren Schritten kam. Zwei Runden durch den Brockwell Park, zurück auf die Straße, Ruskin Park, Loughborough Park, eine kurze Verschnaufpause, eine Flasche Wasser aus einem der kleinen Eckläden. Die Sonne brach durch die Wolken. An seiner Haut rann der Schweiß hinab, seine Beine drohten, unter seinem Gewicht wegzuklappen, einfach so. Ethan rannte weiter. Immer öfter musste er stehen bleiben. Einmal war er kurz davor, sich zu übergeben.

Um halb zwölf stieg er die Stufen zur Wohnung hinauf. Selbst seine Hand zitterte nun. Die Brötchentüte raschelte bei jedem Schritt, der Schlüssel glitt ab, dann wurde die Tür aufgerissen.

»Wo zum Teufel warst du?!«

Ethan blinzelte. Langsam ging er an Nathaniel vorbei und warf das Frühstück auf den Küchentisch.

»Weißt du, was für Sorgen ich mir gemacht habe?« Das Schloss klickte. »Erst schläfst du auf der Couch und dann bist du weg, ohne einen Zettel, ohne eine Meldung, stundenlang? Ich – ich hab' gedacht ...«

Er warf Nathaniel einen Blick zu.

»Ich dachte, dir wäre etwas passiert. Oder ...« Nach einem tiefen Atemzug sprach er weiter. »Verdammt, Ethan. Du hast mir angst gemacht.«

Wortlos hob Ethan die Augenbrauen. Einen Moment starrten sie sich an, dann wich der Zorn aus Nathaniels Gesicht. Mit zusammengepressten Lippen scharrte er mit dem Fuß, dann murmelte er vor sich hin.

»Ich gehe duschen«, sagte Ethan leise.

»Tut mir leid«, Nathaniel umfasste Ethans Finger zögerlich, »es tut mir so leid. Ich war ein Arschloch. In Zukunft werde ich's besser machen, ich versprech's. Gott, ich war so ein Idiot.«

Ethan nickte und verschwand im Badezimmer.

25 - 1987

Loraines Geburtstag kam und ging.

Es war der dreiundzwanzigste Oktober. Ethan erhielt einen Anruf im Kiosk, er sollte gegen fünfzehn Uhr schließen. Es war das erste Mal, dass er allein mit Mr. Dixon sprach, seit er entlassen und wieder eingestellt worden war. Seine Stimme klang neutral, weder wütend noch brüchig, und als Ethan den Hörer auf die Gabel legte, atmete er auf. Er schrieb ein Schild – was länger dauerte als beabsichtigt –, stellte es in das Schaufenster und machte sich daran, die Zeitschriften zu sortieren. Sein letzter Kunde war Clarke, der auf dem Weg hinaus »Bis später!« rief.

Nachdem er abgeschlossen hatte, machte er sich auf den Heimweg. Die Zeit würde reichen, das Geschenk – Nathaniel hatte einen Roman besorgt, von dem Loraine seit geraumer Zeit sprach – zu verpacken und sich umzuziehen, vielleicht sogar für eine Dusche, wenn er sich beeilte.

Gegen siebzehn Uhr verließ Ethan die Wohnung und kehrte in die Romola Road zurück.

Seit jenem Morgen war Nathaniel freitags wieder bei ihm, und doch war er es nicht. Wenn sie auf dem Sofa saßen – im Kino waren sie seit Monaten nicht gewesen –, glitt Nathaniels Blick ab an irgendeinen Ort, an den Ethan ihm nicht folgen konnte. Er fragte nach: Ging es um Valery, hatte Tony angerufen, gab es Streit mit Loraine?

»Mach dir keine Sorgen«, sagte Nathaniel und streichelte über Ethans Unterarm.

Nathaniel entschuldigte sich, sobald Ethan die Wohnung betrat. »Ich hab's nicht mehr nach Hause geschafft. Das Fahrrad – ich hatte einen Platten, und – ich stand da am Wegrand und – Clarke kam zufällig vorbei und hat mich mit dem Auto mitgenommen. Ich bin selbst erst seit ein paar Minuten da. Sonst hätte ich angerufen, das weißt du doch.«

»Schon gut«, sagte Ethan. Er lächelte schmal. »Wo ist Loraine?«

»Drüben. Ich hab' sie schon gesprochen.«

Im Wohnzimmer streckte er Loraine die Hand entgegen. »Herzlichen Glückwunsch.«

Sie maß seine Hand mit einem unergründlichen Blick. Dann lächelte sie und zog ihn zu sich. »Komm schon her.« Ihre Umarmung war lang und fest. »Danke.«

Blinzelnd reichte Ethan ihr das Geschenk, und sie grinste.

Im Spiegel beobachtete er Nathaniel, wie er seine Locken mit einem Kamm entwirrte, dem bereits ein Zinken fehlte. Bis in den Nacken reichten sie ihm, vereinzelt bis zwischen die Schulterblätter. In seinem rechten Ohrläppchen schimmerte ein Stecker; vor zwei Tagen war er noch nicht da gewesen. Die Haut rund um den Stich war noch rötlich und geschwollen.

Ethan legte seine Fingerkuppe sanft darauf. Vorne funkelte ein weißer Stein. »Wann haben wir beschlossen, so offen damit zu sein?«

»Hm?«

»Im Kiosk ... jemand hat mich darauf angesprochen, wer ich bin.«

»Was meinst du?«

»Dein ...«, Ethan ahmte Clarkes Fingerzeichen nach, »... Mitbewohner.«

»Oh.« Ein schräges Grinsen breitete sich auf Nathaniels Gesicht aus. »War bestimmt einer der Jungs aus dem Kings. Da ... verschweigt man solche Dinge nicht. Dort sind alle so wie wir. Ich ...«, er zuckte mit den Schultern, während er sich wieder dem Spiegel zuwandte, »ich dachte einfach nicht daran, dass es dich stören könnte.«

»Also weiß Loraine es auch?«

»Ich denke schon.« Nathaniel griff nach seiner Zahnbürste. »Aber Digg hast du's ja auch gesagt, also bin ich davon ausgegangen, dass es in Ordnung ist.«

Es war ein beschaulicher Abend. Zwar standen Menschen in jedem Raum der Wohnung, ständig war die Toilette besetzt, weil jemand sich übergab, Nathaniel kam ihm viel zu schnell abhanden, aber er hatte sich in einen der beiden Sessel sinken lassen. Neben ihm saß Digg und auf seinem Schoß Isabelle. Sie war klein, durchaus rundlich, ihr Gesicht freundlich, ihre Stimme warm. Viel sprach sie nicht – sie sei schüchtern, betonte sie, und Digg meinte, dann würden sie sich ja prächtig verstehen, »denn Eth hier sagt auch kein Wort mehr, als er muss.« Daraufhin lächelten sie sich vorsichtig zu.

Niemand drängte ihm Alkohol auf.

Malcolm kam und schlug einen Bogen um ihn, aber Deniz schleifte ihn mit sich. Er fiel Ethan um den Hals, bereits ordentlich angetrunken, »ich wusste, du bist braver Junge«, »ich bin froh, dass du wieder da sein«, und Malcolm sah sich gezwungen, eine Entschuldigung zu murmeln, bevor er sich verzog. Deniz dagegen setzte sich auf die Sessellehne und erzählte und erzählte, Genevieve hier, Caroline da, seine Mutter hatte Probleme mit ihrem einen Bein, dann erst bemerkte er Isabelle – »oh, pardon« – und kickte mit dem Daumen gegen die Mütze, die er nicht trug. Digg lachte laut. Er hatte ein angenehmes Lachen.

Später saß Nathaniel auf Ethans Knien, dann verschwand er wieder, Loraine kam und bedankte sich für das Buch, Digg stand auf, um seine Blase zu entleeren, und ging verloren. Isabelle nippte an ihrem Bier, beobachtete die Menschen, und Ethan tat es ihr gleich. Die Uhr zeigte halb zwei Uhr morgens an. Er war müde. Mit einem Lächeln verabschiedete er sich von Isabelle und begab sich auf die Suche nach Nathaniel.

Er fand ihn im Flur, an den Wandschrank gelehnt, vertieft in ein Gespräch mit jemandem, der hinter der Menschenmenge verschwand. In der Hand hielt Nathaniel einen Becher, in der anderen eine Zigarette, er lächelte leicht durch seinen Bartschatten.

Ethan trat von der Türschwelle und hob die Hand wie zum Gruß.

Ein Mädchen schubste Nathaniel zur Seite – sie wollte an ihren Mantel. Angetrunken, wie er war, taumelte er, dann fing er sich wieder, oder viel mehr, jemand fing ihn. Arme hielten ihn fest; nur langsam zogen sie sich zurück, blieben einen Moment an Nathaniels Ellbogen haften, bevor sie verschwanden.

Dann trafen sich ihre Blicke.

»Komme«, formten Nathaniels Lippen.

Ethan ging vor.

Immer wieder sah er sie vor sich, diese Finger. Wie sie über die Karos an Nathaniels Hemd streiften – dieses Hemd, von dem er behauptete, es auf dem Hinweg schnell gekauft zu haben, als Ethan anmerkte, dass er es nicht kannte –, wie sie innehielten, nur einen Moment. Die Daumenkuppe glitt über die Beuge seines Ellbogens. Eine Bewegung, die nicht passte, wenn man jemanden vor dem Fallen bewahren wollte.

»Das war doch gar nichts«, sagte Nathaniel. »Er hat mir nur geholfen.« Danach kaute er auf seinem Toast herum. Unter seinen Augen lagen Ringe, unter seinem Morgen-mantel noch das Hemd von gestern Abend. Morgens war er oft unausstehlich, vertrug keinen Lärm, keine Geräusche, keine Fragen.

»... wer?«

»Was: wer?«

»Wer hat dir geholfen?«

Nathaniels Augenbrauen zogen sich zusammen. »Was soll das?«

»Ist es nicht in Ordnung?«

»Vertraust du mir nicht?«

»Das wollte ich damit nicht sagen.«

»Oh, natürlich nicht.«

»Ich vertraue dir.«

»Warum ist es dann wichtig?«

Ethan schob seinen Teller von sich. »Verzeihung«, sagte er. »Ich wollte nicht aufdringlich sein.«

Eine Weile blieb es still. Nathaniel legte seinen Toast ab, nahm einen Schluck Kaffee, danach eine Aspirin. »Was stört dich also?«

Dass du gehst, wollte er sagen, genau wie all die anderen, dass jedes Mal, wenn du diese Wohnung verlässt, ein Teil von dir nicht zurückkommt, dass ich nicht genug bin, nicht einmal für dich. Plötzlich fiel ihm das Sprechen schwer. »Ich ...« Ethan wandte den Blick zur Decke und blinzelte. »Nicht so wichtig.«

»Hey ...« Schnell hatte Nathaniel den Tisch umrundet, legte seine Hände auf Ethans Schultern. »Schon okay. Kann ich – kann ich irgendetwas tun, damit es dir besser geht?«

»Es tut mir leid ...«

»Schhh.«

»Ich wollte nicht ...«

»Schon okay.« Nathaniel küsste ihm die Stirn. »Schon gut.«

Wenn er die Tage gezählt hätte – und das hatte er, später, als er in diesem Zimmer lag und außer einer Linoleumdecke nichts anstarren konnte –, wären es achtundzwanzig gewesen.

Morgens belegte er Nathaniels Brote und kochte ihm Tee, sah weg, als Nathaniel die Flasche aufschraubte und einen Schuss Rum hineinkippte, bevor er zur Arbeit aufbrach. Sah weg, als seine Finger abends oft zu sehr zitterten, um sich eine Zigarette anzuzünden, bis Ethan es für ihn tat. Dreimal schliefen sie miteinander, achtmal aßen sie zusammen, ohne sich zu streiten, und einen Abend – es war ein grauer, für Anfang November relativ warmer und trockener

Tag – verbrachten sie vor dem Plattenspieler, legten Alben auf und errieten Interpreten, als hätten sie einen Schritt in der Zeit zurückgemacht, nur um zwei Jahre. Zurück in einen Sommer voller unbeholfener Blicke und scheuem Lächeln, in warme und kalte Abende auf derselben Terrasse, in ein Wohnzimmer, dessen Tapeten die Außenwelt abschirmten, als existierte sie nicht – nicht für sie, nicht, solange sie zusammen darin saßen. Wie leicht es war, mit Nathaniel zu reden; ihn aufzuziehen mit den alltäglichsten Dingen und sich daran zu erfreuen, wie Röte über seine Wangen kroch. Wie oft er sich gescholten hatte, ihm so leicht zu vertrauen, ausgerechnet ihm, ›Seinem‹ Sohn; und wie Nathaniel immer wieder zurückgekommen war, zurück zu ihm, jeden Tag.

»Es war dumm von mir«, flüsterte Ethan ihm zu, eingewickelt in Decken, während Nathaniel mit vom Wein glasigen Augen in den Himmel starrte, *»zu denken, dass du bist wie ›Er‹.«*

»Da hinten.« Nathaniel deutete die Straße entlang.

Vor ihnen lag eine kleine, unscheinbare Nebenstraße, bevölkert von Fahrradständern, kleinen Restaurants und Bücherläden. Keines der Geschäfte schien teuer oder extravagant, ein Bekleidungsgeschäft warb sogar damit, nur Secondhandware anzubieten.

»Hier gibt es fast nur Studenten«, fuhr Nathaniel fort. Er nickte ihm zu, und sie gingen weiter.

Der Club war beinahe ebenso unauffällig wie die Straße. Eine Gummipflanze setzte neben der Eingangstür Staub an, rote Vorhänge bedeckten die Fenster. »Kings&Queens«

stand über der Eingangstür, in schlichten, schwarzen Buchstaben. Hätte er nicht gewusst, dass Nathaniel hier so viel von seiner Zeit verbrachte, hätte er das Gebäude für geschlossen gehalten.

»Die richtigen Partys steigen unten im Keller.«

»Ich dachte, es wäre größer.«

Ein kleines Lächeln. »Von innen wirkt es tatsächlich größer.« Sanft stieß er ihn an die Schulter. »Vergiss nicht: du kannst jederzeit mitkommen, dann zeig ich dir alles. Stell dir die Leute vor. Du bist nicht unwillkommen hier.«

»Danke«, sagte Ethan.

»Wohin jetzt?« Nathaniel holte eine Zigarettenschachtel aus seiner Manteltasche und bot sie ihm an. »Ins Café? Oder willst du hier etwas essen? Im Manners ...«

»Ein Spaziergang wäre nett.«

»Okay. Dann einfach nur ein Spaziergang.«

Auf dem Weg in den Park verschwand Nathaniel in einer der Telefonzellen. »Nur kurz was erledigen«, sagte er. Die Art, wie er sich zu ihm umsah und Grimassen schnitt, wie er seine Stimme senkte und die Hand über den Hörer hielt, ließ Ethans Herz schwer werden, und doch sagte er nichts.

26 - 1988

»Ich hab' seitdem keine einzige Flasche mehr angerührt.«
Nathaniel nahm den letzten Schluck aus seiner Tasse. »Und
das habe ich auch weiterhin nicht vor, wenn es das ist, was
du sagen wolltest.«

Ethans Blick glitt zur Uhr.

Hinter ihnen griffen die Studenten nach ihren Mänteln.
Es raschelte, ein paar Tropfen fielen zu Boden, vereinzelte
Stimmen beschwerten sich über noch immer feuchte Ärmel.
Die Sonne schob sich zwischen den Regenwolken hervor.
Sie brachen in einen schönen Morgen auf, auch wenn der
Wetterbericht beteuerte, der Regen würde wiederkommen,
bald sogar. Ein junger Mann kicherte, seine Freunde
stimmten mit ein.

»Wir sollten zurückgehen. Ich muss meine Sachen holen.«

Ethan wandte sich Nathaniel zu. »Ich begleite dich zum
Bahnhof.«

»Das wirst du nicht tun.«

»Aber ...«

»Die Treppen werden gleich schlimm genug. Du musst
sie nicht zweimal laufen. Nicht ... für mich.«

Die Tür wurde geöffnet. Ein Schwall kaltnasser Luft ließ
Ethan frösteln. Abschiedsgrüße erreichten Beth. Sie winkte
zurück, bevor sie sich daran machte, die Tische abzuräu-
men.

Nathaniel seufzte. »Komm schon«, sagte er. »Ich bringe
dich nach Hause.«

Einen Augenblick hing das Wort zwischen ihnen. *Nach Hause.* Dann lächelte Nathaniel, wies mit den Augen zur Tür, schickte ihn vor. Er wandte sich Beth zu und hob ihr seine Arme entgegen, und sie fiel hinein, wünschte ihm eine gute Reise und Glück und dass er sie nicht vergaß. Natürlich nicht, antwortete Nathaniel. Natürlich nicht.

Während Nathaniel über dem Reiserucksack kniete, um seine Regenjacke zu finden, schob Ethan den Umzugskarton mit Nathaniels Sachen über den Flur. Dr. Phillard hatte ihm verboten, schwer zu heben – ein Grund, weshalb Digg und Mr. Dixon sich um seine Sachen kümmern würden, später diesen Nachmittag –, aber er konnte nicht dastehen und Nathaniel dabei zusehen, wie er die letzten Teile einpackte, die er woanders brauchen würde.

»Meine Tante war Schauspielerin«, sagte Nathaniel, als er prüfend eine blaue Jacke hochhielt. »Ich hoffe einfach, dass in ihren Schränken irgendwas hängt, womit man ein Bett beziehen kann.«

»Nimm dir doch Bettwäsche mit.«

»Nein«, Nathaniel legte die Jacke über seinen Arm und schloss den Rucksack wieder, »du brauchst sie doch. Du behältst das Bett und die Decke und ...«

»Ein Set wird nicht auffallen.«

»Nein, schon gut.«

»Ich lege es dir hier in die Kiste ...«

»Ethan, ich will es nicht.« Er wandte den Blick ab. »Ich kann das nicht.«

»Aber ich?«

Ein Seufzen, dann ein vorsichtiges, bittendes Lächeln.

»Ich möchte jetzt nicht mehr streiten.«

»Ich auch nicht.«

»Gut«, sagte Nathaniel. »Dann lassen wir es doch einfach.«

Stille stellte sich zu ihnen in den Flur. Ihre Atemzüge flachten ab, bis sie kaum mehr zu hören waren. Ethan verlagerte sein Gewicht auf das andere Bein. Unter ihm knarzte der Boden und verleitete Nathaniel dazu, aufzusehen. Er hob einen Mundwinkel, ließ seinen Blick über Ethan gleiten, von Kopf bis Fuß, als prägte er sich diesen Anblick ein. Seine Lippen öffneten sich. Gleich würde er sagen: »Es tut mir leid, es tut mir so leid«, oder: »Ich hoffe, irgendwann kannst du mir verzeihen«, oder auch: »Es ist alles meine Schuld«, all die Sätze, die er seitdem wieder und wieder sagte, um das Schweigen zu brechen, als bestünde es aus Schmerz. Doch er schloss den Mund.

Ethan trat einen Schritt auf ihn zu.

Kopfschüttelnd wich Nathaniel zurück. »Bitte«, flüsterte er. »Mach es nicht schwerer, als es ist.«

Er nickte leicht. »Du rufst mich an?«

»Heute Abend.«

»Und du möchtest wirklich nicht, dass ich dich begleite?«

»Nein.« Wieder dieses Lächeln, das keines war. »Du hast meinetwegen genug gelitten.«

»Das ist nicht wahr.«

»Nicht streiten«, sagte Nathaniel sanft.

Ethan atmete aus. Wäre es nur abends, der Abend zuvor, noch ein paar Stunden mehr, die sie zusammen verbringen könnten, komm schon, wir versuchen es nochmal, diesmal machen wir es besser. Es sind unsere letzten Stunden, warum vergeuden wir sie? Ich könnte dich halten und dich fragen, ob ich dich noch einmal küssen darf, und hättest du es gewollt, hätte ich dir meinen Körper gegeben, alles davon. Stattdessen ... Den Blick auf seine Schuhe geheftet – er hatte sie nicht einmal ausgezogen –, sagte er: »Darf ich dir eine letzte Frage stellen?«

»Nur zu.«

»... hast du ihn geliebt?«

Nathaniel stockte. Er verschränkte die Hände ineinander, drückte sie, bis sie knackten. »Ich verstehe nicht ...«

»Schon gut.«

»Mist.« Ein schneller Blick zur Uhr. Nathaniel bückte sich nach seinem Rucksack und streifte ihn über. »Ich muss gehen. Mein Zug ...«

Einen Moment lang sahen sie sich nur an.

Sechs oder acht Wochen, nachdem sie aus Hedford zurückkehrten, trafen die Fotos ein.

Mrs. Higgson hatte sie geschickt.

Vorsichtig löste Nathaniel die Kordel und warf die Verpackung auf den Wohnzimmertisch. Er zog die Beine hoch und schob seine Zehen unter Ethans Oberschenkel, als wollte er sie dort wärmen. Manchmal, wenn er nicht stillhalten konnte, zuckte Nathaniel so lange mit den Fersen, bis Ethan sich näher setzte.

»Sieh mal«, sagte er.

Obenauf lag das Foto, das Ethan bereits kannte: Tony und Nathaniel im Garten. Danach: Nathaniel mit einem Abschlusszeugnis. Nathaniel mit Tony vor einem Ford. Nathaniel mit einem Verband um den Arm.

Schließlich kam das Bild, das Mr. Higgson auf der Veranda geschossen hatte. Mrs. Higgson mittig zwischen ihnen, Nathaniel links, Ethan rechts, beide größer als sie. Sich selbst überging er schnell, sein schräges Lächeln und die Hand, die so verkrampft um Mrs. Higgsons lag, aber Nathaniel … Er blickte nicht in die Kamera. Den Kopf hatte er leicht nach hinten gelegt, sah an Mrs. Higgson vorbei, direkt zu ihm – zu Ethan. Ein Lächeln lag auf seinen Lippen, mild, beinahe zärtlich. Ethan kannte diesen Blick.

»Ich mag's.« Nathaniel grinste und legte es auf einen separaten Stapel. »Vielleicht sogar mein Lieblingsbild von dir.«

Als Ethan es vor wenigen Tagen einpacken wollte, war es verschwunden.

»Ich muss«, wiederholte Nathaniel.

»Okay.«

Blinzelnd rang Nathaniel sich ein Lächeln ab. Sein Schlüsselbund klimperte, als er ihn aus der Tasche zog, dann warf er ihn Ethan zu. »Versprich mir, dass du auf dich aufpasst.«

»Das habe ich schon.«

»Versprich's mir nochmal.«

»Versprochen.«

»Wenn ich in Leeds bin, rufe ich an.«

»Okay.«

»Falls du schon schläfst …«

»Ich werde wach sein.«

Nathaniel presste seine Lippen zusammen, ehe er wieder lächelte, weicher als zuvor. »Das befürchte ich auch.« Leise ächzend hob er seine Umzugskiste auf. Ethan hielt ihm die

Tür auf, nah genug, dass er seine Hand noch einmal durch die Locken schicken könnte, wenn ...

»Bis dann.«

»Komm gut an.«

»Das werde ich.«

»Mach's gut.«

Nathaniel nickte. »Ja. Mach's gut.«

Seine Hand klammerte sich um den Türgriff. Er trat einen Schritt zurück, um Nathaniel durchzulassen, und zog die Tür weit auf. Weiter. So weit es ging.

Waren seine Schuhe schon immer so laut auf den Stufen gewesen? Zwölf Stufen, dann eine Plattform, zwölf weitere. Nathaniel linste links und rechts an seinem Karton vorbei, um nicht zu fallen. Einen Moment, bevor er hinter der Ecke verschwand, blickte er noch einmal zurück. Ein schräges Lächeln, das unbeholfene Heben von zwei Fingern — dann war er fort. Ethan hielt die Tür auf.

»Hast du die Zugverbindung?«

»Alles eingepackt«, kam es von unten.

»Die Tickets?«

»Ja-ha.«

»Brauchst du noch etwas?«

Keine Antwort.

Er zählte die Stufen, die Nathaniel hinabstieg, er wusste, wann er das Quietschen der Haustür hören würde und erschrak doch. Ethan hielt die Tür auf. Kurz drang das Brummen von Automotoren durch das Treppenhaus, dann klickte das Schloss, und der Lärm verstummte. Hatte Nathaniel gezögert? Jemand hörte Radio, jemand anderes duschte. Draußen rauschte der Verkehr. Nathaniel hatte seine Regenjacke übergeworfen, doch jetzt kam die Sonne heraus. Ethan hielt die Tür auf. Nathaniels Geruch hing noch immer in der Luft. Stand er draußen und zögerte? Jemand rief, jemand anderes sollte die Klappe halten. Schritte.

»Nathaniel?«, flüsterte Ethan.

Würde Nathaniel sein Zugticket verfallen lassen, wenn Ethan ihm nur nachkam und ihn bat zu bleiben – bitte, dieses Mal wird es funktionieren, wenn wir es nur wollen –? Oder war er in das nächstbeste Taxi gestiegen, um den Bahnhof noch rechtzeitig zu erreichen? Wie lange würde er am Gleis stehen und nach Ethan Ausschau halten?

Würde er?

Ethan hielt die Tür auf.

Wenn er morgen in Leeds erwachte, würden seine Füße dann immer noch den Weg ins Badezimmer finden? Schlaftrunken, während er sich noch die Augen rieb. Wie oft würde er die Rasierklingen zählen, bis ihm auffiel, dass es niemanden mehr gab, der sie mitbenutzte?

Langsam stieg er die Stufen hinab, immer eine Hand am Geländer, als sei es die Krücke, die schon wochenlang verstaubte. Jedes Mal, wenn Nathaniels Blick darauf gefallen war, hatten seine Augen sich dunkel verfärbt, und Ethan hatte es nicht ertragen. Sie stand in der Ecke hinter dem Kühlschrank, in der auch der Besen lagerte, die Mülltüten, alles, was man nicht im Blick haben wollte.

Unten ging die Haustür auf.

»Nathaniel?«

Rollen polterten die Stufen hinab. »Wann bist du so schwer geworden?« Carrie ächzte. »Nächstes Mal sagst du Mummy gleich, wenn dir schlecht ist, Schätzchen. Ich war noch nicht mal auf der Arbeit, da hat Tante Bianca schon angerufen.«

»Ja, Mummy.«

»Kannst du laufen, Liebling?«

»Müde.«

Es war nicht Nathaniel.

»Du bist müde?«

Natürlich nicht.

»Ich laufe nicht mehr weg«, flüsterte Nathaniel damals, neben ihm auf dem Wohnzimmerteppich im Haus, die Hand im Nacken, ein schüchterner Blick von der Seite. *»Versprochen.«*

PART 2

27 - 1990

BRIXTON, LONDON

Ethan drehte das Radio leiser. Während er die Liefer-
scheine durchblätterte, nahm er einen Schluck Kaffee. Er
leerte den Aschenbecher auf dem Stehtisch, ordnete die
Magazine und betrachtete die Fußabdrücke auf dem Boden,
ehe er sie seufzend ließ, wo sie waren. Bevor der Kiosk
schloss, machte es keinen Sinn, die Böden zu schrubben;
der nächste Kunde brachte den Schlamm wieder mit herein,
und der nächste wieder und auch der darauf.

Nur noch zwei Stunden. Er sehnte sich nach einer Dusche – sein Wettlauf gegen den Regen hatte ihn bis auf die
Knochen durchnässt – und nach der restlichen Suppe, die
er im Kühlschrank wusste.

Die Glocke an der Tür klingelte.

»Hi!«

»Hallo.«

Mallory grinste. »Da ist ja mein Lieblingskassierer wieder.«

»So lange war ich nicht weg.«

»Zu lange. Ich musste die Mittagspause ohne Kippen überstehen.«

Mit einem schrägen Lächeln kehrte er hinter die Theke zurück. »Zwei Gauloises blau im Bigpack?«

»Du kennst mich zu gut.«

»Das bezweifle ich.« Er gab die Zigaretten an der Kasse ein, während sie schmunzelte. »Darf es noch etwas sein?«

»Wenn du so fragst ...«

Hole ich mir noch eine Limo.

»... hole ich mir noch eine Limo«, sagte Mallory und wandte sich den Kühlschränken zu.

Ethan stützte den Kopf an die Wand, während sie sich durch das Angebot kramte, und zählte die Regentropfen, die an der Fensterscheibe herabliefen.

Vorsichtig drehte er den Schlüssel. Der Flur lag im Dunkeln, doch im Wohnzimmer wisperte der Fernseher. Die Chipstüte raschelte, wenn eine Hand darin verschwand, und leise Stimmen verrieten ihm, dass Paige zu Besuch war.

Sein Zimmer befand sich am anderen Ende der Wohnung.

Noch war sein Hunger mäßig, also ließ er die Suppe im Kühlschrank zurück und schlich in sein Zimmer.

Seit seinem Einzug hatte es sich nur minimal verändert. Das Bett mit dem verschnörkelten Kopfteil stand an der einzigen Wand, an der es ein Fenster gab. Ein schmaler Kleiderschrank zwängte sich zwischen eine Kommode und einen Schreibtisch, den Digg ihm vermacht hatte. Keine Poster – wie in Loraines Zimmer, das über und über mit Rappern und Tänzerinnen tapeziert war –, keine Bilder, fast keine Andenken. Jeder hätte hier wohnen können. Nur der Plattenspieler auf der Kommode und die Gitarre hinter der Tür verrieten seine Anwesenheit.

Das Licht ließ er aus. Er tauschte seine Jeans gegen eine Stoffhose und sank ins Bett. Es war viel zu groß; sowohl für das Zimmer, als auch für ihn. Mittlerweile hatte er sich angewöhnt, mittig zu schlafen, und wachte doch immer an der Wandseite auf, das Bein um die Decke gewunden, als wollte er es darin verankern. Aus dem Wohnzimmer drangen gedämpft weiter die Stimmen; der Fernseher, Loraine, Paige, vielleicht noch jemand, er hatte nicht nachgesehen.

Hinter ihm klopfte der Regen ans Fenster.

Loraine weckte ihn. Sie saß im Schneidersitz auf dem Bett und rüttelte an seiner Schulter. »Hab' gerade angefangen, mir Sorgen zu machen.«

»Verzeihung.« Schlaftrunken setzte er sich auf.

»Du hast gar nichts gegessen.«

»Ich hatte keinen Hunger.«

Sie unterdrückte ein Seufzen. »Wie war's heute?«

Bevor er etwas sagte, rieb er sich den Schlaf aus den Augen. Sein Blick glitt zur Tür – sie stand weit offen –, dann lauschte er.

»Du warst doch bei Dr. O'Minall?«

»Ja.«

»Und?« Loraine folgte seinem Blick. »Ach, Paige ist schon weg.«

»Du musst sie nicht nach Hause schicken.«

»Sie ist nicht auf den Kopf gefallen. Auch sie weiß, wie schwer diese Tage sind.«

»Es tut mir leid.«

Mit der flachen Hand stieß sie ihn vor die Brust. »Ja, wie überaus schrecklich, dass du hier wohnst, Blödmann.«

Ethan schnaubte. »Schön.«

»Hast du dann vielleicht doch Hunger?«

Mit den Fingerspitzen folgte er der Naht der Bettdecke. »Ist noch Suppe übrig?«

Sie lächelte. »Ich mach dir was warm.«

»Digg kommt am Wochenende vorbei.«

Während er aß, räumte Loraine die Küche auf. Anfangs hatte sie noch bei ihm gesessen und jeden Bissen akribisch überwacht.

Seit er an Gewicht zugelegt hatte, beschränkte sie sich darauf, ihm Gesellschaft zu leisten. Gedankenverloren stapelte sie Teller in den Geschirrspüler – ein Luxusgeschenk ihres Onkels zu ihrem Geburtstag letztes Jahr –, dann warf sie ihn an. Sie trug ihren rosa Frottee-Bademantel, darunter ein Nachthemd.

»Ich kann auf dem Sofa schlafen, wenn ...«

»Du weißt genau, dass er das nicht will.«

Ethan unterdrückte ein Seufzen und widmete sich seiner Suppe.

»Isabelle ist auch dabei.«

»Ist die Fahrt nicht langsam zu anstrengend für sie?«

»Das habe ich auch gesagt.« Loraine faltete das Geschirrtuch und drapierte es über dem Wasserhahn. »Aber er meinte, sie besteht darauf, und du weißt ja, dass er nicht Nein sagen kann.«

»Gibt es einen besonderen Grund?«

»Abgesehen davon, dass es vermutlich ihr letzter Besuch zu zweit ist?«

Ein sachtes Lächeln hob seine Mundwinkel. »Stimmt.«

Ächzend sank sie ihm gegenüber an den Tisch. »Jetzt erzähl – was hat Dr. O'Minall gesagt?«

»Alles wie immer.« Ethan tauchte den Löffel in seine Suppe. »Eine Prozac jeden Tag, Ativan nach Bedarf.«

»Worüber habt ihr gesprochen?«

»Wie fühlen Sie sich heute, Mr. Caddler? Haben Sie eine Idee, woher dieses Bedürfnis kommt? Keine Selbstverletzung in den letzten drei Wochen – gut. Sehr gut. Wie geht es Ihnen damit?«

»Nichts.«

»Nichts?«

»Wie geht es mit der Routine voran? Ja, das war nie das Problem, nicht wahr? Haben Sie eine Situation mitgebracht, über die wir uns unterhalten sollten? Nein? Dann würde ich vorschlagen, wir knüpfen dort an, wo wir letztes Mal aufgehört haben ...«

»Nichts von Bedeutung.«

Loraine öffnete den Mund, dann schloss sie ihn wieder. Mit den Fingerspitzen tätschelte sie seine Hand.

Das Schnauben verkniff er sich gerade so.

An einem seiner ersten Abende war Loraine zu ihm auf den Balkon gekommen. Es regnete so heftig, dass die Tropfen sich in Perlenschnüre verwandelten. Der Dachvorsprung über ihnen schützte nur mäßig, sodass sein Haar und seine Schultern troffen. Seine Zigarette ging ständig aus, und jedes Mal, wenn er sie wieder anzündete, hielt er das Feuerzeug einen Moment länger in der Hand. Schwarze Baumschatten winkten in der Ferne, nach unten gezogen von der

Nässe. An diesem Abend schien es, als würde es nie wieder aufhören zu regnen.

Sie nahm einen der Plastikstühle und setzte sich in eine trockene Ecke. »Ist dir nicht kalt?«

Ethan drückte seine Zigarette aus und griff nach der nächsten.

»Die Dinger werden dich umbringen, wusstest du das?«

Über die Schulter warf er ihr einen Blick zu. »Gut.«

Ihr Kopfschütteln wirkte gezwungen.

Wasser rann seinen Ärmel hinab und sammelte sich an seinem Ellbogen. Seine Socken waren längst schwarz verfärbt vor Nässe. Er wollte rennen, aber er konnte nicht – Dr. Phillard sagte, vielleicht nie wieder. Ethan zog an der Zigarette, bis er spürte, wie seine Lungen sich aufbäumten.

»Er hat nicht angerufen, oder?«, fragte Loraine.

Langsam atmete er aus. Schloss die Augen. »Nein.«

»Hör zu, mir macht das auch keinen Spaß.« Loraine erhob sich. »Aber wir sitzen jetzt beide hier fest, ob wir wollen oder nicht. Entweder, wir kriegen das gebacken, oder wir leben auf ewig, als wäre ich dein verdammter Babysitter – oder, bis wir uns gegenseitig an die Gurgel gehen.«

»Ich lasse dir gern den Vortritt.«

Sie seufzte frustriert. »Manchmal bist du unausstehlich.«

»Du hast mich ohnehin nie gemocht.«

»Zurecht, wie's aussieht.«

Samstagvormittage hatte er frei. Manchmal verschlug es ihn dann an die Tankstelle – Mr. Dixon brauchte immer wieder jemanden, der kurzfristig einsprang –, meistens jedoch befasste er sich mit den Hausarbeiten, die ihm noch überlassen wurden. Nachmittags verabredete er sich oft mit Carrie. Hatte sie keine Zeit, schleifte Loraine ihn derart unnachgiebig durch die Stadt, dass er sich freiwillig um Kontakte bemühte.

Seit ein paar Wochen zog es ihn in ein Fitnessstudio, das vor Kurzem in der Milkwood Road eröffnet hatte. Sein Unfall hatte ihm das Laufen genommen. Schon nach wenigen Minuten schmerzten die Narben zu sehr, lange bevor seine Lungen brannten und seine Sicht flimmerte. Hanteln und Klimmzüge erfüllten denselben Zweck, solange er seine Beine schonte.

Dr. O'Minall nannte es »selbstverletzendes Verhalten«, aber solange Ethan aß und keine Klingen anfasste, ließ er es ihm durchgehen. »Irgendein Ventil brauchen Sie«, hatte er gesagt und Notizen in seiner Akte vermerkt. »Gemeinsam finden wir ein gesundes Mittelmaß.«

Bei dem Gedanken daran biss Ethan die Zähne zusammen. Jedes Mal, wenn die Mine über das Papier rollte, musste er gegen den Impuls ankämpfen, ihm den Stift aus der Hand zu reißen und gegen die Wand zu schleudern. Dr. O'Minalls Gesicht zeigte selten eine Regung. Er lächelte weder über Ethans Versuche, ihre Gespräche aufzulockern, noch gab er sich betrübt über die Dinge, die Ethan erzählte, die Happen, die ihm wie Gift von der Zunge fielen. *»Ich kann mir vorstellen, dass dies eine anhaltende Wirkung auf Sie ausübt.« – »Möchten Sie mir berichten, wovon Sie träumen?«*

»Alles in Ordnung?«, fragte Loraine. Sie stand neben ihm in der Küche und verrührte den Kuchenteig.

Ethan entspannte seinen Kiefer. »Sicher.« Seine Aufmerksamkeit kehrte zu den Äpfeln zurück, die er schälen und in Streifen schneiden sollte. Der Fruchtsaft begann an seinen Fingern zu kleben; offenbar starrte er bereits länger als nur ein paar Sekunden an die Wand.

»Paige kommt auch.«

»Also wirst du es deinem Onkel sagen?«

»Nein, noch nicht. Sie besuchen Dajuan und Beatrice zuerst, damit die hier nicht aufkreuzen.«

»Ist es nicht anstrengend, so etwas vor ihnen zu verbergen?«

»Sag du's mir.«

Ethan lächelte schmal.

»Vor ein paar Jahren hab' ich ihnen ›Oranges are Not the Only Fruit‹ zum Lesen gegeben. Von Jeanette Winterson. Kennst du das?«

»Ich weiß nur, dass es um ein ... Mädchen geht.«

»Ein lesbisches Mädchen. Weißt du, was meine Tante gesagt hat? ›Dass du sowas liest, schäm dich.‹«

»Das tut mir leid.«

»Solange sie es nicht erfahren, ist alles okay.« Sie stellte die Schale zur Seite und warf den Schneebesen in die Spüle. »Wie weit bist du mit den Äpfeln?«

»So gut wie fertig.«

Eine Weile arbeiteten sie schweigend. Loraine strich den Teig auf dem Backblech glatt und rollte die Kuchenkruste aus, um sie in Streifen zu schneiden, während Ethan die Apfelstücke verteilte. Cher lief im Radio. Früher war es nur ein stummer, schwarzer Klotz gewesen. Ethan hatte angefangen, es aufzudrehen, wann immer er daran vorbeiging, ließ es laufen, egal, welches Lied gerade spielte, Hauptsache die Stille zerstob. Irgendwann hatte Loraine sich seiner

Sturheit gebeugt und es angelassen. Nicht immer hatten sie miteinander gesprochen.

Als es klingelte, knöpfte er gerade sein Hemd zu.

»Ich gehe!«, sagte Loraine.

Ein letztes Mal zog er die Hemdärmel nach unten, dann betrat er den Flur.

Digg hatte seinen schlaksigen Körperbau gegen einen Wohlstandsbauch getauscht, der ihm hervorragend stand. Seine Wangen leuchteten, während er Loraine im Arm hielt und ihr einen Kuss auf den Kopf drückte. Hinter ihm schloss Isabelle die Haustür. Ihr Babybauch zeichnete sich deutlich unter ihrem Kleid ab. »Hallo«, sagte sie.

»Hallo«, sagte Ethan.

»Eth!« Digg schob Loraine zur Seite und kam auf ihn zu. »Lass dich ansehen. Ja, Rasur lässt zu wünschen übrig und etwas mehr Schlaf würde dir nicht schaden, aber alles in allem ...«, er zwinkerte und zog ihn in eine Umarmung, »schön, dich zu sehen, Kumpel.«

»Seid ihr gut hergekommen?«

»Haben etwas länger gebraucht als geplant, aber weißt du, mit so einer bezaubernden Frau an meiner Seite ist jeder Stau nur halb so schlimm.«

Isabelle verdrehte die Augen.

»Wir haben Kuchen gebacken«, sagte Loraine. »Zieht die Schuhe aus und ab ins Wohnzimmer.«

»Hallo!«, rief Paige und winkte vom Sofa.

Zwei Tage später hatte Loraine ihn wieder auf dem Balkon besucht. Zwar regnete es nicht, aber die Temperaturen waren merklich abgekühlt. Ohne ein Wort warf sie ihm einen Quilt über die Schultern und lehnte sich zu ihm an die Brüstung, selbst eingewickelt in ihre Wolldecke.

»Es tut mir leid«, sagten sie gleichzeitig.

Ethan schnaubte. Mit den Fingerspitzen pickte er die Zigarette von seinen Lippen und schnipste sie vom Balkon. Der Sonnenuntergang verwässerte am Horizont; das Blau verbarg die Wolken nach und nach. Er wollte sie zählen, doch sie entkamen ihm, taten sich zusammen zu Rittern und Katzen, verschmolzen zu einem Hasen, der die Witterung der Nacht aufnahm.

Loraines Finger spielten an der Brüstung, dann lächelte sie ihm zu: ein halbes Lächeln, das mehr versteckte, als es preisgab. Ihre Augenränder schimmerten rötlich.

»Bist du in Ordnung?«, fragte Ethan.

»Mhm.«

Aus seiner Hosentasche holte er die Zigarettenschachtel und bot sie Loraine an. Zu seiner Überraschung griff sie zu.

»Besondere Tage brauchen besondere Maßnahmen.« Sie nahm auch das Feuer und tat einen tiefen Zug. Rauch verbarg ihr Gesicht für einen Moment. »Hab' schon fünf Mal aufgehört.«

»Fünf Mal mehr als ich.«

Loraine lächelte. »Manchmal will ich einfach alles loswerden, was mich an sie erinnert.«

»An wen?«

»Meine Mutter.« Mit der Fingerspitze klopfte sie die Asche in den Wind. »Sie hat geraucht wie ein Schlot. Auf jedem Bild hält sie eine von den scheiß Dingern. Wenn ich an sie denke, schmecke ich den Rauch. Und ...« Ein

Schulterzucken. Dann zog sie ihren Ärmel zurück und zeigte ihm die Narben. Klein und rund, fünfzehn Stück davon nur auf ihrem Unterarm.

»Das ... das tut mir so leid.«

»Ist schon lange her.«

»Das macht keinen Unterschied.«

Sie drückte ihre halb gerauchte Zigarette aus. »Macht es doch. Jeden Tag, den sie sich weiter von mir entfernt, ist ein guter Tag.«

»Hm.«

Eine Weile zählte er die Blätter, die der Wind von den Bäumen pflückte. Viel zu früh im Jahr – sie hätten noch einen ganzen Sommer vor sich gehabt.

Dann sagte Loraine: »Er wird nicht anrufen«, und Ethan erwiderte: »Ich weiß.«

Paige war, abgesehen von ihrer Hochsteckfrisur, eine unscheinbare Person mit einer Vorliebe für ausgeblichenes Grün. In ihren Ohren steckten je eine silberne und eine goldene Kreole. Es hatte ihm einen Stich versetzt, als er die Gegenstücke dazu an Loraine gefunden hatte, wann immer sie das Haus verließ. Außerdem war sie unglaublich faul: Vom Sofa aufzustehen kam nicht infrage, bis sie kurz vor einem Blasenversagen stand, ihre Sachen lagen kreuz und quer verstreut – es war ein Ritual für ihn geworden, sie morgens aufzuheben –, wenn sie ein Glas Wasser wollte (oder ein zweites Stück Apfelkuchen), bat sie ihn oder Loraine. Ethan stellte es vor ihr ab, und sie bedankte sich mit einem Nicken, ohne in ihrem Redefluss zu stocken. »Namen, was ist mit Namen?«

»Wenn wir nur wüssten, ob es ein Junge oder ein Mädchen wird«, sagte Isabelle.

»Oder zwei«, sagte Digg.

»Aber ihr müsst doch Favoriten haben!«

»Wenn du ein Kind taufen musst, fallen dir erstmal hundert Leute ein, die du nicht magst.«

Loraine nahm einen Schluck Tee. »Da gibt's 'ne Menge mehr.«

»Wir wollen ja mal nicht übertreiben.«

»Und habt ihr schon eine neue Wohnung gefunden?«

»Paige, sei nicht so neugierig«, sagte Loraine.

Isabelle lächelte sanft. »Schon gut. Aktuell suchen wir noch. Die Lage in Brighton ist nicht unbedingt besser als hier.«

»Aber ich hab' den Dachboden ausgebaut«, Digg nahm sich einen Nachschlag an Sahne, »und das Babybett erstmal nach oben gestellt. Sind nur vier, fünf Stufen – das sollten wir für's Erste hinkriegen, auch nachts.«

»Lass nur das Baby nicht fallen«, sagte Loraine.

»Auf die paar Stufen passiert doch nichts.«

»Sag das mal Ethan hier. Letzte Woche hat er sich auf dem Weg hier runter fast das Bein gebrochen.« Grinsend schob Paige sich ein Stück Kuchen in den Mund.

Ethan schoss einen Blick in ihre Richtung, und sie hob die Handflächen.

»Was hast du angestellt, Eth?«

»Nur ein Sturz.«

»Ein Sturz.«

»Ich habe eine Treppenstufe verfehlt.«

»Wie hast du das denn geschafft?«

Ethan zuckte mit den Schultern. »Ich war unachtsam.«

»Und wie genau bist du gefallen?«

»Auf den Unterschenkel. Hier.«

Langsam nickte er. »Und dein Handgelenk?«

Er folgte Diggs Blick und zog den Hemdärmel nach unten. »Umgeknickt.«

»Mhm. Beim Handball bestimmt.«

»Im Studio hebe ich Gewichte. Da passiert so etwas andauernd.«

Digg schob seine Unterlippe vor und nickte. »Oder du bist besonders unachtsam.«

Ethan hob den Mundwinkel. »Vielleicht.«

»Gewichte also.« Mit Daumen und Zeigefinger drückte er Ethans Oberarm. »Aber noch nicht lange, oder?«

Er stieß ihn weg, und sie grinsten sich zu.

»Und was ist mit Babykleidung?«, fragte Paige.

»Dafür hatten wir noch keine Zeit.«

Digg hustete. »Lust.«

»Aber was ist, wenn das Baby früher kommt? Soll es etwa nackt ...«

»Wir haben Decken«, sagte Digg.

»Aber ...«

»Du willst unbedingt etwas kaufen.« Loraine rollte mit den Augen.

»Ist das so verwerflich? Von dir werd' ich ja wohl keine Kinder kriegen.«

Isabelle legte eine Hand auf Diggs Oberschenkel, und der nickte. Lächelnd wandte sie sich an die beiden: »Warum gehen wir nicht zusammen los?«

»Jetzt?«, fragte Paige.

»Jetzt?«, fragte Loraine.

Wie überrumpelt rückte Digg seinen Stuhl zurück und hob die Hände. »Ich bin raus.«

Ethan hob eine Augenbraue, und Digg zwinkerte.

Jedes Möbelstück in Dr. O'Minalls Büro schien aus Mahagoni gefertigt und kürzlich poliert. Der Patientensessel knarzte leise, wenn Ethan sich sinken ließ. Von dort aus hatte er einen guten Blick über das Zimmer. Die Fensterfront wurde von einem Schreibtisch versperrt, auf dem ein Computer vor sich hin summte. In den Regalen stapelten sich Patientenakten und Fachbücher. Ein einsamer Goldfisch drehte seine Runden in einer Kugel, beleuchtet von einer Stehlampe. Manchmal, wenn er Dr. O'Minalls Fragen nicht ertrug – oder viel mehr die Antworten, die Bilder, das Herzrasen, den Schweiß unter seinen Achseln –, zählte er die Runden, die der Fisch vor sich hin schwamm, stumm und mit totem Blick.

»Wissen Sie, warum Sie hier sind, Mr. Caddler?«

»Weil wir einen Termin haben.«

Das Kratzen des Kugelschreibers. Es klang wie ein trockenes, höhnisches Lachen.

Beim Abwasch drehte Ethan Digg den Rücken zu. Dieser ließ sich jedoch nicht beirren und erzählte. Dass Isabelle eine Vorliebe für den Namen Marylin hätte, ihm aber Megan viel lieber wäre, na ja, immerhin hatten sie sich auf das M geeinigt, nicht wahr? Martha ginge vielleicht, oder Mika. Natürlich war er sich sicher, ein Mädchen gezeugt zu haben, »ich spür's einfach, Mann«, aber selbst wenn es ein Junge wurde, er liebte dieses Kind jetzt schon abgöttisch. Ethan würde es verstehen, wenn er erst selbst einmal Kinder –, huch, aber vielleicht, und: »Da gibt's was, worüber ich mit dir reden wollte.«

Die Hände im Spülwasser warf Ethan ihm einen Blick zu. »Okay.«

»Du könntest auch einfach die Spülmaschine benutzen, weißt du.«

»Das dauert viel zu lange für diese fünf Teller.«

Digg schmunzelte, dann zündete er sich eine Zigarette an. »Mit Isabelle hab' ich schon gesprochen. Sie war einverstanden.«

Länger als nötig rieb er an Paiges Wasserglas herum. »Ja?«

»Wenn Kinder geboren werden, dann ... haben sie Mum und Dad und trinken Milch und machen in ihre Windeln und wachsen und ... irgendwann werden sie getauft und dann ... brauchen sie einen Paten.«

»Ja.«

»Ich ... dachte an dich. Als Paten. Für das Baby, weißt du.«

Ethan hielt inne. »Mich?«

»So überraschend ist das jetzt wirklich nicht.«

Seine Finger gruben sich in den Spülschwamm. »Warum nicht Loraine?«

»Lo wird auch so die beste Tante der Welt sein, das schwör' ich.«

»A-aber ... ich ... was macht ein ...«

»Ist das dein Ernst?« Digg lachte, dann, als Ethan nicht mit einstimmte, runzelte er die Stirn. »Das *ist* dein Ernst.«

»Es ist nur ... ich hatte nie einen.«

»Klar«, sagte Digg. »Daran hätte ich denken können. Bist du denn getauft?«

»Ich denke schon.«

»Hm ... eigentlich wirst du nur ein cooler Onkel. Falls mir mal was passiert, oder Isabelle, oder ...«, er zuckte mit den Schultern, »... ein Notfallplan, wenn du so willst.«

»Du möchtest wirklich, dass ich ...«

Das Lächeln kehrte auf seine Züge zurück. »Sonst hätte ich nicht gefragt.«

Ethan wandte sich dem Abwasch zu. »Ich möchte dich nicht wieder enttäuschen.«

»Das wirst du nicht. Und ... das hast du auch nicht.«

Unfähig, etwas zu erwidern, spritzte er Spülwasser in Diggs Richtung. Der lachte und boxte ihn gegen den Oberarm. »Außerdem«, sagte Digg, »habe ich dich mit ...«, Ethan stieß ihm den Ellenbogen in die Rippen – und plötzlich befand er sich im Schwitzkasten, während Digg sein Haar zerstrubbelte, als wären sie Kinder. »... mit Michael gesehen!«

Als er ihn losließ, lachten sie beide, dann packte Digg Ethans Handgelenk, um einen Schlag abzuwehren.

Ethan zuckte.

Diggs Lächeln verblasste. Vorsichtig hob er den Stoff an: zwei nur noch leicht bläuliche Male, ein drittes in die entgegengesetzte Richtung, Finger, die fest zupackten. »Wenn ... wenn du irgendwas ...«

»Ich passe nächstes Mal besser auf.«

Für einen Moment hob Digg den Blick. Er studierte Ethans Gesicht, von den leicht gehobenen Augenbrauen bis hin zu dem schrägen Lächeln, dann ließ er dessen Handgelenk los. »Du kannst immer mit mir reden, weißt du.«

Ethan nickte mit dem Blick zum Boden. Dann fragte er: »... soll ich euch etwas Kuchen einpacken?«

Digg hatte darauf bestanden, Ethan sein altes Zimmer zu überlassen, lange, bevor er den in seinen Plan einweihte. Sein Umzug nach Brighton war ein vorhersehbarer Schritt gewesen: Wochen zuvor hatte er ohnehin nur noch die Tage in London verbracht, an denen er Arbeiten für seinen Vater erledigte oder Ethan besuchte.

»Ich kann dich doch nicht allein lassen«, hatte er gesagt.

»Was du trotzdem tust.«

»Papperlapapp.« Digg lächelte und stieß Ethan an die Schulter. »Solange Lo da ist, ist auch ein Stück von mir da. Du wirst schon sehen.«

Auf irgendeine verquere, befremdliche Art hatte er Recht behalten.

28 - 1990

In den ersten Wochen hatte Ethan ihn überall gesehen. In den Schaufenstern in der Milkwood Road: ein blonder Junge, frech grinsend an der Hand seiner Mutter; im Treppenhaus: nach oben huschend, Briefe in der Hand, frisch aus Ethans Fingern geklaut; im Kiosk: Locken, gesehen aus dem Augenwinkel, ein grauer Tweedmantel, eine Jeansjacke; auf der Straße: angehaltener Atem, instinktiv, wenn sein Name fiel – nur, dass er nie zu dem gehörte, den er suchte.

Im Fitnessstudio umgab Harvey sich mit einem Rudel von jungen Männern, die meisten von ihnen breit gebaut, mit lauten Stimmen und in den Nacken geworfenen Köpfen, wenn sie lachten. Nacheinander stemmten sie Gewichte: Jordan mehr als Larry, Bryan mehr als Jackson, Harvey mehr als sie alle. Er trainierte ohne Shirt, ließ den Schweiß an sich herablaufen wie Wasser, zeigte die glattrasierte Brust, die Sehnen, die sich unter seiner Haut abzeichneten. Ohne Scham wanderte er nach der Dusche durch die Umkleidekabine. Sein Blick sprang von Augenpaar zu Augenpaar. Sobald jemand den Kopf senkte, umspielte ein kleines Lächeln seine Lippen. Manchmal schlug er nach den nackten Hintern seiner Freunde, andere Male stahl er Handtücher von Fremden und lachte, wenn sie ihre Scham bedeckten.

Ethan hielt sich abseits. Die öffentlichen Duschen kamen für ihn nicht in Frage. Er tauschte lediglich sein durchgeschwitztes Shirt gegen ein frisches, trug etwas Deodorant auf und schlich an Jackson vorbei nach draußen. Manchmal folgte ihm Gelächter, dann wieder ein paar geflüsterte Worte, und irgendjemand fragte immer, was mit seinem Gesicht passiert sei. Harvey beachtete ihn nicht.

Zumindest vorerst.

Auf dem Heimweg verließ Ethan die Milkwood Road. Er schlüpfte durch Seitengassen und hielt sich fern vom Park. Manchmal hörte er Musik, wenn Loraine ihm ihren Walkman lieh, dann wieder versuchte er sich an leichten Sprints, die er nach wenigen Metern bereute. Es war immer derselbe Weg – sein Weg, so abgelegen, wie er in London sein konnte, wo selbst nachts die Straßen vor Verkehr vibrierten.

Er hätte es wissen müssen.

»Danke, Ethan. Du bist mein Held.« Carrie stopfte eine Trinkflasche und Fertigsandwiches in ihre Tasche. Von ihrem Handgelenk zerrte sie ein Haarband und nutzte es für einen Zopf. »Juliette ist ausgefallen, und du weißt ja, wie viel samstags los ist, und ...«

»Kein Problem.«

»Hier ist sein Kaninchen – Achtung, frisch gewaschen, die Ohren sind noch nass –, die Jacke packe ich dir auch ein, falls es regnet, und hier sind zwanzig Pfund. Geht Mittagessen oder holt euch ein Eis oder ...«

»... Carrie ...«

»Den Schnuller stecke ich hier rein. Ja, ich weiß, guck' nicht so, aber er braucht ihn momentan wieder öfter. Oh, fast hätte ich mein Portemonnaie vergessen. Soll ich Wechselsachen – ja, die kann man immer gebrauchen und – Michael, Schatz, Onkel Ethan ist da. Zieh deine Schuhe an.«

»Hi, Onkel Ethan.«

»Hallo.«

»Brauchst du noch etwas? Hast du eine Regenjacke mit? BBC sagt ...«

Vorsichtig legte er ihr eine Hand auf die Schulter. »Ich mache das nicht zum ersten Mal.«

Sie seufzte, dann nickte sie. »Um neun hole ich ihn ab.«

»Mummy, darf ich fernsehen?«

»Soll ich ihm abends seinen Pyjama anziehen?«

»Ja, das ...«, Carrie warf sich ihre Tasche um, »das wäre super, und ...«

»Mummy, darf ich fernsehen?«

»... wenn du ihm noch eine warme Milch machen könntest ...«

»Mummy!«

»Ja?«

»Fernsehen?«

Sie beugte sich zu ihrem Sohn hinab. »Von mir aus, aber sprich das mit Onkel Ethan ab. Hab dich lieb, Schatz.«

»Ich dich auch.«

Sie verabschiedete sich mit einem Kuss. »Bis später! Sei brav, Michael! Und danke, Ethan, wirklich.«

Michael sah seiner Mutter nach, wie sie aus der Haustür verschwand, und drehte sich dann langsam zu Ethan um. Seine Beine steckten noch in etwas zu langen Pyjamashorts, sein Haar kräuselte sich ungekämmt und wild. »Onkel Ethan?«

»Ja?«

»Ich will Spielplatz.«

»Gut«, sagte Ethan. Er warf einen kurzen Blick auf das

Chaos in Carries Küche. »Aber ich glaube, zuerst darfst du etwas fernsehen.«

Michael grinste – er hatte dasselbe sommersprossige Gesicht wie seine Mutter –, schnappte sich seine Schmusedecke von der Stuhllehne und trottete ins Wohnzimmer. Wenig später lief Bugs Bunny.

Damals, als Carrie ihr Kind in den dritten Stock schleppte, hatte sie Ethan auf der Treppe gefunden. »Michael ist krank«, keuchte sie. Schweiß tropfte von ihrer Stirn, während sie sich vorbeugte, um Michael abzusetzen. Er nuckelte an seinem Schnuller; seine Augenlider sanken herab. Zwischen seinen Fingern hielt er ein gestreiftes Musselintuch.

»Ich war noch nicht mal im Büro, da rief Jessica mir schon zu, ich könnte direkt wieder umdrehen – das ist schon das dritte Mal diesen Monat, und wenn ich den Job behalten will ... Ach, egal.« Ohne aufzusehen, durchsuchte Carrie ihre Taschen. »Und was ist mit dir? Was sitzt du hier so allein?«

»Er ist weg.«

»Wer?«

»Nathaniel.«

Sie zog ihren Schlüssel hervor. »Oh, und du brauchst ihn? Wann kommt er wieder?«

»Er ist weg. Er ist einfach weg.« Ethan schlang die Arme um sich, als wäre ihm kalt.

»Oh, das ...«

Erst, als er Carries Blick auf sich spürte, bemerkte er, dass er sich vor und zurück wiegte. Er hielt inne. »Verzeihung. Ich möchte dich nicht aufhalten.«

»Nein, ist schon gut.« Carrie setzte sich ihren Sohn auf die Hüfte, obwohl er protestierte. »Gleich, mein Schatz. Wir ziehen dich eben aus, dann bringt Mummy dich ins Bett«, flüsterte sie. Mit den Fingerspitzen strich sie ihm rote Strähnchen aus der Stirn. Dann warf sie Ethan einen Blick zu. »Komm doch rein.«

»... sicher?«

Sie lächelte. »Sicher sicher.«

Auch Loraine gegenüber schwieg er.

Das erste Mal schubste Harvey ihn gegen seinen Spind. Halbnackt stand Ethan vor ihm, noch nass unter den Achseln, sein Shirt zusammengerollt in der Hand.

»Was gibt's da zu glotzen, Narbenfresse?«

»Nichts.«

»Warum lässt du's dann nicht einfach?« Mit Daumen und Zeigefinger presste Harvey Ethans Kinn nach unten.

»Ich habe nicht ...«

Harvey verstärkte den Druck. »Schhh, schhh, schhh. Du willst mich nicht wütend machen. Oder?« Dann versetzte er ihm einen Schlag gegen die Brust. Ethan verkniff sich jeden Laut. Er legte den Kopf schief und senkte den Blick, wie er es kannte, schon so lange kannte, jeden Tag im Haus. Es ist nicht wie im Haus, dieser Möchtegern ist nicht ›Er‹ – aber er könnte es werden, könnte er nicht? Wenn er wollte, er war nicht schwach, er könnte ihn zu Boden stoßen und ...

»So ist's besser.« Einen Moment verharrte sein Finger unter Ethans Kinn, als wollte er es heben, dann lachte Harvey und ließ ihn stehen. »Was für ein Weichei.«

Sei ein guter Junge und mach mir mein Bett fertig.

Verhaltenes Gelächter folgte Ethan bis in die Heron Road.

Michael liebte den Spielplatz im Brockwell Park.

Seit einigen Tagen blieb der Herbst kalt, aber trocken. Dennoch hatte Michael auf seine Gummistiefel und den Regenlatz bestanden. Über der Schulter trug Ethan einen Beutel mit Spielzeug – »Sandy« der Sandbagger, eine Schaufel, zwei blaue Muschelförmchen, ein Tennisball –, in seinem Rucksack eine Trinkflasche mit aufgedruckten Cartooncharakteren und ein paar Apfelschnitze.

Die Mütze rutschte Michael über die Augen, also hakte er seinen Daumen unter, um sie oben zu halten. Mit der anderen Hand klammerte er sich an Ethans Zeigefinger. Er betrachtete die Bäume, nur selten die Leute, und manchmal deutete er auf ein paar späte Zugvögel oder streunende Katzen, aber er sprach nicht. Carrie machte sich Sorgen darum und Ethan beruhigte sie. *»Er sieht sich nur um«*, hatte er ihr gesagt. *»Dabei ist er konzentriert.«*

Während Michael sich seiner Umgebung widmete, starrte Ethan auf seine Schuhe. Er wollte nicht wieder stehen bleiben, inmitten eines Menschenstroms, weil der Muskel in seiner Brust sich plötzlich zusammenzog.

Das zweite Mal passte Harvey ihn hinter dem Studio ab. »Ey«, sagte er, doch Ethan blieb nicht stehen, also rief er lauter: »Ey!«

Mit drei großen Schritten hatte Harvey ihn eingeholt. Hände auf seinen Schultern hielten ihn zurück, drückten ihn gegen die Wand hinter dem Parkplatz. »Wohin so schnell?« Harvey kam ihm unangenehm nah. Er hatte unnatürlich weiße, gerade Zähne. Ein Bartschatten dunkelte über seiner Oberlippe. »Ich will mich doch nur mit dir unterhalten.«

»Ich bezweifle, dass wir etwas zu besprechen haben.«

»Tust du das?« Seine Lippen öffneten sich zu einem Grinsen. Eine Hand wanderte von Ethans Schulter an seinen Hals, noch ohne Druck, aber stark genug, um ihn zu warnen. »Vielleicht kennst du meinen Kumpel noch. Jeremias. Ja? Oh, wie schön.« Sein Daumen drückte gegen Ethans Adamsapfel, hinderte ihn daran, zu schlucken. »Er lässt dich grüßen. Machst du seinen Job gut, ja?«

»Das war ... keine Absich...«

»Interessiert mich nicht.«

Ethan presste die Fingernägel in seine Handfläche. Er versuchte, den Kopf zu neigen, doch das Gewicht auf seiner Kehle ließ es nicht zu; mit der Fußspitze tastete er nach Halt. Seine Antwort darauf war ein Stoß gegen die Wand.

»Halt gefälligst still.«

Langsam nickte er. Seine Mundhöhle füllte sich mit Speichel. Als es ihm endlich gelang, zu schlucken, keuchte er.

Harveys Daumen drückte stärker zu. »Jeremias sagt außerdem, dass du 'ne dreckige kleine Schwuchtel bist.«

»N-nein ...«

»Nein? Willst du etwa sagen, dass mein Kumpel lügt?«

»... nein ...«

»Also was nun?«

Ein Knie, das sich zwischen seine Beine schob. Ethan spürte das Wimmern mehr, als er es hörte, bitte fass mich nicht an, bitte nicht. Irgendwo lachte Blake, den Arm um die Kehle gewunden, die Harvey jetzt umklammerte, *»es wird nicht wehtun«*, flüsterte ›Er‹, es war eine Lüge, es war alles eine Lüge.

»Sieh dich doch an.« Grob schob er seinen Daumen zwischen Ethans Lippen, presste ihn gegen Ethans Zähne. »Du versuchst es nicht mal. Eigentlich willst du's doch, hab' ich recht? Wie lange wartest du ...«

Ethan biss zu.

Ein Fluch, ein Schlag mit der flachen Hand. »Mach das nochmal, und du wirst dir wünschen, ich ...« Harveys Finger rissen an Ethans Haar, bis sein Nacken schmerzte. »Sag mir einen Grund, warum ich's den Jungs nicht sagen soll. Sie werden begeistert sein, wenn sie hören, dass sie monatelang von einer Schwuchtel ...«

»... bitte ...«

»Und weißt du, was sie mit dir machen werden? Zwei halten dich fest, vielleicht sogar drei, wenn du dich genug wehrst, und dann schiebt dir Jackson als Erster seinen ...«

Drei Pfannen und sieben Töpfe, zwei Kochlöffel, ein Nudelholz und ein Backblech mit einer Schramme, *und Bryan kommt in dein dreckiges Maul, bevor* – drei Tomatenpflanzen standen im Garten, ›Er‹ besaß dreiundzwanzig Hemden, zwölf Flaschen, *nicht mehr laufen kannst* –, er musste sie wegbringen, bevor die Feiertage kamen, Nathaniels Kissen hatte dreiunddreißig Streifen, *vielleicht sogar zehn nacheinander, wer weiß?*, bitte fass mich nicht an, eine Hand in seinem Schritt, er war nicht mehr sechzehn, die kalte Arbeitsplatte unter ihm, er war –

»Oder«, sagte Harvey dicht an seinem Ohr, »wir verhandeln ...«

Daj sagt so viel. Hör ihr nicht zu. Hörst du? Versprich es mir. Egal, was sie sagt – wenn du es nicht möchtest, Eth, egal, was sie verlangt, versprich mir, dass du Nein sagst.

Die Sandkiste war gut besucht. Oft störte Michael sich daran. Ethan sagte nichts, wenn sie zwei, drei Runden um den Spielplatz schlichen, bis sich eine Stelle zum Spielen anbot. Sowohl die Umgebung als auch seine Mitspieler wählte Michael sorgfältig aus. Wenn niemand seinen Ansprüchen genügte, beschäftigte er sich allein. Als eine Mutter die Spielsachen ihrer Kinder einzusammeln begann, steuerte Michael auf die freigewordene Fläche zu.

»Er mag keine anderen Kinder«, hatte Carrie gesagt. Sie hielt ein Glas Rotwein in der Hand, ihr drittes oder viertes vielleicht. Zwischen ihnen auf dem Tisch verteilten sich die Überreste eines Abendessens: Teller, Besteck, die Auflaufform mit Käseresten an den Rändern. Ethan hatte gekocht, nachdem Michael auf dem Sofa eingeschlafen war, und Carrie hatte ihm zum Dank die Wange geküsst. »Er redet nur, wenn er irgendwas will. Im Kindergarten – sie sagen, in der Morgenrunde hält er sich die Ohren zu, und er kneift die Beine zusammen, bis niemand anderes auf der Toilette ist. Oder hast du schon mal gesehen, dass er mehr als drei Sachen isst? Sogar du hast Nudeln gemacht – und du hast sie für ihn extra gekocht, meine Güte –, weil du weißt, dass er nur die isst.«

»Er isst Äpfel«, sagte Ethan.

Carrie schnaubte. »Nudeln, Äpfel und Kartoffeln. Wie soll er nur je wachsen?« Sie nahm noch einen Schluck

Rotwein. »Letztens hat er mir ein Blatt gezeigt und gefragt, von welchem Baum das kommt. Welches – vierjährige! – Kind interessiert sich schon für die Namen der Bäume?«

»Ich mochte Muscheln«, sagte Ethan.

Einen Moment blieb ihr Blick auf ihm liegen. Ihre Augen waren bereits glasig vom Alkohol, ihr Lippenstift an den Mundwinkeln dezent verwischt. Dann lächelte sie. »Er mag dich sehr gern«, sagte sie leiser. »Ich bin so froh, dass er dich hat.«

Nachdem er sein Sandhaus fertig gebaut hatte, stand Michael auf und deutete auf das Klettergerüst.

»Geh nur«, sagte Ethan. Er blieb sitzen, um die Spielsachen zurück in die Tasche zu stopfen, und verfolgte Michael mit den Augen. Mit sicheren Bewegungen kletterte der über das Netz nach oben und stellte sich an der Rutsche an. Andere Kinder drängelten sich vor, doch es kümmerte ihn nicht – er rutschte, wenn er an der Reihe war, und wiederholte die Prozedur. Netz, Schlange, Rutsche. Nur selten entwischte ihm dabei ein Lächeln. Wenn er damit fertig war, würde er zur Schaukel gehen. Dort würde er Platz nehmen und Ethan so lange anstarren, bis dieser ihm folgte. Seit ein paar Wochen schaffte Michael es allein, sich in der Luft zu halten, doch Ethan stupste ihn nach wie vor an. Irgendwann würde Michael anfangen, Fragen zu stellen. »Onkel Ethan, wie heißt das Ding da?« – »Warum regnet es?« – »Wie heißt der Baum?« – »Gibt es im Himmel auch Mohnblumen?« Und Ethan würde antworten: »Das weiß ich nicht. Aber ich weiß, wo wir nachsehen können.« Und Michael würde sich damit begnügen, während er weiter durch die Luft segelte.

Ihr Treffpunkt war eine verlassene Imbisshütte in der Mor-
rish Road an der Ecke zu New Park, halb verborgen hinter
einem karibischen Restaurant und einer Lounge. Eine
Straße weiter gab es eine große Apotheke, dahinter noch
einen Tesco-Supermarkt. Manchmal, wenn seine Blessuren
sich unter seiner Kleidung verbergen ließen, machte Ethan
einen Umweg dorthin – mal wegen seiner Wunden, ein anderes Mal, weil er plötzlich nach Pommes frites verlangte,
die er in einer kleinen Seitentheke im Tesco-Markt bestellen
konnte.

Loraine sagte er, er ginge ins Studio. Dabei schlich er über
Glasscherben und durch Beton brechenden Löwenzahn,
lehnte sich an die Wand, deren Risse er auswendig kannte,
und zählte, bis er seinen Körper nur noch mäßig fühlte. Die
Nägel, mit denen die Holzbretter über die Fenster geschlagen worden waren, die Spritzen, die sich unter Essensresten
und Plastiktüten sammelten, die Schritte, die die Menschen
draußen brauchten, um die Hütte zu passieren, während
Harvey ihm den Mund zuhielt.

»Wie brav du immer wieder zurückkommst«, raunte Harvey. »Ich wusste doch, dass du's willst, und wie du's willst,
nicht wahr?«

Ins Studio ging er nur noch abends, wenn Harvey längst
verschwunden war.

Manchmal, wenn der evangelische Kindergarten bei Ab-
bots Park die Betreuungszeit während Carries Frühschich-
ten verkürzte, saß Michael auf einem Hocker hinter der La-
dentheke im Kiosk. Er hatte sein Lieblingsbuch dabei – Dr.

Seuss' ›The Cat in the Hat‹ – und studierte die Bilder darin gewissenhaft. Wenn Ethan an ihm vorbei in den Lagerraum musste, stieg er großzügig über Michaels Beine hinweg. Der war zu vertieft darin, die Umrisse der Kinder nachzuzeichnen, dann die des Fisches, die der Katze, immer wieder.

Einmal, als der Laden für einen Moment leer blieb, fragte Michael: »Liest du mir vor?«

»Ich kann es versuchen.«

Er setzte sich zu ihm auf den Boden und ließ sich das Buch reichen. Michael rutschte an ihn heran, bis er seinen Kopf an Ethans Arm stützen konnte. Begleitet von einem Räuspern blätterte Ethan an den Anfang zurück, dann starrte er auf den ersten Reim. Er konnte doch lesen, natürlich konnte er es. Michaels Blick lag auf ihm. Wieder ein Räuspern. Ein letztes Mal versicherte er sich, dass kein Kunde an der Kasse wartete, dann las er zögerlich.

Michael hörte zu. Er runzelte die Stirn, nickte, legte den Kopf schief und betrachtete die Bilder. Als die Katze das Haus betrat, sagte er: »Onkel Ethan?«

»Hm?«

»Du bist nicht so gut. Im Lesen.«

Er lachte leise. »Stimmt.«

»Macht nichts.« Michael nahm das Buch wieder an sich. »Dann lese ich vor.«

Es war Mallory, die ihm sagte – während sie ihre Limonade aussuchte –, dass Michael ja eine blühende Fantasie hatte. Wie sie das meinte, fragte er, und dann lachte sie. »Kennst du die Geschichte nicht? Die geht doch ganz anders.«

Michael grinste, als Ethan ihm einen Blick zuwarf.

29 – 1990

HACKNEY, LONDON

Es war sein drittes Weihnachten mit ihnen, aber das erste, zu dessen Vorbereitungen er ebenso eingeladen war wie zum Fest. Beatrice bestand darauf, dass er gemeinsam mit Loraine über Nacht blieb und beim Kochen half. Vor ein paar Monaten – zu Mr. Dixons fünfundfünfzigsten Geburtstag – hatte er ihren Braten übernommen, als sie sich in der Woche zuvor das Filetiermesser in die Handfläche gerammt hatte, und seitdem schwor sie auf seine Hilfe. Loraine würde mit Isabelle für den Schmuck verantwortlich sein, Digg mit seinem Vater losfahren, um den Baum zu besorgen, und zum Weihnachtsessen würden Beatrices Schwester Monica und ihr Ehemann Douglas aus Yorkshire kommen. Digg und Isabelle – und mit ihnen der anderthalb Monate alte Oscar – bezogen das Gästezimmer. Der braune Rover stand in der Straße vor dem Haus in Hackney, als sie eintrafen.

»Keine große Sache.« Loraine parkte ihren Volvo hinter Diggs Auto. »Du benimmst dich einfach wie immer. Nur ein bisschen netter vielleicht. Mehr lächeln, du weißt schon.«

Er schnitt ihr eine Grimasse.

»Ja, so ungefähr. Und: ich schlafe oben. Ich schlafe immer oben.«

»Ein Stockbett?«

»Es ist ein Kinderzimmer.« Loraine zuckte mit den Schultern. »Was hast du denn erwartet?«

Ethan lächelte. »Du hast es mir nie gezeigt.«

»Gab ja auch keinen Grund.« Sie zog den Schlüssel ab und griff nach ihrer Handtasche. »Die Geschenke lassen wir noch im Kofferraum, sonst wird Mum sie finden. Beatrice, meine ich.«

»Ich weiß.«

Kurz lächelte sie ihm zu, dann stieg sie aus.

Das Haus der Dixons zwängte sich als schmales, zweistöckiges Backsteingebäude ans Ende der Straße. Zwischen den weißen Fensterläden hingen Barchentvorhänge und gehäkelte Gardinen, und wo sich jetzt nur dünne Ranken an die Fassade klammerten, kletterte der Efeu im Sommer bis hinein in den Garten. Der Golden Retriever – Duke – begrüßte sie mit lautstarkem Bellen. Frischer Schnee schmolz auf seiner Schnauze. Beatrice warf einen Blick aus dem Küchenfenster und winkte ihnen zu.

»Dann wollen wir mal«, sagte Loraine.

Bevor er das Weihnachtsfest mit den Dixons verbrachte, hatte Ethan nie einen Gottesdienst besucht. Im ersten Jahr saß er starr auf der Bank zwischen Digg und Mr. Dixon. Den Kopf gesenkt, blinzelte er angestrengt durch den

Kirchenchor; während der Predigt rannte er in Slaithwaite um das alte Krippenspiel, ständig auf der Hut vor dem nächsten Schneeball, bis Digg ihm sanft die Hand auf den Rücken legte. Als er aufsah, war Diggs Gesicht dem Pastor zugewandt, doch seine Mundwinkel deuteten ein Lächeln an.

Später, nach dem Abendessen, verließ Ethan das Wohnzimmer unter dem Vorwand, etwas frische Luft zu brauchen. Die Glastür zur Terrasse war hinter einem Perlenvorhang verborgen, der klickend über seine Schultern strich. Unter seinen Schritten knirschte frischer Schnee. In der Dunkelheit schimmerte Dukes Hundehütte bläulich, so wie die Flocken, die nach wie vor aus dem Himmel rieselten. Zwischen den Wolken blitzten die Sterne hervor. Schatten tanzten vor seinen Füßen: die Reflexionen des Kaminfeuers, vor dem die Dixons selbstgemachten Punsch tranken. Ihr Lachen wisperte durch die Mauern.

Selbst London schien heute Abend beschlossen zu haben, ruhig zu sein. Niemand hörte David Bowie oder versuchte, Freddie Mercurys Tonleitern zu folgen. Niemand schrie durch die Nacht, und die Wagen, die sich über vereiste Straßen quälten, taten es rücksichtsvoll. Nachbarn grüßten einander mit gedämpften Stimmen, wünschten sich frohe Feiertage, sogar der Dackel von nebenan bellte leise. Der Lärm, der ihm sonst den Schlaf raubte – er verbarg sie gut, die verlorenen Seelen, die nicht auffielen in Londons chaotischem Gewühl. Jetzt wünschte er sich, dorthin flüchten zu können vor dieser Wärme, von der er nur stahl und nichts beitrug. Beatrices Punsch haftete noch an seinen Lippen. Der Alkohol war stark, aber es machte ihm nichts aus. Nicht jetzt. Fast schmeckte er wie die Nacht von Nathaniels Geburtstag, als sie sich im Schnee balgten, nachdem er ihn geküsst hatte – zumindest beinahe. *›Du wirst das bereuen‹,* dachte er noch, während er im letzten Moment auf Nathaniels Wange auswich, *›das wird nicht gutgehen‹,* die Röte in Nathaniels Gesicht, noch Stunden danach. Wenige Tage später, das gleiche Szenario – Nathaniel in der Silvesternacht, angetrunken in Ethans Arm, in seinen Augen der Kuss, an den er dachte. *›Sie werden ihm wehtun‹,* als er Nathaniel nach oben schickte, *›Sie werden ihm wehtun, und es ist meine Schuld. Wir können nicht ewig ...‹*

Hinter ihm schabte die Terrassentür. Loraine, eingewickelt in eine Decke, folgte seinen Fußspuren durch den Schnee. In ihren Händen trug sie zwei Tassen. Eine davon reichte sie ihm, und er nickte ihr zu.

»Schön hier, nicht?« Loraine nippte an ihrem Punsch.

»Ja.«

Ihr Blick wanderte gen Horizont.

Aus seiner Jackentasche holte er die Zigaretten und bot Loraine eine an, doch sie schüttelte den Kopf, also steckte er sie wieder ein. Mit den Fingerspitzen zeichnete er das Feuerzeug nach, ohne es zu öffnen. Schneeflocken landeten in seiner Tasse; sie schmolzen, ehe er sie zählen konnte.

»Du bist schon eine Weile hier«, sagte Loraine leise.

»Ich habe nachgedacht.«

»Worüber?«

»Dies und das.«

»Hm.« Loraines Blick glitt über den Zaun hinweg. Noch immer sah sie ihn nicht an.

Diggs Lachen erreichte sie dumpf.

»Sie gucken ›Santa Clause‹«, sagte Loraine. »Hast du den gesehen?«

Ethan schüttelte den Kopf.

»Der Film hat gerade erst angefangen. Geh doch rein und ...«

»Nein, schon gut.«

»Sie würden sich freuen.«

Er schnaubte und nahm einen Schluck Punsch.

Damals war es Rio Bravo gewesen. Er mochte den Film nicht, aber Nathaniel hatte interessiert zum Bildschirm geblickt, also hatte er ihn angelassen. Als Nathaniels Hand über den Teppich wanderte – er hatte es gesehen, natürlich hatte er das –, hätte er sie nehmen, seine Finger vorsichtig zwischen Nathaniels schieben können, bis sie sich ineinander verhakt hätten wie draußen im Schnee. Er wollte es. Er wollte es zu sehr. Also hatte er sich damit begnügt, ihn beim Schlafen zu betrachten, wie seine Schultern sich hoben und senkten und ein dünner Speichelfaden aus seinem Mundwinkel lief. Mit dem Daumen hatte er ihn fortgewischt, sanft, um Nathaniel nicht zu wecken. Sein Haar noch nass vom Schnee, damals so kurz, dass es sich gerade erst lockte. Die Zahnlücke, die zwischen seinen Lippen auftauchte, denn er schlief mit leicht geöffnetem Mund.

»Das Haus da drüben, mit den Giebeln? Da haben wir gewohnt, früher. Meine Mutter und ich.«

Ethan blinzelte. »Nach Gloucester?«

Sie warf ihm einen Blick zu. »Ja. Nach Gloucester.«

»Du warst nie weit weg von hier.«

»Oh, du könntest dich täuschen. Die Straße runter und du warst auf einem anderen Planeten.«

»Was ist passiert?«

»Dieselbe alte Geschichte. Von Daddy sitzen gelassen, danach Sozialhilfe und Crack. Manchmal auch ein bisschen H. Immer nur ein wenig, und dann ein wenig mehr.« Loraine lachte matt. »Sie starb, als ich acht war. Es ging wohl ziemlich schnell. Ein paar Drinks, ein warmes Bad, ein Messer. Im Halbschlaf verblutet.« Sie zog ihre Decke enger um sich. »Dachte nicht, dass ich sie liebe, bis ich um sie weinen musste.«

Ethan zog seine freie Hand aus der Jackentasche. Ein Zögern, dann zeichnete er die Muster auf ihrem Rücken nach.

»Gefunden hab' ich sie erst am nächsten Tag. Da war ... so viel Blut. Ihr Gesicht war wie Papier. So dünn und ... durchsichtig. Sie hat mich angesehen, und im ersten Moment dachte ich, dass sie noch lebt. Dabei waren ihre Augen ... einfach nur offen.«

»Es tut mir so leid.«

Loraine schüttelte den Kopf. »An Tagen wie heute vermisse ich sie immer noch. Trotz allem. Ich frage mich, ob wir uns ... vergeben könnten, wenn sie noch hier wäre.«

Er bot ihr seinen Arm an, und sie lehnte sich hinein. Ihre Locken strichen über sein Kinn. Für einen Moment schloss er die Augen. »... was hätte sie dir zu vergeben?«

Eine Weile schwieg sie. Im Rhythmus ihrer Atemzüge drückten ihre Schultern gegen Ethans Brust. Drinnen brummte Mr. Dixon vor sich hin. Digg erwiderte etwas Unverständliches. Der Punsch verbrannte seine Finger, aber Ethan wagte es nicht, sich zu bewegen. Loraines Kopf sank gegen seinen Hals, und er ließ es zu. Sie roch nach Kokosblüten.

»Dass mein Leben leichter wurde«, antwortete sie schließlich. »Glücklicher – besser, als es mit ihr je hätte sein können. Beatrice war ... so wundervoll. Nie wieder bin ich aufgewacht und ...« Sie tat einen Atemzug, unter dem ihr gesamter Körper an- und abzuschwellen schien wie eine verheilende Wunde. Trotz der Decke um ihre Schultern, trotz der Arme, die sie hielten, Ethan wusste, sie fror. Für einen Moment schlug ihr Herz so nah an seinem, dass er sie fühlen konnte, diese eine Art von Schmerz, an der Leidende einander erkannten: ich sehe die Leichen, die du in dir trägst, und die Ängste, die ihnen wie Schatten folgen, ich bin diese Straßen entlanggegangen, ich kenne sie, ich weiß, sie führen nirgendwohin außer tiefer zu dir. Lass mich dir helfen, dieses kleine Stück. Er unterdrückte den Impuls, ihr durch das Haar zu fahren.

»Manchmal ist das Beste, was dir passieren kann, dass sie dich verlassen«, flüsterte Loraine, »und du hasst sie trotzdem dafür.«

Dieses Weihnachten entpuppte sich als pures Chaos.

»Deck schon mal den Tisch, *mon petit canard,* und ruf Loraine, sie soll dir helfen.«

»Bin schon da, *maman.*«

»Jonathan? Jonathan, nimm deiner Frau das Baby ab, wir brauchen eben jede Hand.«

»Und meine ist nicht gut genug?«

»Hat jemand die Lichterkette gesehen?«, fragte Mr. Dixon aus dem Wohnzimmer.

»Ist sie nicht in der Box?«

»*Maman,* die Suppenteller auch?«

»Isst du zum ersten Mal hier oder was?«

»Ethan, kannst du …«

»Jemand ist an der Tür!«

»Dann mach sie doch auf!«

»Beatrice? Wobei kann ich helfen?«

»Ohne Lichterkette gibt es keinen Baum.«

»Schatz, wo sind die Feuchttücher? Oscar hat …«

»Hier, bitte.«

»Ich geh’ in den Keller und sehe, wo das verflixte Ding geblieben ist.«

»Wir hatten so viele Lichterketten, *mon cher et tandre*, irgendwo wird doch …«

»Scheiße!«

»Quoi?«

»Mein Finger …«

»Stell dich nicht so an und leck’s ab.«

»Wickel lieber dein Kind richtig rum!«

»Duke, nicht …«

»Das Baby gehört nicht auf den Fußboden!«

»Es klingelt!«

»Hier ist kein Platz sonst!«

»Oh, Monica, *ma chérie*. Ihr seid aber früh dran.«

Ethan verschwand in der Küche und rettete die Sauce vor dem Anbrennen.

Nach dem Abendessen übernahm Ethan den Abwasch. Beatrice beschwor ihn (wie jedes Jahr), dass sie sich später darum kümmern würde, und er versicherte ihr (wie jedes Jahr), dass ihm etwas Ruhe nach dem Chaos am Esstisch guttat. Sie tätschelte ihm den Arm, ein Weinglas in der

Hand, und sagte: »Geh doch mit den anderen einen Film sehen.«

Die Art, wie sie es sagte – arglos, als spräche sie mit einem Acht- und nicht mit einem Dreißigjährigen –, ließ ihn lächeln, während der Druck zwischen seinen Rippen wuchs. »Ich werde nachkommen.«

Mit einem letzten Lächeln verließ sie die Küche und setzte sich zu ihrem Mann und ihrer Schwester an den Tisch. Sie sprachen über Thatcher und Major, dann Callaghan; es war, als sprächen sie über eine Zeit, die für ihn nicht existierte, Personen, deren Sein für niemanden ein Geheimnis war außer für ihn. Als Monica fragte, wen Beatrice denn als Nachfolger gesehen hätte, als hätte sie Einfluss darauf, war er einmal mehr froh darüber, Kartoffelreste von Gabeln zu schrubben.

Das Gespräch mäanderte von Politik zu Geschäftlichem – »Douglas hat eine Beförderung erhalten, außerdem sitzt er im Betriebsrat.« –, dann über die Kinder – »Hat Loraine denn ihr Studium mittlerweile abgeschlossen? Ihr bezahlt doch nicht für diesen Quatsch?« – bis hin zu: »Findet ihr Jonathan nicht ein bisschen zu jung für die Vaterrolle?«. Beatrices Antworten blieben liebevoll und ausschweifend, Mr. Dixon dagegen schwieg. »Jonathan war schon immer sehr reif«, sagte sie. »Ein ganz fürsorglicher Junge. Er macht das hervorragend.«

Ethan stellte den letzten Teller ins Abtropfgestell und trocknete sich die Hände, ehe er in das Esszimmer schlich, um das restliche Geschirr zu holen. So leise er konnte, stapelte er Gläser und Schüsseln. Monica bedachte ihn mit einer gehobenen Augenbraue. Sie hielt ihm ihr Weinglas entgegen, »wenn du da schon stehst«, und Ethan gehorchte. An ihrem Lächeln las er den Alkohol; in ihren Augen stand ihre Ablehnung, die Abschätzigkeit, mit der sie ihn betrachtete. Er fragte, ob sie noch etwas benötigte, ehe er mit seinem Geschirrstapel in die Küche zurückkehrte. Anderes Haus, selbes Spiel. Nein, kein – Sie ist – So etwas sollte er nicht denken. Niemals. Er ließ neues Wasser ein, das Rauschen übertönte die Stimmen von drüben. Als er es abstellte, suchte er nach einem Radio, aber er fand keines.

»Das wievielte Jahr habt ihr ihn jetzt hier?«, fragte Monica mit gesenkter Stimme.

Die ersten Schüsseln glitten ins Wasser. Ethan krempelte seine Ärmel noch ein Stück höher.

»Oh, ich weiß es nicht, *ma chérie*. Ist das wichtig?«

»Solange er sich nützlich macht ...«

»Auch das ist nicht wichtig«, sagte Beatrice. »Er besteht nur darauf.«

Monica schnaubte amüsiert. »Du hattest schon immer eine Schwäche für solche wie ihn. Was war es diesmal? Drogensüchtige Mutter? Waisenkind? Oder habt ihr ihn im Gefängnis gefunden?«

»Nichts von alldem«, sagte Mr. Dixon. »Er arbeitet für mich.«

»Oh, wie vorbildlich.« Glas klirrte leise. »Und wie lange klappt es mit ihm, bis er wieder anfängt, Scheiße zu bauen?«

»Keine Vorstrafen«, erwiderte Mr. Dixon. »Der Junge ist sauber.«

»Oder du hast nicht gründlich genug nachgesehen«, sagte Monica. »Schau dir sein Gesicht doch an. Körperverletzung oder irgendwas ...«

»Es reicht.«

»Douglas, Schatz – wie findest du diese Narben?«

»Er hatte ... eine schwierige Zeit«, sagte Beatrice.

»Die haben wir alle ab und zu«, sagte Monica. »Schwesterherz, denk doch dieses eine Mal an dich selbst. Wie viele Straßenkinder willst du noch adoptieren? Bis ...«

»Genug«, sagte Mr. Dixon. »Ich will kein Wort mehr davon hören.«

»Wie kommen Sie darauf, dass Sie nicht willkommen sind?«

Ethan unterdrückte ein Schnauben. Seine Fingernägel suchten den Weg in seine Handfläche, doch er stoppte sie und verschränkte stattdessen die Hände ineinander. Dr. O'Minall bemerkte es. Mit einem angedeuteten Lächeln machte er sich Notizen.

»Wenn ich das richtig sehe ...«, er blätterte ein paar Seiten zurück, »... sind Sie seit drei Jahren zu jeder Familienfeier eingeladen gewesen. Ist das korrekt?«

Er nickte.

»Was bestärkt Sie also in der Annahme, unerwünscht zu sein?« Als er keine Antwort erhielt, schlug Dr. O'Minall ein Bein über das andere und rückte seine Brille zurecht. »Oder geht es vielleicht eher um das Gefühl, diese Zuneigung – denn nichts anderes drückt Familie Dixon mit ihren Einladungen aus – nicht ›verdient‹ zu haben? Sie sich erschlichen zu haben durch bestimmte Begebenheiten oder Handlungen? Befürchten Sie, diese Menschen zu enttäuschen?« Dass Ethan nicht antwortete, irritierte ihn nicht. Es irritierte ihn nie. Er saß in seinem dreiteiligen Anzug im Ohrensessel, die schwarze Akte und den Kugelschreiber in der

Hand. Geduldig hielt er den Blickkontakt aufrecht. Ethan war derjenige, der den Blicken auswich, den seinen senkte, nur flüchtig aufsah.

»Mr. Caddler«, sagte Dr. O'Minall nach einer Weile, »warum sind Sie hier?«

Weil Mr. Dixon für diese Stunden bezahlt, wollte er sagen, weil sie mich hergeschickt haben, Loraine und Beatrice und Digg und sie alle. »Damit es besser wird«, sagte Ethan, während Nathaniel neben ihm auf der Matratze lag und wisperte: »*Kein Wunder, dass es immer schlimmer statt besser wurde.*«

Nicht nur, dass er an Silvester nicht mehr alleine war: Loraines Wohnung – und damit auch seine – stellte den Mittelpunkt all der kleinen Silvesterfeiern dar, die sich nach dem Abendessen kreuzten. Noch bevor Ethan das Geschirr zur Seite geräumt und das Alkoholbuffet aufgebaut hatte, glitzerte Konfetti auf Polstern und dem Boden. Luftschlangen baumelten von Lampen und Kleiderhaken, eine Girlande schmückte die Balkontür. Ethan schüttelte den Kopf in dem Wissen, dass er derjenige sein würde, der morgen die Böden fegte, und schob noch eine Ladung Eiswürfel in das Gefrierfach.

Paige beugte sich über die Bowlenschüssel und pickte eine Gurkenscheibe heraus.

»Nimm doch wenigstens eine Gabel«, sagte Loraine.

»Dafür, dass du nicht trinkst«, Paige steckte sich die Gurke in den Mund und leckte sich die Fingerspitzen, »kannst du ziemlich gut mit Pimm's.«

»Das ist ein Kompliment«, raunte Loraine ihm zu, während sie Paige von der Küchentheke wegführte.

Wieder schüttelte er den Kopf und wusch sich die Hände.

Deniz und seine Freundin Casey standen als Erstes vor der Tür. Mit seiner halbleeren Flasche Scotch in der Hand fiel Deniz ihm um den Hals. Daran hatte Ethan sich gewöhnt, irgendwie; leere Berührungen, die seinen Körper streiften – seine Hülle, nicht mehr. Er neigte den Kopf vor Casey, ein kleines, brünettes Mädchen mit großen Augen, danach nahm er Deniz den Schal ab, bevor der ihn wie eine Peitsche ausschlagen und jemanden verletzen konnte. »Immergleiche mit dir«, sagte Deniz und zupfte an Ethans Hemd. »Mr. Schickschick.«

Ethan hob einen Mundwinkel.

Danach klingelte Josy, die ihn dafür rügte, wie lang sein Haar schon wieder war – es reichte ihm bis zu den Ohrläppchen –, und ihm anbot, es gleich noch zu schneiden, bevor sie sich betrank. Mit einem Lächeln lehnte Ethan ab: »Du bist doch schon betrunken«, und sie grinste, bevor sie ihre Mitbringsel auf dem Küchentisch verteilte. Malcolm und Rebecca kamen gemeinsam die Treppen hoch. Sein Verhältnis mit Malcolm blieb angespannt. Sobald er zugegen war, gefror Ethans Lächeln, er fühlte Harveys Hände an seinem Hals, dann Blakes, dann den Schmerz. Nur kurz hatten sie über Jeremias gesprochen – er brauchte das Geld, er brauchte dies und das, er, Malcolm, konnte doch nicht wissen, dass Ethan es so schwer nehmen würde –, mehr von Loraines Drängen angetrieben denn von dem Wunsch nach tatsächlicher Versöhnung. Sie begrüßten sich mit einem Nicken. Schließlich erschien auch Ed, schon so high, dass Pupillen und Iris miteinander zu verschmelzen schienen, und klopfte Ethan auf den Rücken.

Digg fehlte. Es war das erste Silvester, das er in Brighton bei seiner Familie verbrachte.

Während die anderen in Viererteams gegeneinander Scharade spielten, nutzte Ethan die Gelegenheit, sich zurückzuziehen. Es gab genug Getränke, die ersten leeren Gläser hatte er wieder abgespült, Snacks standen in Schalen auf dem Tisch. Tischfeuerwerk. Mehr Glitzer, mehr Konfetti. Der Plattenspieler war ins Wohnzimmer gewandert und gab die erste Seite der ›A Kind of Magic‹-LP von Queen zum Besten, laut genug, dass niemand bemerken würde, wenn er für ein paar Minuten verschwand.

»Du warst 'ne Weile weg.« Harvey öffnete seinen Reißverschluss. Er lehnte sich an die Wand und winkte ihn zu sich. »Hast du mich vermisst?«

Mit der Schuhspitze schob Ethan einen alten Pizzakarton vor sich her. Trotz des dicken Anoraks war ihm kalt. Seine Handschuhe steckten in seiner Jackentasche, die Mütze hatte er über die Ohren gezogen, sie dämpfte Harveys Stimme.

»Los, sag's mir: Hast du mich vermisst?«

»Ja«, sagte Ethan. »Natürlich.« Er kniete sich auf den Karton, rückte zurecht, damit weder Glasscherben noch Nadeln durch seine Jeans stachen. Atem wölkte vor seinem Gesicht.

»Das will ich doch hoffen«, murmelte Harvey, bevor er die Augen schloss.

Kurz vor zwölf klingelte das Telefon. Ethan nahm ab, während er gerade ein neues Sixpack Bier in den Kühlschrank stellte.

»Guten Abend.«

»Hey, Eth.«

»Hallo.«

Es klickte, als zündete Digg sich eine Zigarette an. »Das ging ja fix.«

Loraine legte ihm sacht eine Hand auf die Schulter. »Wir gehen auf den Balkon«, sagte sie.

Ethan nickte ihr zu. Das Deckenlicht flackerte, dann war es aus. Casey zog Deniz am Arm – er war mehr als gut betrunken –, Malcolm führte Rebecca hinaus, und zuletzt kam Paige, die Ed vor sich herschob. Hinter ihnen schloss sich die Tür.

»Ich war gerade in der Küche«, sagte Ethan.

»Du sollst doch Spaß haben.«

»Das hatte ich wohl vergessen.«

Digg lachte leise. »Willst du nicht rausgehen?«

»Willst du?«

»Ich kann das Feuerwerk auch von hier sehen.«

Nach einem Blick zu den Silhouetten auf dem Balkon sagte Ethan: »Ich kann es hören.«

Ein Glucksen. »Habt ihr die Bude wieder voll?«

»Sehr.« Ethan lehnte sich gegen den Kühlschrank.

»Nächstes Jahr wollen wir wegfahren. Vielleicht nach Frankreich. Wenn ihr wollt, könnt ihr mitkommen. Keine große Party, nur eine Hütte am Meer ...«

»Ich denke nicht, dass wir alle gleichzeitig wegfahren können.«

»Ach«, sagte Digg. »Dad wird schon mit sich reden lassen. Und Mum sowieso. Es geht immerhin um ihren *petit canard.*«

Er wickelte das Telefonkabel um den Zeigefinger, rieb mit der Kuppe an der Naht entlang, die die Gummihälften beisammenhielt. »Tut es das?«

»Aber klar. Sie ist verliebt in dich, weißt du.«

»Mhm.«

»Okay, Eth – spuck's aus. Was gibt's?«

»Hm?«

»Ist's die Entchen-Geschichte?«

»Ich verstehe nicht ...«

»Das zieht nicht mehr«, sagte Digg. »Nicht bei mir.«

Seufzend ließ Ethan seine Stirn gegen den Kühlschrank sinken. »Nichts ... Wichtiges.«

Digg schwieg einen Moment. »Habt ihr wieder gestritten?«

»Nein.«

»Hat Dad wieder was Komisches gesagt?«

»Nein. Im Gegenteil, er ...«

»Komisch geguckt?«

»Digg ...«

»Hast du wieder Gewichte gestemmt?«

»... nein.«

»Was ist es dann?«

»Es ist nicht der Rede wert.«

»Dann kann's ja nur Monica gewesen sein.« Digg seufzte. »Was hat die alte Giftnatter wieder gesagt?«

Die ersten Feuerwerkskörper erleuchteten den Himmel. »Drei Minuten!«, rief Loraine. Unwillkürlich zog Ethan den Kopf ein und umschlang sich mit seinem freien Arm. Deckenzelte. Kissen an seinen Ohren. Schnurren. Louise hatte die Explosionen ebenso gehasst wie er. Oft saßen sie gemeinsam auf dem Boden in seinem Zimmer, sie auf seinem Arm, während er sein Gesicht in ihrem Fell vergrub.

»Nicht so wichtig.« Statt in seine Handfläche grub er die Fingernägel in sein Hemd. Das dunkelgrüne. »Wo ist Isabelle?«

»Oben. Ich wollte sie nicht wecken. Die hatte wieder 'nen harten Tag, ich sag's dir. Wenn ich so oft an ihre Brüste wollte wie der Kleine, würde sie mich vermutlich lynchen. Ihre Nippel *bluten*.«

»Gut zu wissen.«

Digg lachte leise. Die Leitung knisterte, als legte er den Hörer auf das andere Ohr. Auch in Brighton pfiffen die ersten Sprengkörper durch den Himmel.

»Schläft Oscar durch das Feuerwerk?«, fragte Ethan nach einer Weile.

»Zwei Minuten!«, rief Loraine.

»Wir werden's herausfinden.« Eine Pause, dann: »Du wirst doch sein Pate, oder?«

Ich kann dir nichts versprechen, wollte er sagen; Diggs Blick, als Oscar in Ethans Armen lag, eingepackt und friedlich schlafend. Er war so leicht. »... wenn du das wirklich möchtest.«

»Solange Michael dich teilen kann.«

»Es ist nicht seine Stärke, aber wir arbeiten daran.«

»Das nehme ich als Ja.«

»Eine Minute!«

»Die Taufe ist Mitte Februar. Ich erwarte dich in Anzug und Krawatte in der Kirche, Punkt elf Uhr.«

»Jawohl, Sir.«

»... und, Eth?«

»Ja?«

»Egal, was sie gesagt hat ...«, Digg tat einen leisen Atemzug, »... scheiß drauf, wirklich. Sie ist's nicht wert.«

»Wenn du das sagst.«

»Und wie ich das sag'.«

»Zehn!«

»Neun!«

»Willst du wirklich nicht rausgehen?«, fragte Digg.

»Sieben!«

»Sechs!«

Immer mehr Lichter platzten in der Dunkelheit. Ihre Pfiffe klangen wie Schreie. Rote Schatten flackerten über den Teppich im Wohnzimmer, grün und blau fingen sich in den halb leer getrunkenen Gläsern. Schwarzweißer Schnee tanzte auf dem Fernsehbildschirm.

An seiner Wange surrte der Kühlschrank, schickte Vibrationen durch seinen ganzen Körper. Ethan klemmte sich das Telefon zwischen Ohr und Schulter und füllte ein Glas mit Bowle.

»Zwei!«

»Eins!«

Gedämpfter Jubel drang durch die Balkontür. Umarmungen und Küsse wurden verteilt, die Nacht vergaß für einen Augenblick, dass sie dunkel sein sollte, sie entflammte. Rauch lag auf seiner Zunge.

Die Leitung knisterte. »Frohes neues Jahr.«

Ethan nahm einen Schluck und unterdrückte das Husten. »Ja«, sagte er. »Frohes neues Jahr.«

»Und jetzt geh da raus, Mann.«

Am schlimmsten waren die Nächte.

Harvey hatte ihm die Mütze vom Kopf gerissen und Ethans Haar fest zwischen seinen Fingern. Sollte er würgen, packte Harvey ihn nur fester. »Stell dich nicht so an«, sagte er heiser. Erst, wenn er kam, ließ er von Ethan ab, stieß ihn von sich, während Ethan noch nach Luft rang, eine Hand an seinem Hals, die andere nach seiner Mütze tastend.

Das Salz. Der Ekel. Die wunden Stellen in seiner Mundhöhle.

Was noch auf seiner Zunge lag, spuckte er aus. Sein Speichel brannte Löcher in den frischen Schnee. Bevor er sich aufgerichtet hatte, war Harveys Hosenschlitz geschlossen und der auf dem Weg nach draußen. Manchmal trat er im Vorbeigehen nach Ethan, wenn dieser sich noch mit dem Handrücken über die Lippen fuhr.

Zwei Tage nach Weihnachten hielt Harvey unvermittelt neben ihm inne. Aus Reflex wich Ethan zurück, die Hand abwehrend erhoben, doch Harvey griff nach Ethans Arm und half ihm auf die Beine. Ihre Blicke – dunkelbraun, Harveys Augen waren dunkelbraun – trafen sich für einen Moment; beinahe waren sie gleich groß, wenn sie sich gegenüberstanden, Harvey sogar einen Fingerbreit größer; Scheinwerferlicht fiel durch die Risse in den Holzbrettern, fing sich in ihrem Atem; von irgendwoher kam flockenweise Schnee.

Dann zog Harvey ihn zu sich und presste seinen Mund auf Ethans.

30 – 1991

BRIXTON, LONDON

In seinen Träumen rannte er. Unabhängig davon, wie schnell oder wie oft er einen Haken schlagen musste, sein Bein knickte nie ab, hielt jeder Bodenwelle stand. Manchmal jagte er durch die Wälder von Shropshire. Dann streckten die Zweige ihre Finger in seinen Hemdkragen und rissen ihm die Mütze vom Kopf; es war immer die sandfarbene Wolle aus Manchester, noch angewärmt von fremder Haut. Er stolperte über die Lichtung, die nordöstlich des Hauses wusste. Stumm fiel Schnee aus einem schwarzen Horizont. Darunter verbargen sich die Baumstümpfe, auf denen sie gesessen, die Fußabdrücke, die sie hinterlassen hatten – doch von Nathaniel fehlte jede Spur. In anderen Nächten trafen seine Sohlen auf die Pflastersteine zwischen Werkstatt und Wohnblock, aufgeweicht durch Öl und Regen. Er schrie Sharans Namen, bis er seine Stimme verlor; warmes Blut rann über seinen Rücken; von der Hebebühne dröhnte ein alter Motor wie das Horn eines Kutters. Wenn er fiel, schürfte er sich die Handflächen auf, und sein

Gesicht pulsierte dort, wo die Ohrfeige ihn getroffen hatte. So, wie er Vater vom Kai stoßen wollte, stürzte er selbst in die Wellen, und wenn er lange genug die Luft anhielt, fühlte er die Hände an seinem Hals. Oder er sprintete die Treppenstufen zur Wohnung in Masey Mews hinauf. Sein Atem hechelte durch die Stockwerke. Schreie gellten hinter verschlossenen Türen.

Der Knauf ließ sich oben nicht drehen, also warf er sich gegen das Holz, bis er die Tür mit der Schulter aufstemmen konnte. Ein Schuss folgte ihm hinein, doch er war nicht drin, er war draußen, stand auf dem Balkon. Das Geländer fehlte. Stattdessen zogen sich rostfleckige Drahtleinen von Haus zu Haus. An ihnen schaukelten Leichentücher, wie die Netze an den Kuttern, wie die Laken ›Seiner‹ liebsten Bettwäsche.

Wenn er aufwachte, war die Nachttischlampe an. Ein Glas Wasser wartete auf ihn, daneben ein Blister aus der Packung Ativan. Nur manchmal saß Loraine noch auf seiner Bettkante. Sie sah ihn nicht an, meistens sprach sie nicht einmal. Wie ein Geist ließ sie ihn zurück, während er das Wasser hinunterstürzte, so lautlos, dass er sich fragte, ob sie je real gewesen war.

Seit Kurzem wohnte Harvey in einer Anderthalbzimmerwohnung im dritten Stock in der Carroun Road. Zu Fuß brauchte Ethan über eine Stunde, mit dem Bus um die dreißig Minuten. Wenn er die Klingel betätigte – so hatte Harvey es ihm eingeschärft –, zog er seine Kapuze hoch oder die Mütze ins Gesicht, und im Treppenhaus grüßte er niemanden.

Sie taten es ohne viele Worte. Einzig das Quietschen des Ausziehsofas hätte sie verraten können. Danach lagen sie nackt auf krümeligen, durchwühlten Laken. Ethan ließ es über sich ergehen, alles davon. Die Berührungen, das Eindringen, die Stöße, das Küssen. Manchmal schickte Harvey ihn nach weniger als zehn Minuten weg, weil er noch andere Pläne hatte, dann wieder rekelte er sich neben ihm, die Arme hinter dem Kopf verschränkt, und philosophierte über das letzte Fußballspiel oder Wrestlingmatch, bis seine Augen schwer wurden. Dass Ethan nicht antwortete, schien ihn nicht zu stören. Er redete, bis sein Atem irgendwann ruhig und gleichmäßig ging, und Ethan schlich sich davon.

Zwar schlug Harvey ihn nicht mehr – ja, manchmal kam es ihm so vor, als hätte Harvey längst vergessen, wie ihr Arrangement zustande gekommen war; als träfen sie sich, weil die Körperlichkeit sie zueinander trieb; als könnte Ethan es beenden, einfach so, ohne Konsequenzen –, aber die Wunden, die er auf ihm zurückließ, juckten und schmerzten und ließen ihn auf dem Weg nach Hause innehalten, wenn seine Augen zu wässern begannen. Währenddessen war es nicht schlimm. Währenddessen konnte er aus seinem Körper schlüpfen und die Pornohefte auf Harveys Couchtisch anstarren, die leeren Takeaway-Boxen auf der Küchentheke inspizieren, er konnte an das Fenster gehen und zusehen, wie Motten gegen die Straßenlaternen flogen oder die Sterne zählen, die sich durch die Wolken bohrten.

Aber später, wenn er unter der Dusche stand und seine Haut mit einem Messer abziehen wollte, wenn er Seife schlucken wollte, bis er erbrach und all der Abscheu aus ihm herausquoll, dann hörte er ›Ihn‹ manchmal lachen, und Nathaniel fragte: *»Hast du dich auch ... währenddessen ... gefühlt wie früher?«* und er wollte antworten: *»Nein, mit dir war es anders. Mit dir war alles anders«*, aber sobald er die Lippen öffnete, brachte er keinen Ton hervor und stellte das Wasser noch heißer.

An einem dieser Abende fing Loraine ihn ab.

Sie stand im Flur, als er aus der Badtür kam, nur in Nachthemd und Bademantel. Ihre Arme hatte sie vor der Brust verschränkt. »Wow«, sagte sie. »Wie lange warst du da drin? Eine Stunde?«

»Verzeihung.« Unsicher, ob er die Tür öffnen oder schließen sollte, behielt Ethan den Türgriff in der Hand. »Ich dachte, du schläfst schon. Pass auf, wenn du hineingehst – die Fliesen sind noch feucht.«

Loraines Blick glitt über ihn. Zwischen ihren Augenbrauen bildete sich eine dünne Falte. »Hast du geheult?«

»Nein.«

»War dann wohl zu viel Shampoo im Auge?«

»Loraine ... ich bin müde.«

»Stell dir vor: ich auch.«

»Ich sagte doch, es tut mir leid.«

»Wo warst du überhaupt so lange?«

»Im Studio.« Ethan öffnete die Badtür ein Stück und warf Loraine einen fragenden Blick zu.

Ein Kopfschütteln. »Hab' auf dich gewartet.«

»... weshalb?«

Sie wies auf das Wohn- und Esszimmer. »Komm, wir trinken Tee.«

Seufzend legte er die Hand in den Nacken. Ein letzter Blick in sein Zimmer – die Tür war nur angelehnt, vermutlich hatte Loraine schon nach ihm gesucht –, dann folgte er ihr. »Schön.«

Von Dr. O'Minalls Fenster aus konnte er bis zur Southwark Bridge sehen. Die Praxis befand sich in einem dieser modernen Hochhäuser mit Fassaden aus Glas, irgendwo mittig, im dreizehnten Stock. Hier schrumpften die Automobile zu Käfern, die mit bunt lackierten Schalen über die Straßen krochen. Es war unmöglich, ihre Arten zu bestimmen.

»Haben Sie die Drahtseile je überquert?«, fragte Dr. O'Minall.

Ethan blinzelte und nahm einen tiefen Atemzug. Kurz sprang sein Blick in Richtung Goldfischglas. Der Fisch war schon beinahe vier Wochen tot. Wo er einst seine Runden gedreht hatte, stand nun eine Efeupflanze in einem Keramiktopf, noch so jung, dass ihre Blattspreiten den Rand des Tisches gerade so streiften. Sie hatte nur zwölf Blätter – zu schnell gezählt.

»Mr. Caddler?«

»Es sind Drahtleinen, keine Seile«, sagte Ethan leise. Er schaffte es nicht, Dr. O'Minall ins Gesicht zu sehen. Stattdessen studierte er die Akte, die dieser in den Händen hielt: ein Ledereinband mit der Aufschrift ›E. Caddler, 05.03.59‹. »Die, auf denen man Wäsche aufhängt. Sie sind zu dünn, um darüber zu laufen.«

»Nun ...«, der Stift klickte, »... es ist immerhin ein Traum, richtig?«

»... ja.«

»Widerstrebt es Ihnen, sich auf die andere Seite zu begeben? Wartet dort etwas auf Sie, dem Sie lieber nicht begegnen wollen? Oder jemand?«

»Es sind ... in den Fenstern leben Schatten. ... Erinnerungen.« Er wollte es nicht sagen. Sein Magen krampfte, während seine Lippen die Worte formten, und er verachtete sich dafür, wie fragil seine Stimme klang – wie die Außenseite des Hauses, voll mit zerbrechlichem Glas. »Ich will diesen Weg nicht nochmal – alles daran, es ist – Bitte. Ich kann es nicht. Ich ...«

Zwischen ihnen breitete sich eine zähflüssige Stille aus. Mr. O'Minall würde nicht schweigen, nicht jetzt, wo er seinem störrischen Patienten endlich ein paar Emotionen entlockt hatte. Er nutzte die Unterbrechung nur, um zu überlegen, wo er den Hebel ansetzen musste, wie er weiterbohren und schneiden konnte, bis ...

Dann sagte er: »Ich schreibe Ihnen etwas auf, das nachweislich die Entstehung solcher Alpträume vermindern kann. Vielleicht hilft es auch gegen Ihre Angstattacken.«

Und Ethan senkte den Blick.

Sie hatte tatsächlich auf ihn gewartet. Der Fernseher war noch an, leise gedreht, sodass die Rede des Nachrichtensprechers zu einem undeutlichen Gemurmel verkam. Auch das Licht über dem Esstisch brannte, obwohl sie es sonst nie anließ, und ihre Decke lag gefaltet über der Sofalehne. Loraine trat an die Küchenzeile und steckte den Wasserkocher ein.

»Setz dich doch«, sagte sie.

Ethan wandte sich zu ihr um.

Zwar seufzte Loraine, aber sie unterdrückte ein Lächeln dabei. »Tisch, Sofa, mir egal. Hauptsache, du setzt dich hin.«

Also schnappte er sich eine der Wolldecken, sank auf seine angestammte Sofaseite und wickelte sich ein. Er hatte zu heiß geduscht. Nun fror er. Ein sachtes Zittern kroch seinen Körper hinab und hinterließ Gänsehaut in seinem Nacken.

Die Nachrichtensendung wurde von einer Werbung über Bausteine abgelöst. Danach lief die Programmvorschau für den restlichen Abend – es war Freitag, bald würden Loraines geliebte Mörderserien laufen –, beginnend mit einer Talkshow über die neuesten politischen Entwicklungen. Langsam blinzelnd folgte Ethan den Kameras, die zwar über Gesichter glitten und Namen präsentierten, doch die Worte prallten ungehört an ihm ab. Draußen pfiff der Wind durch die Gassen.

Das heiße Wasser sprudelte. Ohne ein Wort goss Loraine zwei Tassen ein, dem Geruch nach Grüntee, und brachte sie mithilfe ihrer Bademantelärmel zum Sofa. »Heiß«, sagte sie noch, dann setzte sie sich neben ihn und zog die Beine an. Ihre Pantoffeln fielen zu Boden. Sie tastete nach der Fernbedienung und stellte die Talkshow auf stumm. Einen Moment blieb es still. Loraine balancierte ihre Tasse auf der Sofalehne.

»Und?«, fragte sie. »Hast du schon einen Anzug?«

Ethan pustete seinen Tee. »Nein.«

»Und wann genau wolltest du dir einen kaufen?«

»Ich habe noch eine ganze Woche Zeit.«

»Die du tagsüber arbeitest.«

»Vielleicht kann Deniz den Kiosk für einen Nachmittag übernehmen.«

»Das glaubst du doch selbst nicht.«

»Ich ... ich bekomme das schon hin.«

Sie schnaubte, dann seufzte sie leise. »Also, wenn du Hilfe brauchst ...«

»Ich weiß es nicht.« Den Blick auf den Boden gerichtet, spielte er mit dem Etikett des Teebeutels.

Loraine stieß ihn vorsichtig mit dem Ellbogen an. »Sowas mach' ich gern.«

»Als du letztes Mal mit Paige losgegangen bist, um Babykleidung zu kaufen ...«

»Ach, Paige.« Sie grinste, doch es wirkte etwas schief. »Du bist doch nicht Paige, oder?«

»Nein.«

»Siehst du.«

Mit dem Zeigefinger zeichnete Ethan den Rand seiner Tasse nach. Das Deckenlicht spiegelte sich verschwommen im Tee. Der Wind rüttelte an den Rollläden. Leise seufzend rieb er sich die Augen. »Vielleicht.«

»Vielleicht was?«

»Vielleicht ... brauche ich ... deine Hilfe. Es ... wäre zumindest schön, wenn ...«

»Okay.« Loraine hob einen Mundwinkel.

»Wann ... ich meine ...«

»Morgen früh gehen wir los.«

»... okay.«

Eine Dame in einem dunkelroten Hosenanzug sprach mit weit geöffneten Lippen, doch kein Wort kam aus dem Fernseher. Ihre Hände gestikulierten wild, als wäre sie wütend. Die Karten, die sie vorbereitet hatte, beachtete sie nicht. Gegenüber begann ein älterer Mann, zu grinsen, und der Gesprächsleiter hob seine Arme wie zur Beschwichtigung. Ethan nahm einen Schluck Tee. Die Wärme glitt durch seinen Körper und verlangsamte seinen Herzschlag. Seine Augenlider sanken wie von allein. Für einen Moment brannte ein Kaminfeuer schräg vor ihm; sein Kopf sackte ab und er blinzelte. Als Loraine sich sacht anlehnte, beschwerte er sich nicht. »Hm?«

»Paige ...«, Loraines Stimme hatte an Elan verloren, »... sie wird nicht wiederkommen.«

Ethan richtete sich auf. »Wie bitte?«

»Es ist vorbei.« Tapfer hielt sie ihr Lächeln aufrecht, eine Sekunde, zwei, dann verlief es zu einer Grimasse. Ihr Kopf sank gegen Ethans Schulter, und er – er wusste nicht, was er tun sollte, legte unbeholfen einen Arm um sie. Loraine schluchzte. Ihre Tränen fielen unregelmäßig, als hätte sie bereits den ganzen Tag geweint und diese paar Tropfen waren alles, was sie noch erübrigen konnte. Er stellte seine Tasse auf den Couchtisch und nahm sie fest in die Arme.

»Tut mir leid«, murmelte sie.

»Schon gut. Wirklich. Schon gut.« Mit der flachen Hand strich er ihr durch das Haar. Erinnerungen nagten an ihm, blondes Haar zwischen seinen Fingern, eine Hand, die seine Hemdtasche streifte, doch er verdrängte sie, zumindest für jetzt. Der Frotteestoff ihres Bademantels rieb an seinem Arm. »Was ist passiert?«

Sie schüttelte den Kopf. Eine Weile verharrten sie so, das einzige Geräusch Loraines Schluchzen. Ethan hielt sie fest und drehte mit der anderen Hand ihre Locken zwischen seinen Fingern, bis Loraine sich langsam löste. »Sorry«, sagte sie und: »Wollt' ich nicht an dir auslassen«, und zuletzt noch: »Nur, dass du's weißt«, dann griff sie nach der Fernbedienung und drehte die Lautstärke viel zu hoch.

Ethan blieb sitzen, bis die Talkshow vorüber war und die Folge über ein Ermittlerteam aus den Niederlanden eingespielt wurde. Und dann blieb er noch länger, sah eine Dokumentation über Peter Sutcliffe und Bilder aus Leeds, und selbst, als Loraine neben ihm eingeschlafen war, trank er nur seinen Tee aus und rollte sich auf seiner Sofaseite zusammen.

»Wenn Sie an Ihre frühe Kindheit denken ...«, Dr. O'Minall legte ein Bein über das andere, »... welches Gefühl sticht dabei am eindringlichsten hervor?«

Ethan rückte in seinem Sessel zurecht. Der Horizont dunkelte in Grautönen. Es war spät, später als ihre übliche Zeit. Die ersten Straßenlichter erleuchteten Londons Wege in einem schmutzigen Gelb, fast schon Orange, und tauchten die metallenen Käfer in rostfarbenen Glanz. »Ich weiß es nicht.«

»Überlegen Sie in Ruhe«, sagte Dr. O'Minall. »Lassen Sie sich Zeit.«

Die schwarzen Punkte an den Bürgersteigen – Paare, Hundehalter mit ihren Tieren, Kinder auf Rädern, Teenager, die ihre Sperrstunden überschritten – verblassten in der aufkeimenden Nacht. Selbst hier konnte er ihre Stimmen hören wie Geflüster, das Surren der Motoren wie ein fremdartiges Lied. Er hatte schon lange nicht mehr Gitarre gespielt.

»Angst«, flüsterte er irgendwann. »Da war immer nur Angst.«

Der Stift kratzte über das Papier, aber seltsamerweise klang es fast tröstlich.

Nach einigem Hin und Her und dem Besuchen unzähliger Läden in der Londoner Innenstadt überredete Loraine ihn zu einem blauen Anzug – außerdem zu einem Friseurbesuch, neuen Socken und passenden Lederschuhen. In einem anderen Geschäft suchte sie eine gestreifte Krawatte für ihn aus und für sich ein knöchellanges, mintgrünes Kleid. Zuletzt saßen sie in einem Café in Soho, während sich die Taschen mit ihren Einkäufen zu ihren Füßen stapelten. Um sie herum herrschte reges Treiben – Kellner schlichen mit eingezogenen Bäuchen zwischen den Tischen umher, das Lied im Hintergrund verschwand unter den Unterhaltungen. Als Loraine ihre Bestellung aufgab, musste sie die Stimme heben. Ethan schnappte das Parfüm des jungen Mannes auf, als er sich in dessen Richtung lehnte, um einen Kaffee zu bestellen. Beinahe ohne es zu bemerken, spielte Ethan mit den Spitzenrändern des Tischtuchs, und ließ seinen Blick schweifen. Niemand beachtete ihn. Nach und nach entspannte er sich, sank schließlich tiefer in den gepolsterten Sitz, während sich Kaffeedampf vor ihm räkelte.

Den ganzen Vormittag über hatte Loraine gelacht und ihre üblichen Sprüche gerissen, aber jetzt, wo sie zur Ruhe kam, wurden ihre Züge weicher. Sie knabberte an dem Keks, der zu ihrem Milchkaffee gereicht worden war, und starrte an ihm vorbei.

»Alles in Ordnung?«, fragte Ethan.

Loraine zuckte wie ertappt, ehe sie sich an einem Lächeln versuchte. »Was ist mit dir? Bereit für ein Abenteuer in Brighton?«

»Gezwungenermaßen.«

Tonlos schnaubte sie. »So schlimm wird's nicht. Die Zeremonie in der Kirche ist schnell vorbei. Danach geht's in ein Restaurant, nicht weit entfernt – Digg sagte, sie haben den gesamten hinteren Teil reserviert. Kein übler Laden.«

»Wie viele Gäste werden erwartet?«

»Ein paar mehr, als dir lieb ist.« Sie nahm einen Schluck Kaffee. »Monica und Douglas werden da sein, Dajuans Brüder, Isabelles Familie – Eltern, Geschwister, Tanten, du weißt schon.«

»Das sind ... einige.«

»Kriegst du das hin?«

»Sicher«, sagte Ethan.

»Die Fahrt? Das Hotel? Und ...«

»Ich werde es schaffen.«

»Das nehm' ich als Versprechen.«

Ethan hob einen Mundwinkel. »Ich dachte, du wolltest kein Babysitter sein?«

Langsam breitete sich ein Lächeln auf ihren Zügen aus. »Da wusste ich noch nicht, wie dringend du einen brauchst.«

Er nippte an seinem Kaffee, um sein Grinsen zu verstecken.

»Freitagabend geht's los. Das Packen schaffst du wohl alleine?« Loraine lehnte sich mit ihrer Tasse in der Hand zurück.

»Ich gebe mein Bestes.«

Noch immer lächelnd führte sie die Tasse an ihre Lippen, während ihr Blick bereits wanderte. Ihre Grübchen verblassten, je länger sie schwieg. Hinter ihr drängelte sich eine Gruppe von Frauen durch das Café, gekleidet in lange Wintermäntel und dunkle Stirnbänder. Irgendwo fiel ein Löffel zu Boden. Gespräche schwollen an wie ein Bienenschwarm und lösten sich wieder zu einzelnem Summen auf; der Kellner kam zurück und fragte, ob er ihnen noch etwas bringen könnte; Ethan lehnte mit einer vagen Handbewegung ab. Seine Augen lagen auf Loraine. Rede mit mir, wollte er sagen, komm schon, lass mich dir helfen, ein wenig zumindest. Beinahe konnte er ihn fühlen, diesen inneren Kampf, der in ihr tobte – die Stärke, die sie ausstrahlen wollte, die Unnahbarkeit, die sie selbst brauchte, keine Tränen, nicht hier. Keine Schwäche. Ethan seufzte. Er nahm einen letzten Schluck Kaffee, bevor er sagte: »Du kannst mit mir sprechen, wenn du möchtest.«

Ihr Blick ging weiterhin durch ihn hindurch, als hätte sie ihn nicht gehört. Sie stellte ihre Tasse zurück auf den Unterteller und ließ ihre Hand daneben auf der Tischdecke liegen. »Worüber denn?«

»Paige.«

Sie schmunzelte, doch es lag keine Freude darin. »War doch absehbar.«

»Das ist nicht der Punkt.«

»Nein«, sagte Loraine. »Ist's nicht.«

Nach einer Weile fügte sie hinzu: »›Fünf Jahre, Lo‹, hat sie gesagt. ›Wenn du mich ihnen jetzt nicht vorstellst, wirst du's nie tun.‹« Sie kratzte an ihrer Augenbraue und senkte den Blick. »Ist es nicht eigentlich lustig? Ohne drüber nachzudenken, stellen wir unsere Liebsten zurück. Wie von selbst. Sie müssen doch wissen, dass sie uns wichtig sind, und während wir allen anderen in den Arsch kriechen, halten sie uns den Rücken frei. Und warten. Und warten. Und das tun sie. Bis ... sie's irgendwann nicht mehr tun.«

»Ja«, sagte Ethan leise.

Die ersten Regentropfen klopften an die Fensterscheiben. Hinter ihnen erhob sich Gemurmel darüber, dass es doch erst gegen Abend hätte regnen sollen, und überhaupt, aber lieber Regen als noch mehr Schnee.

»... als würde die Zeit ablaufen«, murmelte Loraine. »Wenn du anfangen musst, dich zu entscheiden, das ist das Startsignal. Die ersten paar sind noch leicht. Lila oder Rot? Zucker oder Sirup? Kosten nur'n paar Sekunden. Noch Milch holen oder direkt nach Hause? Der erste Streit, der tausendste, nur noch Streit. Hey, du liebst mich doch, oder? Dann heißt es plötzlich: ›Sag's ihnen oder ich gehe‹, und was tust du dann?«

»Wie lange hättest du an ihrer Stelle gewartet?«

Loraines Blick glitt zur Straße hin. Langsam. Nicht, um dem seinen auszuweichen. Vielmehr um etwas zu sehen, dass es nicht gab. Nicht mehr, vielleicht. »Ich weiß nicht«, sagte sie schließlich. »Aber ... für sie war immer alles so einfach. Sie ist nicht Schwarz. Sie kommt überall rein, überall hin. Und ... sie hätte keine Mutter verloren. Auch nicht die zweite.«

Seine nächsten Worte wählte er vorsichtig. »... ich denke nicht, dass sie dich verlassen würden.«

»Wer weiß?« Sie sah ihn nicht an. »Was, wenn ich nicht dafür gemacht bin?«

»Wofür?«

»Ein Zuhause. Manchmal glaube ich das. Dass ich in kein Haus gehöre, und in kein Herz.« Sie schüttelte den Kopf, griff nach einem Löffel und rührte in ihrem lauwarmen Milchkaffee. »Ach, hör mir gar nicht erst zu. Pures, ekelhaftes Selbstmitl...«

»Sie würden es nicht tun. Nicht ... nicht sie.«

Ihr Blick flackerte, spöttisch in dem einen, fast abweisend im nächsten Augenblick. »Hast du das von Nate auch gedacht?«

Der Regen traf den Bordstein mit solcher Wucht, dass die einzelnen Tropfen wie Perlen über den Boden sprangen. In Flüssen hasteten sie über die Fensterscheiben, teilten sich hier und dort und schlugen Wege ein, die zuvor nicht existierten, zumindest nicht so. »Er hatte es versprochen«, sagte er irgendwann. »Aber ich befürchte, ich hatte es nie vollkommen geglaubt.«

»Trotzdem hast du so lange gewartet.« Ihr Ton klang versöhnlicher. Er kannte diese Launen von ihr. Manchmal sprangen sie in Sekundenbruchteilen umher, vom Lachen zu reglosem Schweigen, von motiviertem Putzen zum Weinen neben dem Wischmop.

Anfangs hatte er jedes Wort in den Raum zwischen seinen Rippen gelassen. Wut war so viel leichter zu tragen als ein Herz. Mittlerweile verstand er.

»Ich bin mir nicht mehr sicher, ob ich derjenige war, der gewartet hat«, sagte Ethan.

In der Carroun Road – eigentlich eher schon in der Cottingham Road, am Ende der Kreuzung, gegenüber von

Harveys Hinterhof – befand sich eine Telefonzelle, die sich nahtlos hinter besprühten Garagentoren einreihte. ›*Fuck the system*‹, prangte in schwarzen Lettern über der Scheibe, ›*A.C.A.B.*‹ direkt daneben, ›*G + J*‹ hatte jemand eingeritzt, vermutlich mit einem Taschenmesser. Zwischen den Bordsteinen spross Unkraut hervor, und wenn es nicht nach Urin stank, zeigte zumindest im Winter der gelbe Schnee, wo jemand abends zuvor seine Blase entleert hatte.

Jedes Mal, wenn Ethan an der Telefonzelle vorbeiging, huschte ein Schatten hinter der beschlagenen Scheibe vorbei – als grinste er ihm zu, für eine Sekunde, mit der Hand über dem Hörer, bevor er wieder verschwand.

Er brauchte sechsundsiebzig Schritte von der Telefonzelle bis zu Harveys Haus.

31 - 1991

BRIGHTON, ENGLAND

Er mochte Brighton. Der Himmel spannte sich stahlgrau über ihnen, und zwischen den Wolken schrien Möwen. Sobald sie über einen Hügel fuhren, blitzte das Meer am Horizont auf. Während Loraine an der Radiolautstärke tüftelte, fragte er sich, ob die Muscheln dort unten jenen in Slaithwaite glichen. Dann schüttelte er den Gedanken ab. Er nickte, als Loraine fragte, ob er mit dem Sender einverstanden wäre, und schickte seine Fingerspitzen über die Zacken seines Jackenreißverschlusses, um sie zu zählen.

Für Februar war es ein warmer Tag.

Sie checkten im Hotel ein, machten sich kurz frisch und trafen sich dann mit Digg und Isabelle zum Abendessen in einer kleinen, aber gemütlichen Pizzeria um die Ecke. Oscar schlief in seinem Kinderwagen. Niemand erwähnte Paige mit einem Wort.

Wie er so saß, den Meerduft und Pizzageruch in der Nase, ein warmer Platz in einem Restaurant, umgeben von

Menschen, die ihm nichts Böses wollten, ja, ihn sogar mochten,

ihr Gelächter und Oscars leises Schnarchen im Ohr, Diggs breites Grinsen, das sich selbst nach zwei Bier nicht veränderte, bemerkte er plötzlich, dass er lächelte. Dass das Gewicht fehlte, das sein Gesicht sonst starr werden ließ, und dass die Spannung zwischen seinen Schultern nachgelassen hatte. Zum Abschied umarmte er Digg fest. »Danke«, flüsterte er, und obwohl Digg ihm auf die Schulter klopfte, wusste vermutlich keiner von ihnen genau, wofür.

Die Nacht im Hotel verbrachte er weitestgehend wach. Das Licht von Autoscheinwerfern glitt über seine Decken, jedes Mal, wenn die Ampel neben der Hauptstraße auf grün umsprang. Sobald er den Kopf drehte, flimmerten die Farben neben der Jalousie. Hinter ihm schnarchte Loraine. Sie teilten sich ein Bett, weil es billiger war. Seit Nathaniel fort war, hatte er neben niemandem mehr geschlafen, und es hätte sich falsch anfühlen sollen – stattdessen beruhigten ihn Loraines Atemzüge und das Knarzen der Matratze, wenn sie sich drehte. Was ihn wach hielt, waren die Schatten: die Erinnerungen, die sich um Hotelzimmer rankten, gemischt mit dem warmen Glanz, der sich über dem Rest des Tages erstreckte.

Unwillkürlich verfolgte er die Narbenränder mit den Fingerspitzen, obwohl er ihre gezackten Linien kannte und die Wölbungen, die sie in seiner Haut zurückgelassen hatten. Sie waren weiß: verheilt. Nicht einmal seine Lippe blutete mehr, selbst wenn er sich anstrengte.

»Ich kann Michael nicht vom Kindergarten abholen«, hatte Ethan zu Carrie gesagt. »Die Kinder werden sich vor mir fürchten.«

Etwas duselig vom Rotwein streckte sie ihre Hand nach ihm aus. Sonst mied sie Berührungen, außer vielleicht bei einer gelegentlichen Umarmung, und ihre Haut fühlte sich fremd an. Ihre Handfläche rieb über seine Bartstoppeln; sie roch nach Vanillehandcreme und Seife. »Hat Michael sich je vor dir gefürchtet?«, fragte sie leise.

»Er kennt mich, seit er klein ist.«

»Hat er?«

Ethan seufzte. »... ich weiß es nicht. Vielleicht.«

»Dummkopf. Hat er nicht, und das weißt du«, sagte sie. Ihr Daumen rutschte neben seinem Mundwinkel ab. »Du bist doch kein Monster. Dazu gehört viel mehr als ein paar alte Narben.«

Zaghaft nahm er ihre Hand von seinem Gesicht. Aber er drückte sie, bevor er sie losließ.

In der Kirche herrschte eine andächtige Stille. Nur die engsten Familienmitglieder scharten sich um das Taufbecken – Isabelles Eltern, die Dixons, Ethan –, während der Priester predigte. Gottes Gnade, Gottes Liebe. Auf einem kleinen Altar brannte Oscars Taufkerze neben einem Strauß aus Lisianthus, Astern und weißen Rosen. Das Flackern der Flamme lenkte ihn ab, hielt ihn ruhig, und dann setzte er seine Unterschrift auf eine Linie und fand sich in Diggs Umarmung. Isabelle legte nur einen Arm um ihn, im anderen hielt sie einen weinenden Oscar, verschreckt vom

Taufwasser. Sogar Beatrice umarmte ihn – *»mon petit canard«* –, als ginge es um ihn. Mr. Dixon blies die Taufkerze mit einer Sanftheit aus, die Ethan ihm nicht zugetraut hätte, und Loraine hakte sich bei ihm unter. »Läuft doch«, flüsterte sie, und endlich gelang ihm ein Lächeln.

Einmal, kurz nach Silvester, hatte er sie gefragt: »Bist du sauer?«

»Warum?«

»Wegen der Patensache.«

Loraine schnaubte. »Nein.« Sie hatte weiter den Tisch gedeckt, ohne aufzusehen. »Gut, am Anfang. Ein bisschen. Aber schon okay. Außerdem, so verrückt wie die nacheinander sind, machen die eh noch drei Kinder.«

»Ist es wirklich in Ordnung?«

»Freu dich doch einfach. Niemand wird's besser wissen als Digg, und dass er dich gefragt hat, zeigt nur, wie sehr er dir vertraut.«

»... das sollte er nicht.«

Ihr Blick hatte sich in den seinen gebohrt, doch es lag kein Zorn darin. Sie suchte nach etwas. »Beweis' es.«

»Was davon?«

»Was dir wichtiger ist.«

Für Loraine war das Thema damit beendet, und sie sprachen nicht wieder davon.

Der Weg zum Restaurant führte an einem Schotterweg vorbei, der sich direkt hinab zum Strand schlängelte. Isabelle und Digg gingen voran, den Kinderwagen mit einer Hand vor sich herschiebend, flüsternd und kuschelnd. Am

Himmel sammelten sich die Wolken wie die Gäste vor dem Lokal, aber es regnete nicht, und die Vögel kreischten durch das Gemurmel und Gebrumme der Menschen. Er mochte Brighton wirklich. Vielleicht sollte er Digg öfter besuchen. Die Hotels würden teuer werden auf Dauer, aber mit etwas Glück fanden die beiden bald eine größere Wohnung, die fähig war, ein paar Gäste aufzunehmen. Außerdem brauchte er nicht viel.

Loraine lief noch immer an seiner Seite. Als die ersten Gäste vor ihnen auftauchten, begann sie, ihm Namen zuzuraunen – »Das ist Onkel Kingston, und das seine Frau Betty, und ja, sie ist blind«, oder: »Der da müsste Isabelles Bruder sein, Justin oder Jason oder so«, aber auch: »Der da heißt Fred, also eigentlich Fridolin, und dahinter, das ist Phil«, und nicht zu vergessen: »Und George. Richtiger Vollidiot. Aber sag' ihm nicht, dass ich das gesagt hab'. Wenn ich's mir recht überlege, red einfach gar nicht mit ihm.« –, bis Ethan kapitulierte und murmelte: »Ich hatte ohnehin nicht vor, neue Freunde zu finden.«

»Neue? Wo sind die alten?«

Er kniff Loraine in die Seite, und sie lachte.

Vor dem Restaurant bildete sich eine Menschentraube. Mr. Dixon grüßte seine Brüder mit einem Handschlag und einer Zigarette, die sie sich gegenseitig anboten, und Beatrice nahm Monica zur Seite, bevor diese den Weg zum Kinderwagen fand. Douglas mit seiner Halbglatze stand verloren neben einem Auto, bis ein gewisser George sich zu ihm gesellte und mit mürrischem Gesicht zu sprechen begann. Ethan hielt sich im Hintergrund, während Loraine herumwanderte und ihre Cousinen und Cousins mit

Umarmungen oder Schlägen gegen deren Oberarme begrüßte. Kinder in aufwendigen Kleidern jagten sich durch die Lücken zwischen den Leuten.

Ethan lehnte sich gegen das Geländer, das die Treppe zum Restauranteingang einrahmte, und griff nach einer Zigarette. Sie schmeckte seltsam bitter, und er warf sie nach zwei Zügen fort. Halbe Sätze streiften seine Ohren – »... lang nicht mehr gesehen ...«, »... dicker geworden, oder?«, »... siehst gut aus ...« –; aber niemand scherte sich um ihn, bedrängte ihn, befragte ihn. Isabelles Mutter lief mit Oscar auf ihren Armen durch den Trubel, jemand verlangte ein Taschentuch, ob die Kirche zu klein gewesen wäre für sie alle, jemand anderes sprach Französisch. Neben ihm plumpste ein Mädchen auf die Knie. Er wusste nicht recht, ob er ihr aufhelfen konnte, ohne sie zu erschrecken – da zog sie sich an seinem Hosenbein hoch und rannte weiter, ohne aufgesehen zu haben. Ethan lächelte sacht.

Oben wurde die Eingangstür geöffnet. Ein untersetzter Mann trat heraus, gekleidet wie ein Kellner. Er strahlte eine Autorität aus, die Ethan keinen Moment daran zweifeln ließ, dass es sich bei ihm um den Besitzer des Restaurants handeln musste.

»Reservierung?« Er sprach mit einem südländischen Akzent. Unvermittelt setzte er ein Lächeln auf, dann begann er, sie hereinzuwinken. »Willkommen, willkommen«, wiederholte er. »Hereinspaziert, willkommen. Meine Damen, meine Herren, willkommen, hereinspaziert.« Mit einem Fingerzeig schickte er einen seiner Kellner aus dem Hauseingang, um mit dem Kinderwagen zu helfen. »Hereinspaziert!« Ethan fand Loraine in dem einsetzenden Gedränge und hielt sich nah bei ihr. »Willkommen!« Sie tauschten einen Blick und schmunzelten.

Am Abend nach ihrem Trip durch die Londoner Innenstadt trieb der Durst Ethan gegen Mitternacht noch einmal aus seinem Zimmer. Der Anzug hing an einem Bügel über seiner Tür. Er warf ihm nur einen flüchtigen Blick zu, ehe er durch den Flur in die Küche schlich. Mit einem Glas Leitungswasser in der Hand lehnte er sich gegen die Arbeitsplatte.

Auf dem Esstisch lag Loraines Mappe mit ihren Entwürfen. Von ihrem Studium erzählte sie nur wenig, noch weniger, wenn die Dixons anwesend waren, und *noch* seltener fragte sie Ethan nach seiner Meinung. Wenn, ging es um Farbtöne, aber nie um die Schnittmuster an sich. Manchmal präsentierte sie ihm ein fertig geschneidertes Stück, und dazu die Zensur, die sie erhalten hatte, aber sobald ein Lob über seine Lippen kam, packte sie alles zurück in die Kiste unter ihrem Bett.

Er mochte ihren Zeichenstil. Minimalistisch und rau skizzierte sie Frauen – immer nur Frauen –, manche schlank, die meisten allerdings kurvig und manchmal dick. Was sie trugen, scherte sich nicht darum, ob es ihnen schmeichelte oder nicht. Es waren Statements, nackte Haut und unzensierte Körper, Weiblichkeit und Kraft vereint.

Auf dem Rückweg warf er einen Blick in die Mappe. Ein Lächeln breitete sich auf seinem Gesicht aus. Ein Kapuzenpullover, ein Badeanzug – der ihr hervorragend stehen würde –, ein förmlicher Hosenanzug ohne Hemd, dafür mit einem Streifen Stoff, der die Brust des Models gerade so versteckte, eine Krawatte, die am Bauchnabel endete, gepolsterte Schultern.

Dann fiel ihm der Brief in die Finger. Eine kurze, förmliche Einladung für ein Bewerbungsgespräch in Dublin, datiert auf den 12. August 1991, unter der Voraussetzung, dass sie ihren Abschluss bestand.

Sein Lächeln wankte. Fein säuberlich legte er alles zurück, trank sein Wasser aus und ging zu Bett.

Während des Essens schaffte Ethan es, möglichst unbemerkt zu bleiben. Zu seiner Erleichterung gab es ein festgelegtes Menü, das serviert wurde – niemand fragte ihn nach seinem Geschmack oder nötigte ihn zu einer Entscheidung. Um ihn herum wurden verschiedene Weine, helles Bier und die ersten Gin Tonics ausgeschenkt, er jedoch hielt sich stur an Wasser, und nach zwei Runden trafen ihn keine schrägen Blicke mehr. Loraine saß neben ihm. Sie bemühte sich redlich, damenhaft zu sitzen und ihre Schuhe anzulassen, und auf eine seltsame Weise ließ ihn ihre Angewohnheit, oder vielmehr ihr Konflikt damit, beruhigt lächeln. Schräg gegenüber sprach Mr. Dixon mit einem seiner Brüder, zwei Sitze weiter löffelte Digg mit einer Hand seine Suppe, während er mit der anderen den Kinderwagen schaukelte.

Im »hinteren Teil des Restaurants«, wie Loraine den vom Hauptraum durch Halbwände abgetrennten Bereich nannte, beleuchtete das Sonnenlicht den Fliesenboden. Die Wolken hatten sich verzogen, und durch die Glasfront bot sich ihnen ein Blick aufs Meer. Hinter ihnen, zwei, drei Stufen hinauf, befand sich der Tresen, hinter dem einer der

Kellner mit abwesendem Blick Gläser polierte, und drüben im Speisesaal herrschte großes Gelächter; sehen konnten sie die Gäste allerdings nicht. Der Raum war geheizt, sodass Ethan nach der Vorspeise das Jackett auszog und über die Stuhllehne hängte, was Loraine mit einem Augenrollen kommentierte.

Die Gespräche drehten sich größtenteils um Oscar, um seinen nur sechs Jahre älteren Onkel Jasper – er hieß also weder Jason noch Justin –, um neue Autos, Fußballspiele oder um die Arbeitsstellen der Männer. Kingston erzählte von der letzten Fahrt mit dem Trawler und den Unwettern, die auf offenem Meer über sie hereingebrochen waren, und Monica betonte, dass Douglas nächstes Jahr vielleicht wieder befördert werden würde, was niemand zu hören schien außer Douglas selbst, der seinen Kopf tiefer über seinen Teller beugte. Zum Hauptgang gab es ein Buffet an griechischen Speisen – gebratene Paprikaschoten, Pastitsio, Gemüsepfannen, Gyros und Bifteki, Souvlaki und reichlich geschmorte Auberginen –, und zum Nachtisch kamen Unmengen an Baklavas auf den Tisch. Wer ein Eis wollte, sollte zum Tresen kommen, und ein Dutzend Kinder rannte daraufhin los, begleitet von großem Gelächter.

Ethan wagte es, sich zurückzulehnen und seinen Blick schweifen zu lassen. Die ersten Zigaretten wurden entzündet, Aschenbecher herumgereicht, Stühle gerückt, weil Leute an die frische Luft gehen wollten, da, durch die Hintertür geht's schneller, die Kinder müssen sich gleich erstmal austoben. Rauch legte sich über den Essensgeruch. Ethans Bauch drückte schmerzhaft gegen den Gürtel, und er konnte sich nicht erinnern, wann er zuletzt – doch, in –

nein, er würde gleich einfach ganz unauffällig zur Toilette gehen und seine Kleidung anpassen. Loraine lachte neben ihm, unwillkürlich wollte er die Hand nach ihr ausstrecken und ließ es. Es war, als hätte er diesen Tag von jemandem gestohlen, der ihn tatsächlich verdiente. Jemanden mit einer Familie, einer richtigen. Ein Herzmuskel zuckte. Als zwei Kellner begannen, Schnapsgläser mit Ouzo zu verteilen, erhob er sich und griff sein Jackett von der Stuhllehne.

Loraine sah zu ihm auf.

»Ich gehe eben zur Toilette«, sagte er. »Soll ich dir danach ein Eis mitbringen?«

Sie schüttelte den Kopf, aber sie lächelte.

Die Toiletten lagen gegenüber vom Tresen, direkt hinter den Treppen. Zu seinem Glück war die Herrenseite leer. Ohne Eile wusch er sich zuerst das Gesicht, erleichterte sich und säuberte seine Hände. Sein Magen grummelte, doch er schob es auf das unbekannte Essen, nahm noch einmal Seife und schrubbte unsichtbaren Dreck von seiner Handfläche. Es ist alles gut, hör auf damit, nichts ist passiert. Bevor er seine Hände erneut wusch, blickte er auf und richtete sein Haar mithilfe des Spiegels – zwei Strähnen hatten sich gelöst und hingen ihm in die Stirn –, dann schloss er endlich den Gürtel, lockerer als zuvor. Seine Rasur war sauber und ordentlich, es gab nichts daran auszusetzen. Seufzend überprüfte er den Sitz seiner Kleidung, aber auch dort: alles in Ordnung. Seine Schuhe quietschten über die Fliesen, wenn er sich drehte. Er zupfte die Krawatte zurecht, um etwas getan zu haben, und schloss den oberen Knopf des Jacketts. An der Tür hielt er noch einmal inne, blickte zum Spiegel zurück und schüttelte den Kopf über sich selbst. Nach einem letzten Atemzug zog er an der Tür. Sie öffnete sich quietschend. Er zog seine Ärmel zurecht und dann –

Dann sah er ihn.

An den Tresen gelehnt, noch damit beschäftigt, das weiße Hemd zuzuknöpfen, das er unter der schwarzen Schürze trug. Er war vertieft in ein Gespräch mit einem der jungen Männer, die gerade noch Ouzogläser verteilt hatten. Ein humorloses Lächeln hob seine Mundwinkel. Sein Haar hielt er so kurz, dass es sich nicht lockte, und nur oben war es etwas länger – die Seiten wuchsen nur millimeterlang. Wenn er den Kopf schüttelte, funkelte ein goldener Ohrring. Zugenommen hatte er auch. Nur ein paar Pfund. Sie ließen seine Schultern breiter wirken und wölbten seinen Bauch eine Handbreit über seinem Gürtel. Endlich fertig mit den Hemdknöpfen, nickte er seinem Kollegen zu, dann steckte er Zettel, Stift und Portemonnaie in seine Schürze.

»Nathaniel«, flüsterte Ethan.

Er war älter geworden – natürlich war er das. Mit dem Heben seiner Hand verabschiedete er seinen Kollegen. Als er sich drehte, kam ein Drei-Tage-Bart zum Vorschein, kleine Falten um seine Augenwinkel, ein schlampig gebügelter Hemdkragen. Ohne sich noch einmal umzusehen, schickte er sich an, die Treppen hinunterzulaufen, direkt an Ethan vorbei. Er müsste nur die Hand … Selbst sein Parfüm roch anders. So viel trug er davon, dass der Geruch seiner Haut komplett darin ertrank – kein Hauch von Mandeln oder frischem Schweiß. Das Nachmittagslicht verwandelte sein Haar in honigfarbenes Gespinst. Mit sicheren Schritten trat er auf die Tafel zu, dann wurde er langsamer, und obwohl Ethan nur seinen Hinterkopf sah, fühlte er Nathaniels Lächeln verblassen.

Leeds. All die Zeit hatte er geglaubt, Nathaniel sei in Leeds. Obwohl er nie in Leeds gewesen war, gab es dort einen Albert Square und die Straßen mit heruntergekommenen Pubs, vor denen es sich manchmal lohnte, zu spielen. Schatten, die Menschen waren, taumelten hinaus und hinein, manch einer von ihnen stieß dabei gegen Nathaniels Schulter – doch der tat, als hätte er es nicht bemerkt. In einer dieser Straßen – die nordöstliche Chorlton Street – stand ein Haus, renoviert aus viktorianischen Grundmauern heraus, mit einem Weg aus Pflastersteinen, der sich am Haus vorbei hin zum Gartenschuppen wand. In den Fenstern hingen Gardinen aus feinen Stoffen, und der Läufer in der Eingangshalle trug ein staubiges Rot. Einen Bediensteten gab es dort nicht, aber Nathaniel litt nicht an Einsamkeit. Er empfing Besuch in sämtlichen Variationen, und vielleicht nahm er den ein oder anderen Herrn mit in sein Schlafzimmer. Es lag im ersten Stock, ausgestattet mit Hartholzmöbeln, einem beigen Fransenteppich und einem Doppelbett unter dem Giebelfenster, eingerahmt von Wänden. Nach einer Weile ging Nathaniel zur Schule, oder noch besser, zur Universität, und er hätte das Haus weiter nach seinen Wünschen umgestaltet, nachdem Geld keine Rolle mehr spielte.

Eines Tages, wenn der Norden seinen Schrecken verloren hatte, hätte Ethan ihn vielleicht dort besucht. Nicht im romantischen Sinne, aber um zu sehen, was aus ihm geworden war, oder um sicherzustellen, dass es ihm gut ging. Er hätte Platten mitgebracht oder CDs, was auch immer Nathaniel bevorzugte – seltsam, dass er ihn nie danach gefragt hatte –, und sie hätten Musik hören können oder noch einmal ein Abendessen kochen, bevor sie durch einen Park spaziert wären, vorzugsweise im Herbst. Vielleicht hätte er ihn sogar gebeten, ihm eines der Bücher vorzulesen, die für ihn so schwer zugänglich im Regal standen – etwas, das er im Haus nie gewagt hatte –, und sie hätten sich vor dem Kamin auf Sesseln ausgestreckt.

Irgendwann begann das Bild dieses Hauses zu flimmern, als wäre das Band doppelt bespielt. Dahinter verbarg sich ein anderes, heruntergekommenes Einfamilienhaus aus den Siebzigern. Kleine Fenster, grauer Teppich, Bierflecken in der Küche. Dann wieder war das Haus fort, es gab kein Bett und keinen Nathaniel. Sein Grab lag irgendwo an der Strecke, an der der Zug entgleist war, keine Zeitungsberichte, keine Vermisstenmeldungen, keine Überlebenden. Der Stadtplatz war leer, wenn Rick darüber hinwegging, auf der Suche nach einem Stück Zedernholz oder einer seiner Socken. Dann sagte Loraine: »Er hätte angerufen, hätte er dich in seinem neuen Leben haben wollen«, und Ethan konnte ihr nicht widersprechen, obwohl er sich nichts sehnlicher wünschte, allein schon ihrem gehässigen Tonfall wegen.

Und dann ... wartete er. Und wartete ... auf den Tag, an dem er es nicht mehr tat.

Für einen Moment blieb der Raum still. Die Fliesen dehnten sich wie aufquellender Teig, Ethan hatte vergessen, die Schritte zu zählen, wo sollte er hin, er konnte sich nicht festhalten, seine Finger umklammerten den Türgriff.

Er wollte loslaufen und stehenbleiben; die Treppenstufen hinabsteigen und rückwärts in der Toilette verschwinden; Loraine zuflüstern, dass sie gehen mussten, sofort. Irgendetwas steckte in seinem Hals, er konnte nicht atmen.

Nathaniels Kopf drehte sich leicht, als sehe er sich zu beiden Seiten um. »Guten Tag«, sagte er. »Kann ich euch noch was bringen?«

Selbst seine Stimme klang älter.

Er wollte seinen Namen sagen und nie wieder ein Wort mit ihm wechseln; ihm die Hand auf die Schulter legen und ihm den Zeigefinger vor die Brust stoßen; ihn umarmen und von sich stoßen; vergeben und verbittern. Es gab nur alles oder nichts, kein dazwischen.

»Nate«, sagte Digg. »Lange nicht gesehen, Mann.« Dann ... lächelte er. Er stand auf und bot Nathaniel seine Hand an. Der schlug ein. »Wie hat's dich denn hierher verschlagen?«

Eine Zigarette in der einen Hand, das Treppengeländer fest umschlungen in der anderen. Wie war er hierher gekommen?

Es hatte seit Tagen nicht mehr geregnet, die Treppenstufen waren trocken, Ethan ließ sich sinken. Kleine Atemwolken tanzten vor seinem Gesicht. Im Hintergrund: das Meer. Die Zigarette glühte nur schwach, er suchte in seiner Tasche nach dem Feuerzeug. Auf der Straße tapsten Möwen, bis ein nahendes Auto sie verscheuchte. Die große Narbe an seinem Bein schmerzte, als wäre er gerannt.

Er flüsterte einen Fluch und hustete Nikotin. Mit dem Daumen wischte er sich über die Augen. Fröstelnd legte er einen Arm um sich, bemerkte, dass er sich vor und zurück wiegte, und zwang seinen Körper zur Ruhe. Nichts war geschehen. Nathaniel hatte ihn nicht einmal bemerkt.

Langsam ließ er seine Stirn gegen das Treppengeländer sinken. Selbst wenn Nathaniel ihn bemerkte, würde nichts geschehen. Sie würden sich zunicken, vielleicht reichte es für ein ›Hallo‹, und die Welt würde sich weiterdrehen. Eine Begrüßung änderte nichts an Nathaniels Entscheidung, aus Ethans Leben zu verschwinden. Sie beinhaltete keine Vergebung und keine Antwort, keine Garantie für ein ›Auf Wiedersehen‹. Hatte seine Stimme nicht sogar gequält geklungen? Würde er ein ›Hallo‹ überhaupt wollen?

Wie viel Verrat steckte in diesem kurzen Wort, und wie viel Endgültigkeit?

Seine Zigarette war erloschen. Ethan entzündete sie ein zweites Mal.

Vielleicht maß er alldem zu viel Bedeutung zu. Womöglich war Nathaniel gar nicht auf Dauer hier gestrandet, sondern immer noch auf der Suche nach einem Ort, an dem er bleiben konnte, und übermorgen wieder fort. Wenn er das nächste Mal an diesem Restaurant vorbeiging – jetzt erst machte er sich die Mühe, den Namen zu lesen: Tavernos –, würde dort ein anderer Kellner stehen, und wieder ein anderer, bis auch hier nur noch ein letzter Odem von ihm zurückblieb: hier, genau hier, waren sie sich einmal begegnet, damals 1991. Und da, auf dieser Wiese, das müsste um 1986 gewesen sein ...

Was erhoffte er sich überhaupt? Loraine hatte recht gehabt, die ganze Zeit über. Hätte Nathaniel ihn in seinem Leben haben wollen, hätte er sich gemeldet. Angerufen. Briefe geschrieben. Postkarten zumindest. Aber nichts davon war geschehen, und es würde sich nicht ändern, nicht mehr. Nathaniel hatte sich dafür entschieden, ihm fremd zu werden. Nichts bedeutete mehr etwas. Nicht einmal ›Hallo‹.

Ethan trat seine Zigarette aus. Vielleicht war es dumm gewesen, von Anfang an – zu hoffen, dass es einen Menschen in seinem Leben gäbe, der bleiben würde. Irgendeinen.

Irgendwann.

»Manchmal glaube ich das. Dass ich in kein Haus gehöre, und in kein Herz.«

Er klopfte sich Straßenstaub von der Hose und stieg die Treppenstufen wieder hinauf. Warme, nach Fleisch schmeckende Luft schlug ihm entgegen. Seine Hände waren kalt. Der Restaurantbesitzer nickte ihm flüchtig zu, während Ethan auf den hinteren Teil zustrebte, das Gemurmel um sich herum ignorierend.

Nathaniel schob ein mit leeren Gläsern gefülltes Tablett über den Tresen. Er sah nicht auf, sondern las die neuen Bestellungen ab, während seine Hand sich wie eigenwillig an seiner Schürze abwischte.

Vor ihm blieb Ethan stehen. »Hallo«, sagte er.

Blinzelnd hob Nathaniel den Blick. Seine Augen weiteten sich für einen Moment, sein Mund öffnete sich für Worte, die nicht kamen. Schließlich rang er sich ein Lächeln ab. Es berührte seine Augen nicht. »Hallo.« Dann: ein Nicken. Ein Räuspern. Ein Abwenden hin zu seinem Kollegen.

Das war alles.

Ethan ging weiter und sah nicht zurück.

Später am Abend saß nur noch der klägliche Rest der Gastgesellschaft in einem Pub um die Ecke, kaum drei Querstraßen weiter. Digg, gut betrunken, sang mit Vater und Onkel schweinische Lieder – französische, englische, wie es ihnen gerade einfiel –, einen Tisch weiter schnarchte George mit dem Kinn auf der Brust, Douglas und Monica waren verschwunden. An der Bar stand Loraine und sprach mit der jungen Frau hinter dem Tresen. Irgendwo lief ein Fußballspiel, woanders Musik, und Ethan saß gedankenverloren am Tisch. Er hatte Cider getrunken. Vier Pints, vielleicht fünf.

»Ich dachte, du trinkst nicht«, hatte Digg gesagt.

»Tut er schon«, hatte Loraine widersprochen, »aber wann oder warum kapier ich nicht.«

»Ab und zu 'n Gläschen schadet nicht«, lallte Kingston, und Mr. Dixon brummte: »Bei dir weiß ich ja nicht«, und Digg sagte: »Geht alles auf mich, Eth.«

Die Wahrheit war, er wusste es nicht. Bier und Stout konnte er nicht leiden, von Rum wurde ihm übel, Seyval Blanc verursachte ihm eine Gänsehaut. Er verabscheute das Gefühl des Kleisters, der nach ein paar Schlucken sein Blut ersetzte und sich durch seine Venen drückte. Die Kontrolle zu verlieren konnte er sich nicht leisten. Nicht einmal für einen Moment. Wenn er trank, musste er sich sicher genug sein, dass nichts passieren würde, oder es musste ihm egal genug sein, was mit ihm geschah, oder er musste es darauf anlegen, musste vergessen wollen, dass er einen Körper und Gedanken hatte, oder es sollte wehtun und ihn daran erinnern, wie Demut schmeckte. Vielleicht war es eine Mischung daraus – ein grobes Rezept, nie zweimal das Gleiche.

Die Fensterscheiben beschlugen von ihrem Atem. Die Temperaturen fielen gegen null. Wenn es regnete, würden sie die Straßen zum Hotel hin schlittern, oder es schneite, und niemand von ihnen trug passende Kleidung.

»... hat sich die Ausbildung doch noch gelohnt. Nicht so schwer, als Mechaniker ...«

»... immer noch die Tankstelle? Wird das nicht ...«

»... Douglas, dieser ...«

»... studiert? Was ein Mädchen. Die war schon immer so. Kommt gar nicht nach ...«

»... wenn Oscar im Kindergarten ...«

»... ihn hier aufgegabelt? Ha ...«

»... guter Junge«, sagte Mr. Dixon. »Gut, dasser da is'.«

Kingston schnaubte. »Aber ein wenig wortkarg, der Bursche – ha?«

Bevor er antwortete, trank Ethan den letzten Schluck Cider. »Ich habe nur nicht viel zu sagen, Mr. ...«

»Jetzt kommt er auch noch mit Mister!« Kingston lehnte sich zu seinem Bruder und klopfte ihm auf den Rücken. »Macht er das bei dir auch?«

Ethan unterdrückte ein Seufzen. Mit einer fahrigen Bewegung wischte er den Dunst von der Fensterscheibe. Erst spiegelte sich nur das Publicht darin und die Silhouetten der Menschen, dann blinzelte er. Wolkenfreier Himmel, unzählige Sterne. Ein Bushaltestellenschild und eine einsame Laterne am Ende der Straße. Es war Nacht geworden, irgendwie.

Er wollte zum Meer.

Niemand hielt ihn auf. Vielleicht bemerkte auch einfach niemand, dass er ging.

Von den zwei Zigaretten, die er noch bei sich trug, rauchte er eine auf dem Weg. Er summte vor sich hin, ›Can't Buy Me Love‹, dann ›Yesterday‹, ›Eve of Destruction‹, und zuletzt wieder ›Forever Young‹, er hatte es so lange nicht mehr gehört. Seine Fingerspitzen hafteten einen Moment an den Laternenpfählen, wenn er taumelte und nach Halt suchte, danach brannten sie, und seltsamerweise fand er es komisch und lachte.

Die Kälte kroch unter sein Jackett und sein Hemd, krabbelte auf Spinnenbeinen seinen Nacken hinab. Trotz der Schauder streckte er die Arme aus, als wollte er die Nacht umarmen. Am Horizont schimmerte der Mond wie ein Gemälde, mit scharf geschwungenen Kanten, und hell genug, dass Ethan den Kiespfad entdeckte, der zum Wasser hinabführte. Nachts schwiegen selbst die Möwen. Vor seinen Lippen bildeten sich Atemwolken. Er sah auf und erwartete Schneeflocken, doch die Dunkelheit blieb undurchdrungen.

Bald mahlte Sand unter seinen Schritten. Sanfter Wind trieb über die Wellen und fing sich in seinem Haar. Im Dunkeln sprang das Mondlicht über das Wasser. Er stolperte und fiel, lachte und stand wieder auf. Je näher er dem Ufer kam, desto mehr Steine fanden sich, mehr Bruchteile von verschiedenen Muscheln. Ethan bückte sich. Jakobsmuscheln, Miesmuscheln, Stücke von Schneckenhäusern. Wenn er näher zum Wasser kam, würde er vielleicht größere oder sogar ganze Muscheln finden. Er sollte Michael eines mitbringen. Er rauchte seine letzte Zigarette.

Obwohl er fror, zog er Schuhe und Socken aus. So nah am Meer, wie er zu sitzen wagte, ließ er sich in den Sand sinken. Irgendwann krempelte er die Anzughose hoch, so weit es ging, und streckte sein Bein aus, damit das Wasser seine Ferse umspülte. Die Kälte jagte ihm Schauder über den Körper und ein kleines Lächeln ins Gesicht. Er legte sich auf den Rücken und betrachtete den Himmel. Irgendwo hinter ihm geisterte ein Lachen durch die Nacht. Die Kette eines Fahrrads klickte. Die Sterne ließen sich nicht zählen, nicht hier. Es war, als würde er die Wellen einfangen wollen. Sternenhaut musste durchscheinend sein, mit Adern aus fließendem Gold – glatt und warm, wenn man sie berührte. Jede Narbe prangte wie Geschwür darauf, schwarz vor zerstörtem Licht, sichtbar bis hier. Gab es verwundete Sterne? Eine Autotür schlug zu und Schotter knirschte. Das Halsband eines Hundes klimperte im Takt mit dem Tapsen seiner Pfoten. Jemand pfiff eine vertraute Melodie. Ethan rollte sich auf die Seite. Er wollte hier liegen und spüren, wie Sand sich an den Poren seiner Haut rieb und sein Fuß im Wasser ertaubte, womöglich hier schlafen, wenn die Kälte etwas nachließ. Vielleicht waren es sechs Pints gewesen. Schritte näherten sich. Loraine sollte das Barmädchen mit ins Hotelzimmer nehmen und Paige für eine Nacht vergessen. Er würde hierbleiben. Hinter ihm plumpste ein kleiner Gegenstand in den Sand, vielleicht ein Schlüssel oder eine Uhr. Atem durchbrach das Rauschen. Dann: Stille.

»Hallo«, sagte Ethan leise.

»Hallo«, sagte Nathaniel.

32 - 1987

BRIXTON, LONDON

Es war der zwanzigste November. Die ersten Weihnachts-
märkte schlugen Wurzeln zwischen Squares und Plätzen,
die sonst von Musikern oder Flohmärkten belegt wurden.
Kleinere Tannenbäume säumten die Alleen, in diesem Jahr
geschmückt mit Gold und Silber. Selbst im Kiosk hingen
Girlanden von der Decke, dazwischen rote Christbaumku-
geln, und auf der Zigarettenwerbung zwinkerte das Gesicht
eines weißhaarigen, bärtigen Mannes.

Sie hatten einen Spaziergang geplant an diesem Abend:
Longborough Park und zurück, Abendessen in dem thai-
ländischen Restaurant drüben bei Herne Hill, vielleicht an
der Tankstelle Hallo sagen, wenn die Jungs noch arbeiteten.
Die Idee stammte von Nathaniel. Eine von jenen, die aus
seinem schlechten Gewissen heranwuchsen, wenn er ein
ganzes Wochenende fortblieb. Oder, wenn er so betrunken
war, dass Garret ihn der Papierfabrik für drei Tage verwies,
gefolgt von einer Abmahnung. Oder, wenn er Streit begann,

der keinen Anfang und kein Ende fand, weil er genauso sinnlos war wie zu behaupten, dass sie ein Paar waren, zumindest ein glückliches.

Ethan schlüpfte in seine Jacke. Die Ärmel waren noch feucht von einem morgendlichen Schauer aus Schnee und Regen. Beim Versuch, den Kiosk abzuschließen, rutschte ihm der Schlüssel zweimal aus der Hand. Seit Tagen rumorte in seiner Brust ein Gefühl, als kröchen mit jedem Atemzug Insekten in seine Lungenflügel. Von dort aus krabbelten sie durch seine Eingeweide, unter seiner Haut entlang, bis selbst seine Fingerspitzen zitterten. Die Hände in den Jackentaschen vergraben, trottete er nach Masey Mews.

Schon bevor er die Wohnungstür öffnete, wusste er, dass Nathaniel nicht da war. Keine Schuhe auf der Matte, kein Mantel, nur Stille. Wann hatte er aufgehört, freitags zu kochen? Wann war der letzte Tag gewesen, an dem er tatsächlich früher nach Hause kam als Ethan? Sorgsam entledigte Ethan sich seiner Straßenkleidung, hing seine Jacke über den Nagel und ging ins Wohnzimmer. In der Küche rauschte das Radio, ohne angeschaltet zu sein – kaum lauter als das Surren eines Kühlschranks, ein Geräusch, das unterging, wenn das Leben in diesen Wänden herrschte.

Wenn.

Das Sofa lag brach: Kissen auf dem Boden verteilt, eine Decke über die Lehne geworfen, zerknüllte Papiertaschentücher und eine Flasche Glasreiniger, umgekippt, tropfend. Ohne irgendetwas davon aufzuheben, setzte Ethan sich neben dem Sofa auf den Boden. Er zog die Beine an und legte die Arme darum. Die Chemie überdeckte den Geruch von

Erbrochenem mehr mit guten Absichten denn Erfolg. Der Fernsehbildschirm blieb schwarz, reflektierte nur schwach das Wohnzimmer, ein verblassendes Bild in Graustufen. Irgendwo lief ›Last Christmas‹ von Wham!. Ethan schloss die Augen. Es war nicht das Wann, es war das Warum. In seiner Brust breiteten die Motten ihre Flügel aus.

Einmal, als er betrunken war – an einem späten Sonntagnachmittag Ende Oktober –, beugte sich Nathaniel über das Balkongeländer. Der Wind griff in sein Haar und zog an seiner Kleidung. Bald würde es regnen, vielleicht sogar stürmen. Nathaniel trug nur ein zerknittertes T-Shirt und eine Unterhose. Immer weiter lehnte er sich vor, bis Ethan hinausstürzte und ihn an seinem Shirt zurückzog. »Du wirst dir weh tun«, sagte er, als Nathaniels fragender Blick ihn traf.

»Was soll's«, sagte Nathaniel. Der Alkohol machte seine Zunge schwerfällig.

»Ich möchte nicht, dass du dich verletzt.«

Er schnaubte tonlos. Nach einem Augenrollen wandte er sich ab, stützte die Ellenbogen auf die Balustrade und beobachtete den Horizont. Seine Augen glänzten. Stumm verfolgten sie einen Schwarm Vögel, einen der letzten in diesem Jahr. Sie würden nach Süden fliehen, überwintern und zurückkehren, wenn das Eis zu Sturzbächen schmolz. »Du tust es doch auch die ganze Zeit«, sagte er.

Irgendwann räumte er auf. Hinter dem Kühlschrank holte er die großen Müllbeutel hervor, warf die Taschentücher hinein und die Dosen, die Nathaniel teils unter der Spüle, teils im Putzeimer versteckte. Es folgten kaputte Socken, die Ethan vom Wäscheständer zupfte, die Scherben der Tasse, die Nathaniel am Morgen aus den Händen geglitten war, ein paar Lebensmittel aus dem Kühlschrank, aus denen sie schon längst etwas gekocht haben wollten und die nun Schimmel ansetzten. Ethan sammelte Decke und Kissenbezüge ein und warf eine Wäsche an, danach das Radio. Bob Marley & The Wailers versprachen, dass alles gut werden würde – alles, jedes kleinste Bisschen, und er schaltete wieder ab.

Eine Sekunde verging, dann noch eine. Er konnte nicht schlucken. Nicht atmen. Druck auf seiner Brust, dem er nicht nachgeben wollte. Unter ihm: bekleckste Fliesen, Wasserspuren an den Küchenschränken, die Ränder einer Pfütze. Der Wasserhahn tropfte. Tick, tick, tick.

Tick, tick. Tick.

Tick. Tick. Tick.

Mit dem Ellbogen stieß Ethan die Kühlschranktür auf. Wahllos warf er die Dosen heraus, knackte sie, leerte ihren Inhalt in den Abfluss. Bierschaum quoll über einen alten Spüllappen. Unmöglich zu sagen, wie lange er dort schon lag. Maden konnten in den Falten gewachsen sein, so, wie der Schimmel an seinem Boden. Vom Geruch wollte Ethan sich übergeben, also riss er das Fenster auf. Er machte weiter. Angefangener Wein. Ursprünglich zum Kochen, aber Nathaniel nahm alles, was er bekommen konnte, das wusste er. Fuller's-Flaschen. Sekt. Aus dem Vorratsschrank zerrte er Rum - drei Flaschen davon. Das Deckenlicht spiegelte sich in ihren Flaschenhälsen, daneben sein Gesicht, sein hässliches, zerstörtes Gesicht, das sich nicht zu wundern brauchte, wenn es Menschen zum Alkohol trieb. Seine Hand lag auf dem Verschluss, ohne die Flasche aufzuschrauben. Im Abfluss gurgelte das Gebräu, sammelte sich wie in Nathaniels Magen. Ethan blinzelte und wischte sich mit dem Arm über die Augen.

Da klingelte das Telefon.

Ethan presste die Lippen zusammen. »Das ist etwas anderes.«

»Ach ja?«

»Ja.«

»Wo ist der Unterschied?« Nathaniel bemühte sich, nicht zu lallen und klang, als spräche er mit einem Kleinkind. Jede Silbe betonte er.

Ich weiß, dass du getrunken hast, wollte er sagen. Ich weiß, warum der Abwasch dauert und warum du ihn alleine machst. Warum du nur noch badest und warum so lange. Bitte verstell dich nicht. Ich bin doch hier. Ich bin immer noch hier.

Anstatt zu antworten, nahm Ethan ihn in den Arm: er schob seine Hand über Nathaniels Brust und löste ihn vom Geländer, drehte ihn herum und drückte ihn an sich. Mit dem Daumen streichelte er Nathaniels Kiefer entlang, dann hinter seinem Ohr, bis die Spannung aus dessen Körper verschwand. Die Tage, die Nathaniel der Dusche ferngeblieben war, steckten tief in seiner Haut. Knoten in den Locken. Zu viel Zahnpasta, zu eilig geputzt. Gänsehaut kroch über Nathaniels Arme; er trug doch nur ein T-Shirt, vielleicht seit Tagen dasselbe.

»Lass uns einen Film sehen«, sagte Ethan.

»… okay«, murmelte Nathaniel. Endlich ließ er sich in die Umarmung sinken. Seine Nase drückte sich in Ethans Halsbeuge. »Okay.«

Dann brach er in Tränen aus.

»Hey«, sagte Nathaniel am anderen Ende der Leitung. »Ich hab' dich versetzt, das tut mir leid. Ich bin in einen Freund reingelaufen – wir haben uns ewig nicht gesehen und – es tut mir echt leid – ich bin jetzt irgendwie hier. Wir wollten gleich ins Kings und … ich wollte fragen, ob wir uns dort treffen wollen. Also … du und ich.«

Die Küche stank schlimmer als jeder Pub, den er je besucht hatte. An seinem Bein lehnte der Müllsack. Wind kroch durch das geöffnete Fenster und ließ ihn rascheln. Ethans Augen brannten. Nach einem Räuspern fragte er: »Bist du sicher?«

»Ja, natürlich. Es tut mir wirklich leid. Freitag ist doch unser Tag und … komm doch bitte.« Sein Lispeln hielt sich in Grenzen: betrunken, aber nicht zu sehr.

»… wann?«

Nathaniel kicherte. »Wie wär's mit jetzt?«

»… ich muss noch etwas aufräumen.«

»Oh, das … das mit dem Sofa tut mir leid.«

»Ich weiß.«

Als Antwort erwartete er ein neckisches, vielleicht leicht verschämtes *»Weißt du das?«*, aus dem er das Lächeln heraushören und erwidern konnte: *»Natürlich weiß ich das«*.

Nathaniel sagte: »Na, dann ist's ja gut.«

Eine Weile schwiegen sie. Im Hintergrund zischten und flüsterten Stimmen. Nathaniel schien umgeben von

Menschen. Leise Musik spielte. Irgendwann fragte er: »Und? Kommst du?«

»... ich ... ich weiß nicht. Vielleicht finde ich den Weg nicht mehr.«

»Okay«, sagte Nathaniel. »Schade.«

Es klickte, als wäre er bereits dabei, den Hörer aufzulegen, sodass Ethan hervorstieß: »... kommst du später nach Hause?«

»Wir sehen uns. Bis dann.«

»Nicht jeder kann sich betrinken. Manche werden ... zu anderen Menschen. Monstern, manchmal. Sie werden wütend. Erst schlagen sie mit der Faust auf den Tisch, dann irgendwann prügeln sie auf Menschen ein. Fremde, Freunde, Frau und Kind – es macht keinen Unterschied. An den guten Tagen kommst du als Zuschauer davon. An den schlechten denkst du, sie hören nie wieder damit auf.

Dann gibt es Leute wie dich.« Ethan neckte ihn mit einem Lächeln. *»Die werden einfach sentimental. Das Schlimmste, was dir passieren kann, ist ein Gespräch um sechs Uhr morgens auf dem Sofa.«*

»Ich bin nicht ...«

Ethan hob seine Augenbraue.

»Schön.« Nathaniel schnaubte. Aber er lächelte dabei, noch immer angetrunken, mit geröteten Wangen und diesem Funkeln in seinem Blick.

Es war das Funkeln, das fehlte.

Schon so lange.

Später wusste er nicht mehr, weshalb er sich entschieden hatte, ihm zu folgen. Oder warum genau an diesem Abend.

Vielleicht war es Nathaniels Tonfall gewesen, vielleicht aber auch der Blick zur Uhr – sie zeigte halb zwölf, als er sich aufraffte, und er wusste, dass er Nathaniel nicht vor Sonntag wiedersehen würde, wenn er jetzt nicht ging –, vielleicht war es das unruhige Gefühl, als wühlten die Insekten in seinem Torso und summten ununterbrochen.

Ethan schaltete den Fernseher ab und zog sich an. Schwarze Jeans, gestreifter Pullover, Lederjacke. Den Schlüssel für den Kiosk hing er über den Nagel, um ihn nicht versehentlich zu verlieren, danach tastete er seine Brieftasche ab. Im letzten Moment zog er sich noch eine Mütze über den Kopf. Die Handschuhe ließ er liegen. Während er die Treppen hinunterging, zählte er das Geld in seinem Portemonnaie und hoffte, dass es reichte, um Nathaniel einen Drink auszugeben. Es würde ihn milder stimmen, und vielleicht würde er sogar mit nach Hause kommen.

An den Bordsteinkanten sammelte sich der Schnee von letzter Woche. Ein paar warme Tage zwischendurch hatten ihn antauen und zusammenschrumpfen lassen. Nun war er steinhart. Taxis standen zwischen Ampeln und Fußgängerüberwegen. Das Watson's-Schild an der Ecke flackerte im leichten Wind. Wie irrsinnig, dass er diesen kurzen Weg früher nicht geschafft hatte, und mit welcher Geduld ...

Er erlaubte seinen Gedanken nicht, dorthin zurückzukehren. Es lagen nur knapp zwei Jahre dazwischen und doch so viele mehr. Die Zeit war eine tückische Gefährtin, und ihn hatte sie noch nie gemocht.

Mit der Mütze in der Stirn lief er über mäßig befahrene Straßen. Ihr Ausflug zum Kings&Queens lag nur wenige Wochen zurück. Trotzdem bog er mehrere Male falsch ab und verirrte sich ein Stück weit, aber nie zu sehr. Die Nacht rang mit den Lichterketten, die sich um die skelettierten Äste der Bäume wanden, und mit dem Schein der Straßenlaternen. Es war Mitternacht und Morgengrauen zugleich, dunkel und hell und seltsam farblos. Eine scheinheilige Dämmerung. In Schaufenstern tauchte gedimmtes Licht die Gesichter der Modellpuppen in Schatten. Fünfzackige Weihnachtssterne hingen an Giebeln und auf Drahtleinen über Kreuzungen, insgesamt achtundvierzig Stück, bis er die Nebenstraße erreichte. Ein Bettler schlief, eingewickelt in einen verschlissenen Schlafsack, auf einer der Bänke. Sein Bart war grau, sein Haupthaar grob geschoren. Schwarze Nagelbetten lugten unter Halbhandschuhen hervor. Ethan nahm seine Mütze ab, stopfte einen Fünfer hinein und rollte sie auf. Den Mann zu wecken, wagte er nicht, also manövrierte er das Knäuel vorsichtig in den Schlafsack.

Gedämpfte Musik ließ den Bordstein wummern, je weiter er in die Straße eindrang. Ethans Fingerspitzen waren steif und klamm, trotzdem fuhrwerkte er solange an dem Feuerzeug herum, bis er die Zigarette angezündet bekam. Die Spitze glomm orangerot und der Rauch zog wie eine Fahne hinter ihm her. Sein Hals kratzte. Kurz wurde ihm übel. Bass, viel zu viel Bass. Ein vergessenes Fahrrad lehnte an einem Ginkobaum, befestigt mit einer rostigen Kette. Die Speichen drehten sich wie von selbst.

Sein Ziel lag am Ende der Straße.

Blinzelnd schüttelte Nathaniel den Kopf. Er unterdrückte ein Schniefen, blinzelte wieder. *»Warum mache ich immer alles kaputt?«*

Ethan tastete mit den Fingern über die Kücheninsel, bis er Nathaniels Handgelenk fand. Sein Daumen fuhr über die Adern direkt unter seinem Handballen, verfolgte die blau schimmernden Linien, die so scharf unter der blassen Haut herausragten. Es hätte seine Wange sein sollen, aber er wagte es nicht, Nathaniel auf diese Weise zu berühren. Noch nicht, vielleicht. »*Das tust du nicht.*«

Hinter dem Schriftzug flackerten weißliche Lampen. Die Gummipflanze stand am selben Ort wie Wochen zuvor, unberührt. Ethan zögerte. Er schnipste den Zigarettenstummel fort und legte seine Hand um den Türgriff. Im Metall wohnte Kälte, und sie fraß sich in seine Handfläche wie sonst seine Fingernägel.

Was man einem Türsteher sagte, wusste er ebenso wenig wie den Weg hinab in den Keller, aber beides verlor an Wichtigkeit, sobald er erst an der Klinke zog. Die Tür gab nach. Einfach so. Verbrauchte Luft schlug ihm entgegen, unangenehm warm. Darunter: der Gestank von Urin und Alkohol, Limonaden und ungewaschenen Körpern, Kirschsirup und Zigarrenrauch.

Ein paar Gestalten lungerten im Licht einer heruntergekommenen Theaterlampe. Manche lehnten an schwarz gekachelten Wänden, andere saßen auf ausrangierten Sesseln. Ihre Köpfe hoben sich kurz, als Ethan eintrat, dann wandten sie sich wieder einander zu, als wäre jemand wie er kein seltener Anblick. Gekleidet waren die Männer – zumindest hielt Ethan sie dafür – überwiegend in Jeans und Tanktops, einer hatte sich eine Jacke aus Tigerfell übergestreift, jemand anderes trug ein neongrünes Stirnband im Haar. In den Aschenbechern auf den Tischen stapelten sich die Zigaretten, Becher lagen auf der Seite oder versanken ineinander oder wurden herumgereicht, Gelächter, ein Feuerzeug flammte auf und entzündete einen Joint. Im Hintergrund rauschte eine Toilettenspülung, und am Ende des Raumes ging eine Tür auf. Daneben, halb versteckt hinter einer weiteren Pflanze, führte eine Treppe nach unten. Ethan nickte den Leuten zu, dann stieg er Stufe um Stufe hinab, es waren nur sieben bis zur ersten Plattform, dann noch einmal sieben, viel zu wenige, er spürte noch das Rasen seines Herzens und den Schweiß zwischen seinen Schulterblättern.

Schriftzüge prangten an den Wänden, wenig kunstvolle Zeichnungen von Penissen und Penissen, die zwischen zwei Gesäßbacken verschwanden, noch eine Tür, schwarz, die Musik war nun so laut, dass er sie durch seine Schuhsohlen spüren konnte. Wieder verharrte er. ›Bette Davis Eyes‹. Menschen, die mitsangen und welche, die sich über den Text hinweg etwas zugrölten. Jemand kam hinter ihm die Treppe herab. Endlich schaffte er es, die Tür zu öffnen. Gerade rechtzeitig zu ›I Wanna Dance with Somebody‹. Whitney Houston schrie ihn an.

Der Keller erstreckte sich beinahe zwei Drittel breiter als der obere Raum. Licht wurde von wenigen Lampen gespendet, alte Strahler, eingestellt in verschiedenen Farben. In der Luft lag Rauch wie dichter Nebel, tanzte zwischen Körpern und Lichtern und den schwarzen Kacheln, die sich fortsetzten, sowohl über die Wand als auch den Boden. Der Mann in der Tigerfelljacke quetschte sich an Ethan vorbei. Er roch nach Schweiß und alter Liebe. Mit einem Lächeln nickte er hinüber zur Bar am anderen Ende des

Raumes, aber Ethan lehnte ab. Nachdem der Kerl verschwunden war, trat auch Ethan endlich von der Schwelle. ›Jump‹, Van Halen. Unter der Musik verbarg sich das Sehnen von Menschen, die beschwipst waren von Takt und Gefühl, leises Flüstern, Rufen, manchmal Stöhnen, wie eine dissonante zweite Stimme.

Weniger Menschen als befürchtet rieben ihre Körper an der Tanzfläche aneinander, aber dennoch genug, um Nathaniel nicht zu finden. Am Rand ging Ethan um die Feiernden herum, die Hand an der Mauer, den Blick auf die Bar gerichtet. Ein Mann arbeitete dort, schwarz und freizügig gekleidet, mit blitzendem Metall an seinen Nippeln.

Es waren nicht nur Männer hier, aber ihre Anzahl überwog. Dazwischen: Frauen, manche mit Bürstenschnitt und Hawaiihemden, andere mit lackierten Fingernägeln und Stiefeln, oder auch in Latzhosen und Baretts. Vereinzelt: Menschen, die sich nicht einordnen ließen oder auch lassen wollten, ihr Geschlecht nicht bestimmbar, ihre Kleidung wertfrei.

Ethan entdeckte Loraine auf halber Strecke. Ihr Haar flog um ihren Kopf, den sie in den Nacken warf, und ihre Lippen waren weit geöffnet. Röte färbte ihre Wangen dunkler. Sie klammerte sich an ein Mädchen mit – vermutlich blonden, im Lichtschein aber violetten – Haaren, dessen Lippen an ihrer Halsbeuge lagen. Sie lächelte. Für einen halben Herzschlag schienen sich ihre Blicke zu streifen, dann verschwand Loraine wieder zwischen den Tanzenden.

Die Luft schien zu Wasser zu schmelzen. Die Insekten kämpften um ihr Leben, knallten gegen seine Rippenbögen und sammelten sich am Boden seiner Lungen. Atmen schmerzte. Ethan taumelte gegen die Wand, und ein junger Mann mit kahlgeschorenem Kopf bot ihm seinen Arm an. »Langsam, Süßer«, sagte er. Durch die Musik hinweg klang seine Stimme fahl und abgehackt.

»Es geht gleich wieder«, sagte Ethan.

Das Lächeln verwandelte sich in ein wissendes Zwinkern. »Das erste Mal hier?«

Er nickte.

»Du wirst dich dran gewöhnen.« Ein Klaps auf Ethans Wange, dann, ohne Überleitung, der Griff nach Ethans Hand. Dieser Fremde zerrte ihn durch die Menschen. Zwischen ihre nassen, wogenden Körper. Durch Alkoholflecken und Wolken aus Parfüm, durch Berührungen an seinen Schultern, Ellbogen, Hüften. Die Lichterfarben wechselten, und die braunen Augen seines Gegenübers blitzten plötzlich grün, seine Lippen wurden breiter, viel zu breit. ›Take On Me‹, langsamer, mehr atmen. Unter seinen Achseln bildete sich Schweiß.

In Budleigh Salterton färbte das Meer den Horizont und der Horizont das Meer. Von Nahem beeindruckte ihn das Spiel der Wellen noch mehr, wie sie sich aufbäumten und zum Ufer hin ausrollten, bis nur noch ein sanftes Streicheln den Sand erreichte. Salz lag in der Luft und schließlich auf seinen Fingerspitzen. Er konnte nicht rennen, denn seine Rippen waren geprellt, vielleicht sogar angebrochen. Aber als er eine Muschel fand, oder vielmehr, die Hälfte einer Schale, zog er sie heraus und betrachtete sie. Eine Miesmuschel mit dunklerer Färbung, durchaus nichts Ungewöhnliches. Seit er zwölf Jahre alt war, hatte er keine mehr in den

Händen gehalten. Eigentlich sogar, seit er sieben war oder acht.

Ein Ächzen unterdrückend richtete er sich auf. Unbewegt wartete Nathaniel ein Stück weiter hinten, die Hände in den Hosentaschen, Sorge in seinem Blick. Ethan versuchte sich an einem Lächeln. Noch nie hatte er ein Muschelstück behalten. Sie waren nicht für ihn bestimmt. Langsam kehrte er zu Nathaniel zurück und legte ihm seinen Fund in die Handfläche.

»*Danke*«, sagte Nathaniel.

»*Danke*«, erwiderte Ethan.

Irgendwie erreichte er die Bar. Der Mann war verschwunden, nachdem Ethan seine Hand abgewiesen hatte. Schwer atmend sank er auf einen Hocker. Der Barmann studierte ihn und Ethan studierte die Preisliste. Vierundzwanzig verschiedene Getränke, drei davon ohne Alkohol. Nathaniel würde eine Rum-Cola wollen oder vielleicht einen Gin Tonic, also blieb ihm genug für eine Limonade. Zitrone, bitte. Das Eis in seinem Glas klimperte; die Kälte beruhigte seinen Herzschlag.

Er hatte vergessen, warum er aufgebrochen war. Laut seiner Armbanduhr suchte er seit über einer Stunde. Gefunden hatte er nur vor Lust fiebernde Menschen und einen frierenden Barmann, und erhascht hatte er nur einen Blick auf Loraine, die ihn womöglich nicht einmal wahrgenommen hatte. Würde sie ihm helfen? Je länger er dort saß, desto mehr verstand er, was Nathaniel hier fand. Es war zu laut, um zu denken, und zu heiß, um etwas Düsteres zu fühlen. Zu voll, um aufzufallen, und leer genug, um nicht unterzugehen. Hier gab es keine Papierfabrik und Spaziergänge, die an hölzernen Kirchenschiffen endeten, keine teuren Tabletten und Krümel im Backofen. Hier war er sicher – vor ihm, vor Ethan. Vor dem Gewicht, das an ihn genäht und mit ihm verwachsen war, und das Nathaniel versucht hatte zu tragen, bis dessen Knie unter ihm nachgaben.

›Dancing in the Dark‹. Bruce Springsteen. Ethan schnaubte und leerte sein Glas. Vielleicht hätte er selbst den Gin Tonic bestellen sollen. Die Dunkelheit im Raum wuchs, während die Menschen sich näher kamen, noch näher als ohnehin schon. Silhouetten und Schatten bewegten sich aufeinander zu, voneinander fort, ineinander weiter.

Es war kein Ort für ihn.

Bevor er ging, schob er dem Barmann ein Trinkgeld zu, das dieser mit einem Schmunzeln annahm. Die Finger lose an der schwarzen Wand, machte Ethan sich auf den Weg nach Hause. Er zählte die Fugen zwischen den Fliesen. Wenn Nathaniel nach Hause kam – gut. Wenn er es nicht tat ... nun, zumindest wunderte es ihn nicht mehr. Fünf Schritte noch, vielleicht einer mehr. Das Lied wechselte. Er kannte es nicht.

Seine Finger berührten die Klinke.

Nathaniel.

Ein paar Schritte weiter, etwas abseits von der großen Masse. Orangenes Licht entfärbte seine Haut, machte ihn grau und blass. Den dunklen Schweißflecken unter seinen Armen und an seinem Rücken nach zu urteilen, hatte er getanzt, und das nicht zu knapp. Sein Gesicht glänzte. Röte lag auf seinen Wangen, ein schräges Lächeln auf seinen Lippen.

Finger strichen das nasse Haar aus Nathaniels Stirn, doch es waren nicht die seinen. Sie waren breit. Stummelhaft. Die dazugehörige Handfläche: schwielig.

Ethan ließ den Türgriff los. Ohne sich abzuwenden, wich er zurück, bis er klebrige Fliesen an seinem Rücken spürte. Etwas in ihm klickte und jagte ihn in die Luft, wie eine Zeitbombe, eingestellt auf diesen Moment. Der Bass ließ nach. Das Brennen nahm zu, fauchte durch ihn hindurch, brach seine Rippen ein zweites Mal.

Manchmal reichten die Pfützen einfach nicht tief genug: das Wasser aufgezehrt von den vielen Sprüngen, die es brauchte, um die Wahrheit wegzuwünschen. Wenigstens zu verdrängen, für einen Augenblick.

Es war Clarke. Natürlich war er das. Der rothaarige, breit gebaute Clarke mit dem spöttischen Lächeln und den Venen, die sich an seinen Unterarmen zeigten, als er Nathaniel zu sich zog. Sie waren sich nah, viel zu nah. Nathaniel verschwand an Clarkes Körper fast ebenso vollständig wie zuvor in der Menschenmenge. Da war ein Lächeln auf Nathaniels Gesicht, ein freies, kleines Lächeln – ein Kuss würde nach Asianudeln schmecken und nach einer Matratze mit Blick auf pfirsichfarbene Wolken.

Er hatte es gewusst. Er hatte es gewusst, von dem Moment an, als Nathaniel ihm sagte, dass er die Tage und Nächte nicht bei Loraine verbrachte; als Nathaniel die Körperlichkeit nicht mehr einforderte, den letzten Schritt, den er doch so gerne hatte gehen wollen; als eine Hand sich um Nathaniels Arm gewunden hatte, als der fremde Hemden trug und behauptete, sie gekauft zu haben; als er in Telefonzellen schlich, um mit vorgehaltener Hand zu sprechen.

Sie wiegten sich zur Musik. ›Careless Whisper‹. Clarkes Hand fand einen Weg hinab zu Nathaniels Hüfte, drückte ihn an sich, zwei Finger unter dessen Shirt geschoben. Mit der anderen Hand hob er Nathaniels Kinn an und beugte sich vor. Sein Grinsen verblasste, als seine Augenlider sanken, er neigte den Kopf seitlich –

Seine Knie gaben nach. Seine Füße wogen Tonnen. Unkontrolliert zuckten seine Finger. Er krallte sie in die Fliesen, fand keinen Halt, torkelte auf den Ausgang zu.

Nathaniel wich dem Kuss aus. Lachend drückte er Clarkes Gesicht zur Seite und rief etwas. Vielleicht »Hey«, oder: »Du Idiot«, oder: »Du weißt doch, dass ich nicht kann«, oder vielleicht auch nur: »Nicht jetzt.«

Clarkes Gesicht kehrte zurück. Sie tauschten ein Lächeln. Vorsichtiger als zuvor näherte er sich Nathaniel, dann legte er die Stirn an die seine, und Nathaniel ließ es zu. Er schloss sogar die Augen und schlang die Arme um Clarkes Rücken, nuschelte etwas in dessen Ohr. Einen Moment verharrten sie so. Vierundfünfzig Herzschläge. Sechzig.

Dann riss Ethan die Tür auf und stürmte die Treppen hinauf.

Ethan rührte sich nicht. »Bist du okay?«

»Nein«, nuschelte Nathaniel an seiner Brust.

Hinter ihnen zog der CD-Player die Scheibe ein.

»Okay«, sagte Ethan. Leiser. Sanfter. Er drückte auf die Play-Taste und es klickte. Die ersten Takte eines Liedes von Def Leppard spielten an. Er tastete über Nathaniels Rücken, als wäre er zerbrechlich, als bräuchte es eine besondere Vorsicht, ihn zu halten. Seine Nasenspitze berührte

Nathaniels Haar. Es kostete ihn all seine Willenskraft, sie nicht darin zu versenken und seinen Duft zu atmen, bis er ihn nicht mehr vergessen konnte.

»Ich bin froh, dass du hier bist«, flüsterte Ethan.

Die kalte Luft ohrfeigte ihn mit Wucht. Ethan japste, taumelte und hielt doch nicht an. Er rannte zurück auf die Hauptstraße, wich einem hupenden Fiat aus und rannte weiter. Nach Longborough Park und zurück. Herne Hill, Ruskin Park. Die Nacht war grau, sternenklar und kalt, und seine Lippen ertaubten, seine Augen tränten und der Wind brannte in seinen Ohren, sein Atem gefror in seinen Lungen und konservierte die toten Insekten, deren Gewicht ihn nach unten zog. Seine Haut schwitzte kalt. Irgendwann fühlte er seine Finger nicht mehr, doch es tat nicht weh, nichts tat weh, nicht weh genug.

Nathaniel hatte diesen Kuss gewollt. Es stand in seinen Augen, wie damals: eine schüchterne Frage, zu wichtig, um sie gedankenlos zu stellen. Verlangen. *Begierde.* Er hatte Clarkes Lippen auf den seinen gewollt, vielleicht sogar dessen Zunge in seinem Mund, wo sie die Zahnlücke finden würde und seine Unbeholfenheit bei dieser Art von Kuss. Danach wären es seine Hände gewesen, die er an seinem Körper spüren wollte, überall an seiner Haut. Seine Erregung konnte er nur schwer verbergen, und Clarke hätte nicht gezögert, ihm zu geben, wonach er sich sehnte.

Vielleicht war es nur noch eine Frage der Zeit.

Ethans Fingernägel hinterließen blutige Halbmonde in seiner Handfläche.

Clarke wohnte an der Grenze zu Clapham, das war alles,

was er wusste. Dort war Nathaniel also, wenn er nicht nach Hause kam. Wahrscheinlich noch im Haus von Clarkes Eltern, wo sie sich hoch in das Jugendzimmer schlichen, in das viel zu enge Bett. So, wie sie tanzten, ineinander verschlungen, würden sie schlafen und sich sagen, dass es nichts bedeutete, solange sie sich nicht küssten, dass sie sich nur trösteten und Halt gaben, und dass es nicht falsch war, was sie taten.

Er wollte schreien, doch er konnte nicht, also lief er noch schneller. Seine Beine hörten auf, zu existieren. Er hatte keine Kontrolle mehr über sich, diesen Körper, der ihn durch London trug, durch irgendwelche schimmligen Nebengassen und Kreuzungen, durch kleine Grünflächen und Parkanlagen, und erst, als er stolperte, es nicht schaffte, sich abzurollen und auf sein Gesicht fiel, bemerkte er, dass er weinte. Brockwell Park, er war im Brockwell Park. Seine Lederjacke hatte einen breiten Riss am linken Arm. Ein Knopf hatte den Sturz nicht überlebt. Seine Lippe blutete. Die Kraft seiner zitternden Arme reichte nicht, um seinen Körper in einem Ruck aufzurichten. Kieselsteine bohrten sich in seine Handflächen. Ethan zischte. Er schleifte sich auf eine Bank und sank auf gefrorenes Metall. Schweiß und Salz glühten in den Kratzern auf seiner Wange.

»Es tut mir leid«, flüsterte er. Er konnte kaum sprechen, so abgehackt ging sein Atem, so schwer wog seine Brust. Ein Schluchzen zog bis in sein Zwerchfell. »Es tut mir so leid.«

Er vergaß zu zählen, wie oft er es sagte, bis er irgendwann aufstand und ging.

33 – 1991

BRIGHTON, ENGLAND

»Ich dachte mir, dass du das bist«, sagte Nathaniel, als er sich neben ihm in den Sand sinken ließ. »Wer sonst geht bei der Kälte ans Meer?«

Ethan versuchte sich an einem Lächeln, doch es wollte ihm nicht ganz gelingen. Schweigend wandte er sich wieder dem Nachthimmel zu. Es gab zu viele Fragen, um auch nur eine einzige zu stellen. Vielleicht hielt es sich damit wie mit den Sternen: Solange sie brannten, verbargen sie sich, und wenn ihr Licht einen dann erreichte, waren sie längst erloschen, nur noch ein Trugbild – in Wirklichkeit gar nicht mehr da.

»Ich kann gehen, wenn du willst.« In Nathaniels Stimme lag weder Häme noch Bitterkeit, nur ein Hauch von Scham. »I... ich meine, ich kann verstehen, wenn du i... ich ...«

»... schon gut«, sagte Ethan leise.

Immer wieder rollten die Wellen heran, begleitet von einem Rauschen, das zu einem feinen Prickeln verging, im

Ohr und auf der Haut. Nathaniel kratzte an einem Schorf herum, der seinen Handrücken verunzierte. Danach zog er an den Ärmeln seines Anoraks, spielte mit dem Verschluss, zupfte an seinen Schnürsenkeln. Er hob den Kopf und senkte ihn wieder. Dann nahm er einen tiefen Atemzug und hielt still.

Irgendwann richtete Ethan sich auf. Seine Beine zog er so weit an, wie er konnte, und vergrub die Füße im Sand. Nathaniels Blick glitt über ihn wie lauwarmes Wasser. Beinahe hatte er vergessen, wie es sich anfühlte. Zaghaft suchte er nach Nathaniels Augen. Eine Mischung aus grau, grün und blau empfing ihn, älter als früher. Trauriger. Erwachsener, irgendwie. Sie versetzten ihm einen Stich. Ethan wandte sich ab.

Einen Moment später sagte er: »Du kannst jederzeit sprechen, wenn du möchtest.«

Ein leises Lachen. »Du hast dich kein Stück verändert.«

»Du würdest dich wundern.«

»Das hoffe ich doch.«

Ethan spürte seine Mundwinkel zucken und unterdrückte das Lächeln. Er griff nach einem Stück aufgeweichtem Holz und zeichnete Muster in den Sand: gleichförmige Spiralen, die sich zu einem Labyrinth verzweigten. Mit der flachen Hand glättete er die Oberfläche und begann von vorne. »Du hast nicht angerufen«, sagte er, ohne den Blick zu heben.

»Nein, das habe ich nicht.« Nathaniel seufzte. »Es ... tut mir leid.«

Keine Erwiderung erschien ihm passend, also schwieg er. Mit spitzen Fingern entfernte er abstehende Rindenstücke, die zwischen seinen Kuppen zerfielen, aufgeraut durch Salzwasser und Sand. Er wollte nicht, dass diese Entschuldigung etwas bedeutete – denn sie konnte alles heißen. Es tut mir ein bisschen leid. Es tut mir leid, was passiert ist. Es tut mir nicht leid, was passiert ist, wohl aber, was es mit dir gemacht hat. Es tut mir leid, aber ›es‹ ist nicht das, was du denkst. Es tut mir leid, dass wir hier sind. Es tut mir leid, dass wir's nicht zusammen sind. Wie oft konnte man diese Worte aussprechen, bis sie tatsächlich nichts mehr galten?

»Wenn ... wenn du es hören willst, erzähl ich's dir.«

»Wie kommst du darauf?«

Ein sachtes Lächeln hob Nathaniels Mundwinkel. »Immerhin sitzt du noch hier.«

Ethan schnaubte und legte den Stock beiseite. »... okay.«

»Okay«, sagte Nathaniel. »Aber lass uns irgendwo hingehen, wo es warm ist. Noch ein paar Minuten länger, und ich spüre meinen Hintern nicht mehr.«

Schweigend nahmen sie den Pfad zurück in die Stadt. Den Kiesweg entlang, am nun geschlossenen Restaurant vorbei, dann ein paar steile Treppen weiter nach oben. Nathaniel trug sein Fahrrad über die Stufen, bis sie ebene Straßen erreichten. Danach schob er es neben sich her. Das Rattern der Kette übertönte das Wogen des Meeres, nicht aber ihre dumpfen Schritte.

»An der Kreuzung dort vorne gibt es ein Pub«, sagte Nathaniel.

»Loraine und die anderen sind dort.«

»Oh.«

Sie folgten der Gasse einen sanften Hügel hinauf.

Seit einer Weile schon hatte der Rhythmus ihrer Schritte sich aneinander angepasst, ganz so wie früher. Ethan gab sich Mühe, mitzuhalten, und Nathaniel ging etwas langsamer. Dessen Schatten aus den Augenwinkeln zu sehen, ließ ihn unruhig werden, bis Ethan seine Daumen in die Gürtelschlaufen steckte. So ballte er die Hände wenigstens nicht zu Fäusten. Danach sah er stur geradeaus. Nicht einmal für einen kurzen Moment erlaubte er sich, darüber nachzudenken, wie es wäre, für immer mit ihm durch die Nacht zu laufen – unter einem wolkenlosen Himmel, der nicht zuließ, dass sich die Dunkelheit verdichtete; entlang einer Straße, deren Ziel er nicht kannte; ohne ein falsches oder harsches oder überhaupt ein Wort, das die Illusion zerreißen würde wie eine Henkersklinge das Fleisch. Stur gerade aus. Ein Fuß vor den anderen. Kleine Kiesel knirschten unter ihren Sohlen.

Zu beiden Seiten erhoben sich mehrstöckige Häuser mit alten Buntglasfenstern. In Vorgärten lagen vergessene Bälle oder Klappstühle. Blumenbeete standen neben Einfahrten und Garagen, oder Basketballkörbe, mit Straßenkreide aufgemalte Hüpfspiele, Dreiräder mit Fahnen. Ein seltsam friedlicher Anblick. Das musste es bedeuten, wenn Menschen davon sprachen, wieder ein Kind sein zu wollen.

»Sonst könnten wir zu mir«, sagte Nathaniel. »Wenn dich das nicht stört. Es ist nicht aufgeräumt, aber ... ich hab' Tee zuhause.«

Ethan widersprach nicht.

Streunende Katzen schlüpften unter parkende Autos oder Kotflügel auf der Suche nach einem Schlafplatz. Die Siedlung veränderte sich, nur ein wenig, aber doch genug.

Vorhänge verschwanden aus den Fenstern, Pflanzen von den Fensterbrettern. An den Fassaden der Häuser regierten Schmutz und die Rußreste von vergangenen Feuern. Leise Musik drang aus einer Wohnung, der Geruch von Marihuana aus einer anderen, weiter hinten bellte ein Hund, ansonsten herrschte Ruhe. Der Mond war ein Stück gewandert, malte die Schatten lang.

Nathaniel kettete sein Fahrrad an einen der Laternenpfähle und holte einen Schlüsselbund aus seiner Tasche. Er schloss die Haustür mit der Nummer 43 auf und nickte Ethan zu. Hintereinander schlichen sie durch das schlafende Treppenhaus. Der Geruch erinnerte an Friedhofserde – nass und drückend.

Im zweiten Stock hielt Nathaniel vor einer Tür mit einem blinden Spion. ›Alglow‹ stand neben der Klingel.

Er hatte diesen Namen schon so lange nicht mehr gelesen.

Das Schloss klickte. Mit einer Grimasse, die wohl ein Lächeln darstellen sollte, ging Nathaniel vor. Ethan duckte sich unter dem Türrahmen hindurch und befand sich in einem engen Flur. Kurz wallte der Druck zwischen seinen Rippen auf: Es roch nach Nathaniel. Nicht nach diesem neuen Parfüm, sondern nach Mandeln und gelbgrünem Duschgel, etwas muffig, als hätte er seit Tagen im Bett gelegen.

Zu seiner Rechten hingen zwei Jacken über einem Hutständer. Die dritte folgte, als Nathaniel seinen Anorak abstreifte. Ein Schuhregal aus einfachen Metallstreben stand dahinter, die Tür zum Bad war angelehnt, Klamottenhaufen auf dem Boden unter dem Waschbecken. Das Deckenlicht flackerte. Langsam schob Ethan die Tür ins Schloss und bückte sich, um seine Schuhe abzustreifen.

»Oh, lass die an«, sagte Nathaniel hastig. »Ich hab' nicht gesaugt. Sch... Schon länger nicht.«

»Das stört mich nicht.«

»Ich weiß, dass es dich stört.«

Wieder spürte er ein Lächeln in sich aufsteigen, das er nicht wollte. Nathaniels Worten zum Trotz zog er die Schuhe aus und bereute es nach wenigen Schritten. Stumm folgte er Nathaniel in einen Raum, der vermutlich ein Wohnzimmer darstellen sollte: ein einsamer Sessel mit Fußlehne, ein Sitzsack, auf dem eine schwarze Katze schlief, ein Bücherregal, geschmückt mit CDs, und ein Sideboard mit einem Röhrenfernseher. Staub lag obenauf, durchbrochen von Pfotenabdrücken.

»E... es ist kein Luxusapartment, aber ...« Nathaniel legte seine Hand an den Hinterkopf. »Setz dich einfach. U... und das ist Munch. Sie ist mir vor ein paar Wochen zugelaufen. Willst du Tee? O... oder Kaffee? Sonst habe ich auch ...«

»Wasser, bitte.«

»Klar«, sagte Nathaniel, »ja, natürlich. Moment.« Er machte auf dem Absatz kehrt und ließ Ethan allein zurück.

Mit trägen Augen betrachtete die Katze den Raum. Nur kurz blieb sie an Ethan hängen, dann erhob sie sich. Sie war noch nicht ausgewachsen, vielleicht ein paar Monate alt. Als sie sich streckte, schossen ihre Krallen hervor, dann drehte sie sich herum und rollte sich wieder auf dem Sitzsack zusammen.

Eine großartige Auswahl an Plätzen blieb ihm also nicht. Zaghaft ließ er sich in den Sessel sinken. Leder knarzte. Munch schreckte auf, gähnte und legte den Kopf auf ihre Pfoten.

Nathaniel besaß dreizehn CDs, vier Bücher – allesamt von King –, eine Sammlung von acht einzelnen Socken, die um das Sideboard verteilt lagen, zwei Pizzakartons, eine Fernbedienung und drei Spielzeugmäuse, denen die Schwänze fehlten. Dazu gesellten sich ein Gameboy mit steckendem Nintendospiel, eine Glasflasche, die neben dem Sessel lehnte, und drei Schallplatten. Weiter kam er nicht, denn Nathaniel kehrte mit Gläsern in den Händen zurück.

»Hier«, sagte er und hielt ihm eines entgegen.

»Danke.«

Ohne eine Sitzmöglichkeit stützte Nathaniel sich an die Wand neben dem Fernseher. Er hatte die Jeans gegen eine weite Jogginghose getauscht und das Hemd gegen ein Shirt, das Ethan nicht kannte. Schweigend nippten sie an ihren Gläsern. Auch Nathaniel trank Wasser. Ab und zu brachten Munchs Bewegungen den Sitzsack zum Rascheln, ansonsten blieb es – bis auf unangenehm laute Schluckgeräusche – still.

»Musik?«, fragte Nathaniel.

Ethan schüttelte den Kopf.

»Einen Snack vielleicht? I... Ich habe ...«

»Ich bezweifle, dass ich allzu lange bleibe.«

»Ja, natürlich.« Nathaniel räusperte sich. »Es ist nur ... i... ich weiß nicht, wo ich anfangen soll ... und ...«

»... du bist mir dieses Gespräch nicht schuldig.«

Ein Schatten huschte über Nathaniels Gesicht. Sein Adamsapfel hüpfte und seine Stimme klang trocken, als er antwortete. »Dasselbe könnte ich dir sagen.«

Ethan atmete aus.

Nathaniel tat es ihm gleich.

Niemand von ihnen rührte sich. Den Blick auf den Boden gerichtet, zählte Ethan die Farbflecken auf dem Teppich – zwölf –, und die Zeichenblöcke, die unter dem Sideboard herausragten – drei –, bis sein Blick Nathaniels Beine streifte. Er trug Ringelsocken mit einem Loch an der Ferse, und seine Zehen hatte er eingerollt. Ethans Blick glitt weiter, unaufgefordert, beinahe gegen seinen Willen. Schwarze Jogginghose voller Fussel und Katzenhaare, eine Hosentasche hing schlaff an der Seite heraus, dann das Shirt, langärmelig, aber bis zu den Ellbogen hochgekrempelt, dunkelviolett, mit Knöpfen oben am Rundausschnitt, vermutlich ein Schlafanzug. Drei kleine Flecken in Brusthöhe, ganz frisch, vermutlich Wasser. War es nicht verboten, ihn so zu sehen? Gehörten diese zwanglosen Momente nicht in eine andere Zeit? Bevor ihre Blicke sich treffen konnten – zumindest vermutete er an der Art, wie Nathaniels Halssehnen sich bewegten, dass er in seine, Ethans, Richtung sah –, wandte er sich seinem Glas zu.

»Ich ... würde deine Geschichte gern hören.«

»Würdest du das?«

Langsam ließ Ethan die Hand in seine Tasche gleiten und holte die Zigarettenschachtel heraus. »Sicher«, sagte er. Er fand nur Tabakbrösel und ein Feuerzeug. Natürlich.

Nathaniel zog an einer Schublade. Von der Seite flog eine andere, blaue Schachtel in Ethans Schoß. »Wenn du die magst, kannst du die mitnehmen. Es wäre nur gut, wenn du vor die Tür gehst. Hab' aufgehört, und ...«

»Danke.« Ethan hob den Kopf. »Vielleicht sollte ich das eines Tages auch tun.«

»Aufhören?«

»Warum nicht?«

Nathaniel hob einen Mundwinkel. »Ja, warum nicht?«

»War es schwer?«

Das Lächeln verschwand aus seinem Gesicht. Stumm steuerte Nathaniel auf den Sitzsack zu, nahm Munch sanft hoch und ließ sich mit ihr auf seinem Arm zurückfallen. Die Katze miaute klagend, rollte sich dann aber auf Nathaniels Schoß zusammen. Als hätte er seit Tagen nichts anderes getan, kraulte er sie hinter dem Ohr, ohne hinzusehen. Ihr zufriedenes Schnurren vibrierte im Raum. »Sehr«, sagte er dann. Ihre Blicke streiften sich kurz. Ethan versuchte ein Lächeln, aber Nathaniel erwiderte es nicht. Stattdessen legte er den Kopf in den Nacken und stieß einen Laut aus, der zwischen einem Stöhnen und einem Seufzen lag. »Gott, das war eine verdammt dumme Idee.«

»Was?«

»Das. Alles.«

»Mich mitzunehmen?«

»N... nein – also, doch. Ich meine, nein. Aber dich hierher zu bringen. Ich ... ich kann das nicht. Wie du da sitzt ... und ...«

Ethan betrachtete das Wasser in seinem Glas. »Verstehe.«

Stille – noch mehr Stille. Wie ein Tumor wuchs sie aus ihnen heraus und drängte sich zwischen sie. Die Schwellung pulsierte, gefüllt mit ungesagten Worten, und sie drohte zu platzen mit jeder Bewegung ihrer Lippen. Nur ein scharfer Schnitt würde den Druck abklingen lassen, aber niemand konnte erahnen, wie sehr es schmerzen würde, und vielleicht war keiner von ihnen dazu bereit.

Wäre es danach wirklich besser? Was war der Wetteinsatz, worum spielten sie?

Ethan fragte: »Möchtest du, dass ich gehe?«

Nathaniel antwortete nicht.

Einen Moment wartete er, ob er es noch tun würde – vielleicht etwas sagen wie: *»Lass uns woanders hingehen«*, oder: *»Versuchen wir es ein andermal?«*, oder zumindest: *»Ja«* –, aber der starrte auf das Fellbündel in seinem Schoß und schwieg. Also erhob er sich, stellte sein Glas in das Bücherregal und verschwand im Flur. Ohne Deckenlicht zog er seine Schuhe an. Die Zigaretten legte er auf das Schuhregal. Gehen, er sollte wortlos gehen, denn noch ein Lebewohl ertrug er nicht. Mit der Hand auf der Türklinke verharrte er. Ein letzter Blick.

Kein Laut drang aus dem Wohnzimmer außer Munchs Schnurren. Die Schatten auf dem Boden veränderten sich nicht. Nathaniel saß noch immer auf dem Sitzsack, eine Katze auf dem Schoß, schräg hinter dem Türrahmen. Womöglich hielt er sogar den Atem an, um den Augenblick nicht zu verpassen, in dem Ethan seine Wohnung verließ und er wieder frei war.

Schließlich sagte Ethan: »Ich hoffe, es geht dir hier besser«, kurz danach: »Verzeih mir«, und zuletzt: »Wir müssen uns nicht Hallo sagen, wenn …«, aber er sprach nicht zu Ende und sagte auch nicht *»Tschüss«* oder *»Auf Wiedersehen«* oder irgendetwas davon, was man eben sagte, wenn eine Chance zu Ende ging, sondern öffnete die Tür und verließ Nathaniels Wohnung. Seine Beine trugen ihn nach unten, dann zurück durch die Siedlung mit den geschmückten Fenstern und gejäteten Wegen. Zweimal blickte er sich um, ob Nathaniel ihm folgte. Danach verbot er sich, an so etwas Dummes zu glauben. Er wollte ihn nicht, hatte ihn nie gewollt seitdem. Keine Garantie für ein Wiedersehen. Ethan schlug den Weg zum Hotel ein, damit er allein sein konnte, bevor Loraine eintraf und ihn fragen würde, wo er gewesen war. »Am Meer«, würde er sagen. »Ich habe mich gefragt, wie es sich anfühlt, zu ertrinken.«

34 - 1991

BRIXTON, LONDON

Sie waren noch nicht lange Zuhause in London angekommen, als Loraine ihn zur Rede stellte. Mit den Händen an
den Hüften folgte sie ihm vom Bad – wo er seine getragenen Kleider dem Wäschekorb überließ – in sein Zimmer –
wo er die ungebrauchten Teile im Schrank einsortierte –
und schlussendlich wieder in die Stube, wo er sich auf das
Sofa fallen ließ und die Lautstärke des Fernsehers hoch-
drehte. Es lief eine Comedy-Show mit fragwürdigem Humor. Er schaltete um auf das Sonntagsprogramm von BBC.
Loraine warf ihm ein Kissen ins Gesicht und teilte ihm mit,
dass sie ein Abendessen besorgen würde, und dann würden
sie reden, ob er nun wollte oder nicht.

Nachdem sie im Flur verschwunden war, bettete Ethan
seinen Kopf auf das Kissen und seine Hand noch darunter.
Loraines Schritte verstummten hinter einer zugeschlagenen
Tür. Sie war wütend. Natürlich war sie das. Schon wieder
brannten seine Augen. Seit er aufgestanden war, taten sie

nichts anderes. Digg hatte ihm an den Kopf geworfen, wie er *nach dem* einfach so verschwinden konnte, ohne Bescheid zu sagen, und dann auch noch stundenlang. Loraine hatte zuerst gar nicht mit ihm geredet, während der ganzen Autofahrt kein Wort, und Beatrice betonte beim Frühstück in der Herberge, dass sie sich gesorgt habe, die ganze Nacht.

»Du hast gesagt, es spielt keine Rolle mehr«, hatte Ethan zu Digg gesagt und das schlechte Gewissen in dessen zuckenden Mundwinkeln gesehen. »Willst du mir 'nen Vorwurf machen?«, hatte Digg geantwortet. »Mann, Eth. Kannst du denn gar nicht verstehn, dass ich dran gedacht hab', nachdem du weg warst, so urplötzlich?«

Er hätte es wissen müssen.

Loraine brachte klebrigen Reis und vegetarisches Curry. Appetit hatte er keinen, aber er setzte sich zu ihr an den Tisch und dankte ihr.

Mit einem Glas Wasser spülte er die Reiskörner seine Kehle hinab. Die Schärfe gab seinen wässrigen Augen eine Berechtigung. Im Radio lief Madonna, danach Bon Jovi. Ihm gegenüber stocherte Loraine in ihrem Abendessen herum, nahm nur dann und wann einen Happen und kaute ausgiebig. Augenringe und wirre Haarsträhnen erinnerten an die lange Nacht.

Sie war vor ihm im Hotel gewesen.

»Kann ich deine Beine sehen?«, fragte sie unvermittelt.

Sein Löffel klirrte gegen den Tellerrand. »Ich habe nichts getan.«

»Das hab' ich nicht gefragt.«

Noch während er kaute, zerfaserte das Essen in seinem Mund zu geschmacklosem Brei. Angewidert legte er das Besteck beiseite. Mit dem Daumen wischte er seine Wimpern trocken. Tränen schwollen in ihm an und ab wie das Meer, drückten auf seine Lungen, dann auf seinen Magen, aber er war nicht gewillt, ihnen nachzugeben. Das Bedürfnis, seine verräterischen Augen zu kratzen, unterdrückte er mit einem Biss auf die Lippe. »Bevor ich dusche.«

»Abgemacht.«

Die Autofahrt zog sich. Von Brighton nach London sollte es keine zwei Stunden dauern – sie brauchten fast drei, mit einer halben Stunde Stau dazwischen und einer Pinkelpause für Loraine.

Sie sprachen kein Wort. Zwanzig Minuten lang lief das Radio, dann drehte Loraine es mit einer harschen Bewegung ab. Schon wieder nur Schweigen.

Niemand hatte ihm mehr etwas zu sagen. Vielleicht war er es einfach nicht wert, dass man mit ihm sprach.

Den Kopf an das Fenster gelehnt, die Hand zur Faust geballt und die Fingernägel tief darin vergraben, betrachtete er die vorbeiziehende Landschaft. Fleckenweise bedeckte Schnee die Hügel. Flüsse waren noch nicht vollkommen abgetaut, Felder lagen brach.

So viel lag in dieser Stille.

Vorwürfe in Loraines angespannten Schultern und ihren zuckenden Lippen, Enttäuschung in ihren Augen, Zorn in der Art, wie sie das Lenkrad umklammerte, bis ihre Fingerknöchel hell hervortraten. Wir haben dir geglaubt. Wir haben dich aufgenommen, und das ist der Dank. Wir haben dir vertraut. Sorge in der Art, wie Beatrice angeboten hatte, nachmittags den Kiosk zu besuchen. Dabei wusste sie nichts von Nathaniel, nur, dass Ethan irgendwie verschwunden war, und ...

Endlich erkannten sie, wie wenig er verdiente, was sie für ihn taten. Es hätte eine Erleichterung sein sollen. Das Versteckspiel war vorbei, die Maskerade vorüber. Stattdessen drang der Schmerz tief in seine Lungen ein, ließ Atemzüge schmerzen wie damals nach Dwellton. Für einen Herzschlag verzerrte sich das Bild, bergeweise Schnee und Eis überschütteten das Land, im Radio wurde ein Sturm angekündigt, seine Knie schmerzten vom letzten Sturz. Selbst als er blinzelte, blieb ein Stück aus dieser Zeit zurück.

Er hatte es nie wieder tun wollen und tat es doch: Im Bad wartete er auf Loraine, bis sie mit verschränkten Armen vor ihm stand, und öffnete seine Hose. Der Stoff raschelte, als er zu Boden sank. Er hinterließ eine Gänsehaut auf Ethans Beinen.

Seit Monaten, ja, eigentlich seit über einem Jahr hatte er sich nicht mehr geschnitten. Dennoch schloss er die Augen. Er wollte nicht sehen, was sie sah. Sein Magen krampfte und schob das Curry seine Speiseröhre hinauf, aber er schluckte es hinunter, gab nicht nach. Loraines Schritte drehten einen Kreis um ihn herum.

Nathaniel hatte ihn nie so betrachtet. Nicht ein einziges Mal.

»Die Unterschenkel auch.«

Er bückte sich und spürte, wie seine Unterhose über seinem Hintern spannte. Hastig trat er sich die Schlappen von den Füßen und zog an seiner Hose. Dann richtete er sich auf, verharrte in Socken und Unterwäsche und einem Pullover, der an seinem Hals juckte und seine Luftröhre abdrückte, und schauderte. Das Muttermal an einer ungewöhnlichen Stelle. Er wartete auf Finger, die an ihm entlangstrichen, auf Hände, die seine Schenkel auseinanderschoben, auf das Flüstern, *»es wird nicht wehtun«*, und hielt den Atem an.

»Okay«, sagte Loraine nach einer Ewigkeit. »Sieht gut aus.« Damit verließ sie das Bad. Ohne ein Wort zog sie die Tür hinter sich zu. Seine Lippen zitterten. Gut aufgepasst hast du ja wohl nicht. Wieder der Drang, sich zu übergeben, er stürzte zur Toilette. Ein fleischiger Wurm bahnte sich einen Weg durch seine Innereien, kroch mit halbverdautem Curry aus ihm heraus. Kraftlos sank er auf die Fliesen. Sie waren im Winter beheizt. Vielleicht verbrannten sie seine Haut. Mit dem Handrücken wischte er sich die Tränen aus dem Gesicht. Er zog die Beine an und legte die Arme darum, wiegte sich wie ein Kind. Eine Sekunde, zwei, vielleicht eine halbe Minute, und dann ... zersprang etwas in ihm.

Er packte, was ihm zwischen die Finger kam – ein Handtuch, eine frische Rolle Toilettenpapier, Duschgel, eine Haarbürste – und schmetterte sie gegen die geschlossene Tür. Immer wieder. Weiße Bodylotion, die am Holz herablief. Kratzer. Brechendes Plastik, ein dumpfer Aufprall. Parfümlachen. Immer wieder, bis seine Hand in Scherben griff.

In seinen Erinnerungen ist es immer Sommer im Haus.

Es gab noch keinen Schuppen und keinen Hühnerstall. Rudy jagte hinter der Frisbeescheibe her, die Ethan für ihn warf. Warmes Sonnenlicht kitzelte seine Unterarme und spiegelte sich in Rudys Fell. Er war ein guter Hund. Gehorsam setzte er sich, seinen Fund im Maul. Ethan kraulte ihn hinter den Ohren, am Hals entlang, dann nahm er das Frisbee entgegen und warf es wieder. Am Ende des Gartens warteten die Kiefern in sattem Grün. Er schleuderte die Scheibe mit zunehmender Kraft, beflügelt von der Vorstellung, die Bäume zu erreichen. Wenn Rudy den Garten verlassen konnte, dann er vielleicht auch. Schweiß rann ihm die Schläfe hinab. Rudy rannte unermüdlich. Als sein Hecheln nicht mehr aufhörte, wies Ethan ihn an, sich in den Schatten zu legen.

Danach strich er sich das Haar aus der Stirn. Er brauchte Wasser und eine Pause, vielleicht einen Napf für Rudy, kühle Minuten im Haus. Das Lächeln auf seinen Lippen gefror, als er sich umwandte.

Robert saß breitbeinig auf einem Gartenstuhl, neben sich das Stativ aufgebaut. Die Kamera thronte darauf. Ohne sich aus der Ruhe bringen zu lassen, zog Robert an seiner Zigarette und blies den Rauch aus den Nüstern. Das Hemd aufgeknöpft, die Krawatte gelockert, der Gürtel geöffnet. »Spielt weiter«, murrte er mit einem kurzen Blick zur Kamera. »Na los.«

Der Rest des Abends versank in einem Sumpf. Einzelne Bruchstücke durchdrangen die Oberfläche, dann verschwanden sie wieder darin. Loraine sagte: »Bist du wahnsinnig?«, und später sagte sie: »Es geht nicht immer nur um dich!«, dann wieder: »Ja, hau doch ab! Glaub bloß nicht, dass ich diesmal nach dir suche!« Ihr entsetzter Blick. Chaos im Badezimmer. Scherben. Türen knallten. Fliegende Taschentuchpakete und Kissen, Schlachten wie kleine Kinder. Sie richteten keinen Schaden an, keinen körperlichen zumindest. Kalte Nachtluft, schnittig, er hatte nur drei Stunden geschlafen. Loraine sagte: »Du bist nicht der Einzige, dem es schlecht geht«, und sie sagte: »Das wagst du nicht!«, und sie sagte: »Im Selbstmitleid versinken, das kannst du!« Und weiter: »Es war Diggs Tag, und du hast alles kaputt gemacht«, und sie sagte: »Nate hat dich betrogen. *Betrogen!* Du solltest ihn hassen!«, und sie sagte: »Dir wird's nie besser gehen, wenn du so weiter machst.«

Er sagte auch Dinge, die er besser nicht gesagt hätte. Sie verletzte ihn, er verletzte sie zurück. Ihre Worte hätten Messer sein können, die nicht abprallten, sondern Brustkörbe durchlöcherten und Narben hinterließen. Tiefe, hässliche Narben. Er sagte: »Ich bin nicht so kalt wie du«, und er sagte: »Aber um dich?«, und er sagte: »Es ist doch deine Schuld!« Er sagte: »Ich wollte nie hier sein!«, und dann: »Du verlässt mich genauso wie alle anderen!«, er sagte: »Es war alles eine Lüge.« Er wollte zurück ins Bad, er wollte Rasierklingen, sie hielt ihn zurück. Setzte zum Schlag an, stoppte kurz vor seiner Wange. »Tu's doch«, sagte er. »Bitte.«

Und sie sagte: »Du widerst mich an.«

Es würde nie wieder sein wie zuvor. Kalte Nachtluft, schnittig. Telefonzelle. Carroun Road.

Er wusste, wer ihm genug wehtun würde, damit er alles andere nicht mehr spürte.

»Wenn sterben so etwas Schlimmes ist«, sagte Sharan, »warum sind die Blätter dann so schön dabei?«

Es war Herbst. Im Hinterhof sammelte sich das tote Laub, bildete kleinere Haufen und weitläufige Teppiche, die unter ihm knarzten, wenn er darüber lief. Vor seinen Augen verwandelten sie sich in Leichen. Wunderschöne, farbige, schwebende Leichen. Das Knistern war das Mahlen von Knochen, der Wind ein letztes Jauchzen. Schaudernd drückte er sich an Sharan.

Ihr Blick folgte den Wolkenstreifen am Horizont.

Harvey öffnete nicht. Ethan drückte den Klingelknopf wieder und wieder. Es musste dreiundzwanzig Uhr sein. Er trug nur eine Jacke, keine Mütze, keine Handschuhe. Die Hose hatte er sich grob übergestreift, er war nicht duschen gewesen. Noch einmal klingeln. Er fror.

Nach einer Weile lehnte er sich gegen das Tor zum Hinterhof. Normalerweise war es Harvey, der ihre Treffen arrangierte. Ethan hatte ihn noch nie unaufgefordert besucht. Er konnte nicht wissen, ob und wann er wiederkam, ob er Begleitung hatte oder nicht. Seine Beine zitterten noch immer. Wieder tränten seine Augen, er verwischte die Spuren, zwang sich, durchzuhalten, auszuharren, auf den Schmerz zu warten wie auf eine Belohnung.

Eines Nachts, als er Ethan losschickte, um das Bett zu machen, fand der nur faltenfreie Seidenbezüge in einem Muster, das er nicht kannte. Die Bettwäsche musste neu sein. Auch die Kissen waren aufgeschüttelt, das Fenster halbherzig verdunkelt, der Aschenbecher auf dem Nachttisch geleert. Mit der Fingerspitze verfolgte er die Maserung des Holzes. Er würde sich so lange verstecken, wie er üblicherweise für seine Aufgaben benötigte, und – Hinter ihm klickte das Türschloss. Robert zog den Schlüssel ab.

Ethan fuhr herum.

Vor dem geöffneten Kleiderschrank, halb verborgen zwischen Mänteln und Hemden, stand das Stativ.

»Nein«, wisperte Ethan. »Nein, bitte nicht.«

Robert ignorierte ihn. Mit geübten Bewegungen fixierte er die Videokamera. Klick, klick, klick. Es war ein neueres Modell mit einem Bildschirm, der eine Miniaturausgabe dessen abspielte, was die Linse aufnahm. Robert verengte die Augen, blinzelte durch den Sucher, stellte am Objektiv herum. »Bleib' genau da stehen.«

»... bitte ... nicht das ...«

»Zieh' dich aus«, sagte Robert. Seine Stimme vibrierte dunkel vor Lust, seine Augen funkelten im Grau der antauenden Nacht. Jedes Wort schmolz auf seiner Zunge. *»Langsam.«*

»Bitte nicht.« Er verschränkte die Arme vor der Brust. Ging rückwärts, stolperte. Die Bettkante drückte in seine Kniekehlen. »N... nicht ... das ...«

»Dann werde ich es tun.«

Um seine Hände zu wärmen, formte er sie zu Schalen, blies seinen Atem hinein und rieb sie dann einander. Er wiederholte die Prozedur mehrere Male. Es half nichts, sein ganzer Körper erfror nach und nach. Sein Blick suchte die Straße ab.

»Du glaubst, es geht nur um dich«, hatte Loraine gesagt. *»Von jedem Scheiß brauchst du mehr – mehr Aufmerksamkeit, mehr Rücksicht, mehr – mehr alles! Und wie viel davon gibst du zurück?!«*

»Mann, Eth. Kannst du denn gar nicht verstehn, dass ich dran gedacht hab', nachdem du weg warst, so urplötzlich?«

»Was kannst du eigentlich? WAS?«

»Ich habe die Klingen gezählt, bevor ich ins Bett gekommen bin. Seitdem habe ich sie jeden Morgen gezählt.«

»Das ist alles, woran du denkst? Glaubst du nicht, ich hab' Besseres zu tun?«

Ethan blinzelte. Stur rieb er seine Handflächen aneinander. Er vertrat sich die Beine, zur Telefonzelle und zurück, wieder eine Weile sturmklingeln. Niemand öffnete.

»Wie fühlen Sie sich heute, Mr. Caddler? Haben Sie eine Idee, woher dieses Bedürfnis kommt? Keine Selbstverletzung in den letzten drei Wochen – gut. Sehr gut. Wie geht es Ihnen damit?«

»Ah. Ich kenne Krieg. Wo ich herkomme, alle kennen Krieg.«

»Du hattest schon immer eine Schwäche für solche wie ihn. Was war es diesmal? Drogensüchtige Mutter? Waisenkind? Oder habt ihr ihn im Gefängnis gefunden?«

»Sei ein braver Junge und mach mir mein Bett fertig.«

Irgendwann glitt sein Herz aus dem Takt, schlug wie benommen, mal zwei schnelle Schläge, dann einen ewigen Atemzug lang keinen einzigen. »Bitte«, flüsterte er.

Klingeln. Klingeln. Er hatte Harvey – nicht Harvey – das, was Harvey mit ihm tat, nie so sehr gebraucht wie jetzt. Er brauchte die Demütigung. Die Erniedrigung. Jemand musste ihm zeigen, dass er einen Dreck wert war, bitte, jemand musste die Stimmen in seinem Kopf ausschalten, bitte, bitte tu's mir an. Klingeln. Blindlings tastete er nach dem Feuerzeug, er hatte keines dabei, warum genau jetzt, wo er irgendetwas –, bitte, sie machten ihn verrückt, sie dröhnten so laut.

»*Der Arzt meinte, wenn du sie regelmäßig nimmst ... es könnte alles etwas leichter werden. Erträglicher.*«

»*Könntest du dir das vorstellen? Dich ficken lassen für ein bisschen Geld?*«

»*Aber ein wenig auf dich achtgeben, das kann ich.*«

»*Mach's wenigstens da, wo keiner diese – dieses Unding sehen kann. Was sollen denn die Leute denken? Nicht nur ein undankbares Gossenkind, sondern auch noch ein gestörtes?*«

Um sich abzulenken, biss er in die Haut seines Daumens. Er wollte zurück in die Dunkelheit. Er ... Er *musste* ... irgendetwas fühlen, das ...

Klingeln. Klingeln.

»Was macht die Schwuchtel denn da?«

Ethan warf einen Blick über die Schulter. Harvey. Endlich.

Aber nicht nur Harvey. Bryan und Jackson. Ihre Gesichter verzerrten sich zu höhnischen Grimassen, weiße Zähne, breites Grinsen, Bierflaschen in ihren Händen, und Harveys aufgerissene Augen.

An einem kalten Wintertag entdeckte Ethan das Band unter den vielen Aufzeichnungen, die Nathaniel im Wohnzimmer verteilt hatte. Er überlegte nicht.

Im Schuppen wühlte er sich durch alte Werkzeuge, bis er einen Hammer fand. Nach zwei Schlägen zersprang das Plastik, nach fünf weiteren war die Videokassette als solche nicht mehr zu erkennen. Mit der Gartenschere zerriss er den Film, schnitt schief und quer, und zuletzt, nur, um ganz sicherzugehen, warf er die Bruchteile und Fetzen in das Kaminfeuer und sah zu, wie sie verschmorten. Vom Gestank

– und vielleicht von dem, was immer noch in ihm hauste, was nie vergehen würde, nie ganz – musste er sich übergeben.

Vielleicht hätte er zulassen sollen, dass Nathaniel es fand. Wenn er ihn ohnehin nicht wollte, hätte er wenigstens verstanden.

Irgendetwas.

Vielleicht.

Es ging schnell. Sie riefen ihn Schwuchtel, Mongo, Missgeburt. Bryan versetzte ihm einen Schlag in die Magengrube, der ihn taumeln ließ. Von Jeremias wüssten sie alles. Jackson riss an seinem Haar. Hatte er ihnen nicht immer auf die Schwänze gestarrt? Widerling, Perverser, Spacko. Eine Faust traf seinen Wangenknochen. Blut auf seiner Zunge. Seine Sicht verschwamm.

»Heulst du etwa wie ein kleines Mädchen? Soll ich dir zeigen, was man mit frechen Gören macht?«

»Ein Haushälter, der nicht lesen kann, ist zu nichts nutze.«

»Würd' mich wundern, wenn du jemals deinen Namen schreiben kannst.«

Eine Ohrfeige, ein Tritt in seine Weichteile, Ethan keuchte. Krümmte sich.

»Entweder, wir kriegen das gebacken, oder wir leben auf ewig, als wäre ich dein verdammter Babysitter – oder, bis wir uns gegenseitig an die Gurgel gehen.«

»Vielleicht weißt du ja jetzt, wie ich mich fühlen muss.«

»Hässliches Blag, du hast deine Mutter fast umgebracht damals, fast umgebracht hast du sie!«

»Bitte«, stieß Ethan hervor, »bitte ... aufhören ...«

Jemand lachte, er wusste nicht mehr, ob die Stimmen wirklich existierten oder nur in seinem Kopf. Eine Hand wand sich um seinen Oberarm, zerrte an ihm, er stolperte, ein Schlag links, ein Schlag rechts. Das Quietschen eines Tores, hastige Schritte.

»Versprich mir, dass du auf dich aufpasst.«

»Wollt ihr das wirklich durchziehen?«

»Sieh nur, was du angerichtet hast! Nutzloses Gossenkind, nicht einmal das kannst du.«

»Kneifst du etwa?«

Finger drückten in seine Schultern, bis er auf die Knie ging. Pflastersteine, aus denen gefrorene Gräser wuchsen, der süßlich-schmutzige Geruch von verrottendem Essen. Mülltonnen. Käfer, die an schmierigen Rädern krochen, ihre knochigen Beine ausstreckten. Irgendwo das Rauschen eines Fernsehers, irgendwo ein Mensch, der nicht wusste, was geschah. Ein Auto fuhr vorbei, ahnungslos. Die Scheinwerfer streiften die Mauer nur flüchtig.

»Weil du sowas mit dir machen lässt, du Weichei.«

»Zieh ihm die Hose runter.«

»Is' das wirklich 'ne gute Idee?«

»Deine Mutter, deine ach so tolle Mutter, sie hat euch alle verkauft, eins nach dem anderen. Glaubst du, ich weiß es nicht? Glaubst du ...«

Jemand trat ihn. Sein Kopf kippte. Er biss sich auf die Lippen. Mehr Blut. Noch ein Tritt, zwischen seine Schulterblätter, dann ein Gewicht, jemand saß auf seinem Torso. Atmen ging schwer. »Aufhören! Bitte!«, doch er brachte nur ein heiseres Keuchen zustande. Der Druck zwischen seinen Rippen drohte seine Knochen zu brechen. Er wartete darauf, auf das Knirschen, auf das Blut, die Splitter vom

Plastik im Bad, nichts geschah. Eine Bierflasche flog. Glas klirrte, zerbrach, Scherben im Mondlicht.

»Mach schon.«

»Du brauchst zu viel. Du bist zu viel.«

»Was gibt's da zu glotzen, Narbenfresse?«

»Ficken für Geld bleibt Ficken für Geld.«

»Du zuerst.«

Kalte Luft streifte seine Beine. Der Knopf seiner Jeans riss ab, rollte über das Pflaster, blieb neben seiner Wange liegen. Sein Herzschlag wummerte in seinen Ohren, ließ die Stimmen verschwimmen, die Bilder, er wusste nicht, wo er war, wo er hinsollte, wo – unbeholfenes Ziehen an seiner Unterwäsche – eine Hand, wo – Nein. NEIN!

»Aber erwarte dann nicht, dass ich hier wieder stehe und dich an-bettle, etwas zu essen, weil irgend so ein scheiß …«

»Stopf ihm lieber das Maul.«

»Das ist der Grund, warum ich gehe.«

»Diesmal wird Bob dich nicht retten!«

»Halt seine Knöchel fest.«

»Denkst du, irgendjemand hier hätte es besser mit dir meinen kön-nen als ich?«

»Nutzloses Gossenkind. Nicht einmal das kannst du.«

Dann lag er halbnackt vor ihnen. Rauer Stein an seiner Eichel, seinem Schaft. Eine Fußspitze traf seine Hoden. Ein kleiner Schmerzensschrei, ein Tritt, jemand riss seinen Kopf zurück und zwängte die Finger in seinen Mund. Stoff quoll über seine Zunge, ließ ihn würgen. Er hatte das nicht gewollt. Er wollte Schmerz und Bestrafung, er wollte ver-gessen, er wollte … Nicht das. Nicht DAS. Aufhören. Auf…

»Wann haben *diese Dinge* begonnen?«, fragte Dr. O'Minall. Seine Stimme hielt er gesenkt und sprach ungewöhnlich sanft. »Erinnern Sie sich an ein Alter? An ein Vorkommnis?«

Ethan kannte die Antwort, aber sie hatte Gewicht. Andere Antworten tropften von seiner Zunge oder entkamen ihm, weil Dr. O'Minall wusste, wie er die Frage zu stellen hatte. Diese eine aber, die er geben wollte, musste er seinen Stimmbändern abringen, als sei er in Wirklichkeit stumm. »... sieben.«

»Sie waren sieben Jahre alt?«

Ethan nickte.

Stift. Kratzen. »Wann haben *diese Dinge* aufgehört?«

»... nie.«

Schmerz durchstieß seinen Körper. Menschliches Gewicht raubte ihm den Atem, hinter seiner Stirn explodierten Synapsen und Blutgefäße, er wollte sich aufbäumen, konnte nicht. Er wimmerte. Wollte sich übergeben, erstickte beinahe am Stoff. Hände packten sein Haar und hoben seinen Kopf weit genug, um ihn gegen den Boden zu schmettern, Farben blitzten auf, der fremde Penis schob sich tiefer in ihn hinein. Blut schoss aus seiner Nase, verstopfte seine Atemwege, er wand sich, das Gewicht drückte sich noch mehr an ihn, in ihn, jemand anderes schlug ihn, riss seinen Kopf wieder hoch, Finger gekrallt in sein Fleisch.

Vielleicht würde er sterben.

Vielleicht hatte er es verdient.

Er schloss die Augen und zählte. Die Jahre seit Sharans Tod. Die Monate, seit er aus dem Haus geflohen war. Die

Tage, in denen er auf Roberts letzten Atemzug gehorcht hatte. Die Stunden, seit Digg ihn zum Abschied umarmt hatte, als würde er ihn nie wiedersehen, vielleicht hatte er Recht gehabt, vielleicht. Die Worte, die Loraine gesagt hatte, jedes einzelne, danach die Buchstaben, obwohl sie verschmolzen. Er wollte an Sharan denken und daran, warum es nicht regnete, und ...

»Vielleicht weißt du ja jetzt, wie ich mich fühlen muss.«
Dann endlich verließ er seinen Körper.

35 - 1991

Die Straße wuchs vor ihm in die Dunkelheit. Sie war länger, als er sie in Erinnerung hatte, und selbst für die Nachtstunden ungewöhnlich düster, als hätte jemand die Laternen gedimmt. Wenigstens war es nicht kalt. Nicht mehr. In den Stiefeln stießen seine Füße bei jedem Schritt gegen das Leder. Am Ende des Weges würde er Blasen an den Sohlen haben, und in der Kuhle unter dem großen Zeh.

Irgendwo hinter ihm schnitt ein Ringen durch die Finsternis, ein Keuchen und Grunzen und Schleifen und Ratschen. Es hatte etwas mit ihm zu tun, das wusste er, und deshalb hielt er sich fern.

Er passierte Garagentore. Die Nacht verlieh ihnen einen bläulichen Schimmer, fast schwarz, kaum zu erkennen. Auf ihnen: Lettern, Bilder, Graffitis. Wenn er an ihnen vorbeihuschte, blitzen sie auf, als trüge er ein Licht in seiner Brust, aber lesen konnte er sie nicht. Er ging einfach weiter in die Dunkelheit hinein, nicht wissend, was in drei Schritten vor ihm auftauchen würde. Alles würde gut werden, wenn er sich nur fernhielt von dem, was in der anderen Richtung lag. Hier würde er sicher sein. So sicher, wie er nur sein konnte.

Er machte einen großen Ausfallschritt über eine Pfütze hinweg. Jetzt war nicht die Zeit dafür. Hinter ihm gluckerte eine Boje im kalten Wind, dabei war es nur ein Roller, der nicht anspringen wollte. Auf langsamen Rädern fuhr ein Auto vorbei – VW Käfer, importiert –, dessen Lack glänzte, während ihr Weg sich kreuzte. Er sah ihm nach. Kein Mensch saß am Steuer. Das Lenkrad drehte sich wie von allein. Am Ende der Straße traf das Scheinwerferlicht auf eine Telefonzelle.

Ohne darüber nachzudenken, steuerte er darauf zu.

»Nichts von dem, was geschehen ist, war Ihre Schuld, Mr. Caddler.«

Wenn er mit der Zunge über seine Backenzähne fuhr, schmeckte er noch den Nachhall von Zuckerdrops. Die Hände versteckte er in seiner Jacke; zumindest die linke. Die rechte Hand rutschte durch das Loch sofort wieder heraus und hing irgendwie drinnen und irgendwie draußen. Er legte den Kopf schief. An das Loch konnte er sich nicht erinnern. Schulterzuckend ging er weiter. Der VW Käfer war längst verschwunden, aber die Telefonzelle glomm noch immer dunkelrot.

»Du bist hier, Ethan, bei mir. Hörst du mich? Ethan, hey, ich bin es, dir passiert nichts ...«

Die Tür ging nicht auf. Er streckte sich, so weit er konnte, doch der Griff entkam ihm ein ums andere Mal. Selbst wenn er hüpfte – das Metall bog sich und entwand sich seinen Fingern. Drinnen klingelte das Telefon. Wenn er die Tür nicht aufbekam, würde der Anruf im Nichts verschwinden, und womöglich war er wichtig, würde dem Wimmern und dem Kratzen und dem Zischen und Ächzen helfen, vor dem er geflohen war.

Keine Chance. Er kam nicht an.

Aber er konnte nicht zurück.

Außerdem kannte er den Weg nicht. Er würde sich verlaufen, wenn er einfach aufbrach. Unsicher setzte er sich auf den Gehweg, die Beine über dem Rand, die Füße auf der Straße. Sein Auftauchen hatte einen Grund, aber er konnte sich keinen Reim darauf machen. Müde vom Laufen war er auch. Es war lange her, seit er die Nacht gesehen hatte, und noch viel länger – zumindest kam es ihm so vor –, dass er einen Willen hatte, der sich wie der seine anfühlte. In seiner linken Jackentasche fand er ein Muschelstück. Es schnitt ihm in den Finger, denn es war hart und kalt und scharf, aber er umklammerte es fest.

Ein Fußball rollte über den Asphalt. Er ließ ihn entkommen, sah ihm hinterher. Noch eine Tracht Prügel würde er nicht für ein dummes Spielzeug beziehen. Ohne es zu bemerken, spielte er am Stoff seiner viel zu großen Hose, und das Telefon verstummte.

»Er mag dich sehr gern. Ich bin so froh, dass er dich hat.«

Woher würde er wissen, wann es Zeit war? Während er überlegte, klingelte das Telefon, hörte auf, klingelte weiter. Dreimal kurz, dreimal lang, dreimal kurz. Noch nie hatte er ein Telefon getroffen, das einen Rhythmus kannte. Spielte es ein Lied? Gab es ihm ein Zeichen? Den Daumen im Mund, richtete er sich wieder auf und trat an die Kabine heran.

»Das is'n guter Junge. Gut, dasser da is'.«

Die Buchstaben hatten sich verändert. Mit zusammenge-
kniffenen Augen studierte er sie. Sie sahen aus wie kleine
Bilderrahmen, viereckig, sechseckig, trapezförmig. Je länger
er die Zeichen anstarrte, desto mehr verschwammen sie,
formten sich neu, es gab kein richtig und kein falsch und
kein Lineal, das auf seine Finger schnalzen könnte. Statt an
seinem Daumen zu saugen, knabberte er nun daran,
schmeckte Salz und Straßendreck. Eine Katze rieb sich an
seinem Bein, aber er hatte keine Zeit. Er musste herausfinden, warum er hier war, und warum genau jetzt, und warum
dieses fleischige Klatschen und Stöhnen ihm so viel Angst
einjagte.

»Onkel Ethan? Ich habich lieb. Ha-bich. Hab dich. Lieb.«

Aus den Lettern entstand ein Bild. Schwarze Linien zeichneten das Porträt einer Frau, die Sharan sein könnte, nur
etwas älter und etwas dicker. Ihr Haar sah Sharans sehr
ähnlich, der besorgte Blick auch. Aber Sharan war nicht älter. Sharan war für immer siebzehn – für immer jung. Sharan war tot, selbst jetzt, in diesem Moment. *Für immer.* Aber
die Frau war es nicht, das wusste er, auch wenn er nicht
wusste, woher. Vielleicht hatte Sharan sie geschickt. Das
sähe ihr ähnlich – ihm eine Beschützerin zu schicken, weil
sie selbst nicht da war. Nicht mehr. Ein paar letzte Buchstaben vervollständigten die Skizze, das Gesicht, die Augen,
die sich direkt in die seinen bohrten, und endlich verstand
er. Mit einem Ploppen glitt der Daumen aus seinem Mund.
Dann tat er, was er am besten konnte, und rannte zurück
in die Dunkelheit.

»Wenn Lo dich nicht gesehen hätte, da im Club … Eth, Mann. Ich hatte 'ne scheiß Angst, weißt du. Wir alle hatten die. Wenn sie nicht gewesen wär, du wärst verblutet, allein da krepiert in diesem beschissenen Badezimmer. Mach das nicht. Ich kann dich nicht auch noch verliern.«

Er brauchte sechsundsiebzig Schritte von hier nach dort.

Je weiter er vorankam, desto mehr Schmerzen schlichen sich in seinen Körper. Erst war es die Nase, die zu laufen begann, aber als er den Rotz mit dem Handrücken abwischte, war da Blut. Danach rutschte seine Hose, er musste sie festhalten und seinen Schritt verlangsamen. Die beiden letzten Finger seiner linken Hand knackten aus dem Nichts. Er schrie auf. Sie standen in einem seltsamen Winkel ab, als hätte jemand versucht, sie auszurupfen wie Unkrautwurzeln. Ein Eckzahn fiel ihm aus dem Mund, zumindest ein Teil davon. Etwas lief seine Beine hinunter, er wollte gar nicht wissen, was es war, er rannte und stolperte und taumelte weiter. Er wollte weinen, aber es ging nicht. Die Tränen steckten so tief in ihm drin, dass er nicht dran kam, die Beule nicht öffnen konnte, um den Eiter herauszupressen.

»Wenn du jemals allein nach Schottland gehst, meinst du nicht, ich würd' dich vermissen?«

Das Tor kam in sein Blickfeld. Während er darauf zu torkelte, nahm der Schmerz ihm beinahe die Sicht. Überall stach und brannte und zwickte es. Aber diesmal würde er nicht einknicken. Nur noch ein paar Schritte. Er stieß das Holz beiseite.

Zusammengekauert wie ein Embryo lag der Körper dort, neben einer umgekippten Mülltonne, das Gesicht in einer Lache, die aussah wie Öl. Die Beine waren nackt, die Oberschenkel überzogen von alten Narben, frischem Blut und roten Stellen, die bald blau werden und anschwellen würden. Seltsamerweise hielt der Körper die Augen geschlossen, obwohl er nicht schlief. Über den Wangen, den Hals hinab bis hin zur aufgerissenen Jacke färbte die Nacht das Blut dunkel. Die Brust hob und senkte sich hektisch. Ein wenig abseits lag das fehlende Stück Zahn, daneben ein Stück Metall.

Er konnte den Körper riechen, das Kupfer und das saure Erbrochene, die Flüssigkeiten, die an seinen eigenen Waden herabliefen wie Schleim. Den Schweiß und den Urin. Dazu: vergorener Wein, Zimt, zermahlene Eierschalen, Madenlarven. Der Körper widerte ihn an.

Aber er war nicht hierhergekommen, um jetzt umzukehren.

Zaghaft hob er die Jeans auf, viel zu groß und zu lang. Dem Körper würde sie passen.

»Der? Das ist mein Bruder. Vor dem Gesetz ist er's nicht, aber weißt du, scheiß aufs Gesetz. Manche Sachen weiß man einfach. Sonst hät' ich ihn ja nicht gefragt wegen Oscar.«

Unbeholfen stakste der Körper hinter ihm her, ein großer, erwachsener Mann mit einem kantigen Gesicht und mandelfarbener Haut. Ihre Blicke trafen sich mehrmals – er war erleichtert, als ihm Sharans Augen entgegenblickten und nicht Vaters –, aber keiner von ihnen sprach ein Wort. Es war kalt geworden, und der Körper fror. Mit der gesunden Hand hielt er seine Jeans oben, mit den anderen drei beweglichen Fingern hielt er die kleinere Hand, die ihn führte. Außerdem musste er Schmerzen haben, große Schmerzen. Seine blauen, blutenden, anschwellenden Lippen presste der Körper zusammen, damit ihm kein Laut entkam. Ab und zu taumelte er, als wäre ihm schwindlig, knallte einmal sogar gegen ein Garagentor. Der Aufprall donnerte durch die ganze Straße. Viel zu laut.

Ein bisschen Zeit blieb ihnen noch, aber sie mussten sich beeilen.

»Wird gut, Schatz. Wir spielen böse Geister weg.«

Die Telefonzelle stand am Ende der Straße, unweit einer Kreuzung – sechsundsiebzig Schritte, ganz wie zuvor. Er zog den Körper hinter sich her, denn der drohte aufzugeben. Einmal waren ihm die Beine eingeknickt, und er hatte den großen Mann hochhieven müssen. Es war, als würde die Straße ständig vor ihnen davonkriechen - wenn sie zwei Schritte vorankamen, wuchs der Weg um einen mehr. Immerhin hinterließen sie keine Fußspuren.

Er summte leise ›*Cine iubeste si lasa*‹, bis der Körper zuckte und nickte. Die letzten Schritte bis zur Telefonzelle. Nicht aufgeben. In den Augen des Körpers blitzte ein Funke auf, er strengte sich an, keuchte und wimmerte, aber er lief. Bis sie ankamen. Sie waren da.

Aus der Hosentasche des Mannes holte er ein Portemonnaie. Er war vorsichtig dabei, denn er wusste, wie der

Körper sich fühlte. Erste Blutkrusten brachen wieder auf, schickten feine Rinnsale über den Handrücken. Dann drückte er dem Mann ein paar Münzen in die Hände.

Der Körper sah ihn an.

Er sah zurück. »Ruf sie an.« Seine Stimme klang gleichzeitig hoch und tief, jungenhaft und erwachsen, irgendetwas zwischen lebendig und tot. Vielleicht war er das. Tot. Vielleicht war das hier sein letztes Mal, und danach könnte er sich endlich erholen. Es würde warm sein, dort wo er hinging, und sicher. Keine Schreie mehr, keine Schmerzen. Vielleicht würde er Sharan wiedersehen.

»Was, wenn sie ... wütend auf mich ist?« Der Körper holte scharf Luft, lehnte sich an die Kabine. Die Schmerzen machten ihm zu schaffen. Seine Stimme war kaum mehr als ein Flüstern. »Wenn sie mich nicht sehen will?«

Verwirrt neigte er den Kopf. Trotz des entstellten Gesichts des Mannes erkannte er die Angst in dessen Augen. In Augen, die so viel mehr gesehen hatten als die seinen, stand immer noch dieselbe alte Angst. War das nicht etwas, das wegging, wenn man erwachsen wurde?

Er streckte dem großen Mann die Hände entgegen. »Is' schon gut.«

Es dauerte einen Augenblick, bis der Körper verstand. Langsam sank er vor ihm auf die Knie.

»Wenn sie dich anrufen würd', du würdest kommn, oder nich'?«

Der Körper schnaubte, während der Ansatz eines Lächelns in seinen Mundwinkeln lag. »Immer.« Erst zaghaft, dann voller Wärme schloss er die Arme um ihn. Er konnte den Herzschlag des Körpers spüren, im Gleichklang mit seinem eigenen. Große, starke Hände streichelten milde über seinen Rücken. Sie waren nicht da, um ihm wehzutun. Sie würden nicht mehr nach ihm schlagen, nie mehr. Wie schön es war, berührt zu werden, ohne verletzt zu werden. Er hielt sich an dem Mann fest, als der aufstand. Die Tür der Telefonzelle knarzte. Vielleicht war er doch nicht tot; nur endlich geborgen wie die Fischer aus den Schiffswracks. Sicher gehalten wie zuletzt in Sharans Arm. Seinen Kopf bettete er in die Halsbeuge des Körpers und ließ zu, dass seine Augen sich schlossen, langsam, während der Münzen abzählte und einwarf.

Er war müde. So unfassbar müde.

Er war so weit gerannt.

Es dauerte einen Augenblick, bis er verstand.

»Ich liebe dich. Weißt du das, Ethan?«

»Hallo? Wer ist da?«

Ethan lehnte den Kopf gegen das kühle Glas. Sein Gesicht pulsierte. Ihre Stimme klang so weit entfernt, so distanziert.

»Hallo? Ethan, bist du das?«

Der Rest seines Körpers schrie in einer einzigen Kakophonie. Der Schmerz zwischen seinen Beinen schoss sein Rückgrat hoch bis in seinen Nacken. So schlimm war es noch nie gewesen – jede Bewegung erinnerte ihn daran, was sie getan hatten. Wie sie sich seinen Körper genommen hatten, als wäre er längst ein totes Stück Fleisch.

»Ethan, was ist passiert?« Sie war nicht mehr wütend, sondern besorgt. Natürlich war sie das. Ihre Worte flossen sanft, höchstens alarmiert, und sie sprach seinen Namen aus, als könnte er zerfallen, jeden Moment. »Ethan?«

Es gab keinen Grund dafür, keinen Auslöser – der Damm brach, einfach so, und er schluchzte. Seine Lungen krampften, die Vehemenz raubte ihm kurz den Atem, er gierte nach Luft. Tränen liefen über seine Wangen, vermischten sich mit Blut und Schmutz. Sie waren alt, diese Tränen, und schwer.

Wieder ihre Stimme: »Ethan?«

Er wollte, dass sie ihn abholen kam.

Er wollte, dass sie mit ihm in die Stadt ging, weil sie es genoss, und nicht, weil sie sicherstellen musste, dass er zu einer Tauffeier ordentlich angezogen erschien. Dass sie ihn sonntags zuhause behielt, weil sie gerne Zeit mit ihm verbrachte, und nicht, weil sie sich ansonsten sorgte. Er wollte keine Last sein, keine Bürde, keine Pflicht.

Er wollte, dass sie ihn in den Arm nahm und ihm versprach, dass alles gut werden würde.

Er wollte Weintrauben und Orangen ohne Schimmel.

Er weinte.

»... Ethan? Was ist passiert?«

»I-ich kann ... ich kann nich' mehr. Ich will das nich' mehr.« Er verschluckte sich an seinen Tränen. »Alles tut weh, und ...«

»Wo bist du?«

»Sorry. Es tut mir ... so leid. Ich k... kann nich' mehr. Sorry. Sorry.«

Er wollte, dass Harvey zurückkam und ihn küsste wie kurz vor Silvester. Er wollte, dass es Nathaniel war.

Er wollte Harvey nie wieder ins Gesicht sehen müssen.

Er wollte eine Umarmung, eine richtige, die ihn so eng umschlungen hielt, dass er sich sicher war, nicht mehr fallen zu können.

Er wollte Handschuhe und einen Schal und einen Schluck Wasser, denn alles schmeckte nach Blut. Das nächste Schluchzen fuhr direkt zwischen seine Rippen. Sogar weinen schmerzte.

Alles schmerzte.

»I... ich will, dass es aufhört.«

»Sag mir, wo du bist.«

»Ich wollte das nich'. Ich wollte ...«

»Alles gut. Atmen. Atmen, Ethan. Jetzt sag mir, wo du bist.«

Er wünschte, er hätte um Atem kämpfen können, aber er hustete Schleim und Rotz und weinte. Blassrote Bahnen liefen seinen Hals hinab. »Ca... Carroun Road. Es tut mir so leid. Ich ...«

»Beweg' dich nicht vom Fleck«, sagte Loraine. »Ich komme.«

36 – 1991

Es gab einen Morgen danach.

Erste Sonnenstrahlen krochen durch die Fenster und fielen auf den Linoleumboden. Eine Maschine surrte und piepte in rhythmischen Abständen, irgendetwas davon sollte sein Herzschlag sein. Eine Klammer steckte an seinem Finger. Durch einen Schlauch und einen Zugang tröpfelte klare Flüssigkeit in seine Adern.

Loraine saß neben ihm und streichelte seine Hand. Die, die nicht unbeweglich in Gipsschichten lag. Unter ihren Augen befanden sich Schatten, ihr Mund verzog sich zu einem halben Lächeln, als verberge sie Tränen dahinter, aber sie hatte nicht geweint. Das war gut. Er hätte es nicht ertragen, hätte sie seinetwegen geweint. Sie hatte auch nicht geschlafen. Er, er hatte geschlafen, schlafen müssen nach den Medikamenten, die sie ihm gegeben hatten, sie mussten seine Hand richten, sagten sie.

»Ich will nach Hause«, flüsterte er.

Loraine lächelte etwas mehr. »Dad holt uns später ab. Es wird alles gut.« Ihr Daumen fuhr über seinen Handrücken. »Schlaf noch ein bisschen.«

»Bleibst du?«

»Ja«, sagte sie. »Ich bleib' genau hier.«

Mr. Dixon brachte ihm Kleidung mit.

Loraine zog den Vorhang zu und versprach, dass niemand ihn sehen konnte außer ihr. Sie bot ihm die Hand an.

Er ließ sich in eine sitzende Position ziehen und starrte auf das seltsame, kleidähnliche Hemd, das er trug.

»Darf ich helfen?«, fragte Loraine.

Ethan nickte und sah aus dem Fenster, war da und irgendwie nicht. Finger zupften an den Bändern seiner Kleidung, lösten einen Knoten, er sah aus dem Fenster. Jenseits des Vorhangs ging eine Tür auf. Schritte. Stoff, der über seinen Körper rutschte, sich davon entfernte, ihn nackt zurückließ. Gänsehaut. Er sah aus dem Fenster. Loraine schob sanft einen Pullover über seinen Kopf: extra groß, extra weich.

»*Sind Sie der Vater?*«, fragte ein Mann. Ein Arzt. Ethan kannte seine Stimme von einem Gespräch am Morgen. Loraine nahm seine Hand und fädelte sie durch den Ärmel, summte ein Lied, mit dem er nicht vertraut war.

»*Trauma*«, sagte der Arzt jenseits des Vorhangs, und »*Nasenbeinbruch*«, und »*grobe Fissuren*«, und »*... müssen von einem sexuellen Übergriff ausgehen ...*«

»Gib mir deine Hand.«

Er gehorchte. Loraine mühte sich mit der Gipsschiene ab, bis der Pullover einigermaßen saß. Etwas besser.

»Kannst du aufstehen?«

»*Vielleicht Vergewaltigung*«, und »*verstummt ...*«, und »*Prellungen und Quetschungen.*«

Er sah aus dem Fenster, während Loraine vor ihm kniete und mehr und mehr Stoff über seine Beine schob.

»*Schmerzmittel*«, und »*Nervenzusammenbruch*«, und »*Diazepam ... ja, Valium.*«

»Setz dich«, sagte Loraine. »Nur noch Socken, dann hast du's geschafft.«

Der Arzt sagte: *»... am besten hierbleiben.«*

Er sah zu Loraine. Sie schüttelte den Kopf und versprach, dass sie ihn nicht hierlassen würden. Er blickte wieder aus dem Fenster.

Im Auto schlief er ein.

Der Rhythmus der Straße verfolgte ihn bis in seine Träume. Jede Unebenheit dröhnte wie ein Schlag, jedes Hupen wie ein Schrei, schrill und vor Schmerz verzerrt. Er sah Harvey und dann Robert, Timothy und Marty, sie jagten ihn bis auf eine rotierende Kreuzung, lachten über seinen nackten Körper, wie schwach er war und hässlich. Der Himmel riss auf. Blut regnete aus verwesenden Wolken. Vater schrie ihn an, dass niemand ihn je lieben würde, dass er es nicht verdient hätte, nicht mal, wenn er lernte, Respekt zu zollen. Er verschwand im Haus gegenüber, eingesperrt hinter Wänden und Fenstern, nur noch ein Schatten jenseits der Drahtleinen.

Loraine weckte ihn.

Sie waren in Hackney.

Beatrice wartete am Hauseingang. Ihre Wangen waren gerötet und ihre Augen verquollen, doch ihre Umarmung zart. Sie wollte ihm nicht wehtun. Beinahe hätte er wieder geweint.

Duke setzte dazu an, an ihm hochspringen, doch Mr. Dixon scheuchte den Golden Retriever aus dem Haus. Danach brachte er Ethan ins Gästezimmer: eine Hand warm auf dessen Rücken, mit Nachdruck am Spiegel vorbei, damit er auch ja keinen Blick auf sein Gesicht erhaschte. Er half ihm ins Bett und dabei, sich zuzudecken, danach brachte er ihm ein Glas Wasser und Medikamente. Schlucken tat weh, aber danach ging es besser.

»Schlaf jetzt«, sagte Mr. Dixon.

Wo Loraine war, wollte er fragen, ob sie nach Hause gehen oder hierbleiben würde, wie es ihr ging, ob sie kommen konnte, nur ganz kurz; aber er schwieg und nickte in das Kissen.

Beim Hinausgehen zog Mr. Dixon die Vorhänge zu und löschte das Licht. Mit der Hand auf der Klinke verharrte er. »Wir sind in der Stube, wenn du was brauchst.«

Leise schloss er die Tür.

Die Tage – wie viele es waren, wusste er nicht – verbanden sich zu Spiralen und Wiederholungen, überlagerten sich gegenseitig und hinterließen einzelne Bilder, die ihm im Gedächtnis blieben: Beatrice, die an seiner Bettkante saß. Sie hatte ihm warmen, mit Honig gesüßten Tee gebracht und las ihm in einer Sprache vor, die er nicht verstand. Manchmal streichelte sie nebenbei durch sein Haar oder bürstete das Blut heraus und die Kletten. Nie verlangte sie auch nur ein Wort.

Die Jalousien blieben geschlossen. Tageslicht kroch fade zwischen den Rillen herein.

Digg, der rastlos im Zimmer auf und ab ging, ihn anflehte, mit ihm zu sprechen. Er wollte einen Namen und jemanden umbringen. Lange blieb er nie. Vermutlich konnte er ihn nicht ansehen, ohne noch wütender zu werden, und irgendwann kam er gar nicht mehr.

Medikamente, die alles etwas schwummerig machten, als hätte die Welt einen Schritt in die Schatten getan.

Mr. Dixon, der ihm jeden Tag frische Kleider brachte und sagte: »Nenn' mich Dajuan, Junge«, während er die getragenen Sachen einsammelte.

Carrie, die ihm einen Strauß Blumen und ein von Michael gemaltes Bild schenkte.

Die holzvertäfelte Decke und wie der Staub von ihr rieselte, wenn oben jemand entlangging.

Und Loraine. Die Farbe ihres gelbgepunkteten Pyjamas, als er sie fragte, ob sie bei ihm schlafen könnte, nur für eine Nacht. Ihr Arm, der sich um seinen Rücken wand, während er an ihrer Brust weinte. Die Art, wie sie ihm die Stirn küsste, wenn sie nicht mehr wusste, was sie sagen sollte. Sie hielt seine Hand und half ihm, sein Essen zu schneiden, tröstete ihn, als er – benebelt von einer neuen Dosis Valium – zu schluchzen begann, weil er die Buchstabensuppe nicht lesen konnte.

Im Lambeth Hospital wurden ihm die Fäden gezogen, Verbände gewechselt, andere, weniger starke Medikamente verschrieben. Der Arzt legte ihm ans Herz, eine geschlossene psychiatrische Einrichtung aufzusuchen. Niemand zwang ihn dazu.

Loraine ging zurück in die Romola Road. Sie wollte sich um die Wohnung kümmern, die noch immer verwüstet brachlag. »Hatte keine Zeit dafür«, sagte sie mit einem schrägen Lächeln. »Aber wenn du bald heimkommst, ist alles erledigt. Mach dir keine Sorgen, ich bekomm' das schon hin.« Außerdem musste sie zurück zur Universität, aber das sprach sie nicht aus.

Währenddessen rief Digg jeden zweiten Tag an. Er wirkte erleichtert, als Ethan wieder Worte fand.

Einen Samstagabend redeten sie stundenlang. Digg erzählte von Deniz und dass der bald kündigen würde, weil er heiratete und aufs Land zog, zusammen mit seiner Mutter und seiner Verlobten. Vielleicht würden sie den Sommer dort verbringen, Isabelle und Oscar und er, denn was gab es Besseres für ein Kind als Ferien auf dem Land? Dann sprang er zurück nach Gloucester, packte Geschichten aus seiner Kindheit aus, berichtete von Planschbecken, Skateboardunfällen, Basketballspielen und dem einzigen Mal, als sein Vater ihm den Hintern versohlt hatte, und Digg bestand darauf, es verdient zu haben. Ethan saß auf einem Stoffsofa, den Arm nur noch geschient und verbunden, nicht mehr gegipst, eine Tasse Tee neben sich, Beatrice nebenan in der Küche, wie sie Möhren hobelte für das Abendessen, und erzählte von Sharan und den Pfützen und von der Werkstatt, nur der Werkstatt, nicht vom Rest.

Es war seltsam, die Dinge voneinander zu trennen, einzig den Teil aufzunehmen, an den er sich erinnern wollte. Isabelle rief und Digg erwiderte, er würde später nachkommen, das hier sei wichtig. Ethan spürte sich lächeln. Loraines erste Freundin hieß Tiffany, und dass es gut war, dass sie die nicht behalten hatte, denn Ethan konnte den Namen nicht leiden. Sie hatte nie was mit den Jungs, wusste schon immer, wie sie tickte. Darum hatte Digg sie beneidet. Unter der Decke hatte sie es ihm ins Ohr geflüstert. Ihr erster Kuss. Das erste Mal mit einer Frau geschlafen hatte Digg mit sechzehn, Ethan mit vierzehn, er wusste ja gar nicht, dass Ethan bisexuell war und nicht schwul. Ethan meinte, dass er keine Ahnung davon habe, dass er sich nie wirklich verliebt habe außer ein- oder zweimal. In Männer? Vielleicht. Sie lachten und zogen sich auf. Beatrice brachte ihm neuen Tee. Ach, und ob er schon von Malcolm gehört hatte? Dass er Rebecca einen Antrag gemacht und sie abgelehnt hatte? Ethan schwieg. Malcolm, er würde es nie ... »Digg«, sagte Ethan leise. »Es war Harvey.«

Stille. Ein tiefer Atemzug, als könnte er nicht glauben, was er hörte. Das Klicken eines Feuerzeugs. »Jeremias' Harvey?«

»J ... ja.« Seine Hände zitterten, ließen den Telefonhörer fallen, er fluchte. »Ich – ich kann nich' ...«

»Schhh, Eth«, sagte Digg. »Ist schon gut. Ist gut, Mann. Ich kümmer mich drum.«

Sobald er freiwillig aus dem Zimmer kam, das nun seines geworden war, gestaltete Beatrice den Tag mit ihm, als sei er ein zu groß geratenes Kind. Mr. Dixon übernahm den Kiosk – sie waren allein.

Ethan war zu müde, um ihre Mühen aus falscher Scham abzulehnen. Außerdem – wenn er aufrichtig mit sich war – tat es gut, gepflegt zu werden. Ihre Güte entlockte ihm manchmal Tränen, vor allem nachts, wenn er allein war; aber zu verstehen, dass sie es aus Zuneigung tat, immer noch, nach allem, was passiert war, nahm dem Schmerz seinen Stachel.

Zuerst wies sie ihn an, ein langes, warmes Bad zu nehmen. Immerhin hatte er sich seit Wochen nur mit Wasser und Waschlappen beholfen. Es tat gut. Danach kämmte er sich die Knoten aus seinem Haar, suchte sein Gesicht nach neuen Narben ab, fand nur eine einzige: die zwei Stiche an seiner Lippe, fast unsichtbar. Seine Nase hatten die Ärzte mit einem Pflasterverband befestigt, die ungesunde Farbe verschwand zusehends. Nur wenn er lächelte, kam die schwarze Lücke zum Vorschein. Sein rechter Eckzahn fehlte.

Nach dem Frühstück unternahmen sie einen Spaziergang mit Duke. Zuerst eine kurze Strecke, dann immer längere Wege. Danach setzte sie sich mit ihm an das alte Klavier im Büro. Sie brachte ihm ein paar Melodien bei und freute sich, wie schnell er lernte. Solange er nur eine Hand zur Verfügung hatte, spielte sie für ihn die zweite. Zum Mittagessen übertrug sie ihm Aufgaben, die er erledigen konnte – Crumpets vom Bäcker holen oder Brot aus der Gefriertruhe –, und danach sahen sie Nachrichten und eine Folge Columbo im Fernsehen.

Sie nahm ihn zum Einkaufen mit und ließ ihn die Wäsche sortieren. Manchmal wollte sie ihm Buntstifte und Tusche andrehen, aber das lehnte er ab. Einmal zuckte sie nur mit den Schultern, setzte sich neben ihn an den Tisch und begann, selbst zu malen. Nach einer Weile seufzte er und griff nach einem Blatt.

Am späten Nachmittag drehte er eine Runde mit Duke, nach ein paar Tagen auch allein. Abends deckte er den Tisch für vier, denn Loraine kam von der Universität und Mr. Dixon von der Arbeit, und Beatrice kochte. Zum Geburtstag buk sie ihm einen Kuchen. Das erste Mal blies er Kerzen aus, sollte sich etwas wünschen. Trotz allem, was passiert war. Trotz des Schmutzes, der an ihm klebte, den sie sehen und riechen und fühlen mussten, trotz der Scham, die ihn verfolgte, sobald er sich umzog oder badete oder auch nur einen Spiegel sah, trotz der Schuld, die sie ihm geben könnten, aber nicht taten – trotz allem. Beatrice schoss ein Foto davon, wie Loraine den Arm um ihn legte. Vielleicht hatte er noch nie besseren Kuchen gegessen. Er nahm sich ein zweites Stück und Sahne dazu.

So hätte es schon immer sein können.

Aber es tat nicht mehr so weh.

Es wurde Zeit, Dr. O'Minall zu sehen.

Sie hatten ihm einen Aufschub gewährt, eine Menge davon. Loraine erzählte, dass das Lambeth Hospital ihn ursprünglich auf eine geschlossene psychiatrische Station hatte verlegen wollen, und dass sie ihn nur gehen ließen, weil er seit Jahren Dr. O'Minalls Patient war. Beatrice tastete sich regelmäßig ganz sacht an das Thema heran. »Es wäre gut für dich, *mon petit canard*. Das waren schreckliche Dinge, die passiert sind. Ganz schreckliche Dinge.« Und doch akzeptierte sie sein Kopfschütteln und gönnte ihm ein paar Tage Ruhe. Nur Mr. Dixon sprach nicht darüber. Er fuhr ihn lediglich vor die Praxis, als es so weit war, und meinte, dass Loraine ihn abholen würde, er bräuchte sie nur anzurufen. Nach dieser Sitzung würde er wieder in die Wohnung in der Romola Road ziehen. Es war der achtzehnte März, der Tag war klar und der Schnee verschwunden, aber ein eisiger Luftzug hauchte durch die Stadt. Vielleicht würde es später regnen.

»Danke, Mr. Dixon«, sagte Ethan leise. Sprechen strengte ihn noch immer an. »Für alles.«

»Dajuan«, sagte Mr. Dixon und lächelte.

Eine seichte Frühjahrssonne spiegelte sich auf der Glasfront. Das Gefühl, so nah vor dem Gebäude zu stehen, hatte er noch nie gemocht. In der Ferne fing sich zögerliches Licht an den Brückenpfeilern der Southwark Bridge. Menschliche Silhouetten schoben sich auf den Gehwegen entlang, immer vorwärts, nie zurück. Mit einem Seufzen stieg er aus. Der Wind fauchte ihm ins Gesicht. Im Augenwinkel: seine eigene Spiegelung in der Fassade.

Als Mr. Dixon die Tür zuwerfen wollte, schob Ethan schnell seine Finger dazwischen. Überrascht hob Mr. Dixon den Blick. In dessen Augen lag kein Eis mehr, vor dem er sich früher gefürchtet hatte, keine verborgene Ablehnung, keine Strenge. Sie hatten ihn in den letzten Tagen oft verfolgt, studiert, versucht, ihn zu analysieren, versucht, ihn zu verstehen. Es war kein schwerer Blick gewesen; vielleicht noch nie. »Was' los, Junge?«

»Ich ... ich ...«, flüsterte Ethan. »Ich weiß nicht, ob ich das kann.«

Jemand hupte hinter ihnen. Auch am frühen Vormittag stauten sich Autos auf Londons Straßen: Opel, Volvo, Bentley, Golf, Triumph. Der Fahrer im Wagen hinter ihnen gestikulierte.

»Soll ich warten?«

Ethan warf einen Blick zurück.

»Hab' nichts weiter vor. Wär' also kein Problem.«

Obwohl er wusste, dass es eine Lüge war, nickte Ethan.

»Ich park da hinten«, sagte Mr. Dixon. »Bleib hier stehen. Ich bring dich ins Wartezimmer und da wart' ich dann, solang du mich brauchst.«

»Danke«, sagte Ethan.

»Nein, ich mein's ernst.« Er nahm Ethan die Tür aus der Hand. »Ich werd' da sein, solang du mich brauchst.«

Es klang wie ein Versprechen.

PART 3

37 - 1995

BRAMLEY, ENGLAND

Während er die Tasse an seine Lippen führte, drehte er das Radio mit der anderen Hand aus. Mittlerweile konnte er ›A Boy Named Sue‹ ertragen, aber er mochte das Lied nicht. Jeder andere Johnnie-Cash-Song – seinetwegen. Aber ...

Tucker hatte sein Zucken bemerkt und schmiegte die Schnauze an seinen Oberschenkel.

Ethan kraulte ihn. »Alles gut«, sagte er leise. »Nichts passiert.«

Vom Küchenfenster aus hatte er einen guten Blick über das kurze Waldstück, das am Ende des Park Drive die Felder von den Wohnhäusern trennte. Die letzten Amseln verkrochen sich unter den wachsenden Schatten. Der Sommer würde bald kommen, und es war der erste Sommer – in einem anderen Haus, einem anderen Leben –, auf den er sich freute. Die fehlenden Dachziegel hatte Dajuan ersetzt, Ethan hatte die Außenfassade neu gestrichen und im Garten längst die ersten Samen gesät. Auch Tuckers

Hundehütte war kurz vor der Fertigstellung. Nicht, dass der Labradormischling draußen schlafen würde: Ethans Bett war sein Bett. Aber einen Rückzugsort würde er haben, vor der Sonne und Lucifer, der orangeroten Nachbarskatze mit dem fehlenden Ohr.

Bramley war ein kleines Örtchen in Surrey, das beinahe noch zu Guildford zählte. Etwas über eine Stunde dauerte es nach Brighton, etwas unter zwei nach Hackney. Seine Nachbarin hieß Lucinda, die Familie gegenüber Dunkeens, drei Kinder, ein Vater, der die Woche über in London arbeitete, und Rosamunde, die dazugehörige Mutter. Seit einem halben Jahr besaß er einen gebrauchten Opel Corsa, der meistens am Gehweg parkte, denn die Garage hatte er noch nicht fertig entrümpelt. Es war Dajuans Bedingung gewesen: Ethan musste jederzeit nach London kommen können. Ohne Verzögerung. Auch nachts.

Er nahm noch einen Schluck Kaffee.

Das Mobiltelefon auf der Arbeitsplatte vibrierte. Noch so eine Anschaffung, die er selbst vermutlich nicht getätigt hätte. Wieso brauchte er ein Telefon in seiner Hosentasche, wenn er eines im Flur besaß, das man weder aufladen musste, noch irgendwo vergessen konnte?

Die Nachricht lautete:

Dann morgen um vier. x

Sein Lächeln wankte. Gedankenverloren kraulte er Tucker hinter den Ohren, bis es Zeit war, den letzten Schluck Kaffee und seine Medikamente zu nehmen.

Alle zwei Wochen fuhr er nach London und parkte vor der Praxis von Dr. O'Minall. Seine Diagnosen waren längst gestellt, die Verhaltenstherapie abgeschlossen, eine Tiefenpsychologische begonnen. Regelmäßig wurde ihm Blut abgenommen, um die Dosis der Medikamente anzupassen. Manchmal nahm er monatelang nicht einmal Antidepressiva. Dann wieder gab es Zeiten, in denen dazu noch Stimmungsstabilisatoren kamen, Beruhigungsmittel, Schlaftabletten. Auch Tucker war eine Idee von Dr. O'Minall gewesen: ein Begleiter für Tag und Nacht.

Mittlerweile arbeiteten sie an der dritten Akte. Es war kein schwarzes Buch mehr, sondern ein blauer Schnellhefter aus Papier, gefüllt mit einem weiteren Teil seines Lebens. Die Aufschrift: *Ethan Szántó, geb. 05.03.1959*.

Zur Bibliothek gingen sie zu Fuß. Tucker liebte den morgendlichen Spaziergang, und auch Ethan tat er gut. Durch Bramley selbst führte kein Fluss. Es war ihm wichtig gewesen, keine Parallelen mehr zu schaffen, wenn es nicht zwingend notwendig war. In der Straße, in der er wohnte, gab es keine Wohnungen, nur Häuser, einen Wendekreis und ein Schild, das darauf hinwies, dass Kinder auf der Straße spielten.

Für einen Maitag war es angenehm warm. Er rollte seine Ärmel hoch, Tuckers Leine locker unter den Gürtel gestopft, und winkte Harriett zu, die gerade die Wildrosen in ihrem Vorgarten zurechtstutzte. Sie winkte zurück.

Die Schatten überkamen ihn spontan. Er konnte sie vorher nicht spüren, nicht sehen, sie schnappten zu aus dem

Nichts. Manchmal reichte ein bestimmter Geruch, der ihn zurück nach 1974 riss, in einen übervollen Pavillon. Dann wieder war es ein Satz, der unbedacht fiel, womöglich sprach er ihn sogar selbst. Eine Geste in Verbindung mit einem Bild, ein Song, ein Gitarrensolo. Die Silhouette eines Menschen im Halbdunkel. Die Schatten scherten sich nicht darum, wer oder was sie hervorrief; sie stürzten sich auf ihn, zerrten ihn für einen Augenblick aus der Realität. Erst hielt er eine Decke in den Händen, dann war sie plötzlich Sharans Kleidung, die er vom Boden aufhob, und er schleuderte sie von sich, als wäre sie giftig. Loraine legte ihm die Hand auf die Schulter, und plötzlich gehörten die Finger zu Robert oder Lory oder Harvey, würden ihm jeden Moment wehtun, also stieß er sie fort.

»Diese Erinnerungen wird es immer geben«, hatte Dr. O'Minall gesagt. *»Wir können die Vergangenheit nicht ändern. Sie ist geschehen. Aber wir können auf eine Art mit ihr umgehen, die die Gegenwart lebenswert macht. Das ist möglich. ... auch für Sie.«*

Doris begrüßte ihn mit einem Nicken. Ihr braunes Haar hatte sie in einem Dutt zusammengefasst. Sie schob den Zeigefinger unter ihren Brillenbügel und kratzte sich an der Stelle an ihrem Ohr, die sie immer kratzte, wenn sie konzentriert war. Vor ihr lag ein Stapel Neuerscheinungen, daneben die Folie und das Etikettiergerät.

»Das ist doch meine Arbeit«, sagte Ethan, während er Tucker von der Leine nahm. Mit einer Geste wies er ihn an, im Personalraum zu warten.

»Mhm.« Doris lächelte schräg. »Da hinten steht noch eine ganze Kiste. Kinderbücher. Von der Schule gesponsort.«

»Umso besser. Dann habe ich etwas zu tun.«

»Wenn du schon dabei bist, kannst du die Kinderbücher auch noch gleich neu sortieren. Die Lettern wirst du verschieben müssen, bei dem ganzen neuen Kram.«

»Wird erledigt.«

»Ach, und ...«

»Ja?«

Sie grinste. »Vergiss nicht, Spaß zu haben.«

»Den habe ich immer.«

»Sieht man dir gar nicht an.«

Er hob bewusst theatralisch die Augenbrauen, und sie lachte.

»Geh schon«, sagte Doris. »Gleich kommt dein Wachhund wieder und will mich fressen.«

Die Abende im neuen Haus – er nannte es *sein* Haus – boten ihm einen Frieden an, dem er anfangs misstraute. Als er einzog, lag noch zentimeterhoch Schnee; er und Digg und Dajuan kämpften sich mit Möbeln und Kisten durch den Winterschauer, der sie begrüßte; Beatrice weihte den Ofen ein und buk Kekse darin; Loraine schraubte die Möbel zusammen, während das Deckenlicht brannte, um ein Uhr nachmittags.

Jetzt kam der Sommer.

Die Möbel standen seit Monaten auf ihren Plätzen, den Garten hatte er gejätet und gepflegt, und das Musikzimmer war endlich vollständig.

Zum Einzug hatten Dajuan und Beatrice ihm das alte Klavier aus dem Büro geschenkt, Loraine und Digg eine Gitarre, eine Taylor aus Mahagoni und Eschenholz. Er selbst hatte eine Musikanlage aufgetrieben, und seine CD-Sammlung wuchs.

Es war unwichtig, wo er sich aufhielt. Kuschelnd mit Tucker auf dem Sofa, mit Notenblättern am Klavier, mit einem Buch aus der Bibliothek in der Hand im Gartenstuhl – niemand kam, um ihn anzuschreien, um sich zu beschweren, um irgendetwas zu tun, was die Stille zerstören konnte. Am heftigsten erschreckte er sich noch, wenn aus dem Nichts das Telefon klingelte und Loraine aus Dublin anrief, und eigentlich war es schön.

Nach der Arbeit besuchten sie einen kleinen Dorfladen, um Zutaten für das Abendessen zu besorgen. Den Vormittag über hatte Tucker überwiegend schlafend verbracht, aber Ethan bemerkte, wie viel Anstrengung es ihn kostete, sein Temperament zurückzuhalten. Mit einem gefüllten Jutebeutel machten sie sich auf Richtung Wald.

Er arbeitete zuerst nur halbtags, auf eine Empfehlung von Dr. O'Minall hin. Es sei besser für Ethans Energiehaushalt. Obwohl es ihm besser ging, befand er sich noch immer in Behandlung, erlitt Rückfälle und chronische Depressionen. »*Vergleichen Sie es mit Ihrem Bein*«, hatte Dr. O'Minall gesagt. »*Manche Verletzungen schränken uns ein Leben lang ein. Sie werden nicht mehr so gut und ausdauernd rennen wie jemand mit zwei unversehrten Beinen – und niemand würde dies von Ihnen verlangen. Nur Sie selbst neigen dazu.*«

Meistens reichte das Geld auch so, aber Beatrice und Dajuan bestanden darauf, ihn weiterhin bei der Ratenzahlung zu unterstützen. »*Weil du nie fragen würdest, wenn es doch knapp wird*«, hatte Beatrice gesagt, und keines seiner

Argumente hatte sie davon abbringen können. Also hatte er einen zweiten Job angenommen – als Friedhofsgärtner. Während sein Hund im Schatten der Bäume lag und Ethan den Rasen mähte, genoss er die Sonne und die Stille. Alles, was am Monatsende von seinem Geld übrig blieb, sparte er, um es ihnen eines Tages zurückzugeben.

In dem kleinen Waldstück kurz hinter seinem Haus ließ er Tucker von der Leine. Das Grün an den Bäumen wirkte saftig, die Wiese glitzerte noch nass vom Morgentau. Kein Pfad wies ihnen den Weg. In der Luft lag das Aroma des Waldes, Moos und Erde und Moder, immer hauchfein unter dem Duft der Blüten. Nach ein paar Runden in wildem Sprint brachte der Labradormischling einen Stock heran, und Ethan warf ihn, wieder und wieder. Sonne rieselte zwischen den Zweigen hindurch. Nur einmal gab er dem Drang nach, sich umzudrehen. Niemand war zu sehen. Natürlich nicht. Tucker rieb seine Schnauze an Ethans Hand.

»Du? In der Bibliothek?« Digg hatte gelacht, damals am Telefon. Nicht gehässig oder abwertend, denn so war er nicht. *»Sachen gibt's.«*

Es war Beatrices Idee gewesen, ihn zum Augenarzt zu schicken. Sie begleitete ihn zwar ebenfalls zu einem Allgemeinmediziner, einem Zahnarzt, der seinen fehlenden Eckzahn durch eine Krone kaschieren sollte, und nicht zuletzt zum Amt und zum Notar, aber nichts davon hatte ihm einen ähnlich großen Dienst erwiesen.

Die Welt, die er mit Brillengläsern wahrnahm, war eine andere. Ihre Blätter verschmolzen nicht zu einer grünen Masse, sobald er ein Stück entfernt stand, die Automobile trugen Kennzeichen, die er erkennen konnte, und nicht zuletzt gab es jetzt Buchstaben, die sich voneinander fernhielten. Sie erleichterten ihm das Lesen.

Ethan konnte lesen.

Langsamer als andere und nicht so pointiert wie Doris, wenn sie den Vorschulkindern die wöchentliche Kamishibai-Vorführung darbot. Manchmal verirrten sich ›b‹ und ›p‹ oder ›f‹ und ›l‹ noch ineinander, ›e‹ und ›a‹ – aber mehr nicht.

Deniz schickte Briefe und Postkarten, Carrie Bilder von Michael und den ersten Aufsatz, den dieser verfasste – die Beschreibung eines Ausflugs in den Zoo –, Loraine irische Literatur, vorwiegend Gedichte von W. B. Yeats, in die sie sich verliebt hatte. Er las alles davon. Abends, bei einer Tasse Tee auf seinem Sofa, in einem abgesperrten, vollkommen sicheren Haus, während ein Hund zu seinen Füßen schlief. Wenn er keine Post bekam – oder zumindest keine, die er lesen wollte –, lieh er sich aus der Bibliothek aus, was ihn ansprach. Oscar Wilde. James Baldwin. Winterson, King, Christie.

Vielleicht war es nicht Paris, aber Sharan hätte es nichtsdestotrotz geliebt.

An manchen Tagen spürte er, wie sie enden würden.

Während des Kochens wuchs der Druck in seiner Brust. Alle paar Minuten wusch er sich die Hände, um sein Mobiltelefon zur Hand zu nehmen. Gab es eine neue Nachricht? Nein, nur den alten Verlauf. Hoffte er auf eine Absage, oder rechnete er so sehr damit, dass es ihn verwirrte, weil nichts geschah? Wollte er selbst absagen? War er bereit dafür? Die Nudeln kochten über. Tucker kam aus seinem Körbchen im Flur und setzte sich vor ihn, beobachtete ihn, verfolgte jede seiner Bewegungen mit den goldbraunen Augen.

Das Abendessen fiel aus. Mit Wachstuch bedeckt stellte er die Nudeln in den Kühlschrank; er würde sich morgen etwas daraus machen. Der Gedanke, nun etwas zu essen, verursachte ihm Übelkeit. Er nahm Tucker mit in den zweiten Stock, den Flur hinunter in das große Schlafzimmer. Während er sich auszog, saß Tucker wieder vor ihm, ruhig und abwartend. Die Gürtelschnalle knallte gegen die Nachttischlampe, Ethan fluchte.

Dann fühlte er Tuckers Gewicht. Ein kurzer Stoß, ein Fall, nie schmerzhaft. Irgendwann hatte Tucker damit begonnen – Ethan zu stoppen, wenn der drohte, die Kontrolle zu verlieren. Mit tiefen Atemzügen schloss er die Arme um den Hund auf seiner Brust, es war okay, es war okay. Es war okay. Tucker rieb seine Schnauze an Ethans Wange und brachte ihn zum Lachen. Es war okay. Das war es wirklich.

Später wusste er nicht mehr, wie lange sie dort auf dem Schlafzimmerboden lagen.

Noch etwas, das sich verändert hatte.

Als er schließlich ins Bett kroch und Tucker sich neben ihm einkuschelte, hatte er nicht einen einzigen Gegenstand in diesem Raum gezählt.

38 -1992

Hallo Ethan.

Schau, ich weiß nicht, wo ich anfangen soll. Nach unserem ~~Gespräch~~ Treffen habe ich versucht, dich zu erreichen. Ich habe die Nummer angerufen, die du mir damals aufgeschrieben hast. Keiner ging ans Telefon. Wohnst du nicht mehr dort? Ich hoffe, dieser Brief erreicht dich. Irgendwie.

Dass ich mich so lange nicht gemeldet habe, tut mir leid. Noch mehr bereue ich, dass ich nicht mit dir gesprochen habe, als ich die Chance dazu hatte. Meine Zeit in Leeds war hart. Natürlich ist das keine Entschuldigung. Ich erwarte auch nicht, dass du mir verzeihst. Aber vielleicht hilft dir diese Erklärung.

Erinnerst du dich an den Tag, als ich gegangen bin? Das Wetter war furchtbar, und ich hatte Angst, in London stecken zu bleiben, in diesem Schlamassel, diesem komplizierten Leben, ~~bei—~~. Wenn ich mich richtig erinnere, kam der Anschlusszug trotzdem genauso pünktlich wie der erste, und abends war ich da. Nur … das Haus war es nicht. An der Adresse gab es eine Ruine, halb abgerissen, halb verbrannt. Laut den Nachbarn hatte es ein Feuer gegeben, circa einen Monat, bevor ich kam. Brandstiftung vermutlich, irgendwelche Jugendliche, die ihre Finger nicht von Streichhölzern lassen konnten. Ich war müde

~~und traurig~~ und wollte niemandem zur Last fallen, also bin ich in das nächstbeste Hotel abgestiegen. Ein dreckiges Loch war das, mit Mäusen unter den Dielen. Nicht einmal das Deckenlicht ging vernünftig. Was macht man, wenn man in einem Hotelzimmer sitzt, mit nichts außer Klamotten und einer Umzugskiste? Ich habe es nicht ertragen. Also bin ich nach unten.

An die Bar.

Wenn du wüsstest, wie schwer es mir fällt, das zu schreiben.

Manchmal lache ich, wenn ich daran denke, dass es mich genauso erwischt hat wie ihn. ~~Du weißt schon, mei~~ Eigentlich müsste man meinen, ich wüsste es besser. ~~Es tut mir so~~

Ich wollte nie wieder trinken. Aber an diesem Abend ... nach all diesen Dingen ... und du warst nicht da.

Es tut mir leid. Nichts davon ~~war~~ ist deine Schuld, okay? Es liegt nicht an dir. ~~Ich denke oft~~

Da waren so viele Gedanken in meinem Kopf, die ich nicht haben wollte. Also trank ich. Aber es wurde nicht besser, nur schlimmer. Ich trank mehr. Plötzlich sah ich dich wieder dort liegen. Das Blut, das an dir herablief, das die Fliesen, die Badewanne färbte. Loraine hat so sehr geschrien. Ich dachte, du bist tot. Das dachte ich wirklich. Die Notarztsirenen. Nicht wissen, ob ich dich verliere, ob du morgen noch da bist. Dein Bein sah aus, als hätte ein Löwe sich darin verbissen, oder ein hungriger Wolf.

~~Ich dachte, wenn du stirbst, bin ich der Nächste.~~

~~Ich weiß, dass es meine Schuld war. Du brauchst nicht zu lügen, damit ich mich besser fühle. Ich wusste es immer. Wenn ich~~

~~An diesem einen Abend konnte ich damit nicht leben. Auch am nächs= ten Tag nicht.~~ Ich blieb eine ganze Woche im Hotel, ging jeden Morgen zur Bar und torkelte abends ins Bett. Keine Ahnung, was ich gegessen habe. Vielleicht nichts. Als der Barkeeper mich nicht mehr anschreiben lassen wollte, hab ich … die Kontrolle verloren. Da schmissen sie mich raus. In der Jugendherberge danach ging es weiter. Irgendwann hatte ich kein Geld mehr, habe mich an Jobs versucht und sie alle verloren. Getrunken, geschlafen, versucht, über die Runden zu kommen. Die falschen Leute kennengelernt. ~~Sogar Dro~~ Nichts hat mehr Sinn gemacht, es war alles das Gleiche. Vergessen, erinnern, zudröhnen, um wieder zu vergessen.

Am Ende landete ich in der Countryside, in einer Entzugsklinik. Hay Farm.

Ob du's glaubst oder nicht - Valery hat mich zur Klinik gebracht. Valery. Von allen Menschen ausgerechnet sie.

Von dort aus wollte ich dir schreiben, aber es war fast ein halbes Jahr her, und ~~ich dachte -~~ ich hoffte, du hättest mich längst vergessen. Ich war dir ein schrecklicher Freund. ~~Nicht nur während unserer Beziehung, sondern auch danach.~~ Es tut mir wirklich leid. Wenn ich irgendetwas davon wiedergutmachen kann, lass es mich wissen.

Das würde mir viel bedeuten.

Alles Gute zum Geburtstag.

Ich hoffe, es geht dir gut.

Nate

März 1992

Ethan,

~~du hast nicht geantwortet. Das ist okay. Ich dachte nur, vielleicht~~
Ich hoffe wirklich, es geht dir gut. Leider habe ich keine Antwort
erhalten, deswegen versuche ich mein Glück erneut.

Noch immer fällt es mir schwer, dir zu schreiben. Ständig habe ich
das Gefühl, ich würde alles nur wieder schlimmer machen, und dass
es dir besser geht ohne mich. Letztes Jahr in Brighton sahst du …
du sahst gut aus. ~~Besser, als du in London~~ Glücklicher.

Brighton. Dort bin ich nach zwei Jahren Entzug gelandet. Die Ärzte
sagten mir, ich sollte irgendwo neu anfangen, wo ich niemanden kenne.
An einem Ort ohne Erinnerungen. Valery hat mir Geld geliehen, viel
Geld. Sie hat die Stadt und die Wohnung für mich ausgesucht, ein
paar alte Freunde angerufen, um mir mit den Möbeln zu helfen. Penelope war zu diesem Zeitpunkt schon fast fünf. ~~Erinnerst du dich
an das Baby, das~~

Ich ~~dachte denke~~ dachte noch immer oft an dich. Wie es dir wohl
erging, und … alles. Ob ich doch noch anrufen könnte, ob du abnehmen würdest, und was ich dir sagen würde.

Dann warst du da und … ~~ich wusste nicht, was ich – ich wollte – ich~~

hatte Angst, wieder alles kaputt zu machen. *Dich* kaputt zu machen. ~~Dich zu~~

Genau das habe ich wohl geschafft. Aber wie sollte ich da vor dir sitzen ~~und dir erzählen, dass Therapeuten mir weissmachen wollten, ich wäre schwul geworden, weil mein Vater mir fehlte, und ich wäre depress~~ und dir sagen, wie schlecht es *mir* geht, ~~während ich nur erahnen kann, was?~~

Ich kann dich nur um Verzeihung bitten. Für alles. ~~Wenn es eine Chance – Wenn du –~~ Ich würde mich freuen, auf irgendeine Weise – und sei es nur als Bekannter – wieder Teil deines Lebens zu werden. ~~Ich verm Du bedeutest mir v~~ In all den Jahren habe ich nie wieder jemanden getroffen, der mich auch nur ansatzweise so gut verstanden hat wie du.

Auf bald,

Nate

September 1992

Ethan,

ich weiß, ich hab's verkackt. ~~Alles, was ich dir versprochen habe – Nicht einmal das Trinken konnte ich –~~

Ich sitze in diesem halbleeren Zimmer ~~und denke an vermisse br~~

Bitte antworte.

Ich werde dir alles erzählen, wenn wir uns sehen.

Nate

Dezember 1992

Lieber Ethan,

bitte entschuldige meinen letzten Brief. Er hätte dich nie erreichen sollen. Ich war nicht n ... ganz bei mir.

Über das Jahresende bin ich in London. Das ist mir wohl zu Kopf gestiegen. Ich war mit ein paar Leuten von früher verabredet, und ... du weißt ja, wo das hinführt.

~~Entschuldige. Entschuldige. Entschuldige.~~

~~Gott, ich werde schon wie~~

Über ein letztes Gespräch würde ich mich freuen. Ich bleibe noch ein paar Tage und es gibt so viel, was mir im Kopf herumschwirrt. Gestern habe ich Carrie getroffen, als ich bei unserer alten Wohnung war. Ich glaube, sie hasst mich noch immer. Ich kann verstehen, wenn du mich auch hasst. Dann sag's mir bitte. ~~Ich kann das nicht.~~

Fröhliche Weihnachten wünsche ich dir.

Und ein frohes neues Jahr.

Nate

Dezember 1992

39 – 1993

Hallo Ethan,

wieder bleibt mir nicht viel mehr, als mich zu entschuldigen. Scheint so eine Art Ritual zu werden. Jeder Brief beginnt mit einer Entschuldigung. Ich wollte dir nie zu nahe treten.

Ich will ehrlich mit dir sein. Letzte Woche habe ich getrunken, ~~und danach bin ich mit irgendeinem Typen vers.~~ Seitdem fühle ich mich einfach abartig. Widerlich. ~~Er~~ Man hat mir Drogen angeboten und seine Telefonnummer. Keines davon habe ich angenommen. Valery hat angerufen, und sie hat mir gedroht, mich wieder in eine Klinik zu schicken. Wer trocken ist, trinkt nie wieder, auch nicht ausnahmsweise. Bin ich doch nicht geheilt?

Solange ich mir diese Frage stellen muss, ist es vermutlich besser, mich nicht mit dir zu treffen. Ich will dich nicht wieder in diesen Abgrund mitnehmen. Einmal war schlimm genug. Einmal war fast zu viel.

Nur eins will ich klarstellen. Ich habe nie deinetwegen getrunken. Du warst nie daran schuld. Das schwöre ich.

Seit einer halben Stunde kann ich wieder nur ans Trinken denken. Ich spüre das Zittern in den Fingerspitzen und wie ich ausraste, wegen jeder Kleinigkeit. Ich glaube, ich kann nicht denken. Vielleicht hat Valery recht.

Wo auch immer du bist, pass auf dich auf.

Das hast du mir versprochen.

Nate

Februar 1993

Ethan,

hast du es auch immer kommen gespürt? Das Bergab, die Talfahrt, die Momente, wenn dir bewusst wird: Ja, es wird wieder schlimmer? Ich will das nicht mehr. Egal, wie sehr ich mich anstrenge, am Ende vermassle ich es doch. Nicht einmal jetzt bin ich nüchtern, und ich schreibe dir, obwohl ich es nicht tun sollte, gestern Abend war es ~~Kokain und Sex mit einem Fremden, mir tut immer noch alles weh~~. Es fühlt sich nie gut an, immer nur für den Moment. Ein verdammtes Trostpflaster. ~~Sie sehen dir alle ähnlich, wusstest du das?~~ Valery hat mir mal gesagt, ich sei ein egoistischer Scheißkerl, und genau das bin ich. Schreibe dir schon wieder Briefe, obwohl das Beste für dich wäre, nie wieder von mir zu hören. Warum? Weil ich nicht weiß, wem ich sonst schreiben soll? Weil ich hoffe, dass zumindest du mich nicht verurteilst? Tust du das?

Ich hasse Brighton. Ich hasse die Wohnung und dass meine Nachbarn

445

immer Gras rauchen und mich auch noch einladen, wenn ich an der Tür klingle. Ich hasse das dumme Meer, das mich an dich erinnert, ich hasse mein Fahrrad und ich hasse meinen Job - aber das hat sich erledigt, Joseph hat mich gefeuert. Ich will hier weg, irgendwo hin …

Vielleicht besuche ich Tony.

Ich sehe Schatten, wo keine sind, und Insekten, die um mich herum-schwirren, als wäre ich Abfall. Ich beantworte keine Nachrichten, auch nicht Valerys, stattdessen schreibe ich dir, als würde es dich inte-ressieren. Du hattest Recht, mich so aus deinem Leben zu schneiden. Wie

ein Krebsgeschwür. Manchmal hasse ich dich trotzdem dafür. Wie

~~kann es dir so ega~~

~~Wenn wir uns jemals wiedersehen, t~~

~~Ich v~~

Bin ich das?

Ich hoffe, es geht dir gut.

Nate

Mai 1993

Ethan,

es tut mir leid.

Es tut mir alles so leid.

Eines Tages mache ich es wieder gut.

Versprochen.

Nate

Juni 1993

Ethan,

weißt du, was ich dich nie gefragt habe?

Wenn wir miteinander geschlafen haben, hast du dann manchmal an meinen Vater gedacht? Sieht irgendetwas an mir ihm ähnlich – meine Augen, mein Körper, ~~mein Schwanz~~? Wolltest du deshalb keinen Sex? Tony meinte, es sei widerlich, mit einem Kerl zu schlafen, der schon den eigenen Vater gevögelt hat. Ich hab ihm gesagt, es war nicht freiwillig. Noch schlimmer, meinte er. Tony hat mir Ecstasy gegeben und H. Wir waren tanzen. Er sagt, wir hätten rumgemacht, aber ich kann mich nicht erinnern. Das ist gut. Das Nicht–Erinnern. Ich will nie wieder aufhören, zu trinken und zu tanzen. Dann kann ich alles vergessen.

Ich wollte nüchtern bleiben, das wollte ich wirklich.

Ich wollte dir auch ein guter Freund sein.

Manchmal kann ich verstehen, was du da in der Badewanne getan hast.

~~Der Drang, so lange zu schneiden, bis~~

~~Ich sehe es imm~~

Ich hasse Krankenhäuser ~~seitdem~~.

Kann es sein - waren wir nie füreinander gemacht? Das kann ich nicht glauben. Will ich nicht. Ich will, dass diese scheiß Geschichte ein scheiß Happy End hat, egal was es kostet.

Kenne ich dich überhaupt noch nach so vielen Jahren?

Kennst du noch meinen Namen? Haben wir die Gelegenheit verpasst?

Tony hat angerufen.

Gestern war ich am Grab meiner Mutter.

Er holt mich jetzt ab. Er hat das gute Zeug.

Vielleicht sterbe ich tanzend.

Vergiss mich nicht.

Nate

August 1993

Ethan,

Tony hat mich rausgeworfen. Ich weiß nicht, wohin. Alles, was ich noch habe, sind ein paar Pillen, Kondome und zehn Pfund. Gerade bin ich bei Mrs. Higgson, aber das kann ich ihr nicht antun. Sie hat gesagt, ich soll erstmal schlafen. Ich kann nicht schlafen. Ich weiß verdammt noch mal nicht mehr, wer ich bin.

Es ist dunkel und leer und kalt ~~und ich will zu dir~~.

Mir ist so schlecht.

In den Schatten leben Würmer und sie sind hungrig nach Fleisch.

~~Ich lkfgj sdf sehe divh wjnd~~

~~Fuck~~

Ich will   hier ra us.

Nate

(Brief ohne Datum)

Lieber Ethan,

kann ich mich überhaupt noch entschuldigen, sodass du mir glaubst?
Ich kann dir nicht mal mehr sagen, was ich dir geschrieben habe. So
viel ist verschwommen, mal da und mal nicht.

Es tut mir aufrichtig leid.

Mittlerweile bin ich wieder in London - in der Rehabilitationsklinik.
Die Ärzte hier sind nett. Es gibt ein Schwimmbad und ein Fitnessstudio, einen eigenen Garten, das Essen ist lecker und ich muss mir
mit niemandem das Zimmer teilen.

Dieses Mal schaffe ich es.

~~Für~~

Vielleicht wird das hier mein vorerst letzter Brief, bis ich ... mich
eingelebt habe. Vorschriften. Vorsichtsmaßnahmen. ~~Du kennst das ja~~
Ich wünsche dir nur das Beste.

Nate

Oktober 1993

Hallo Ethan,

es ist eine Weile her, seit ich zuletzt geschrieben habe. Wahrscheinlich ist das gut so.

Letzte Woche kam Valery mich besuchen. Normalerweise bekomme ich keinen Besuch, also war das eine willkommene Abwechslung. Wir haben sehr lange geredet. Über Mum, unseren Vater, Penelope und Marcus und über unsere Kindheit. Langsam verstehe ich, glaube ich, warum Valery war, wie sie war. Sie war selbst noch so jung, als unser ›Vater‹ die Familie verlassen hat und sie plötzlich für alles verantwortlich war. Mum, mich, das Haus. Sie sagt selbst, sie hat nicht alles richtig gemacht, und dass sie manche Dinge bereut. Vielleicht ist das unser erster Schritt Richtung Frieden. Wir haben beide viel geweint, und das erste Mal seit einer Ewigkeit hatte ich kein Verlangen nach Alkohol dabei. Gibt es doch noch Hoffnung für mich? Wenn es Hoffnung für mich gibt - dann vielleicht auch für eine Kontaktbasis zwischen uns?

Fühl dich bitte nicht bedrängt. Wir sind seit Jahren getrennt, das habe ich nicht vergessen, und diese Trennung war notwendig, auch das glaube ich immer noch. So, wie wir damals mit der Welt und uns selbst umgegangen sind, hätten wir uns nur gegenseitig kaputt gemacht. Aber als Mensch bist du mir immer noch wichtig, immer noch in meinen Gedanken, ~~ziemlich oft~~. Deine Freundschaft damals in diesem Sommer hat mich verändert. Zum Besseren, würde ich behaupten.

Ob man mit jemandem befreundet sein kann, den man verlassen hat, weiß ich nicht. Aber ich würde es gerne versuchen. Daher kann ich auch warten. Vielleicht ist das auch eine richtig miese Idee, und du hast den Brief schon längst zerknüllt und weggeworfen. Ich werde deine Entscheidung respektieren.

Die Ärzte in der Klinik sind zufrieden mit mir. Die Entgiftung war hart, härter als letztes Mal, aber das haben sie mir prophezeit. Rückfälle gehören dazu, hab ich immer nur gehört. Ich mache Therapie. Die Therapeutin hier ist viel besser als die in der Country Side. Sie gibt mir nicht das Gefühl, versagt zu haben, nutzlos und wertlos zu sein.

Dienstags und donnerstags darf ich das Telefon für eine Stunde benutzen. Wenn du möchtest, ruf an. Ich werde drangehen. Die Nummer steht auf der Rückseite.

Alles Liebe,

Nate

August 1994

Hallo Ethan,

es war schön, deine Stimme zu hören. Ich hatte wirklich nicht damit gerechnet, nach all der Zeit, und ... es war schön. Wirklich schön.

Ich kann deine Bedenken verstehen. Wir halten den Kontakt einfach sporadisch, ganz so, wie du dich fühlst. Ich erwarte keine wöchentlichen Anrufe, schon gar nicht zweimal die Woche. Ich erwarte auch noch immer keine Antwort auf irgendeinen dieser Briefe. Gerade bin ich einfach nur glücklich, dass du mich nicht vergessen hast.

Bis bald,

Nate

September 1994

Hallo Ethan,

ich möchte respektieren, dass du dich zurückgezogen hast. In unserem letzten Gespräch hast du einen Umzug erwähnt, und ich vermute, du steckst gerade mittendrin. Das hier wird auch nur ganz kurz.

Im Februar werde ich voraussichtlich entlassen. Valery macht sich bereits auf die Suche nach einer Wohnung für mich. Am Telefon hat sie gelacht und meinte, bald gehen ihr die Plätze aus, wo sie mich noch hinschicken kann. Nicht ans Meer, hab ich gesagt, aber bitte an einen See. Ich will wieder in einem See schwimmen.

Februar. Das ist zum Greifen nah.

Diesmal vermassle ich es nicht. Das spüre ich.

Wenn ich mehr weiß, melde ich mich.

Ich wünsche dir nur das Beste.

Nate

November 1994

41 – 1995

GUILDFORD, ENGLAND

Das Café lag in einer beschaulichen Nebenstraße mitten in der Innenstadt von Guildford. Sie hatten beschlossen, London zu meiden. Ethan stellte den Opel im Parkhaus ab und nahm Tucker an die Leine. Für einen Moment hatte er überlegt, den Hund zuhause zu lassen, aber ihm war nicht wohl dabei gewesen. Nichts an all dem fühlte sich gut oder richtig an. Aus dem halben Jungen, der sich damals beinahe den Kopf an der Badewanne aufgeschlagen hätte, war ein Mann geworden, der viel gesehen hatte, zu viel vielleicht. Er wusste nicht, was ihn erwartete. Nur seine Stimme hatte er gehört, zwei oder dreimal, und sie klang dunkler als früher. Ethan hielt Tuckers Leine eng umklammert, während er die Stufen hinunterstieg und auf die offene Straße trat.

Es war ein schöner Nachmittag. Sonnenlicht ergoss sich auf Autodächer und Plastiktische, Uhren und Ohrringe funkelten. Er begann zu schwitzen. Dabei trug er nur ein kurzes Hemd und eine Cordhose, nicht einmal eine Jacke, obwohl es nachts noch kalt war. Menschen mit Einkaufstaschen bummelten von Schaufenster zu Schaufenster.

Er erkannte ihn sofort.

Nathaniel wartete vor dem Café, gekleidet in eine Jeans und ein Leinenhemd, das Haar gerade lang genug, dass es sich lockte. Er musste viel draußen sein, der Bräunung seiner Haut nach zu urteilen, und Gewicht verloren hatte er auch. Sein Blick glitt, verborgen unter einer Sonnenbrille, über die Menschen vor ihm hinweg, ohne Ethan zu entdecken, dann wieder auf seine Armbanduhr, er trat von einem Bein auf das andere, biss auf seine Unterlippe.

Wenn die Falten nicht wären, die seine Augen umgaben, seine Mundwinkel und seine Nase, hätte er noch immer zweiundzwanzig sein können. Sein Haar war etwas dunkler, ebenso der Bartschatten auf seinen Wangen, aber die jungenhafte Art, mit der er sich bewegte, hatte sich nicht verändert.

Zehn Jahre hatten ihn äußerlich kaum berührt.

Irgendetwas daran beruhigte ihn. Ethan atmete aus und ließ Tucker den Vortritt. Sie schlängelten sich durch ein paar Tische, wichen einer Gruppe kichernder Mädchen aus und einem Kinderwagen. Ein Mann rempelte ihn an und entschuldigte sich. Kurz, bevor sie ihn erreichten, wurde Nathaniel auf sie aufmerksam. Ein zögerliches Lächeln breitete sich auf seinem Gesicht aus. Da war sie: die Zahnlücke.

Ethan lächelte zurück.

Sie setzten sich nach draußen. Tuckers Leine schlängelte Ethan um die Armlehne seines Stuhls, mehr aus Beschäftigungsdrang denn aus Notwendigkeit. Gut erzogen, wie er war, kauerte sich Tucker zu Ethans Füßen und zog seine Rute unter seinen Körper, damit keiner der Passanten versehentlich darauf treten konnte. Nathaniel dagegen rutschte mit dem Stuhl an den Tisch heran, rutschte zurück, kam wieder näher und sagte: »Gott, entschuldige bitte. Ich bin etwas nervös.«

»Ich befürchte, das bin ich auch.«

Sie tauschten ein halbherziges Lächeln.

»Soll ich um einen Aschenbecher bitten?«, fragte Nathaniel, während er einen Kellner heranwinkte.

»Meinetwegen ist das nicht nötig.«

»Oh, gut. Das freut mich. Was möchtest du trinken?«

»Ich bestelle selbst, wenn das in Ordnung ist.«

»Ja, natürlich.« Nathaniel legte die Hand an den Hinterkopf. »Also, wirklich. Klar ist das in Ordnung.«

Ethan orderte schwarzen Kaffee und ein Glas Wasser dazu, Nathaniel blieb bei Tee. Bevor der Kellner sich abwenden konnte, bat Ethan um eine kleine Schüssel, gerne aus Plastik, für Tucker. Die Antwort bestand aus einem Nicken, dann waren sie wieder allein.

»Du hast also einen Hund.«

»Ja.«

»Labrador?«

»Mischling.«

»Ah. Ja.« Nathaniel spielte mit dem Salzstreuer. »Ich bin mehr der Katzentyp, glaube ich.«

»Hätte ich gar nicht erwartet.«

Er hob die Augenbrauen, dann lächelte Nathaniel zaghaft. Mit einem Räuspern lehnte er sich zurück. »Erzähl' doch mal«, sagte er. »Wie geht es dir?«

Unwillkürlich hob Ethan die Schultern. »So viel Interessantes habe ich nicht zu berichten. Ich führe ein recht beschauliches Leben, denke ich.«

»Das klingt toll.«

»Findest du?«

»Klar.« Nathaniel stellte den Salzstreuer zurück. »Wie geht's der Frau? Den Kindern? Was machst du so den lieben langen Tag?«

»Ich stehe vor fünf Uhr auf, um den Hund auszuführen und frische Zutaten aus dem Garten zu holen. Für das Frühstück. Das bringe ich dann jeden Tag ans Bett.«

»Für alle?«

»Selbstverständlich. Inklusive warmer Milch für den Kleinsten.«

Über der Sonnenbrille hoben sich Nathaniels Augenbrauen. »Du machst Witze.«

»Hast du nicht angefangen?«

Ihm entwich ein Lachen, mehr erleichtert denn erheitert. »Fast hätte ich es dir geglaubt.«

»Ich hätte doch nicht geheiratet, ohne dich einzuladen.«

»Ist das so?«

Der Kellner kehrte mit ihrer Bestellung zurück. Ethan bedankte sich mit einem Nicken und bückte sich, um Tucker seine Wasserschale vor die Nase zu stellen. Als er wieder auftauchte, sah er gerade noch, wie Nathaniel dem Kellner ein Lächeln schenkte, die Sonnenbrille nach oben geschoben, gehalten von seinem Haar.

Ethan runzelte die Stirn.

Etwas stimmte nicht. Seine Augen ... Sie hatten etwas Unruhiges, Ungreifbares. Die Pupillen zuckten, nur um einen

Millimeter, aber sie standen nie still, als hätte er Probleme, seinen Blick zu fokussieren. Hin. Her.

»Bist du okay?«, fragte Ethan.

»Hm?« Nathaniel sah ihn an. Sein Lächeln verblasste langsam. »Oh«, sagte er und schob die Sonnenbrille wieder vor seine Augen. »Das. Das ist nur ... das wird bleiben. Ignorier es einfach.«

»Ich ... wusste nicht, dass es so hart war.«

Mit einem Schnauben tunkte Nathaniel den Teebeutel in seine Tasse. »Smalltalk war noch nie dein Ding, was?«

»Nein.«

Eine Weile schwieg er, tauchte nur immer wieder den Tee in das heiße Wasser. Um sie herum ging das Leben weiter: Schritte, Tütenrascheln, Lachen und ernsthafte Gespräche. Tucker schnarchte leise unter dem Tisch. Als Nathaniel schließlich sprach, hielt er den Blick gesenkt. »Es war die Hölle. Manchmal dachte ich, ich sterbe. Oder hab' mir zumindest gewünscht, dass es so ist.« Ein Schulterzucken. »Auf jeden Fall sollte das allein Grund genug sein, nicht wieder anzufangen.«

Ethan spielte mit der Ecke seiner Serviette und nahm einen Atemzug. »Du bist zu streng mit dir.«

Begleitet von einem Schmunzeln schüttelte Nathaniel den Kopf. Mit einem Löffel fischte er den Teebeutel aus dem Wasser und legte ihn auf die Untertasse.

»Nimm die Brille ab, wenn du möchtest.«

Er hielt inne. »Bist du sicher?«

»Ja.« Ethan lächelte vorsichtig. »Wie soll ich mich sonst daran gewöhnen?«

Später vertraten sie sich die Beine. Sie hatten keine Uhrzeit abgesprochen, und keiner von ihnen hatte es eilig, nachdem sie die Rechnung geteilt und bezahlt hatten. Ihre Gespräche drehten sich um die Arbeit – Nathaniel hatte gerade eine Stelle als Fachkraft für Kreislauf- und Abfallwirtschaft angenommen (*»Ein Müllmann, Ethan.«*) –, um Musik und um Tucker, wie Ethan an ihn gekommen war, er hatte ja nie etwas erzählt. Es hätte wie ein Vorwurf klingen können, aber die Art, wie Nathaniel dabei grinste und sich duckte, als rechnete er mit einem Schlag gegen den Hinterkopf, machten seine Worte mild.

Aus kleinen Gässchen formten sich breitere Straßen. Sie nahmen die Abzweigung, die laut Beschilderung zum Park führen sollte, und ließen das Tosen der Stadt hinter sich. Linden und Kastanien säumten die Kiespfade. In einem Teich drehte eine Schwanenfamilie ihre Runden. Irgendwo jenseits der Hügel spielten Kinder, jagten sich und schrien sich an.

Nathaniel erzählte gerade, dass er nächstes Jahr auf ein Scorpions-Konzert gehen wollte, als sie an einer Trauerweide vorbeikamen, deren Äste sich träge im Frühsommerwind wiegten. Ethan blieb stehen.

»In England spielen sie nicht«, sagte Nathaniel weiter. »Wenn das Geld reicht, fliege ich vielleicht nach Deutschland. Oder rüber nach Frankreich.«

»Du möchtest reisen?«

»In erster Linie möchte ich auf das Konzert.« Er kam einen Schritt näher und betrachtete die Trauerweide mit den Händen in den Taschen. »Aber über ein bisschen Sightseeing würde ich mich nicht beschweren.«

»Scorpions, hm? Ich wusste nicht, dass sie dir so gut gefallen.«

»Ehrlich gesagt kannte ich sie bis vor ein, zwei Jahren gar nicht.« Nathaniel trat einen Stein zur Seite. »Darf ich dir was erzählen?«

»Sicher.«

»Es ist nur keine schöne Geschichte.«

»Das hat dich in deinen Briefen nie gestört.«

»Du hast sie gelesen?«

»Ja«, sagte Ethan. Er schaffte es nicht, ihn anzusehen. »Alle.«

»Das wusste ich nicht.«

»Vielleicht ... hätte ich öfter antworten sollen.«

»Nein«, sagte Nathaniel. Mit der flachen Hand wies er auf eine Bank, die im Schatten der Weide stand. Ohne eine Antwort abzuwarten, ging er vor. »Eine Weile dachte ich, du würdest sie nicht bekommen«, fuhr er fort. »Sie wurden sowas wie ... ein Tagebuch. Das ich immer nur dann aufgeschlagen habe, wenn ... Jedenfalls, ein Tagebuch hätte auch nicht geantwortet.«

Ethan ließ sich auf die Bank sinken. Das Metall drückte kühl durch sein Hemd. Neben ihm saß Nathaniel, die Finger ineinander verschränkt, mit wippendem Bein. Sein Ausschnitt präsentierte ein Stück seines Halses, seines Schlüsselbeins, und Ethan bemerkte erst, wonach er suchte, als Nathaniel sich ihm zuwandte.

»Du trägst keine Kette.«

»Schon ewig nicht mehr. Auf dem Weg zum Zug ... hab' ich sie weggeworfen. Ich wollte sie nicht mehr.«

»Das tut mir leid.«

»Nein«, sagte Nathaniel wieder. »Mir tut es leid.«

Tucker drückte seine Schnauze an Ethans Hand. Mit einem Schnauben kraulte Ethan ihn hinter dem Ohr, dann klippte er die Leine ab. »Geh spielen«, sagte er. »Renn' ein wenig.«

Er weigerte sich, bis Nathaniel einen Ast aufhob und Richtung Wasser schleuderte. Beide verfolgten sie, wie Tucker losraste, den Stock aus den Augen verlor und sich im Kreis drehte. Mit einem Bellen sah er zu ihnen herüber. Ethan bedeutete ihm, dass es in Ordnung war, und – die Schnauze im Gras vergraben – ging Tucker auf Erkundungstour.

»Ich habe gelogen.« Nathaniels Fingergelenke knackten.

»Hm?«

»Damals, als du mich gefragt hast, ob ich ihn geliebt habe. Ich habe gesagt, ich wüsste nicht, wovon du sprichst, aber … das war gelogen.«

Ethan stieß langsam die Luft aus. »Ich weiß.«

»Aber ich … ich habe nur Trost gesucht. Ablenkung, vielleicht.«

»Du musst dich nicht rechtfertigen.«

»Ich habe ihn nicht geliebt. Ich wollte, dass du das weißt.«

»Okay«, sagte Ethan. »Okay.«

»Falsch war es trotzdem …«

»Längst vergeben und vergessen.«

»Aber … i… ich habe dir sehr wehgetan.«

Ethan wandte ihm den Blick zu. »Wir haben uns gegenseitig wehgetan.«

Nathaniel lächelte schwach. Für einen Moment schien es, als würde er noch etwas entgegnen wollen, dann nickte er.

»Du wolltest mir etwas erzählen«, sagte Ethan.

Mit einer Geste, aus der blinde Gewohnheit sprach, kratzte Nathaniel seine Armkuhle. Kleine, weiße Narben hoben sich von der gebräunten Haut ab. Beinahe hätte Ethan seinen Finger darauf gelegt.

»Ach ja.« Nathaniel wandte sich der Baumkrone zu. »Wahrscheinlich lachst du mich gleich aus. Aber manchmal, wenn du da in diesem Zimmer sitzt, in dem es nichts gibt, außer Gitter vor den Fenstern, damit du nicht springst – tolles Ambiente, wirklich –, dann hörst du halt Musik. Da gab es dieses Lied ... ›Wind of Change‹. Lach ruhig, es ist furchtbar kitschig. Ich weiß nicht mehr, wie oft ich's gehört hab. Manchmal stundenlang. Im Dunkeln, morgens vor der Visite, abends, wenn ich das Essen ausfallen lassen hab', weil ich den zuständigen Pfleger nicht leiden konnte. Dann musste ich an dich denken, an dich und deine Gitarre und wie du gesagt hast, dass das hilft, wenn es schwer wird.« Er zuckte mit den Schultern. »Ich würde das Lied einfach gern live hören. Ob in Paris oder München oder von mir aus Zürich, das ist mir eigentlich egal.«

Er sah Nathaniel auf einem Bett liegen, in einem dieser Krankenhausshirts und den weißen Hosen dazu, wie er die Decke anstarrte. Wie er sich die Gummischuhe von den Füßen trat, um die Beine anzuziehen und sich klein zu machen, während die Kopfhörer immer dasselbe Lied spielten, und wie sein Blick glasig wurde, sich in der Zeit verlor. Wie sein Finger auf der ›Zurück‹-Taste lag, bereit, im richtigen Moment Druck auszuüben, damit der Traum nicht abriss, er nicht zurückkehren musste in dieses Zimmer. Er sah das schräge Lächeln, das er den Fachkräften dort schenkte, und das Essen, das er genauso mied wie deren professionellen Trost, wie er nachts seine Briefe schrieb, wenn niemand sonst da war. Es war nicht fair. Nichts daran war fair. »Ich habe nicht gelacht.«

»... danke.«

»Wie war es? In der Klinik?«

Nathaniel zuckte mit den Schultern. »Ich bin froh, dass ich da weg bin, und trotzdem vermisse ich es manchmal. Da musste ich mich nicht anstrengen, denn es kam jemand, der sich gekümmert hat. Meine Therapeutin meinte, ich hätte nie gelernt, mich um mich selbst zu kümmern.«

»Kannst du es jetzt?«

»Besser als vorher zumindest. An manchen Tagen brauche ich ewig, um mir etwas zu essen zu machen, oder hungere lieber, weil ich müde bin. Aber das meinte sie sowieso nicht.«

»Vermutlich nicht.« Ethan beobachtete Tucker dabei, wie er einer Ente folgte, die sich durch das Schilf schlug. In dessen Augen stand keine Mordlust, kein Jagdinstinkt. Wie ein Welpe spielte er für sein Leben gern. »Warst du einsam dort?«

Nathaniel zuckte mit den Achseln. »War ich das nicht mein ganzes Leben lang?«

»Warst du einsam mit mir?«

»Warst du es nicht?«

Ethan brachte ein hilfloses, vielleicht ein trauriges Lächeln zustande, dann fing er Nathaniels Blick. Das Flimmern, das Flackern, es brach ihm das Herz. Er setzte an, zu sprechen, und schwieg doch. Weshalb war es so schwer, ihn so zu sehen – als betrachtete er ein Gemälde, an dessen

Schönheit er sich früher geweidet hatte, stundenlang, nur dass es nun blass war, und überzeichnet mit Schatten? Ihre Knie berührten einander, kaum merklich, er wusste nicht, von wem die Geste ausging, oder ob sie geschah, einfach so. Keiner von ihnen entzog sich. Der Wind flüsterte durch die Weidenranken und Nathaniels Haar. Selbst sie, diese wirren, fröhlichen Locken, waren nachgedunkelt, fast braun.

Nathaniel sagte: »Einsamkeit ist wie ein Parasit. Du musst sie ständig bekämpfen, sonst kommt sie immer wieder zurück.«

Er brachte Nathaniel zum Bahnhof.

»Ich hasse Züge«, sagte der. »Aber meinen Führerschein bekomme ich erstmal nicht wieder.«

Ethan verkniff sich die Nachfrage.

Auf dem Gleis wehte der Wind etwas stärker; in seinem kurzen Hemd fror er, und auch auf Nathaniels Armen lief eine Gänsehaut. Tucker spürte Ethans Unruhe und strich um seine Beine, stupste ihn mit der Schnauze an. Die Worte waren ihnen ausgegangen. Ihr Schweigen wog schwerer als die Ansage, dass der Zug Verspätung haben würde, schwerer als die Leiche einer Taube, entzwei geteilt auf den Gleisen, schwerer als Tuckers Leine, die ständig seinen Fingern entglitt. Die Zeit rannte ihnen davon, als hätten sie von vornherein keine Chance gehabt, die verlorenen Jahre aufzuholen. Nicht heute, nicht hier.

»Übrigens«, sagte Ethan leise. »Nichts an dir hat mich je an deinen Vater erinnert.«

Nathaniel nahm den Blick von der Anzeigetafel. Ihre Augen fanden einander, hielten für einen Moment aneinander fest.

»Ich ... habe danach gesucht, befürchte ich. Viel zu lange, und viel zu oft, wie besessen. Aber es gab nichts. Ich hatte Angst vor einem Phantom.«

Eine weibliche Stimme kündigte die Einfahrt des Zuges an.

»Du bist nicht wie er. Das warst du nie, und ich glaube, du könntest es nicht einmal werden, wenn du es wolltest. Die letzten Jahre haben dir das gezeigt, hoffe ich.«

Die Schienen begannen zu rattern.

Nathaniels Lächeln war traurig. »Werden wir uns wiedersehen?«

»Möchtest du das?«

»Natürlich möchte ich das.«

»Okay«, sagte Ethan. »Dann ruf mich an.«

»Das werd' ich.«

Für einen Moment, einen Herzschlag nur, im spärlichen Bahnhofslicht einer untergehenden Sonne, wollte er sich vorbeugen, um mit der Daumenkuppe die Gänsehaut an Nathaniels Wangen zu fühlen.

Es musste kurz nach einundzwanzig Uhr sein, als er den Wagen vor seinem Haus parkte. Die Straßenlaternen verteilten ihren silbergelben Schimmer auf den Blättern der Hecken, die noch nass glänzten von dem kurzen Schauer. Tucker döste auf dem Rücksitz vor sich hin. Die Straßen waren ruhig. Im Radio sang Paul Young – von noch einer Tasse Kaffee, noch einem Streit. Noch einmal die Frage, ob irgendetwas dafür gemacht war, für die Ewigkeit zu halten; ob nicht doch jeder für sich allein schlief, am Ende des Tages. Ethan stieß die Luft aus. Härter als gewollt zog er die Schlüssel ab.

Trotzdem stieg er nicht aus. Seine Beine schmerzten, aber nicht wirklich. Er ließ den Blick hinüber zum Haus der Dunkeens schweifen, wo Rosamunde gerade damit beschäftigt sein musste, die Kinder zu Bett zu bringen, vielleicht sogar schon zum zweiten Mal an diesem Abend. Die letzten Tropfen fielen von der Regenrinne. Lucifer saß unter der Treppe, das verbleibende Ohr in die Luft gereckt. Er leckte sich die Pfote, während er Ethans Opel fixierte. Dieser vermaledeite Kater würde nicht einmal bei Nathaniel gut ankommen.

Nathaniel. Schon wieder.

Ethan rieb sich die Augen mit Daumen und Zeigefinger. Müde, er war müde. Drüben bei Lucinda ging das Hoflicht an. Gekleidet in bunte Röcke und ein zitronenfarbenes Kopftuch brachte sie eine Mülltüte zur Straße. Sie humpelte. Üblicherweise verließ sie das Haus nicht ohne ihren Gehstock, aber für die kurze Strecke hatte sie ihn wohl nicht nehmen wollen. Eigentlich hätte er aufstehen und ihr helfen sollen, stattdessen hockte er auf dem Fahrersitz.

Er ertappte sich dabei, die Textzeilen zu flüstern, deretwegen er gerade sein Radio abgedreht hatte. Seine Fingerspitzen rieben am Leder des Lenkrads entlang, unwillig, sich zu lösen, oder vielleicht auch unfähig. Lucindas Haustür fiel ins Schloss, das Licht flackerte, ging aus. Mit einem Seufzen schleppte er sich aus dem Auto und öffnete Tucker die Seitentür. Er fröstelte.

Fahrzeug absperren, Haustür aufsperren. Gähnend tapste Tucker durch den Flur. Ethan warf die Schlüssel auf die Ablage, trat sich die Schuhe von den Füßen und machte das Küchenlicht an. Eine Tasse Tee würde helfen. Mit einer

Hand schaltete er den Wasserkocher ein und griff mit der anderen hoch in das Regal. Grüntee, Schwarztee, Kamille, Fenchel, Sieben Kräuter ... ganz hinten fand er noch zwei einsame Beutel Blaubeertee, die Beatrice ihm gebracht hatte, als er mit einem Mageninfekt flachlag. Sie schwor darauf. Schulterzuckend nahm er einen davon.

Der Wasserkocher keuchte metallisch und spie kleine Wolken in die Luft.

Ethan hatte vergessen, ihn mit Wasser zu füllen.

Nach einem tiefen Atemzug wiederholte er die Prozedur, diesmal mit Erfolg. Seine Geduld reichte nicht, um den Beutel in der Küche ziehen zu lassen, also setzte er sich im Dunkeln auf das Wohnzimmersofa. Er ließ den Kopf gegen die Lehne sinken und schloss die Augen. Schwach aromatisierter Blaubeerduft stieg ihm entgegen.

Neben ihm sank das Sofa ein, als Tucker sich zu ihm gesellte. Ethan schnaubte. Gedankenverloren kraulte er ihm das Ohr. Kurz spielte er mit dem Gedanken, den Fernseher anzustellen, nur um Stimmen zu haben, denen er lauschen konnte; aber wer wusste schon, wovon sie sprechen würden. Um Loraine anzurufen, war es zu spät. Außerdem müsste er ihr vorher gestehen, dass er sich mit Nathaniel getroffen hatte. Er wollte ihre Meinung, nicht ihre Ermahnungen und Sorgen. Die hatte er sich selbst zur Genüge gemacht. Er wollte hören, dass es ihn natürlich aufwühlte, Nathaniel wiedergesehen zu haben; das sei eine ganz organische Reaktion. Hatte er nicht einmal sehr viel für diesen Menschen empfunden, ungesund viel womöglich? Es würde die Vergangenheit Lügen strafen, wenn so etwas spurlos an ihm vorbeizog. Er wollte hören, dass er nur etwas Schlaf bräuchte, um wieder einen klaren Kopf zu bekommen, und dass er bloß nicht auf dumme Gedanken kommen sollte, sonst würde sie den nächstbesten Flug buchen, um ihm ebendiese auszutreiben. Oder dass sie ihm drohte, ihn bei Beatrice zu verpfeifen, noch immer unwissend, dass dies längst geschehen war. Dass Beatrice gelacht hatte, als er ihr gestanden hatte, Männer zu mögen – aus dem verzweifelten Versuch heraus, sie von sich zu stoßen, ihre Liebe zu testen und zu sehen, dass sie nicht real war – und sie nur meinte, dass sie es längst wüsste, ob er glaubte, dass sie blöd war? Vor ihm hatte sie gestanden, mit einem Geschirrtuch in der Hand, und es ihm vor die Brust geschnalzt, noch immer lachend. *»Da musst du dir schon was Besseres einfallen lassen.«* Dajuan, der vom Tisch aus zugesehen und gegrinst hatte. Es war so ein offenes, väterliches Grinsen gewesen, dass es schmerzte. Sie hatte keine Kinder mehr empfangen können, hatte sie ihm gestanden, an einem anderen Tag. Nach Jonathans Geburt hatte sie Fieber bekommen und eitrigen Ausfluss. Sie wurde leergeschabt wie eine Walnuss, bis nur noch die Schale übrig war, nutzlos ohne ihr Inneres. *»Ich wollte immer ein Haus voller Kinder«*, hatte sie gesagt, über Oscars Kopf hinweg, der auf ihrem Schoß schlief. *»Am Ende habe ich es doch noch bekommen.«* Er hatte nicht gewusst, was er sagen sollte, aber er hatte verstanden und ihre Wange geküsst.

Mit Digg hatte er darüber gesprochen, und es war einer der wenigen Momente geworden, in denen Tränen in dessen Augenwinkeln standen. Ein anderer Moment: die Wanderung über den Friedhof. Loraine hatte gesagt: *»Einmal hatte er einen Freund, einen richtig guten Freund. Niemand hat* *verstanden, wie sie zusammenpassen. Digg war so laut, Richard so leise.«* – *»Was ist passiert?«* – *»Er hat sich erhängt.«* Digg an seinem Krankenhausbett, der sagte: *»Ich kann dich nicht auch noch verliern.«* Als er Digg das nächste Mal sah, hielt er ihn lange im Arm. Sie waren etwas anderes geworden, vielleicht tatsächlich so etwas wie Brüder. Er hatte ihnen von Rupert erzählt, von Sharan und Daj und Slaithwaite, und sie waren dort gewesen, um seine Geburtsurkunde zu holen, Dajuan und er. Das Haus stand nicht mehr, und –

Ein Alarmton schreckte ihn auf. Tucker gähnte, als Ethan hochschoss, sich die Augen rieb, und für einen Augenblick orientierungslos durch den Raum stolperte. Derselbe Ton, durchdringend und anhaltend. Ethan stieß sich das Knie. Er fluchte. Was –

Das Telefon.

Das Telefon klingelte.

Ethan verharrte, eine Sekunde, zwei, dann legte er die Strecke in zwei großen Schritten zurück. Das Plastik lag kalt in seiner Hand. »Hallo?«

»Hallo«, sagte Nathaniel. »Hab' ich dich geweckt?«

42 - 1996

BRAMLEY, ENGLAND

Das letzte Mal, als er das Gästezimmer bezogen hatte, war es für einen Besuch von Michael gewesen. Ab und an übernachtete der ein Wochenende bei Ethan, wenn Carrie Dinge zu erledigen hatte oder eine Weile frei brauchte. Sie spielten dann Fußball, verbrachten die Nachmittage auf dem Spielplatz oder im Kino, und abends half Michael beim Kochen. Er war groß geworden. Sein rotes Haar trug er in einem modischen Bürstenschnitt, zum Schlafen brauchte er keine Schmusedecke mehr und an der Küchentheke keinen Hocker. Wenn Ethan ihm durchs Haar strubbeln wollte, genierte er sich, kam aber nach einem Albtraum in dessen Bett gekrabbelt. Manchmal redeten sie dann im Dunkeln. Zumindest, wenn Ethan versprach, Carrie nichts davon zu erzählen – und das tat er.

Als Ethan nun seine Schränke durchstöberte, entschied er, dass Nathaniel mit einer Bugs-Bunny-Bettwäsche auskommen musste.

Sie hatten sich seit Dezember nicht mehr gesehen. Von Somerford Keynes aus brauchte Nathaniel mit dem Zug über vier Stunden nach Guildford, nachts noch länger, was die Zeitspanne seiner Besuche sehr eingrenzte. Wenn Ethan mit dem Auto fuhr, legte er die Strecke in der Hälfte der Zeit zurück, doch seine Termine und Verpflichtungen machten regelmäßige Treffen schwer. Dazu mochte er Tucker nicht ständig solch langen Fahrten aussetzen. Also hatten sie sich auf eine pragmatische Lösung geeinigt: Wenn Nathaniel kam, kam er für ein ganzes Wochenende, damit die Strapazen sich lohnten.

Es hatte eine Weile gedauert, sich an diesen Gedanken zu gewöhnen. Die Distanz zwischen ihnen hielt an, eine sichere Grenze, die sie beide brauchten und achteten. Keine Berührungen – keine Umarmung zur Begrüßung, aber auch kein Handschlag, das war zu formell. Keiner lud den anderen auf einen Kaffee ein, jeder bezahlte für sich. Dasselbe galt für Essen. Nathaniel freundete sich mit Tucker an, ließ ihn aber in Ruhe, sobald der sein Herrchen umschwärmte. Über die Familiensituation wurde nicht gesprochen, auch nicht über Fest- und Feiertage. Unterhaltungen über die Klinik fanden nur statt, wenn Nathaniel sie initiierte, ebenso wie andersherum alles, was Dr. O'Minall betraf. Es war wie Balancieren auf einem Minenfeld: Manchmal verstummten sie mitten im Wort, weil sie die Sprengsätze plötzlich an ihren Zungenspitzen fühlen konnten.

Dass Nathaniel nun plötzlich im selben Haus schlafen sollte, brach sämtliche dieser Regeln.

Dennoch stand Ethan im Gästezimmer und stülpte ein menschengroßes Hasengesicht über das Kopfkissen. Er schloss die Knöpfe, widmete sich der Bettdecke und strich die Falten glatt. Das Fenster stand weit offen, damit kein allzu vertrauter Geruch in diesem Raum herrschen konnte, wenn Nathaniel ihn betrat. Beim Hinausgehen warf Ethan einen letzten Blick zurück auf das Bett, dann schürzte er die Lippen und zog die Tür hinter sich zu.

Im Dezember hatten sie einen Abstecher zum Weihnachtsmarkt in Swindon gemacht. Nathaniel zuliebe hatte er ebenfalls Kinderpunsch bestellt, den sie zur nächstbesten Feuerstelle trugen, um ihn dort zu trinken. »Wenn ich eine Frau wäre …«, hatte Nathaniel gemurmelt, die Lippen hinter seinem Schal verborgen, »... würde ich immer nur behaupten, ich wäre schwanger.« Dann, als Ethan nichts erwiderte – was hätte er sagen sollen? –, änderte sich sein Blick; seine Stirn glättete sich, der Rand seines rechten Mundwinkels lugte über dem Schal hervor. »Wusstest du, dass sie selbst in der Klinik einen Tannenbaum aufstellen? Aber ohne Lichterketten. Und die Kugeln sind aus Plastik.«
Ethan lächelte zurück.

Aus dem Küchenfenster konnte er beobachten, wie das Taxi vorfuhr. Er warf einen Blick auf seine Armbanduhr: pünktlich. Mit den Fingerspitzen klopfte er auf die Arbeitsplatte, in seinen Socken rieb er die Zehen aneinander. Tucker stieß ihn an, nicht zwingend sanft, aber Ethan beachtete ihn nicht.
Eine Weile geschah nichts. Das Taxi hielt mit laufendem Motor knapp hinter dem Opel. Die Frühjahrssonne spiegelte sich auf den Scheiben, nur Schatten waren zu

erkennen, der Kopf des Fahrers, der sich drehte. Dann schwang die Beifahrertür auf und Nathaniel stieg aus. Er trug abgenutzte Jeans, ein braunes Shirt und darüber einen übergroßen Pullunder. Die Sonnenbrille saß wieder auf seiner Nase, diesmal ein anderes Modell, mit großen, runden Gläsern. Über seinem Arm hing eine Lederjacke, an seiner Seite eine Reisetasche, kaum groß genug, um Kleider für zwei Tage zu beinhalten. Mit zwei Fingern an seiner Stirn verabschiedete Nathaniel den Taxifahrer, sah dem Auto hinterher, und stand schließlich vor Ethans Haus. Er nahm die Sonnenbrille ab und neigte den Kopf.

Tucker stieg Ethan auf den Fuß.

Er zischte. »Ich warte, bis er klingelt«, raunte er Tucker zu und rieb den schmerzenden Fuß an der Wade seines anderen Beins.

Unbeeindruckt starrte Tucker zu ihm auf.

Gerade, als er den Mund öffnete, um weiterzusprechen, schrillte die Klingel.

Ein anderer Tag in einem anderen Jahr:

Somerford Keynes. Nathaniel in Badehose, wie er aus einem See stieg. Wie sein nasses Haar an seinem Gesicht klebte und das Lächeln an seinen Lippen. Wie die Adern sich unter seiner Haut abzeichneten und seine Leisten, als er sich streckte. Wie er mit Tucker rang und der Sand an seinem Rücken haftete, es machte ihm nichts aus, denn er würde gleich wieder im Wasser verschwinden. Wie er die Hand ausstreckte und sagte: »Komm, ich zeig dir, wie's geht«, und Ethan nur den Kopf schüttelte.

Keine Berührungen.

Nathaniel ging langsam durch Flur und Wohnzimmer, fast, als schlafwandelte er. Sein Kopf wandte sich nach links, nach rechts, folgte Tuckers wildem Tanz um ihn herum. Die Jacke hing noch immer über seinem Arm: er hatte sie dort vergessen.

Nach ein paar Minuten gab Ethan es auf, ihn ansprechen und nach oben führen zu wollen, und nahm ihm stattdessen das Gepäck ab. Nathaniel lächelte dankbar und ließ sich von Tucker zur Spielzeugkiste dirigieren. Während die beiden um ein Tau rangen, brachte Ethan die Tasche nach oben und warf sie Bugs Bunny ins Gesicht.

Zurück in der Küche bereitete er Tee vor. Sein ursprünglicher Plan war es gewesen, so wenig Zeit wie möglich in diesem Haus zu verbringen – Nathaniel die Bibliothek zu zeigen und vielleicht das Waldstück hinter dem Haus, ins Café zu gehen oder ins Kino. Dann hatte er Nathaniel erschöpft zu Boden sinken sehen, erledigt von der Reise und dem Balgen mit Tucker, und sich seufzend umentschieden.

Angelockt, entweder vom Geruch oder vom Geschirrklappern, erschien Nathaniel im Türrahmen, während Ethan den Schrank durchwühlte. »Hey«, sagte er.

»Hey.« Ethan nickte in Richtung Küchentisch. »Setz dich doch.«

»Ihr habt es wirklich schön hier.« Der Stuhl knarzte, als Nathaniel sich sinken ließ. »Danke für die Einladung. Ein paar Tage abseits vom Trubel werden mir guttun.«

»So viel los bei dir?«

»Ach, das Übliche. Hast du zufällig Milch?«

»Sicher. Hinter dir auf der Fensterbank.«

»Danke.« Er goss sich ein und nahm einen Schluck Tee. Als Ethan ihm über die Schulter einen Blick zuwarf, starrte Nathaniel nach draußen, die Tasse zwischen den Fingerspitzen.

»Hattest du eine gute Fahrt?«

»Überwiegend ja. In London hätte ich fast den Anschluss verpasst und von Guildford aus habe ich ein Taxi genommen, aber sonst ...«

»Du hättest anrufen können. Ich hätte dich abgeholt.«

»Ach was. Du machst dir schon genug Umstände.«

»Es wäre kein Problem gewesen.« Endlich fand er, wonach er suchte. »Hast du Lust auf etwas Shortbread?«

Nathaniel schnaubte. »Aber nur, wenn du zwei Schalen machst.« Der Moment zog sich in die Länge, dann setzte er sich auf. »Bevor ich es vergesse – ich hab' dir etwas mitgebracht.«

»Mir?«

»Natürlich. Du hattest Geburtstag.«

»Aber ...«

»Sieh es dir erstmal an.« Er schob die Unterlippe vor. »Bitte.«

»Schön.«

Zufrieden grinsend rückte Nathaniel den Stuhl zurück und verschwand im Wohnzimmer. »Also ...«, begann er, »... als ich das erste Mal in der Klinik war – es wird besser, guck nicht so –, jedenfalls musste ich an irgendeiner Gruppentherapie teilnehmen. Im Kreis sitzen und Erzählsteine rumgeben wollte ich nicht, also ...«, mit seiner Jacke in der Hand betrat er die Küche, »... bin ich malen gegangen. Und ... seitdem mache ich das. Immer mal wieder. Es ist nicht gut

476

oder irgendwie besonders, aber ... ich dachte ...« Nathaniel zuckte mit den Schultern. Röte färbte seine Wange bis hinauf zu seinen Ohren. »Vielleicht gefällt es dir.«

Er enthüllte eine Leinwand, vielleicht dreißig Zentimeter lang und genauso breit. Vor einem violetten Hintergrund rangen starke Farben miteinander, verwoben sich, verfärbten sich zueinander hin – Blau über Grün zu Orange, Braun über Rot zu Gelb. Erst auf dem zweiten Blick verwandelten sich die Schlangenlinien in Efeuranken und die Kleckse in Blätter. Ein Wasserfall an Farben, mündend in einer Pflanze.

»Ich mag es sehr«, sagte Ethan. Seine Stimme klang heiser.

»Gut«, sagte Nathaniel. »Das ist gut.«

Ihre Blicke trafen sich. Nathaniels Lippen wölbten sich zu einem Grinsen, dann verneigte er sich mit einem Knicks. »Und wohin darf ich dem werten Herrn sein Gemälde bringen?«

Ethan lachte leise. »Ich nehme es.«

»Spielst du noch?«, hatte Nathaniel gefragt, im Dezember in Swindon, als sie einen Musikladen passierten. Im Schaufenster hingen, neben Rasseln, Trommeln und Querflöten, auch zwei Gitarren.

»Mittlerweile wieder etwas mehr.«

»Du hattest aufgehört?«

»Für ein paar Jahre.«

»Wie kam es?«

Ethan hatte die Schultern gehoben. »Vielleicht waren die Saiten zwischendurch einfach zu schwer.«

Der Tag zog an ihnen vorbei. Lange saßen sie am Küchentisch, redeten über dies und das, und als es an der Zeit war, das Abendessen vorzubereiten, schickte Ethan Nathaniel aufs Sofa. Er sollte sich endlich ausruhen, nach der langen Fahrt. Mit einem Schmunzeln räumte er das Feld. Damit er es sich nicht anders überlegte, schickte Ethan Tucker hinterher.

Später aßen sie überwiegend schweigend. Nathaniel lobte das Essen, als seien Spiegeleier und Bratkartoffeln etwas Besonderes, und nahm sich eine zweite Portion vom Spinat, doch den Blick hob er nicht. Danach fragte er, ob es in Ordnung wäre, wenn er eine Dusche nähme und danach schlafen ginge, er sei doch schon müder als gedacht.

»Sicher«, sagte Ethan. Er zeigte ihm das Bad – und die Art, wie er die Spülung betätigen musste, damit sie funktionierte -, danach sein Zimmer. Er freute sich über Nathaniels Kichern, als der Bugs Bunny entdeckte, und reichte ihm zuletzt noch Handtücher. Fast fluchtartig verließ er das obere Stockwerk. E wollte nicht hören, wie das Wasser an Nathaniels Körper herablief, wie er es ausstellte, weil er nackt auf die Fliesen stieg. Keine Berührungen. Stattdessen erledigte er den Abwasch und nahm Tucker mit auf einen Abendspaziergang. Sie liefen lange durch das immergleiche Stück Wald.

Als sie zurückkehrten, war das Licht längst gelöscht.

Am nächsten Morgen spazierten sie durch den Ort. Tucker wies ihnen den Weg, während sie die übliche Route abliefen, vorbei am Haus der Dunkeens, an Harrietts Wildrosen und am Discounter entlang. Die Bibliothek öffnete samstags nur für die Vormittagsstunden und schloss um zwölf. Ethan und Doris teilten sich die Wochenenden, und diese Schicht war die ihre. Trotzdem führte Ethan Nathaniel hinein.

Doris saß mit einer Tasse Tee hinter der Theke und sortierte die Ausleihdokumente. Außer Mrs. Sulley, der Lehrerin aus der Grundschule, die sich durch Bastelvorlagen wühlte, und dem Lesezirkel von Mrs. Boulards – eine Ansammlung älterer Frauen, die jede Woche ein anderes Buch diskutierten – war die Bibliothek leer. Die Damen begrüßten Ethan, und Ethan grüßte zurück. Mit gerunzelter Stirn sah Doris hoch. »Du hast heute frei«, sagte sie. Dann entdeckte sie Nathaniel, und ihr Blick hellte sich auf. »Oh, hallo – bringst du neue Kundschaft?«

»Das ist ... ein alter Freund«, sagte Ethan. »Nathaniel.«

»Hi«, sagte Nathaniel. Er streckte ihr die Hand entgegen. »Nate. Schön, dich kennenzulernen.«

Blinzelnd erwiderte sie den Handschlag. »Hallo. Ich bin Doris.«

»Hi, Doris. Leider bin ich nur zu Besuch.« Mit einem schrägen Lächeln steckte Nathaniel seine Hände in die Taschen. »Aber ich würde mich trotzdem gerne umsehen.«

»Natürlich, auf jeden Fall«, sagte Doris. »Ich kann dich rumführen.«

»Das kann ich ...«

Sie schoss einen Blick in Ethans Richtung. »Du hast *frei*.«

Amüsiert hob Ethan die Handflächen. »Wie du möchtest.«

Doris kam um die Theke herum und strich ihr Kleid dabei glatt. Als wäre es Teil der Führung, platzierte sie ihre

Hand auf Nathaniels Ellbogen. »Hier vorne sind immer die Neuerscheinungen. Oder zumindest die Bücher, die wir neu bekommen haben.«

»Verstehe.«

»In einem winzigen Dorf wie hier ist es wichtig, die Stammkundschaft bei Laune zu halten. So viele neue Leute gibt es nicht. Alle paar Jahre kommt mal jemand, so wie dein Kumpel da hinten, aber sonst ...«

»Das kenne ich.« Nathaniel grinste. »Ich hatte mal einen Buchladen. Auch in so einem kleinen Örtchen.«

Mit großen Augen sah Doris zu ihm auf. Ihre Hand wanderte wie von selbst auf Nathaniels Unterarm. »Was du nicht sagst.«

»Oh, doch. Das war eine wilde Zeit.«

Ethan lehnte sich mit verschränkten Armen gegen die Theke, während Tucker sich neben ihn setzte. Er sah den beiden hinterher, wie sie in die Romanabteilung abbogen, und schüttelte den Kopf, als Nathaniel ihm ein Grinsen hinterherwarf. »Das macht ihm doch Spaß«, murmelte Ethan, und beinahe war ihm, als hebe Tucker die Augenbraue.

Er hatte es nicht über sich gebracht, Loraine davon zu erzählen.

»Solltest du aber«, hatte Digg gesagt, als Ethan für einen Brunch zu ihnen nach Brighton gefahren war. Oscar saß auf Ethans Schoß, Demarcus auf Isabelles, und Louie, die Kleinste im Bunde, lag in ihrer Wiege und ließ sich von ihrem Vater schaukeln, der in der anderen Hand sein Sandwich hielt. »Begeistert sein wird sie nicht, aber weißt du, scheiß drauf. Viel wichtiger is', dass du ehrlich mit ihr bist, und wenn der Kontakt zu ihm dir tatsächlich so guttut, wird sie's eh rausfinden, früher oder später. Und früher ist besser. Früher is' immer besser.«

»Aber ... ich möchte sie nicht verlieren.«

»Eth.« Er seufzte. »Sie ist quasi deine Schwester. Klar wird sie sauer sein – zurecht, übrigens –, wer weiß, vielleicht redet sie auch erstmal nicht mit dir, aber die kriegt sich wieder ein. Tut sie immer. Glaub mir.« Nachdem er einen Bissen von seinem Sandwich genommen hatte, fügte er hinzu: »Außerdem warst du damals nicht der Einzige, der jemanden verloren hat, weißt du.«

In Bramley selbst gab es kein Kino, weswegen sie am Abend in den Opel stiegen und nach Guildford fuhren. Tucker blieb zuhause. Seine Abwesenheit stimmte Ethan nervös, nervöser als ohnehin schon. Wenn Nathaniel etwas davon bemerkte, sprach er es nicht an. Stattdessen scherzte er darüber, wie sie die Seiten gewechselt hatten und Ethan vom Beifahrer zum Fahrer geworden war, und dann darüber, dass selbst sein Auto schwarz war, obwohl Ethan selbst keine schwarzen Outfits mehr trug, seit einer Ewigkeit schon.

»Weißt du schon, was du sehen willst?«

»Keinen Gruselfilm«, sagte Nathaniel.

»Bist du leicht zu erschrecken?«

»Das weißt du doch.«

»Weiß ich das?«

Kurz hob Nathaniel die Hand, als wollte er Ethan einen Stoß versetzen, dann ließ er sie unverrichteter Dinge wieder sinken. Leise erwiderte er: »Natürlich weißt du das.«

Seine Kehle brannte. Er räusperte sich und wünschte, er hätte eine Wasserflasche mitgebracht. »Was also dann?«

»Ehrlich gesagt habe ich keine Ahnung, was gerade läuft. Ich glaube, ich war vor vier oder fünf Jahren das letzte Mal in einer Vorstellung.«

Im Kino standen sie vor der Programmvorschau und entschieden sich schlussendlich für ›Twister‹, einen Katastrophenfilm mit Bill Paxton und Helen Hunt in den Hauptrollen.

»Es könnte gruselig werden«, sagte Ethan mit einem Lächeln.

Nathaniel rollte mit den Augen. »Komm schon. Ich will Popcorn, bevor es losgeht.«

Sobald der Saal freigegeben wurde, suchten sie sich ihre Plätze. Sie saßen relativ weit hinten, mussten jedoch einmal quer durch die Sitzreihe wandern.

»Wir werden als letzte rausgehen«, murmelte Nathaniel, während er versuchte, niemandem versehentlich sein Hinterteil ins Gesicht zu halten.

»Magst du den Abspann so sehr?«

Kopfschüttelnd ließ er sich in den Sitz fallen und nahm einen Schluck von seiner Limonade. Dann legte er ein Bein über das andere, fast so, wie Dr. O'Minall es tat. »Aber die Leute noch weniger.«

Ethan schnaubte.

Der Film begann mit einem Ehedrama, das einen Mann zwischen seine Noch-Ehefrau und seine neue Freundin bugsierte, einer Gang von Tornadojägern in ihren umgebauten Jeeps und Bussen – einer fuhr tatsächlich einen ehemaligen Schulbus – und, natürlich, der tragischen

Vergangenheit der weiblichen Protagonistin. Nathaniel starrte stur auf die Leinwand und tippte daher mit dem Popcorn manchmal gegen seine Mundwinkel, anstatt es sich zwischen die Lippen zu stecken, während Ethan die Farben über dessen Gesicht flimmern sah. Solange es ruhig war, konnte er sich vorstellen, dass sie allein waren, vielleicht in seinem Wohnzimmer. Die Atemzüge, die sich mit seinem kreuzten, gehörten Nathaniel allein, vielleicht noch Tucker, wenn der vor dem Sofa lag und schlief. Dann schlug die ausgelassene Stimmung um, der Film gewann an Spannung und einem Hauch von Tiefe. Aus Abenteuerlust wurde Ernst. Überraschend detaillierte Häuser flogen durch die Gegend, Verletzte räkelten sich in Sicherheitsgruben, Nathaniel zuckte zusammen. Seine Hand wischte er an der Hose ab; vermutlich war sie nass, er nervös. Es wäre einfach, jetzt das Knie in seine Richtung zu neigen oder die Fingerspitzen an seinen Handrücken zu legen, und Ethan war versucht. Falls Nathaniel zurückwich, könnte er so tun, als suchte er nach einem verlorenen Popcorn. Falls. Das Falls machte ihm weniger Angst als das Falls nicht. Keine Berührungen. Wieso dachte er überhaupt daran? Sollte man mit dem Alter nicht vernünftiger werden? Es würde nur Ärger geben. Nathaniel bemerkte seinen Blick und lächelte ihm zu.

Nach dem Film drängte sie keine Eile. Gemächlich schlenderten sie durch Guildfords Innenstadt, die nun so viel ruhiger wirkte als noch ein paar Stunden zuvor. Vor den meisten Geschäften versperrten Gitter die Eingangstüren – sie hatten geschlossen. Das Licht kam nur noch aus halb gedimmten Wohnungsfenstern und von den Leuchtreklamen der Nachtclubs. Menschen waren rar gesät, und wenn sie welchen begegneten, wichen sie ihnen aus.

An der Walnut Bridge bogen sie ab. Unter ihren Schritten mahlten kleine Steine aneinander, und sobald sie eine trockene Stelle fanden, setzten sie sich und ließen die Beine über dem Wasser baumeln. Kleine Lichter wogten wie Bojen auf der Wasseroberfläche, auf und ab, getragen vom Wind. Mittlerweile tanzte ihr Atem vor ihren Mündern und Ethans Fingerspitzen schmerzten von der Kälte, aber er beschwerte sich nicht. Nathaniel knabberte lustlos an seinem übrigen Popcorn. Er war gedankenversunken, seit sie das Kino verlassen hatten, und merkwürdig still.

»Wie hat dir der Film gefallen?«, fragte Ethan, bemüht um einen lockeren Ton.

»Hm.« Ein Schulterzucken. »War ganz okay.«

»Nicht zu gruselig?«

Er schmunzelte. »Wieso? Hattest du etwa Angst?«

»Furchtbare Angst.«

»Ja, natürlich.« Während seine Beine in der Luft schlenkerten, betrachtete Nathaniel den Himmel. »Die Effekte waren besser als gedacht. Aber der Teddybär hätte nicht sein müssen.« Eine Weile schwiegen sie. Sanft floss der Fluss unter ihnen dahin. Dann fragte Nathaniel: »Meinst du, dass das wirklich möglich ist?«

»Tornadodaten mithilfe von Pepsidosen-Peilsendern auszulesen?«

»Nein, Dummkopf.« Seine Wange formte eine sanfte Kuhle, gerade genug, um die Schatten dort zu vertiefen. »Sich zweimal in dieselbe Person zu verlieben.«

Er stockte einen Moment. »Jos Gefühle waren ganz eindeutig nie fort.«

»Ihre nicht. Aber seine. Trotzdem hat er sich wieder in sie verliebt.«

»Nun, wenn ich mein Leben innerhalb eines Tages mehrfach mit derselben Person aufs Spiel setzen würde, empfände ich vermutlich auch für sie. Ob es Liebe wäre, weiß ich nicht.«

»Hm«, sagte Nathaniel gedämpft. »Wahrscheinlich hast du recht.«

»Vielleicht geht es auch nie wirklich weg«, fuhr Ethan leiser fort. Er wusste nicht, wieso er redete, ob es Nathaniels abwesender Blick war oder dass sie sich nicht ansehen konnten, ob es die Nacht war oder die Nachwirkungen vom Film. »Irgendetwas bleibt immer zurück. Man empfindet nicht einfach *nichts*.«

»Und ist ›irgendetwas‹ genug?«

»Ich weiß es nicht.«

»Das dachte ich mir.« Er stellte die Popcorntüte zur Seite und umschlang sich mit den Armen.

Das Licht der Straßenlaternen fiel nur schwach zu ihnen herab, setzte sich wie Goldfäden in Nathaniels Locken. Einen Moment lang verfolgte Ethan die Atemwolken vor Nathaniels Lippen, und wie sie in der Dunkelheit zerstoben. Der Winter lag noch nicht lange zurück – die Haut an seinen Lippen war noch rau. »Bist du okay?«

»Aber irgendwie muss es doch gehen«, sagte Nathaniel, als hätte er ihn nicht gehört. »Was müssen sie besser machen, damit es diesmal funktioniert?«

Ethan klaubte Kieselsteine vom Boden und warf sie ins Wasser. Er wollte dieses Gespräch nicht führen – es war gefährlich. Die Steine durchdrangen die Wellen. »Denkst du, dass es funktionieren könnte?«

»Warum sollte es nicht?«

»Sie haben jede Menge gestritten.«

»Das stimmt. Auch wegen Kleinigkeiten und weil sie sich die Worte im Mund umgedreht haben. Sowas ist nicht fair.« Noch immer starrte Nathaniel in den Himmel. »Aber am Ende hat er doch nachgegeben. Er hat eingesehen, dass es so nicht weitergeht.«

»Hm«, machte Ethan.

»Es hat sich nur schal angefühlt, dass ihn der Umgang mit ihren Freunden an die guten Zeiten erinnert hat. Nicht Jo oder ihre Art, sondern das Miteinander, mit allen.«

»Was meinst du?«

»Gibt es das denn wirklich? Dass ein Paar sich trennt und der Freundeskreis unparteiisch bleibt? Wäre ich damals mit ... wäre ich damals wieder aufgetaucht, wer hätte mich begrüßt?«

»Digg hat es getan. Im Restaurant.« Ethan leckte sich über die Lippen. »Außerdem hast du es nicht versucht.«

Erst schien es, als wollte er nicht antworten. Dann sagte er: »Klingt wie ein Vorwurf.«

»Das war es nicht.«

»Bist du sicher?«

»Nathaniel ...«

»Nein, ich will es wissen. Hast du mir je vorgeworfen, dass ...«

Ethan seufzte. »Ich wusste es nicht besser.«

»Natürlich nicht. Woher auch? Ich habe ja nie mit dir gesprochen, nicht wahr?« Er lächelte schräg. »Hast du mitbekommen, wie er sie sofort viel besser verstanden hat, nachdem sie diesen Ausbruch hatte? Als sie ihn angeschrien hat?«

»Ich bezweifle, dass schreien einen Streit wirklich lösen kann.«

»Wenn es nicht anders geht?« Nathaniel zuckte mit den Schultern. »Manchmal kann man nur schreien oder schweigen, und Schweigen ist giftig. Man könnte denken, dass dem anderen alles egal ist, wenn er immer nur schweigt. Sobald man das einmal drin hat ...«

»... hast du das gedacht?«

Seufzend zog Nathaniel die Arme enger um sich und versteckte seine Hände unter den Achseln. »Oft habe ich bemerkt, wenn dich etwas verletzt hat. Die kurzen Momente, in denen du die Augen aufgerissen hast oder ... aber jedes Mal hast du dich abgewandt oder bist gegangen. Dann dachte ich: Verdammt noch mal. Wirf mir Dinge an den Kopf, verfluch mich, zeig mit dem Finger auf mich – schrei mich an, wenn es sein muss. Hauptsache, du redest mit mir. Aber du warst immer stumm. Es hat mich rasend gemacht.«

»Ja«, sagte Ethan. »Okay. Ich verstehe.«

»Hin und wieder konnte ich dann nicht aufhören. Irgendwann muss er doch was sagen, dachte ich. Irgendwann muss es ihm doch reichen. Aber du ... du bist ein verdammter Eisberg, wenn du willst. Die Titanic könnte dich rammen und du würdest dich entschuldigen, weil du im Weg warst.«

»Wenn ich der Grund für den Tod so vieler Menschen wäre ...«

Nathaniel schnalzte mit der Zunge. »Darum geht's doch gar nicht.«

Wieder senkte sich Schweigen über sie. Ethan erlaubte sich einen tiefen Atemzug und sagte: »Einmal habe ich das halbe Badezimmer nach Loraine geworfen.«

»Sowas kannst du?«

Er hob die Schultern, ein leichtes Lächeln auf den Lippen. »Sie hat zurückgeworfen.«

Nathaniels Kichern verklang in seinem Jackenkragen. Sein Blick folgte den Scheinwerfern eines Autos, das die Brücke überquerte. Schließlich seufzte er. »Also«, er zählte die Punkte an seinen Fingern ab, »ein – wenn nicht unparteiischer, dann offener – Freundeskreis, mehr sprechen oder schreien oder Sachen durch die Gegend schleudern, ein bisschen Verständnis und Einsicht und eine Prise ›Irgendetwas‹, das nie ganz weggeht. Habe ich etwas vergessen?«

Ethan beugte sich vor, um Nathaniels Blick zu fangen. Unruhig tasteten seine Fingerspitzen über die Mauer. »Weißt du, wovon du da sprichst?«

Obwohl ein Hauch Amüsement in seiner Stimme mitschwang, betonte Nathaniel seine Worte überdeutlich. »Ja, Ethan. Ich habe tatsächlich eine Ahnung, wovon ich spreche. Das hatten wir schon, erinnerst du dich?«

»Es ist ein Risiko.«

»Das ganze Leben ist ein verdammtes Risiko.«

Er neigte den Kopf. »Vielleicht.«

»Also?«

Kleine Brocken zerbrachen unter seinen Fingerspitzen zu Staub. Lautlos segelte der die Mauer hinunter. Die Partikel verschwanden in den Wellen, fortgetragen von der Strömung in Richtung Meer. »Nach den ganzen Stürmen saßen sie irgendwo auf der Erde und haben sich geküsst.«

»Nun«, sagte Nathaniel leise. »Würdest du *mich* küssen?«

Ethan sah auf. Er hatte sich nicht bewegt, das Kinn nicht geneigt, die Hände nicht in seine Richtung gestreckt. Sein

Blick irrte über Ethans Gesicht. Das war alles. Vielleicht war es die letzte Chance, die er Ethan gab – hier, dein Ausweg, renn weg, solange du noch kannst. Das ist, was ich will. Ohne Kompromisse. Wenn du jetzt gehst, lasse ich dich für immer in Ruhe, na los, nimm deinen Hund und hab ein gutes Leben, ich weiß nicht, ob das mit uns gut wird. Ob es gut werden kann. In seinen Fingerspitzen pulsierte sein Herzschlag. Als Ethan sprach, bekam er nur ein einziges Wort heraus, heiser und brüchig:

»Hier?«

Nathaniels Gesicht wurde weich. »Wo immer du willst.«

Kichernd schlugen sie die Autotüren zu. Nathaniel stolperte über die beiden Stufen hinauf, als hätte er getrunken, und lachte nur. Hinter der Tür bellte Tucker, verstand nicht, weshalb sie so aufgeregt waren und warum Ethan drei Versuche brauchte, das Schloss zu entriegeln.

Im Flur fielen die Schlüssel zu Boden. Seine Brille beschlug, er hatte keine Zeit dafür, warf sie achtlos auf das Sideboard. Nathaniel trat die Tür hinter sich zu, dann die Schuhe von seinen Füßen, Ethan nahm seine Handgelenke und zog ihn zu sich.

Ihre Lippen fanden sich. Sie waren immer noch kalt, aber weich, und angeraut von Nathaniels Bartstoppeln. Unwillkürlich taumelten sie einen Schritt zurück, Nathaniels Rücken prallte gegen die Haustür, er keuchte nur, ließ Ethan nicht los. Warm glitt seine Zungenspitze über Ethans Lippen, er öffnete seinen Mund für ihn. Seine Finger gruben sich in die blonden Locken, wie lange hatte er das tun wollen, wie lange schon? »Verdammt«, flüsterte Nathaniel zwischen ihren Küssen, und: »Fuck«, und: »Ethan«, es jagte ihm Schauder über den Rücken.

Irgendwie kamen sie die Treppen hinauf. Nathaniels Jacke lag im Flur, Ethans über dem Geländer, einer von ihnen hatte seine Socken verloren, der andere sein Hemd. Mit dem Ellbogen drückte Nathaniel die Klinke zu seinem Zimmer hinab, aber Ethan zog ihn weiter – nicht hier, das ist Michaels –, sie landeten auf dem Bett im Schlafzimmer. Da war so viel Begehren in Nathaniels Augen, sein Blick verschleiert von Lust. »Ist das okay?«, flüsterte er, während seine Finger über Ethans Brust strichen, über die geöffnete Jeans, und an seiner Erektion verharrten. Röte färbte Nathaniels Wangen, er schämte sich, Ethan wollte die Scham von ihm küssen, es ist okay, das hier ist okay. Ich weiß nicht, wie es morgen ist, aber heute – jetzt, in diesem Moment – ist es okay. Seine Lippen folgten den Narben an Nathaniels Armen, er küsste jede einzelne davon, bis Gänsehaut alles war, was blieb. Er wollte ihm so nahe sein, wie man einem Menschen nur sein konnte, seine Haut spüren und seine Lippen und nie mehr Platz zwischen ihnen lassen, bis er vergaß, wer wessen Körper wo berührte. Er versenkte seine Zunge an Orten, an die sie nicht gehörte. Nathaniels Stöhnen, seine Finger, die sich an das Kissen klammerten, das »Oh Gott«, das ihm galt und auch nicht. Die Falten zwischen Nathaniels Brauen, der Schweiß, den er von dessen Nacken küsste, die Art, wie Nathaniels Beine ihn umschlangen, wie er »Ja« sagte und »Tu's« und wie seine Stimme leiser wurde, intensiver. Sein eigener Atem lief ihm davon, seine Stimme war längst weg, er konnte nicht mehr sprechen, nur stöhnen. Alles an ihm schrie nach Nathaniel, wollte sich in ihm vergraben und dafür sorgen, dass sein Gesicht sich auf diese ganz bestimmte Art verzerrte, er hatte noch nie etwas so Schönes gesehen.

»Nicht aufhören«, flüsterte Nathaniel. »Oh Gott, nicht aufhören ...«

Er hatte nicht gewusst, dass es so sein konnte.

Irgendwann lagen sie erschöpft in den Laken. Nathaniels Lider waren geschlossen, sein Atem erholte sich langsam. Mit den Fingerspitzen zeichnete Ethan Kreise auf Nathaniels nackter Brust. Tucker kratzte an der Tür, wollte hereingelassen werden, aber keiner von ihnen konnte sich bewegen.

In ein paar Minuten würde er sie einfach öffnen, dazu war er in der Lage. Noch war er einfach nur höflich. Bei dem Gedanken stahl sich ein Lächeln auf sein Gesicht. Vielleicht nickte er ein, vielleicht nicht. Im Dunkeln war es schwer zu sagen, ob er Nathaniel tatsächlich sah oder nur von ihm träumte, aber er spürte ihn bei sich, die ganze Zeit. Ein Knarren verriet, dass Tucker sich zu ihnen gesellte. Mit einem Brummen rollte der sich vor dem Bett zusammen.

Nathaniel rührte sich. Er rieb sich die Augen und blinzelte, unterdrückte ein Gähnen und schaffte es nicht. »Oh Gott«, nuschelte er. »Mir tut alles weh.«

»Verzeihung, schätze ich.«

Er warf ihm einen Blick zu und hob die Augenbrauen. Dann kräuselte ein Lächeln seine Mundwinkel und er beugte sich vor, um ihn zu küssen. Ethan empfing seine Lippen ganz sacht, ganz behutsam.

»Bleib«, sagte er leise, als sie sich lösten.

Nathaniel wies mit dem Kinn Richtung Tür. »Ich wollte nur eben ...«

»Nein, du verstehst nicht.« Er zog ihn wieder zu sich, bis ihre Nasenspitzen einander streiften. Die Worte hatten die ganze Zeit zwischen ihnen gelegen, unausgesprochen seit jenem Maitag letztes Jahr. Sie waren schwer und alt und doch fühlten sie sich neu an, als gäbe es noch mehr, das er früher nicht gesehen hatte, vielleicht nicht sehen konnte. In ihnen lag mehr als nur ein Augenblick oder ein Sehnen. Sie hielten eine ganze Zukunft bereit. Weihnachtsfeiern in Hackney, während Kinderscharen um den Esstisch rannten. Diggs Hochzeit mit Isabelle, bei der Nathaniel und Loraine sich endlich versöhnen würden. Eine absolute Sonnenfinsternis. Eine Jahrtausendwende, die eine neue Brücke in London bedeutete, über die sie schlendern würden, Hand in Hand. Carries viel zu früher Tod und die Jahre, die Michael daraufhin bei ihnen leben würde, bevor er mit Anfang zwanzig nach London zurückkehrte. Zeiten, in denen es schlimmer wurde, die Medikamentenverpackungen sich stapelten, ein weiterer Klinikaufenthalt, diesmal nur kurz. Die Katzen, die zwischen ihren Beinen entlangstreifen würde, acht Stück über die Jahre. Die Grenzen, die sie zogen, die immer getrennten Konten. Valerys Besuche, die Hassliebe, die sie mit Nathaniel pflegte und an Ethan ausließ, der es gelassen ertragen würde, für immer dankbar, dass sie Nathaniel in seinen schwersten Stunden zur Hilfe geeilt war. Dass sie möglich gemacht hatte, was gerade erst begann, jetzt in diesem Moment.

»Ich will, dass du *bleibst*.«

CONTENT NOTES LISTE

* Missbrauch
- körperlicher Art
- seelischer Art
- sexueller Art
* Prostitution Minderjähriger
* Vergewaltigung
* Selbstverletzendes Verhalten
* Suizid (Handlungen angedeutet)
* Destruktive Gedanken
* Suchtgebahren / Alkoholismus
* Depression
* Dissoziative Zustände

DER AUTOR

Kai C. Moore

Kai C. Moore wurde 1995 im Süden Deutschlands geboren. Mittlerweile wohnhaft im Norden, schreibt Moore unter geschlossenen Pseudonym New Adult und Romance im Bereich LGBTQ+.

Im Weltenbaum-Verlag erscheint Moores Romandebüt.

DANKSAGUNG

Hier sind wir also: am Ende der Reise von Nate und Ethan.

Mein erster Dank gilt Dir als Leser:in. Danke, dass Du diese beiden von Hedford nach Dwellton, dann weiter nach London und zuletzt bis nach Bramley begleitet hast. Ich hoffe, die beiden sind bei Dir gut aufgehoben – als Buch im Regal, als Charaktere in Deinem Herzen, als eine Geschichte, die bleibt.

Ein großer Dank gilt auch Arin Wolf, die sich mit mir zusammengetan hat, um die Triggerwarnungen und Content Notes zu benennen. Ihre Kommentare zum Text haben mir oft ein Lächeln entlockt. Aber nicht nur dafür möchte ich dir danken, Arin – sondern auch für die Freundschaft, die du mir angeboten und die sich in den letzten beiden Jahren erst zögerlich, dann fulminant entwickelt hat.

Nicht weniger dankbar bin ich ›the glorious Junis Pearls‹, der sich spontan (und mit einigen Nachtschichten) als Testleser angeboten hat. Aus »Hilfst du mir mit dieser Szene?« Wurde ein »Schick schon das ganze Buch«, und aus einem Hilfsangebot wurde ein unglaublich spaßiges, konstruktives Gegenlesen, das der ganzen Geschichte nochmal einen schönen Feinschliff verpasst hat. Danke, Junis. Nächstes Mal planen wir das nur etwas besser, damit du keinen Schlaf opfern musst. =)

Auch meinem Team an Bloggenden gebührt ein großer Dank. Als ich meinen Autorenaccount auf Instagram erstellt habe, kannte ich niemanden. Also wirklich – niemanden. Beinahe ein Jahr hatte ich 30 Follower:innen, für die ich Content gepostet habe wie die Großen. Und dann ... kam ich in diese Instagram-Bubble, mit diesen unglaublich unterstützenden Menschen, die mir zu Release von Band 1 nicht nur einmal Tränen in die Augen getrieben haben. Ihr wart wirklich toll, Leute. Ich freue mich sehr auf Band 2 mit euch. Ihr seid die Ersten, die dieses Buch abseits von Verlagsmitarbeitenden – und Arin und Junis – lesen, und ich könnte mir niemand Besseren dafür vorstellen.

Wo wir auch schon bei den Nächsten sind. Dem Team vom Weltenbaumverlag bin ich ebenfalls dankbar. Für die Geduld, wenn meine nicht mehr gereicht hat, das Lektorat und das Brainstorming, für das Aufnehmen meiner Geschichte, für die wundervollen Cover, für alles. Es braucht ein halbes Dorf, um so ein Buchbaby aufzuziehen. ♥

Last, but not least: Danke Joe, dass du immer an mich geglaubt hast. Ich bin mir ziemlich sicher, niemand war je so stolz auf mich wie du.

Kai,
Juli 2024

Besuche unsere Website und werde ein Weltenbäumchen.

Lerne uns und unsere
Autoren und Autorinnen kennen.

WELTENBAUM VERLAG   www.weltenbaumverlag.com

 /WELTENBAUM VERLAG

 @WELTENBAUMVERLAG